LIVRO I DA SÉRIE EXECUTORES

CORAÇÃO
DE AÇO

BRANDON SANDERSON

TRADUÇÃO
ISADORA PROSPERO

Aleph

CORAÇÃO DE AÇO

TÍTULO ORIGINAL:
Steelheart

COPIDESQUE:
Tássia Carvalho

REVISÃO:
Ana Luiza Candido
Mateus Duque Erthal
Giselle Moura

PROJETO GRÁFICO E DIAGRAMAÇÃO:
Desenho Editorial

CAPA:
Pedro Inoue

ILUSTRAÇÃO:
Barry Blankenship

DADOS INTERNACIONAIS DE CATALOGAÇÃO NA PUBLICAÇÃO (CIP)
VAGNER RODOLFO CRB-8/9410

S216c   Sanderson, Brandon
Coração de Aço / Brandon Sanderson ; tradução de Isadora Prospero. - São Paulo : Aleph, 2016.
376 p. ; 16cm x 23cm.

Tradução de: Steelheart
ISBN: 9788576573463

1. Literatura. 2. Ficção. 3. Guerra – Ficção. 4. Supervilões - Ficção. I. Prospero, Isadora. II. Título.

2016-227   CDD 808.3
                 CDU 82.3

ÍNDICES PARA CATÁLOGO SISTEMÁTICO:
1. Literatura : Ficção 808.3
2. Literatura : Ficção 82.3

Copyright © Dragonsteel Entertainment, LLC, 2013
Copyright © Editora Aleph, 2016
(edição em língua portuguesa para o Brasil)

Todos os direitos reservados.
Proibida a reprodução, no todo ou em parte,
através de quaisquer meios.

Aleph

Rua Bento Freitas, 306 – Conj. 71 – São Paulo/SP
CEP 01220-000 • TEL 11 3743-3202
www.editoraaleph.com.br

 @editoraaleph
 @editora_aleph

Para Dallin Sanderson,
que combate o mal
todos os dias
com seu
sorriso.

PRÓLOGO

Eu já vi Coração de Aço sangrar.

Foi há dez anos; eu tinha oito. Meu pai e eu estávamos no Banco da União na rua Adams. Usávamos os nomes antigos das ruas naquela época, antes da Anexação.

O banco era enorme. Uma única câmara aberta com pilares brancos que cercavam um piso de azulejos em mosaico, e portas largas que levavam ao interior do prédio. Duas grandes portas giratórias davam para a rua, e havia um par de portas normais dos lados. Homens e mulheres jorravam para dentro e para fora, como se a sala fosse o coração de alguma criatura enorme, pulsando com uma força vital de pessoas e dinheiro.

Eu estava ajoelhado, apoiado sobre as costas de uma cadeira grande demais para mim, observando o fluxo de pessoas. Eu gostava de observar as pessoas. Os diferentes formatos dos rostos, os penteados, as roupas, as expressões. Todo mundo tinha tanta *variedade* naquela época. Era fascinante.

– David, vire-se, por favor – meu pai pediu. Ele tinha uma voz suave. Eu nunca o ouvi falar alto, exceto uma vez, no funeral da minha mãe. Lembrar sua agonia naquele dia ainda me causa arrepios.

Eu me virei, emburrado. Estávamos na lateral da câmara principal do banco, em uma das baias onde os homens da hipoteca trabalhavam. Embora a baia onde estávamos tivesse divisórias de vidro, o que a tornava menos apertada, ainda parecia falsa. Na parede, havia pequenas fotos de membros da família em molduras de madeira; na mesa, uma xícara cheia de balas baratas, coberta com uma tampa de vidro; e, em cima de um arquivo, um vaso com flores de plástico desbotadas.

Era uma imitação de uma casa confortável. Assim como o homem à nossa frente exibia a imitação de um sorriso.

– Se tivéssemos mais garantia... – o homem da hipoteca disse, mostrando os dentes.

– Tudo o que tenho está aí – meu pai afirmou, indicando o papel à nossa frente na mesa. Suas mãos tinham calos grossos e sua pele era queimada dos dias trabalhando sob o sol. Minha mãe se sentiria horrorizada se o visse numa reunião chique como aquela usando os jeans de trabalho e uma camiseta velha com um personagem de quadrinhos.

Pelo menos ele havia penteado o cabelo, embora os fios começassem a cair. Meu pai não se importava com isso tanto quanto os outros homens pareciam se importar. "Só quer dizer que vou precisar de menos cortes, Dave", ele me dizia, rindo enquanto passava os dedos pelo cabelo ralo. Eu não comentava que ele estava errado. Ele ainda precisaria do mesmo número de cortes, pelo menos até que todos os fios caíssem.

– Realmente não sei se podemos fazer algo quanto a isso – o homem da hipoteca disse. – O senhor já foi informado antes.

– O outro homem falou que seria suficiente – meu pai respondeu, com as mãos grandes entrelaçadas à sua frente. Ele parecia preocupado. Muito preocupado.

O homem da hipoteca só continuava sorrindo. Então, bateu um dedo na pilha de papéis em sua mesa.

– O mundo é um lugar bem mais perigoso agora, sr. Charleston. O banco decidiu que é melhor não correr riscos.

– Perigoso? – meu pai perguntou.

– É, o senhor sabe, os Épicos...

– Mas eles *não são* perigosos – meu pai afirmou, inflamado. – Os Épicos estão aqui para ajudar.

Isso de novo não, pensei.

O sorriso do homem da hipoteca finalmente vacilou, como se ele tivesse se espantado com o tom do meu pai.

– Você não entende? – meu pai perguntou, curvando-se para a frente. – Não são tempos perigosos. São tempos maravilhosos!

O homem da hipoteca inclinou a cabeça.

– A sua antiga casa não foi *destruída* por um Épico?

– Onde existirem vilões, existirão heróis – meu pai disse. – Aguarde. Eles virão.

Eu acreditava nele. Na época, muitas pessoas pensavam como ele. Só fazia dois anos desde que Calamidade tinha aparecido no céu. Um ano desde que homens comuns começaram a mudar. A se transformar em Épicos – quase como os super-heróis das histórias.

Nós ainda éramos esperançosos naquela época. E ignorantes.

– Bem – disse o homem da hipoteca, unindo as mãos sobre a mesa, logo ao lado de uma moldura com uma foto, tirada em um estúdio, de crianças sorridentes de diferentes etnias. – Infelizmente, nossa seguradora não concorda com a sua avaliação. O senhor terá que...

Eles continuaram a falar, mas eu parei de prestar atenção. Deixei meus olhos se voltarem para a multidão e me virei de novo, ajoelhado na cadeira. Meu pai estava concentrado demais na conversa para brigar comigo por isso.

E assim eu vi o momento exato em que o Épico entrou no banco. Notei-o imediatamente, embora mais ninguém parecesse prestar muita atenção. A maioria das pessoas diz que é impossível distinguir um Épico de um homem comum, a não ser que ele comece a usar seus poderes, mas elas estão erradas. Os Épicos se movem de um jeito diferente. Aquele senso de confiança, aquela autossatisfação sutil. Eu sempre fui capaz de identificá-los. Mesmo sendo criança, sabia que havia algo diferente naquele homem. Ele usava um largo terno de negócios preto com uma camisa bege-claro por baixo, sem gravata. Era alto e magro, mas sólido, como muitos dos Épicos. Musculoso e tonificado de um jeito que era possível ver mesmo através das roupas largas.

Ele foi direto para o centro da sala. O homem trazia óculos de sol pendurados no bolso do terno e sorriu enquanto os colocava. Então, ergueu um dedo e apontou com um gesto casual para uma mulher que passava.

Ela foi vaporizada até virar poeira; suas roupas se queimaram e o esqueleto caiu para a frente, esparramando-se e fazendo barulho. Seus brincos e a aliança de casamento, porém, não se dissolveram. Os objetos atingiram o chão com *pings* distintos, que consegui ouvir mesmo com todo o ruído no banco.

A sala caiu em silêncio. As pessoas congelaram, horrorizadas. As conversas pararam, embora o homem da hipoteca continuasse falando, passando um sermão no meu pai.

Ele finalmente engasgou quando os gritos começaram.

Não lembro como me senti. Não é estranho? Consigo me lembrar das luzes – aqueles lustres magníficos acima de nós, iluminando a câmara com pequenas porções de luz. Consigo me lembrar do aroma de limão e amônia do chão recém-lavado. Consigo me lembrar muito bem dos gritos agudos de terror, da barulheira insana enquanto as pessoas corriam para as portas.

Mais do que tudo, eu me lembro do Épico abrindo um sorriso largo – quase malicioso – enquanto apontava para as pessoas que passavam, reduzindo todas elas a cinzas e ossos com um mero gesto.

Eu estava hipnotizado. Talvez estivesse em choque. Apertava as costas da cadeira, observando a matança com olhos esbugalhados.

Algumas pessoas perto das portas escaparam. Qualquer um que se aproximasse do Épico morria. Vários funcionários e clientes se encolhiam em grupos no chão ou se escondiam atrás de mesas. Estranhamente, a sala ficou silenciosa. O Épico estava parado como se não houvesse mais ninguém ali; folhas de papel flutuando pelo ar, ossos e cinzas negras espalhadas no chão ao seu redor.

– Eu sou Dedo da Morte – ele disse. – Não é um nome muito criativo, admito. Mas eu acho memorável. – Sua voz era sinistramente natural, como se ele estivesse batendo um papo com os amigos num bar.

O Épico começou a andar pela sala.

– Tive um pensamento esta manhã – ele falou. A sala era tão grande que sua voz ecoava. – Estava tomando banho, e ele me veio à cabeça. Perguntou: "Dedo da Morte, por que você vai roubar um banco hoje?".

Ele apontou preguiçosamente para dois seguranças que haviam se esgueirado de um corredor lateral ao lado das baias de hipoteca. Os seguranças viraram poeira, e seus distintivos, a fivela dos cintos, as armas e os ossos atingiram o chão. Pude ouvir os ossos batendo uns contra os outros enquanto caíam. Há muitos ossos no corpo de um homem, mais do que eu imaginava, e eles faziam uma grande bagunça quando se esparramavam. Um detalhe estranho para notar sobre aquela cena horrível. Mas me lembro disso claramente.

Uma mão apertou meu ombro. Meu pai se agachara atrás da sua cadeira e tentava me puxar para baixo, para que o Épico não me visse. Mas eu não me movi, e meu pai não podia me obrigar sem chamar atenção para nós.

– Venho planejando isso há semanas, sabem? – disse o Épico. – Mas o pensamento só me ocorreu esta manhã. Por quê? Por que roubar o banco? Eu posso pegar qualquer coisa que quiser, mesmo! É ridículo!

– Ele pulou para o interior de um balcão, fazendo a funcionária do caixa escondida lá gritar. Eu podia vê-la encolhendo-se no chão.

– Dinheiro é inútil para mim, sabem? – o Épico continuou. – *Completamente* inútil. – Ele apontou. A mulher murchou até se tornar cinzas e ossos.

O Épico girou, apontando para vários lugares na sala, matando pessoas que tentavam fugir. Por último, apontou na minha direção.

Finalmente, eu senti algo. Uma pontada de terror.

Um crânio atingiu a mesa atrás de nós, quicando e espalhando cinzas enquanto caía no chão. O Épico não tinha apontado para mim, mas para o homem da hipoteca, que estivera escondido ao lado de sua mesa, atrás de mim. Será que o homem havia tentado escapar?

O Épico se virou de novo para os caixas atrás do balcão. A mão do meu pai apertou meu ombro, tensa. Eu sentia a preocupação dele por mim quase como uma coisa física, fluindo por seu braço e passando para o meu.

Então, eu senti terror. Terror puro e imobilizador. Eu me encolhi na cadeira, choramingando, tremendo, tentando banir da minha mente as imagens das mortes terríveis que acabara de presenciar.

Meu pai afastou a mão.

– Não se mova – ele articulou em silêncio.

Assenti com a cabeça, assustado demais para fazer qualquer outra coisa. Meu pai olhou pela lateral da cadeira. Dedo da Morte conversava com um dos caixas. Embora não pudesse vê-los, eu conseguia ouvir quando os ossos caíam. Ele os executava, um de cada vez.

A expressão do meu pai se tornou sombria. Então, ele olhou para um corredor lateral. Uma saída?

Não. Era onde os guardas haviam caído. Através do vidro da baia, eu podia ver um revólver caído no chão, o cano soterrado de cinzas, parte do cabo tombado acima de uma costela. Meu pai a olhou. Ele servira na Guarda Nacional quando era jovem.

Não faça isso!, pensei, em pânico. *Pai, não!* Mas eu não conseguia pronunciar as palavras. Meu queixo tremia enquanto tentava falar, como se sentisse frio, e meus dentes batiam. E se o Épico me ouvisse?

Eu não podia deixar meu pai fazer uma coisa tão tola! Ele era tudo o que eu tinha. Sem casa, sem família, sem mãe. Quando ele parecia prestes a se mover, forcei-me a estender uma mão e agarrar o seu braço. Sacudi a cabeça, tentando pensar em qualquer coisa que o faria parar.

— Por favor — consegui sussurrar. — Os heróis. Você disse que eles viriam. Deixe *eles* cuidarem disso!

— Às vezes, filho — meu pai disse, abrindo minha mão —, você tem que dar uma ajuda aos heróis.

Ele olhou para Dedo da Morte, então engatinhou rapidamente para a baia do lado. Prendi a respiração e espiei com cuidado pelo lado da cadeira. Eu precisava saber. Mesmo apavorado e tremendo, precisava ver o que aconteceria.

Dedo da Morte pulou sobre o balcão e caiu do outro lado. Do nosso lado.

— Por isso, não importa — ele disse, ainda naquele tom casual, andando calmamente pela sala. — Roubar um banco me daria dinheiro, mas eu não preciso *comprar* coisas. — Ele ergueu um dedo assassino. — Um dilema. Felizmente, enquanto tomava banho, percebi outra coisa: matar pessoas toda vez que você quer algo pode ser extremamente inconveniente. O que eu precisava fazer era *assustar* todo mundo, mostrar o meu poder. Assim, no futuro, ninguém me negaria aquilo que eu quisesse tomar.

Ele girou ao redor de um pilar do outro lado do banco, surpreendendo uma mulher que segurava o filho.

— Sim — o Épico continuou —, roubar um banco pelo dinheiro não teria sentido. Mas mostrar o que eu posso fazer... isso ainda é importante. Então, continuei com o meu plano. — Ele apontou, matando a criança e deixando a mulher horrorizada segurando uma pilha de ossos e cinzas. — Vocês não estão felizes por isso?

Eu encarei a cena, a mulher aterrorizada tentando abraçar o cobertor enquanto os ossos da criança se moviam e escapavam. Naquele momento, tudo se tornou muito mais *real* para mim. Horrivelmente real. De repente me senti enjoado.

As costas de Dedo da Morte estavam viradas para nós.

Meu pai correu para fora da baia e agarrou a arma caída. Duas pessoas escondidas atrás de um pilar perto de nós correram até a saída mais próxima e, na pressa, empurraram meu pai, quase o derrubando.

Dedo da Morte se virou. Meu pai ainda estava ajoelhado lá, tentando erguer o revólver, os dedos escorregando no metal coberto de cinzas.

O Épico ergueu a mão.

– *O que você está fazendo aqui?* – uma voz retumbou.

O Épico se virou. Eu também. Acho que todos devem ter se voltado para aquela voz profunda e poderosa.

Uma figura estava em pé na porta que dava para a rua. Ele estava iluminado por trás, e era pouco mais que uma silhueta em virtude da luz do sol que brilhava atrás dele. Uma silhueta incrível, hercúlea, imponente.

Você provavelmente já viu fotos de Coração de Aço, mas deixe-me dizer que fotos são completamente inadequadas. Nenhuma fotografia, nem vídeo ou pintura *jamais* poderia capturar aquele homem. Ele usava preto. Uma camiseta justa sobre um físico inumanamente largo e forte. Calça solta, mas não folgada. Não usava máscara, como alguns dos primeiros Épicos, mas uma capa prateada magnífica flutuava atrás dele.

O homem não *precisava* de uma máscara. Não tinha motivo para se esconder. Ele estendeu os braços ao lado do corpo, e o vento escancarou as portas ao seu redor. Cinzas se espalharam pelo chão, e papéis se agitaram. Coração de Aço elevou-se alguns centímetros no ar, a capa esvoaçando. Então, começou a deslizar para a frente, para dentro da sala. Braços como vigas de aço, pernas como montanhas, o pescoço como um tronco de árvore. Mas ele não era volumoso nem desengonçado. Era *majestoso*, com aquele cabelo negro, a mandíbula quadrada, um físico impossível, e uma figura de mais de dois metros.

E aqueles olhos. Intensos, exigentes, *inflexíveis*.

Quando Coração de Aço voou graciosamente para dentro do banco, Dedo da Morte logo ergueu um dedo e apontou-o para ele. Uma pequena parte da camisa de Coração de Aço chiou, como se um cigarro fosse apagado no tecido, mas ele não mostrou qualquer reação. Em vez disso, flutuou, descendo os degraus, e aterrissou no chão a uma pequena distância de Dedo da Morte, sua enorme capa assentando-se ao seu redor.

Dedo da Morte apontou de novo, parecendo frenético. Outro mísero chiado. Coração de Aço deu alguns passos até o Épico menor, se impondo sobre ele.

Eu sabia naquele momento que era isso que meu pai vinha esperando. Esse era o herói que todos esperavam que surgisse, o herói que compensaria os outros Épicos e seus modos malignos. Aquele homem estava ali para nos salvar.

Coração de Aço estendeu uma mão, agarrando Dedo da Morte quando ele tentou escapar, já tarde demais. Dedo da Morte parou de repente. Seus óculos caíram no chão e ele puxou o ar dolorosamente.

– Eu fiz uma pergunta – Coração de Aço disse numa voz como o ribombo de um trovão. Ele virou Dedo da Morte para encará-lo nos olhos. – O que você está fazendo aqui?

Dedo da Morte estremeceu. Ele parecia em pânico.

– Eu… Eu…

Coração de Aço ergueu a outra mão, levantando um dedo.

– Eu reivindiquei esta cidade, Epicozinho. Ela é minha. – Ele parou. – E é o *meu* direito dominar as pessoas daqui, não o seu.

Dedo da Morte inclinou a cabeça.

O quê?, eu pensei.

– Você parece ter força, Epicozinho – Coração de Aço disse, olhando os ossos esparramados pela sala. – Eu aceitarei sua subserviência. Dê-me sua lealdade ou morra.

Eu não conseguia acreditar nas palavras de Coração de Aço. Elas me chocaram tanto quanto os assassinatos de Dedo da Morte.

Aquele conceito – *sirva ou morra* – se tornaria a fundação do governo dele. O Épico olhou ao redor da sala e falou numa voz retumbante:

– Eu sou o imperador desta cidade agora. Vocês irão me obedecer. Eu sou o dono desta terra. Eu sou o dono destes prédios. Quando vocês pagam impostos, eles vêm para mim. Se desobedecerem, morrerão.

Impossível, eu pensei. *Ele também não.* Eu não conseguia aceitar que esse ser incrível era igual aos outros.

Eu não era o único.

– Não deveria ser assim – meu pai disse.

Coração de Aço se virou, aparentemente surpreso por ouvir algo vindo de algum dos peões encolhidos e lamuriantes no recinto.

Meu pai deu um passo à frente, a arma abaixada ao seu lado.

– Não – ele disse. – Você não é como os outros. Eu posso ver. Você é melhor que eles. – Ele continuou andando, parando a apenas alguns passos dos dois Épicos. – Você está aqui para nos salvar.

O cômodo estava em silêncio, exceto pelos soluços da mulher que ainda se agarrava aos restos do filho morto. Em vão, ela tentava loucamente reunir os ossos, não deixar nem uma pequena vértebra no chão. Seu vestido estava coberto de cinzas.

Antes que qualquer um dos Épicos pudesse responder, as portas laterais se escancararam. Homens de armadura preta e rifles de assalto correram para dentro do banco e abriram fogo.

Naquela época, o governo ainda não tinha desistido. Eles continuavam lutando contra os Épicos, tentando submetê-los às leis dos mortais. Ficou claro desde o começo que, quando se tratava dos Épicos, você não hesitava, não negociava. Entrava atirando e esperava que o Épico que estivesse enfrentando pudesse ser morto por balas comuns.

Meu pai se afastou correndo, os antigos instintos de batalha levando-o a pôr as costas contra um pilar perto da entrada do banco. Coração de Aço virou com uma expressão desdenhosa enquanto uma salva de balas caía sobre ele. Elas ricochetearam na sua pele, rasgando-lhe as roupas, mas deixando o homem completamente ileso.

Foram Épicos como ele que forçaram os Estados Unidos a aprovarem o Ato da Capitulação, que conferiu a todos os Épicos imunidade completa contra a lei. Armas de fogo não podem ferir Coração de Aço – projéteis, tanques, as armas mais avançadas da humanidade nem chegam a arranhá-lo. Mesmo que ele fosse capturado, as prisões não conseguiriam segurá-lo.

O governo por fim declarou que homens como Coração de Aço eram forças da natureza, como furacões ou terremotos. Tentar dizer a Coração de Aço que ele não podia tomar o que queria seria tão inútil quanto aprovar uma lei que proibisse o vento de soprar.

Naquele dia no banco, eu vi com meus próprios olhos por que tantas pessoas decidiram não resistir. Coração de Aço ergueu uma mão, e energia começou a brilhar ao redor dela com uma fria luz amarela. Dedo da Morte escondeu-se atrás dele, protegendo-se das balas. Ao contrário de Coração de Aço, ele parecia temer levar um tiro. Nem todos os Épicos são impenetráveis a armas de fogo, só os mais poderosos.

Coração de Aço soltou uma explosão de energia amarelo-esbranquiçada da mão, vaporizando um grupo de soldados. Seguiu-se o caos. Soldados se abaixaram procurando refúgio em qualquer lugar que encontrassem; fumaça e lascas de mármore encheram o ar. Um dos militares atirou algum tipo de projétil da sua arma, e ele passou por Coração de Aço – que continuava a explodir seus inimigos com energia – e atingiu a parte de trás do banco, abrindo o cofre.

Notas flamejantes explodiram para dentro do recinto. Uma chuva de moedas cobriu o chão.

Gritos. Choro. Insanidade.

Os soldados morreram rápido. Eu continuei encolhido na cadeira, tampando as orelhas com as mãos. Era tudo tão *alto*.

Dedo da Morte continuava de pé atrás de Coração de Aço. Enquanto eu observava, ele riu, então ergueu as mãos até o pescoço de Coração de Aço. Não sei o que planejava fazer. Provavelmente possuía um segundo poder. A maioria dos Épicos tão fortes quanto ele possui mais de um.

Talvez fosse suficiente para matar Coração de Aço. Eu duvido; de qualquer forma, nunca saberemos.

Um único *pop* soou no ar. A explosão foi tão alta que me deixou ensurdecido a ponto de eu mal reconhecer o som de uma arma. Quando a fumaça da explosão se dissipou, pude ver meu pai. Ele estava de pé a uma curta distância de Coração de Aço, com os braços erguidos e as costas contra o pilar. Sua expressão era de determinação, e ele segurava a arma, apontando-a para Coração de Aço.

Não. Não para *Coração de Aço*. Para Dedo da Morte, que estava logo atrás dele.

Dedo da Morte desabou com um buraco de bala na testa. Morto. Coração de Aço se virou bruscamente para olhar o Épico menos poderoso. Então, olhou de volta para o meu pai e ergueu uma mão para o próprio rosto. Ali, logo abaixo de seu olho, havia uma linha de sangue.

Primeiro pensei que fosse de Dedo da Morte. Mas, quando Coração de Aço o limpou, o ferimento continuou a sangrar.

Meu pai havia atirado em Dedo da Morte, mas a bala tinha passado por Coração de Aço primeiro – e o raspara no caminho.

A bala tinha *ferido* Coração de Aço, enquanto as armas dos soldados haviam só ricocheteado nele.

– Desculpe – meu pai disse, parecendo nervoso. – Ele ia atacar você. Eu...

Coração de Aço arregalou os olhos e ergueu a mão à sua frente, olhando para o próprio sangue. Ele parecia completamente chocado. Olhou de relance para o cofre atrás dele, então para o meu pai. No cenário de fumaça e poeira, as duas figuras se encararam – o primeiro, um Épico enorme e majestoso; o outro, um homem sem-teto usando uma camiseta boba e jeans desbotados.

Coração de Aço pulou para a frente a uma velocidade ofuscante e esmurrou a mão contra o peito do meu pai, empurrando-o contra o pilar de pedra branca. Ossos se quebraram, e sangue verteu da boca dele.

– Não! – eu gritei. Minha própria voz soava estranha aos meus ouvidos, como se eu estivesse debaixo d'água. Eu queria correr até ele, mas estava assustado demais. Ainda penso na minha covardia naquele dia e me sinto enjoado.

Coração de Aço deu um passo para o lado e apanhou a arma que meu pai tinha soltado. Fúria queimava em seus olhos, e Coração de Aço apontou a arma diretamente para o peito do meu pai, então deu um único tiro no homem já caído.

Ele faz isso. Coração de Aço gosta de matar as pessoas com suas próprias armas. Tornou-se uma de suas marcas pessoais. Ele tem força incrível e consegue atirar rajadas de energia das mãos. Mas, quando vai matar alguém que considera digno de atenção especial, prefere usar a arma da pessoa.

Coração de Aço deixou meu pai deslizando pelo pilar e jogou o revólver aos seus pés. Então, começou a atirar jatos de energia em todas as direções, ateando fogo em cadeiras, paredes, balcões, tudo. Fui jogado da minha cadeira quando uma das rajadas atingiu um ponto perto de mim, e rolei para o chão.

As explosões jogaram madeira e vidro para o ar, balançando o recinto. No intervalo de apenas algumas batidas do coração, Coração de

Aço causara destruição suficiente para fazer a onda de assassinatos de Dedo da Morte parecer moderada. O Épico destruiu completamente aquela sala, derrubando pilares e matando todos que via. Não tenho certeza de como sobrevivi, engatinhando sobre cacos de vidro e lascas de madeira, argamassa e poeira chovendo ao meu redor.

Coração de Aço soltou um grito de raiva e indignação. Eu mal conseguia ouvi-lo, mas pude *senti-lo* estourar as janelas que restavam e fazer as paredes vibrarem. Então, algo se propagou a partir dele, uma onda de energia. E o chão ao seu redor mudou de cor, transformando-se em metal.

A transformação se espalhou, inundando a sala inteira a uma velocidade incrível. O chão sob mim, a parede ao meu lado, os cacos de vidro no chão – tudo virou aço. O que sabemos hoje é que a raiva de Coração de Aço transforma objetos inanimados ao seu redor em aço, embora não afete as coisas vivas e o que estiver próximo a elas.

Quando seu grito terminou, a maior parte do interior do banco tinha se transformado completamente em aço, embora um grande pedaço de teto ainda fosse de madeira e argamassa, assim como uma parte de uma parede. Coração de Aço subitamente se lançou para o alto, quebrando o teto e vários andares para emergir no céu.

Eu cambaleei até o meu pai, esperando que ele pudesse fazer algo, de alguma forma parar aquela loucura. Quando o alcancei, ele estava tendo espasmos. Sangue cobria o seu rosto e jorrava do ferimento de bala no seu peito. Agarrei o seu braço, em pânico.

Incrivelmente, ele conseguiu falar, mas eu não era capaz de ouvir o que dizia. Estava completamente surdo a essa altura. Meu pai estendeu uma mão trêmula e tocou o meu queixo. Ele disse mais alguma coisa, mas eu ainda não conseguia ouvi-lo.

Enxuguei os olhos com a manga da minha blusa, então puxei o seu braço para fazê-lo se levantar e vir comigo. O prédio inteiro tremia.

Meu pai agarrou o meu ombro, e eu olhei para ele, com lágrimas nos olhos. Ele falou uma única palavra – uma palavra que pude distinguir pelo movimento dos seus lábios.

– Vá.

Eu entendi. Algo enorme acabara de acontecer, algo que expôs Coração de Aço, algo que o aterrorizou. Ele era um Épico novo naquela época, não muito conhecido na cidade, mas eu já ouvira falar dele. Supostamente, era invulnerável.

Aquele tiro o ferira, e todo mundo ali tinha visto sua fraqueza. Ele não nos deixaria viver de jeito nenhum – precisava preservar seu segredo.

Com lágrimas escorrendo pelo rosto, sentindo-me um covarde completo por abandonar o meu pai, virei-me e corri. O prédio continuou a tremer com explosões; paredes racharam, seções do teto desabaram. Coração de Aço tentava derrubá-lo.

Algumas pessoas correram para as portas de entrada, mas Coração de Aço as matou do alto. Outras correram para as portas laterais, mas aquelas saídas só levavam para dentro do banco. Essas pessoas foram esmagadas quando a maior parte do prédio desabou.

Eu me escondi no cofre.

Gostaria de dizer que fui esperto por fazer essa escolha, mas eu apenas me virei e corri. Vagamente me lembro de engatinhar até um canto escuro e me encolher em posição fetal, chorando enquanto o resto do prédio desmoronava. Como a maior parte da sala principal tinha sido transformada em metal pela raiva de Coração de Aço, e o cofre já era de aço, essas áreas não ruíram como o resto do prédio.

Horas depois, fui tirado dos destroços por uma socorrista de uma equipe de resgate. Sentia-me atordoado, quase inconsciente, e a luz me cegou enquanto escavavam para me libertar. A sala em que eu estivera afundara parcialmente, ficando inclinada, mas ainda estava estranhamente intacta, com as paredes e agora a maior parte do teto transformadas em aço. O resto do prédio grande não passava de escombros.

A mulher sussurrou algo em meu ouvido:

– Finja estar morto. – Então, me carregou até uma fila de cadáveres e colocou um cobertor sobre mim. Ela tinha adivinhado o que Coração de Aço poderia fazer com sobreviventes.

Quando a moça voltou para procurar outras vítimas vivas, entrei em pânico e engatinhei para fora do cobertor. Estava escuro lá fora, embora devesse ser o fim da tarde. Punho da Noite pairava sobre nós; o reinado de Coração de Aço tinha começado.

Aos tropeções, manquei até um beco. Isso salvou minha vida uma segunda vez. Momentos depois de eu escapar, Coração de Aço retornou, flutuando pelas luzes de resgate e aterrissando ao lado dos escombros. Ele trazia alguém com ele, uma mulher magra com o cabelo preso num coque. Mais tarde, eu descobriria que ela era uma Épica chamada Falha Sísmica, que tinha o poder de mover terra. Embora um dia ela fosse desafiar Coração de Aço, nessa época ainda o servia.

Ela mexeu a mão e o chão começou a tremer.

Eu fugi, confuso, assustado e com dor. Atrás de mim, o chão se abriu, engolindo os restos do banco – assim como os corpos dos que tinham morrido, os sobreviventes que recebiam atenção médica e a própria equipe de resgate. Coração de Aço não queria deixar qualquer evidência. Ele fez Falha Sísmica enterrar todos eles sob dezenas de metros de terra, matando todas as pessoas que possivelmente pudessem falar sobre o que tinha acontecido naquele banco.

Exceto eu.

Mais tarde naquela noite, ele realizou a Grande Transfersão, uma exibição incrível de poder com a qual transformou a maior parte de Chicago – prédios, veículos, ruas – em aço. Isso incluiu uma grande porção do lago Michigan, que se tornou uma vastidão vítrea de metal negro. Foi ali que ele construiu seu palácio.

Eu sei, melhor do que qualquer outra pessoa, que não há heróis vindo nos salvar. Não há Épicos bons. Nenhum deles nos protege. O poder corrompe, e o poder absoluto corrompe absolutamente.

Nós vivemos com eles. Tentamos existir *apesar* deles. Uma vez que o Ato de Capitulação foi aprovado, a maior parte das pessoas parou de resistir. Em algumas áreas que hoje chamamos de Estados Fraturados, o antigo governo permanece marginalmente no controle. Eles deixam os Épicos fazerem o que quiserem e tentam continuar como uma sociedade falida. A maior parte dos lugares, porém, vive no caos, sem lei alguma.

Em alguns lugares, como Nova Chicago, um único Épico sobre-humano governa como tirano. Coração de Aço não tem rivais aqui. Todos sabem que ele é invulnerável. Nada consegue feri-lo: nem balas, nem explosões, nem eletricidade. Nos primeiros anos, outros Épicos tentaram derrubá-lo e reivindicar seu trono, como Falha Sísmica.

Estão todos mortos. Agora é muito raro qualquer um deles tentar.

No entanto, se existe um fato ao qual podemos nos agarrar, é este:

todo Épico tem uma fraqueza. Algo que anula seus poderes, que os transforma de volta em pessoas comuns, mesmo que apenas por um momento. Coração de Aço não é exceção; os eventos daquele dia no banco provam isso.

Minha mente guarda a pista sobre como Coração de Aço pode ser morto. Algo sobre o banco, a situação, a arma ou o meu próprio pai foi capaz de contrapor-se à sua invulnerabilidade. Muitos de vocês provavelmente sabem da cicatriz na bochecha de Coração de Aço. Bem, até onde posso determinar, sou a única pessoa viva que sabe como ele a conseguiu.

Eu já vi Coração de Aço sangrar.

E o *verei* sangrar de novo.

PARTE 1

1

Derrapei por uma escadaria e aterrissei no cascalho de aço na base dela. Inspirando fundo, corri por uma das sub-ruas escuras de Nova Chicago. Dez anos haviam se passado desde a morte do meu pai. Aquele dia fatídico ficou conhecido pela maioria das pessoas como a Anexação.

Eu usava uma jaqueta de couro folgada e jeans, e levava um fuzil pendurado no ombro. Embora fosse uma das sub-ruas rasas, com grades e buracos que davam para o céu, a rua era escura.

É sempre escuro em Nova Chicago. Punho da Noite foi um dos primeiros Épicos a jurar lealdade a Coração de Aço e é um membro do seu círculo íntimo. Por causa de Punho da Noite, não há nascer do sol, nem lua que se veja – só pura escuridão no céu. O tempo inteiro, o dia inteiro. A única coisa que você consegue ver lá em cima é Calamidade, que parece um pouco com uma estrela vermelha ou um cometa brilhante. Calamidade começou a brilhar um ano antes do início da transformação dos homens em Épicos. Ninguém sabe por que ou como ele ainda brilha na escuridão. É claro, ninguém sabe por que os Épicos começaram a surgir, nem qual é a conexão deles com Calamidade.

Eu continuei correndo, me xingando por não ter saído antes. As luzes ao longo do teto da sub-rua piscaram, com seu revestimento pintado de azul. A sub-rua estava ocupada pelos perdedores de sempre: viciados nos cantos, traficantes – ou coisa pior – nos becos. Havia alguns grupos furtivos de trabalhadores indo ao serviço ou voltando dele, com casacos grossos e colarinhos erguidos para esconder o rosto. Eles andavam curvados, com os olhos no chão.

Eu tinha passado boa parte da década anterior entre pessoas como aquelas, trabalhando num lugar que chamávamos apenas de Fábrica. Parte orfanato, parte escola, era principalmente um modo de explorar crianças como mão de obra barata. Pelo menos a Fábrica havia me dado um quarto e comida pela maior parte dos últimos dez anos. Tinha sido bem melhor do que morar na rua, e em nenhum momento eu me importara em trabalhar pela minha comida. Leis contra o trabalho infantil eram relíquias de uma época em que as pessoas podiam se importar com coisas assim.

Abri caminho entre um grupo de trabalhadores. Um me xingou numa língua que soava vagamente como espanhol. Ergui os olhos para ver onde estava. A maioria dos cruzamentos era marcada por nomes de ruas pintados com spray nas paredes metálicas brilhantes.

Quando a Grande Transfersão transformou a maior parte da Cidade Velha em aço sólido, ela incluiu o solo e as rochas, dezenas – talvez centenas – de metros abaixo da superfície. Durante os primeiros anos de seu reinado, Coração de Aço fingiu ser um ditador benevolente, ainda que implacável. Seus Cavadores tinham aberto vários níveis de sub-ruas, repletos de prédios, e as pessoas tinham fluído para Nova Chicago a fim de trabalhar.

A vida fora difícil aqui, mas caótica em qualquer outro lugar – Épicos batalhando uns contra os outros por território, e vários grupos paragovernamentais ou militares tentando reivindicar um pedaço de terra. Nova Chicago era diferente. Aqui você podia ser casualmente assassinado por um Épico que não tivesse gostado de como você olhou para ele, mas pelo menos havia eletricidade, água e comida. As pessoas se adaptam. É o que fazemos.

Exceto aquelas que se recusam.

Vamos lá, pensei, verificando a hora no celular que eu usava no suporte do antebraço do casaco. *Maldita falha de energia na ferrovia*. Peguei outro atalho, disparando por um beco. Estava escuro, mas, depois de dez anos vivendo na escuridão perpétua, você se acostuma.

Passei pelas formas encolhidas de mendigos adormecidos, então pulei sobre um homem esparramado no fim do beco e saí na rua Siegel, uma passagem mais bem iluminada que a maioria delas. Aqui, um nível abaixo da superfície, os Cavadores tinham aberto recintos que as pessoas usavam como lojas. Embora elas estivessem fechadas no momento, mais de uma contava com um guarda na frente segurando uma espingarda. Em teoria, a polícia de Coração de Aço patrulhava as sub-ruas, mas ela raramente ajudava, exceto nos piores casos.

Inicialmente, Coração de Aço falara de uma grandiosa cidade subterrânea, que se estenderia dezenas de níveis para baixo da superfície. Mas isso foi antes de os Cavadores enlouquecerem, antes de Coração de Aço abandonar a história de se importar com as pessoas nas sub-ruas. Mesmo assim, os níveis superiores não eram terríveis. Pelo menos havia um senso de organização e uma série de buracos escavados que serviam de casa.

As luzes no teto aqui alternavam entre um verde e um amarelo pálido. Se você conhecia os padrões de cores das várias ruas, podia navegar relativamente bem pelas sub-ruas. Pelo menos nos níveis superiores. Mesmo veteranos da cidade tendiam a evitar os níveis inferiores, chamados de catacumbas de aço, onde era muito fácil se perder.

Dois quarteirões até a rua Schuster, pensei, olhando através de uma fenda no teto para os arranha-céus reluzentes e mais iluminados acima. Corri pelos dois quarteirões, então desviei em uma escadaria e subi, firmando os pés sobre degraus de aço que refletiam as luzes fracas, apenas funcionais.

Saí às pressas numa rua de metal e imediatamente me enfiei num beco. Muitas pessoas diziam que as sobrerruas não eram nem de perto tão perigosas quanto as sub-ruas, mas eu nunca me sentia confortável nelas. Para ser honesto, nunca me sentia seguro em lugar nenhum, nem na Fábrica com as outras crianças. Aqui em cima, porém... Aqui em cima havia Épicos.

Carregar um fuzil nas sub-ruas era uma prática comum, mas na superfície isso podia atrair a atenção dos soldados de Coração de Aço ou de um Épico de passagem. Assim, era melhor permanecer escondido. Eu me agachei ao lado de umas caixas num beco, recuperando o fôlego. No meu celular, abri um mapa simples da área e olhei para cima.

Logo à minha frente havia um prédio com um letreiro de neon vermelho: o Teatro Reeve. Enquanto eu observava, pessoas começaram a emergir da entrada, e suspirei aliviado. Tinha chegado bem no final da peça.

As pessoas eram todas moradoras das sobrerruas, usando ternos escuros e vestidos coloridos. Algumas talvez fossem Épicos, mas a maioria não. Em vez disso, eram aquelas que, de algum modo, tinham conseguido se dar bem. Talvez Coração de Aço as favorecesse pelas tarefas que realizavam, ou talvez elas apenas tivessem nascido de pais ricos. Coração de Aço podia tomar qualquer coisa que quisesse, mas, para ter um império, precisava de pessoas que o ajudassem a governar. Burocratas, oficiais do exército, contadores, gurus de negócios, diplomatas. Como a nata de uma ditadura à moda antiga, essas pessoas viviam das sobras que Coração de Aço deixava para trás.

Isso significava que elas eram quase tão culpadas quanto os Épicos por manterem o resto de nós oprimidos, mas eu não sentia muito ódio por elas. Do jeito que o mundo estava ultimamente, você fazia o que precisava para sobreviver.

Elas tinham um estilo antiquado – era a última moda. Os homens usavam chapéus, e os vestidos das mulheres pareciam os de fotos que eu vi dos dias da Lei Seca. Criavam um contraste direto com os modernos prédios de aço e as batidas distantes de um helicóptero de última geração da Patrulha.

Aquelas pessoas opulentas de repente começaram a se mover, abrindo espaço para um homem que usava um chamativo terno vermelho listrado, um fedora vermelho e uma capa preta e vermelho-escura.

Eu me abaixei um pouco mais. Era Fortuidade. Ele era um Épico com poderes de precognição. Conseguia adivinhar os números que iam sair num lance de dados, por exemplo, ou prever o tempo. Também pressentia o perigo, e isso o elevava ao status de Alto Épico. Você não podia matar um homem como ele com um simples tiro de fuzil. Ele saberia que o tiro estava vindo e desviaria antes de você puxar o gatilho. Seus poderes eram tão bem sintonizados que ele era capaz de evitar o fogo de uma metralhadora, e também de saber se sua comida tinha sido envenenada ou se um prédio estava cheio de explosivos.

Altos Épicos. Eles são ultradifíceis de matar.

Fortuidade, um membro moderadamente importante na hierarquia do governo de Coração de Aço, não fazia parte do seu círculo mais íntimo, como Punho da Noite, Tormenta de Fogo ou Confluência, mas era poderoso o suficiente para ser temido pela maior parte dos Épicos menores na cidade. Ele tinha um rosto alongado e um nariz aquilino. Caminhou calmamente até o meio-fio na frente do teatro, acendendo um cigarro enquanto o resto da plateia saía atrás dele. Duas mulheres usando vestidos elegantes estavam de braços dados com ele.

Eu me coçava de vontade de pegar meu fuzil e tentar atingi-lo. Ele era um monstro sádico. Dizia que seus poderes funcionavam melhor quando praticava uma arte chamada arúspice: a leitura das entranhas de criaturas mortas para adivinhar o futuro. Fortuidade preferia usar entranhas humanas e gostava que estivessem frescas.

Eu me contive. Afinal, no momento em que decidisse tentar atirar nele, seus poderes seriam ativados. Fortuidade não tinha nada a temer de um atirador solitário. Ele provavelmente pensava que não tinha nada a temer de ninguém. Mas, se minhas informações estivessem corretas, a hora seguinte provaria que ele estava muito enganado nesse ponto.

Vamos lá, eu pensei. *Essa é a melhor hora para agir contra ele. Eu estou certo. Tenho que estar.*

Fortuidade deu um trago no cigarro, acenando com a cabeça para algumas pessoas que passavam. Ele não tinha seguranças. Por que precisaria? Seus dedos brilhavam com muitos anéis, embora dinheiro fosse insignificante para ele. Mesmo sem as regras de Coração de Aço lhe dando o direito de tomar o que quisesse, Fortuidade podia ganhar uma fortuna em qualquer casa de jogos, em qualquer dia que escolhesse.

Nada aconteceu. Será que eu estava errado? Eu tinha tanta certeza. As informações de Bilko geralmente eram atualizadas. Segundo o boato nas sub-ruas, os Executores estavam de volta a Nova Chicago. E Fortuidade *era* o Épico que eles atacariam. Eu sabia disso. Tinha criado o hábito – talvez até a missão – de estudar os Executores. Eu...

Uma mulher passou por Fortuidade. Alta, esbelta, de cabelo dourado e talvez com uns 20 anos de idade, ela usava um vestido vermelho elegante, com um decote baixo. Mesmo com as duas beldades nos braços, Fortuidade virou-se para ela e a encarou. A moça hesitou, olhando de volta. Então sorriu e foi até ele, os quadris ondulando de um lado para o outro.

Eu não consegui ouvir o que eles disseram, mas, no fim, a recém-chegada tomou o lugar das outras mulheres. Ela levou Fortuidade para o fim da rua, sussurrando no seu ouvido e rindo. As outras duas ficaram para trás, de braços cruzados, nem sequer ousando reclamar. Fortuidade *não gostava* que suas mulheres discutissem com ele.

Tinha de ser isso. Eu queria ficar à frente deles, mas não podia fazer isso na rua em si. Então me movi por outros becos. Eu conhecia a área perfeitamente; estudar mapas do distrito do teatro foi o que quase me fez chegar atrasado.

Esgueirei-me ao redor de um prédio, mantendo-me nas sombras, e cheguei a outro beco. Dali, podia espiar a mesma rua, mas de outro ângulo. Fortuidade passeava pela calçada de aço à minha frente.

A área era iluminada por lâmpadas penduradas em postes, que também tinham sido transformados em aço durante a Transfersão – incluindo a fiação elétrica e as luzes. Embora os antigos postes não funcionassem mais, forneciam um lugar conveniente para pendurar lanternas.

Essas lanternas criavam círculos de luz que o casal agora atravessava; para dentro, para fora. Eu segurei a respiração, observando atentamente. Fortuidade com certeza estava carregando uma arma. Seu terno, feito sob medida, escondia a saliência sob o braço, mas eu ainda podia ver onde ficava o coldre.

Fortuidade não tinha qualquer poder de ofensiva direta, mas isso não importava nem um pouco. Seus poderes de precognição significavam que ele nunca errava com uma pistola, por mais atrapalhado que fosse o tiro. Se ele decidisse matar alguém, a pessoa tinha apenas alguns segundos para reagir, ou estaria morta.

A mulher não parecia carregar uma arma, embora eu não tivesse certeza. Aquele vestido mostrava curvas de sobra. Uma arma amarrada à coxa, talvez? Olhei mais de perto quando ela entrou em outro círculo de luz, mas me peguei encarando a mulher, em vez de procurar por armas. Ela era estonteante. Olhos brilhantes, lábios vermelhos reluzentes, cabelo dourado. E aquele decote baixo...

Eu balancei a cabeça. *Idiota*, pensei. *Você tem um propósito. Mulheres atrapalham coisas como propósitos.*

Porém, até um padre cego de 90 anos pararia e encararia essa mulher. Quer dizer, se ele não fosse cego. *Metáfora burra*, pensei. *Vou trabalhar nessa aí*. Eu tenho um problema com metáforas.

Foco. Ergui o fuzil, deixando a trava de segurança no lugar e usando a mira pelo zoom. Onde eles iriam atacá-lo? A rua aqui atravessava vários quarteirões de escuridão – interrompida apenas por lanternas – antes de cruzar com a rua Burnley. Este era um centro importante da cena de dança local. Provavelmente, a mulher convencera Fortuidade a juntar-se a ela num clube. A rota mais rápida era por essa rua escura, menos movimentada.

A rua vazia era um ótimo sinal. Os Executores raramente atacavam um Épico que estava numa área muito pública. Eles não gostavam de arriscar a morte de inocentes. Eu ergui o fuzil e examinei as janelas dos prédios ao redor com a mira. Algumas das janelas de vidro-transformado-em-aço tinham sido retiradas e substituídas por vidro novamente. Havia alguém lá em cima assistindo?

Eu caçava os Executores há anos. Eles eram os únicos que ainda lutavam, um grupo secreto que caçava, encurralava e assassinava Épicos poderosos. Os Executores – *eles* eram os heróis. Não eram o que meu pai imaginara: não tinham poderes Épicos, nem fantasias chamativas. Eles não defendiam a verdade, o sonho americano, nem qualquer bobagem dessas.

Eles só matavam. Um por um. Sua meta era eliminar todo e cada Épico que se considerasse acima da lei. E como isso significava praticamente *todos* os Épicos, eles tinham muito trabalho.

Continuei examinando as janelas. Como eles tentariam matar Fortuidade? Só havia alguns jeitos de fazer isso. Eles poderiam tentar colocá-lo numa situação impossível de escapar. Os poderes de um precog o levariam para o caminho mais seguro da autopreservação, mas, se você criasse uma situação em que todos os caminhos levassem à morte, conseguiria matá-lo.

Chamamos isso de xeque-mate, mas eles são bem difíceis de preparar. Era mais provável que os Executores conhecessem a fraqueza de

Fortuidade. Todo Épico tem pelo menos uma – um objeto, um estado de espírito, uma ação de algum tipo –, que permite que os poderes deles sejam anulados.

Ali, eu pensei com o coração pulando, quando – com a mira – avistei uma figura agachada numa janela no terceiro andar de um prédio do outro lado da rua. Eu não conseguia distinguir muitos detalhes, mas o indivíduo provavelmente estava rastreando Fortuidade com o próprio fuzil e mira.

Era isso. Sorri. Eu os tinha encontrado. Depois de tanto treinar e procurar, eu *os tinha encontrado*.

Continuei olhando, ainda mais ansioso. O atirador seria apenas uma peça da trama para matar o Épico. Minhas mãos começaram a suar. Outras pessoas se animam com eventos esportivos ou filmes de ação, mas eu não tenho tempo para emoções pré-fabricadas. Isso, porém... ter a chance de ver os Executores em ação, ver uma de suas armadilhas em primeira mão... Bem, era literalmente a realização de um dos meus maiores sonhos, mesmo que fosse apenas o primeiro passo nos meus planos. Eu não tinha vindo apenas para ver um Épico ser assassinado. Antes que a noite acabasse, pretendia fazer os Executores me aceitarem entre eles.

– Fortuidade! – gritou uma voz próxima.

Rapidamente abaixei o fuzil, recuando para a parede do beco. Uma figura correu em frente à abertura um instante depois. Era um homem corpulento usando paletó e calça social.

– Fortuidade! – ele gritou de novo. – Espere! – Ergui minha arma novamente, usando a mira para inspecionar o recém-chegado. Isso seria parte da armadilha dos Executores?

Não. Era Donny "Bola Curva" Harrison, um Épico menor com um único poder: a habilidade de disparar uma arma e nunca ficar sem munição. Ele era guarda-costas e assassino de aluguel na organização de Coração de Aço. De jeito nenhum fazia parte do plano dos Executores – eles não trabalhavam com Épicos. Nunca. Os Executores odiavam os Épicos. Só matavam os piores deles, mas nunca deixariam um deles se juntar à equipe.

Xingando baixinho, vi Bola Curva confrontar Fortuidade e a mulher. Ela pareceu preocupada, os lábios carnudos apertados e os olhos belíssimos estreitados. Sim, ela estava preocupada. Com certeza era um dos Executores.

Bola Curva começou a falar, explicando algo, e Fortuidade franziu a testa. O que estava acontecendo?

Voltei minha atenção para a mulher. *Há alguma coisa sobre ela...*, pensei, meus olhos se demorando sobre sua figura. Ela era mais jovem do que eu pensara originalmente – tinha talvez 18 ou 19 anos –, mas algo naqueles olhos a fazia parecer muito mais velha.

Sua expressão preocupada desapareceu num instante, substituída pelo que eu reconheci ser imbecilidade intencional quando ela se virou para Fortuidade e apontou para a frente. Qualquer que fosse a armadilha, ela precisava que ele estivesse mais adiante na rua. Fazia sentido. Encurralar um precog é *difícil*. Se o senso de perigo dele detectasse mesmo o mais sutil traço de uma emboscada, ele fugiria. Ela *tinha* de saber a fraqueza dele, mas provavelmente não queria tentar explorá-la até que os dois estivessem mais isolados.

Mesmo assim, podia não funcionar. Fortuidade ainda seria um homem armado, e muitas fraquezas dos Épicos eram notoriamente difíceis de explorar.

Continuei observando. Qualquer que fosse o problema de Bola Curva, não parecia ter relação alguma com a mulher. Ele gesticulava na direção do teatro. Se convencesse Fortuidade a voltar...

A armadilha nunca seria lançada. Os Executores iriam desistir, desaparecer, escolher um alvo novo. Eu talvez passasse anos esperando outra chance como essa.

Eu não podia deixar isso acontecer. Respirando fundo, recolhi o fuzil e joguei a alça sobre ombro. Então, emergi na rua e fui em direção a Fortuidade.

Era hora de entregar meu currículo para os Executores.

2

Eu caminhei depressa pela rua escura sobre a calçada de aço, entrando e saindo de círculos de luz.

Era possível que minha decisão fosse algo muito, muito estúpido. Tão estúpido quanto comer carne vendida por ambulantes das sub-ruas. Talvez até mais estúpido. Os Executores planejavam seus assassinatos com extremo cuidado. Eu não pretendia interferir – só observar, e então tentar fazê-los me aceitar no grupo. Ao sair daquele beco, eu tinha mudado as coisas. Tinha interferido com o plano, qualquer que fosse ele. Havia uma chance de que tudo estivesse correndo como deveria – que Bola Curva fosse parte de tudo.

Mas talvez não. Nenhum plano é perfeito, e até os Executores falhavam. Às vezes eles desistiam, deixando o alvo vivo. Era melhor recuar que arriscar ser capturado.

Eu não sabia qual situação era essa, mas tinha de pelo menos tentar ajudar. Se perdesse essa oportunidade, iria me amaldiçoar por anos.

Todos os três – Fortuidade, Bola Curva e a beldade com ar perigoso – se viraram para mim enquanto eu corria.

– Donny! – eu chamei. – Precisamos de você de volta no Reeve!

Bola Curva franziu a testa, reparando no meu fuzil. Enfiou uma mão sob a jaqueta para pegar a arma, mas não a puxou. Fortuidade, com o seu terno vermelho e a capa vermelho-escura, ergueu uma sobrancelha para mim. Se eu representasse um perigo, seus poderes o avisariam.

Mas, como eu não planejava fazer nada contra ele nos próximos minutos, ele não recebeu aviso algum.

— E quem é *você*? — Bola Curva quis saber.

Eu parei.

— Quem sou eu? Faíscas, Donny! Trabalho pro Spritzer há três anos. Ia te *matar* lembrar o nome das pessoas de vez em quando?

Meu coração martelava, mas tentei não demonstrar. Spritzer era o cara no comando do Teatro Reeve. Embora não fosse um Épico, estava na folha de pagamento de Coração de Aço — assim como praticamente todos na cidade com alguma influência.

Bola Curva me examinou, desconfiado, mas eu sabia que ele não prestava muita atenção à ralé de criminosos ao seu redor. Na verdade, ele provavelmente se chocaria se descobrisse o quanto eu sabia sobre ele, assim como a maioria dos Épicos em Nova Chicago.

— Então? — eu insisti. — Você vem?

— Não me venha com essa atitude, garoto. Você é o quê, um segurança?

— Eu estive na batida do Idolin no verão passado — respondi, cruzando os braços. — Tô subindo na vida, Donny.

— Você me chama de *senhor*, idiota — Bola Curva disparou, tirando a mão da jaqueta. — Se estivesse "subindo na vida", não ficaria dando recados. O que é essa bobagem toda sobre voltar? Ele disse que precisava que Fortuidade calculasse umas chances pra ele.

Eu dei de ombros.

— Ele não me disse *por quê*; só me mandou atrás de você. Disse que ele estava errado, e que não era pra você incomodar Fortuidade. — Olhei para Fortuidade. — Acho que Spritz não sabia que… er… que você tinha planos, senhor. — Acenei para a mulher com a cabeça.

Houve uma pausa longa e desconfortável. Eu estava tão nervoso que era possível raspar um bilhete de loteria segurando-o perto dos meus dedos. Finalmente, Fortuidade fungou.

— Diga a Spritz que, desta vez, ele está perdoado. Ele devia saber que eu não sou a calculadora pessoal dele. — O Épico virou, estendendo o cotovelo para a mulher e se afastando, obviamente presumindo que ela correria para obedecer ao comando.

Quando ela se virou para segui-lo, olhou para mim, os cílios longos batendo sobre os olhos azuis profundos. Eu me peguei sorrindo.

Então percebi que, se tinha enganado Fortuidade, provavelmente a enganara também. O que significava que ela – e os Executores – agora pensavam que eu era um dos lacaios de Coração de Aço. Eles sempre tomavam cuidado para não colocar civis em perigo, mas não tinham nada contra eliminar alguns assassinos ou bandidos menores.

Ah, faíscas, eu pensei. *Eu devia ter piscado pra ela! Por que não pisquei pra ela?*

Teria parecido estúpido? Eu nunca treinara como piscar. Mas dava pra errar? É uma coisa simples.

– Tem algo errado com o seu olho? – Bola Curva perguntou.

– Er, caiu um cisco nele – respondi. – Senhor. Perdão. Hã, a gente devia voltar.

A ideia de os Executores acionarem a armadilha a tempo de eliminar Bola Curva – e eu – como um agradável efeito colateral de repente me deixou muito, muito nervoso.

Eu me apressei pela calçada, espalhando água de algumas poças. A chuva não evaporava rapidamente na escuridão, e, com o chão de aço, a água não tinha para onde escorrer. Os Cavadores haviam criado parte de um sistema de drenagem, junto com tubos para a circulação do ar nas sub-ruas, mas a loucura que os tomara tinha interrompido esses planos, e eles nunca terminaram o trabalho.

Bola Curva seguiu a uma velocidade moderada. Eu reduzi o passo, posicionando-me ao lado dele, preocupado que fosse inventar uma razão para voltar até Fortuidade.

– Qual é a pressa, garoto? – ele rosnou.

À distância, a mulher e Fortuidade tinham parado sob um poste de luz, onde vasculhavam a boca um do outro com as línguas.

– Pare de encarar – Bola Curva disse, passando por mim. – Ele podia nos matar sem nem olhar, e ninguém se importaria.

Era verdade. Fortuidade era um Épico poderoso o suficiente para fazer o que quisesse – contanto que não interferisse com os planos de Coração de Aço. Já Bola Curva não tinha esse tipo de imunidade. Quando se estava no nível dele, ainda era preciso tomar cuidado. Coração de Aço não se importaria se um Épico menor como Bola Curva levasse uma faca nas costas.

Desviei meu olhar e me juntei a Bola Curva. Ele acendeu um cigarro enquanto andava, criando um clarão de luz na escuridão, seguido pelo chiado vermelho-carvão da ponta erguida à frente dele.

– Faíscas, Spritz – ele resmungou. – Ele podia ter mandado um dos lacaios como você atrás de Fortuidade desde o início. Odeio parecer um slontze.

– Você sabe como Spritz é – respondi, distraído. – Pensou que mandar você seria menos ofensivo pra Fortuidade, por ser um Épico e tudo o mais.

– É, deve ser. – Bola Curva deu um trago no cigarro. – Você é da equipe de quem?

– Eddie Macano – respondi, nomeando um dos subalternos na organização de Spritz. Olhei por cima do ombro. Eles *ainda* estavam se agarrando. – Foi ele que me mandou correr atrás de você. Não queria ir ele mesmo. Ocupado demais tentando pegar uma das garotas que Fortuidade deixou pra trás. Que slontze, hein?

– Eddie Macano? – Bola Curva perguntou, virando-se para mim. A ponta vermelha do cigarro iluminou seu rosto perplexo com uma luz laranja-escarlate. – Ele morreu naquela escaramuça com os Cães Sangrentos dois dias atrás. Eu estava lá...

Eu congelei. *Ops.*

Bola Curva pegou a arma.

3

Pistolas têm uma vantagem clara em relação a fuzis: elas são rápidas. Eu nem tentei sacar meu fuzil mais rápido que ele. Desviei, correndo o mais rápido que pude na direção de um beco.

Ali perto, alguém gritou. *Fortuidade*, pensei. *Ele me viu correr? Mas não estou na luz, e ele não estava observando. Isso é outra coisa. A armadilha deve ter sido...*

Bola Curva abriu fogo em mim.

O problema das pistolas é que elas são ultradifíceis de mirar. Mesmo profissionais treinados e experientes erram mais que acertam. E, se você virar a pistola de lado à sua frente – como se estivesse num filme de ação idiota –, vai acertar menos ainda.

Foi exatamente o que Bola Curva fez, e lampejos vindos da frente da arma iluminaram a rua. Uma bala atingiu o chão à minha frente, borrifando faíscas que ricochetearam no pavimento de aço. Derrapei até o beco e pressionei as costas contra a parede, fora da visão direta de Bola Curva.

Balas continuaram a atingir a parede. Eu não arrisquei espiar, mas podia ouvir Bola Curva xingando e gritando. Sentia-me aterrorizado demais para contar os tiros. Um pente como esse não podia conter mais que uma dúzia de balas...

Ah, é, lembrei. *O poder de Épico dele.* O homem continuaria disparando e nunca ficaria sem munição. Em pouco tempo, ele viraria a esquina e teria um caminho livre até mim.

Só havia uma coisa a fazer. Respirei fundo, deixando o fuzil deslizar pelo ombro e pegando-o com a mão. Então, me abaixei num joelho na boca do beco, colocando-me em risco, e ergui o fuzil. O cigarro aceso me proporcionou uma visão do rosto de Bola Curva.

Uma bala atingiu a parede acima de mim. Eu me preparei para apertar o gatilho.

– Pare, seu slontze! – uma voz gritou, interrompendo Bola Curva. Uma figura se moveu entre nós na penumbra bem quando eu disparei. O tiro passou longe. Era *Fortuidade*.

Eu abaixei minha arma quando outro tiro veio de cima. O atirador. A bala caiu no chão perto de nós, quase atingindo Fortuidade – mas ele pulou de lado bem no momento certo. Seu senso de perigo.

Fortuidade correu desajeitadamente, e, à medida que se aproximou de uma lanterna, eu vi por quê. Ele estava algemado. Mesmo assim, conseguia escapar; qualquer que fosse o plano dos Executores, parecia ter dado errado.

Bola Curva e eu olhamos um para o outro, então ele correu para Fortuidade, lançando alguns tiros distraídos na minha direção. Mas ter balas infinitas não o tornava um atirador melhor, e todos os seus disparos passaram longe.

Eu me levantei e olhei para o outro lado, onde a mulher estivera. Ela estava bem?

Um *crack* alto soou no ar, e Bola Curva gritou, caindo ao chão. Eu sorri, pelo menos até o instante em que um segundo tiro foi disparado e um borrifo de faíscas explodiu na parede ao meu lado. Xingando, recuei para o meu beco. Um segundo depois, a mulher no vestido vermelho elegante entrou no beco, segurando uma pequena pistola Derringer e apontando-a diretamente para o meu rosto.

Pessoas atirando com pistolas erravam, em média, a partir de 8 metros de distância – mas eu não tinha certeza das estatísticas quando a pistola estava a 30 centímetros do seu rosto. Provavelmente não eram muito boas para o alvo.

– Espere! – exclamei, erguendo as mãos e deixando o fuzil apoiado no ombro pela alça. – Estou tentando ajudar! Você não viu Bola Curva atirando em mim?

– Pra quem você trabalha? – a mulher perguntou.

– Trabalho na Fábrica Refúgio das Trevas – respondi. – Eu dirigia um táxi, mas...

– Slontze – ela disse. Com a arma ainda apontada para mim, ergueu a mão à cabeça, encostando um dedo na orelha. Havia um brinco ali que provavelmente estava conectado ao celular dela. – Aqui é Megan. Thia. Exploda.

Uma explosão soou próxima, e eu dei um pulo.

– Que foi isso?!

– O Teatro Reeve.

– Você explodiu o Reeve? – perguntei. – Achei que os Executores não feriam inocentes!

Isso a fez congelar, com a arma ainda apontada para mim.

– Como você sabe quem somos?

– Vocês estão caçando Épicos. Quem mais seriam?

– Mas... – Ela se interrompeu, xingando baixinho e erguendo o dedo de novo. – Não há tempo. Abraham. Onde está o alvo?

Eu não ouvi a resposta, mas ela obviamente a deixou satisfeita. Algumas outras explosões soaram à distância.

Ela me examinou, mas minhas mãos continuavam erguidas, e ela, sem dúvida, tinha visto Bola Curva disparando contra mim. Aparentemente, a mulher decidiu que eu não era uma ameaça. Abaixou a arma e se inclinou depressa para quebrar os saltos dos sapatos. Então, agarrou o lado do vestido e o rasgou.

Olhei boquiaberto.

Em geral, eu me considero relativamente sensato, mas não é todo dia que você se encontra num beco escuro com uma mulher deslumbrante arrancando a maior parte da roupa dela. Embaixo do vestido, ela usava uma regata decotada e shorts de ciclista de elastano. Fiquei satisfeito ao notar que o coldre estava, de fato, amarrado à sua coxa direita. Seu celular estava preso ao lado de fora da bainha.

Ela descartou o vestido – ele fora projetado para sair facilmente. Seus braços eram magros e firmes, e a inocência estúpida que ela mostrara mais cedo tinha desaparecido completamente, sendo substituída por uma expressão dura e determinada.

Eu dei um passo, e num segundo a pistola estava apontada para o meu rosto de novo. Congelei.

– Saia do beco – ela ordenou, gesticulando.

Fiz o que ela mandou, nervoso, e emergi novamente na rua.

– De joelhos, mãos na cabeça.

– Eu não sou...

– De joelhos!

Eu me ajoelhei, sentindo-me estúpido e erguendo as mãos à cabeça.

– Impiedoso – ela disse, com o dedo na orelha. – Se o Joelhos aqui sequer *espirrar*, enfia uma bala no pescoço dele.

– Mas... – comecei.

Ela saiu correndo pela rua, movendo-se muito mais rápido agora que estava sem os saltos e o vestido. Eu fiquei sozinho, sentindo-me um idiota ajoelhado lá, as mãos no pescoço formigando enquanto pensava no atirador com a arma apontada para mim.

Quantos agentes os Executores tinham? Eu não conseguia imaginar tentar algo desse tipo sem, pelo menos, duas dúzias. Outra explosão fez o chão tremer. Por que as explosões? Elas alertariam a Patrulha, os soldados de Coração de Aço. Lacaios e bandidos já eram ruins o suficiente; além disso, a Patrulha manejava armas avançadas e a unidade blindada ocasional: armaduras energizadas de 3 metros de altura.

A próxima explosão soou mais perto, no final do quarteirão. Algo provavelmente não saíra conforme o plano original; se não, Fortuidade não teria escapado da mulher de vermelho. Megan? Foi esse o nome que ela disse?

Esse era um dos planos de contingência deles. Mas o que estavam tentando fazer?

Uma figura surgiu de um beco próximo, quase me fazendo pular. Eu me obriguei a permanecer imóvel, amaldiçoando o atirador, mas virei um pouco a cabeça para olhar. A figura usava vermelho, e ainda estava algemada. Fortuidade.

As explosões, eu percebi. *Elas deveriam assustá-lo e fazê-lo voltar para cá.*

Ele atravessou a rua, então se virou e começou a correr em minha direção. Megan – se é que esse era mesmo o seu nome – saiu correndo da mesma rua na qual ele aparecera. Ela veio na minha direção, tentando persegui-lo, mas, atrás dela, à distância, outro grupo de figuras apareceu correndo de uma rua diferente.

Eram quatro bandidos de Spritz, usando ternos e carregando submetralhadoras. Eles miraram em Megan.

Do outro lado da rua, vi quando Megan e Fortuidade passaram por mim. Os bandidos vinham da direita, e Megan e Fortuidade corriam à minha esquerda, todos na mesma rua escura.

Vamos logo!, eu pensei para o atirador acima de mim. *Ela não os viu! Eles vão matá-la. Atire neles!*

Nada. Os bandidos miraram. Senti o suor escorrendo por trás do pescoço. Então, com os dentes cerrados, rolei para o lado, tirando o fuzil e mirando em um deles.

Respirei fundo, então me concentrei e apertei o gatilho, inteiramente esperando que um tiro viesse de cima e me atingisse na cabeça.

4

Uma pistola é como uma bombinha – imprevisível. Depois de acender uma bombinha e jogá-la, você nunca sabe onde ela vai aterrissar ou os estragos que vai fazer. O mesmo acontece quando você dispara uma pistola.

Uma Uzi é ainda pior – é como se fosse uma série de bombinhas. Muito mais chances de acertar alguma coisa, mas ainda desajeitada e descontrolada.

Um fuzil é elegante. Constitui uma extensão da sua vontade. Mire, aperte o gatilho, faça as coisas acontecerem. Nas mãos de um especialista com calma interior, não há nada mais mortífero que um fuzil.

O primeiro bandido caiu com o meu tiro. Movi a arma poucos centímetros para o lado, então apertei de novo. O segundo também caiu. Os outros dois abaixaram as armas, desviando.

Mire. Aperte. Três no chão. O último estava abertamente fugindo quando foquei nele, e conseguiu se esconder. Hesitei, ainda sentindo um frio na espinha – esperando sentir a bala do atirador atingir minhas costas. Ela não veio. Impiedoso, pelo visto, percebera que eu estava do lado deles.

Eu me levantei, hesitante. Não era a primeira vez que matava, infelizmente. Não acontecia com frequência, mas vez ou outra eu precisei me proteger nas sub-ruas. Isso era diferente, mas eu não tinha tempo para refletir.

Empurrei essas emoções para longe e, sem saber o que fazer, virei à esquerda e disparei pela rua atrás de Fortuidade e da mulher Executora.

O Épico xingava, dirigindo-se para uma rua lateral. As ruas estavam todas vazias. As explosões e os tiros haviam feito todo mundo por perto desaparecer – esse tipo de coisa não era incomum em Nova Chicago.

Megan perseguia Fortuidade, e eu consegui cortar caminho e encontrá-la. Ela me deu um olhar irritado enquanto corríamos pela rua transversal, ombro a ombro, atrás do Épico.

– Eu te disse pra ficar parado, Joelhos! – ela gritou.

– Que bom que eu te ignorei! Acabei de salvar sua vida.

– Foi por isso que não atirei em você. Saia daqui.

Eu a ignorei, mirando o fuzil enquanto corria e atirando no Épico. O tiro passou longe; era difícil demais correr e atirar ao mesmo tempo. *Ele é rápido!*, pensei, irritado.

– É inútil – a garota falou. – Você não pode atingi-lo.

– Posso deixá-lo mais lento – eu disse, abaixando o fuzil enquanto passávamos por um pub com as luzes apagadas e as portas fechadas. Um grupo de clientes nervosos assistia de uma das janelas. – Desviar dos tiros vai desequilibrá-lo.

– Não por muito tempo.

– Precisamos atirar os dois ao mesmo tempo – eu falei. – Podemos prendê-lo entre duas balas, daí, para qualquer lado que ele desviar, será pego. Xeque-mate.

– Você está louco? – ela perguntou, ainda correndo. – Isso seria praticamente impossível!

Ela estava certa.

– Bom, então vamos usar a fraqueza dele. Sei que você sabe qual é. Se não, nunca teria conseguido pôr aquelas algemas nele.

– Não vai ajudar – ela disse, contornando um poste.

– Funcionou pra você. Me diga o que é, e eu posso usá-la.

– Slontze – a mulher me xingou. – O senso de perigo dele é abafado se ele se sentir atraído por você. Então, a não ser que você seja *muito* mais bonito pra ele do que pra mim, *não vai* ajudar.

Ah, pensei. Bem, isso era um problema.

– A gente precisa... – Megan começou, mas então se interrompeu, erguendo o dedo para a orelha enquanto corríamos. – Não! Eu consigo! *Não importa* quão próximos eles estejam!

Eles estão querendo que ela desista, percebi. Não demoraria muito para a Patrulha chegar.

À nossa frente, uma motorista infeliz, provavelmente a caminho do distrito dos clubes, virou a esquina. O carro freou com um guincho, e Fortuidade cortou na frente dele, virando à direita por outro beco que o levaria até ruas mais movimentadas.

Então, eu tive uma ideia.

– Segure isso – disse, jogando o fuzil para Megan. Puxei meu pente extra e o joguei para ela também. – Atire nele. Faça-o desacelerar.

– Quê? – Megan perguntou. – Quem é você pra me dar...

– Só obedeça! – gritei, derrapando até parar ao lado do carro. Abri a porta do passageiro. – Saia – disse para a mulher atrás do volante.

A espectadora levantou e se afastou rapidamente, deixando as chaves na ignição. Em um mundo cheio de Épicos com o direito legal de tomar qualquer veículo que desejarem, poucas pessoas fazem perguntas. Coração de Aço é brutal com bandidos que não são Épicos, então a maioria jamais tentaria o que eu acabara de fazer.

Fora do carro, Megan xingou, então ergueu meu fuzil habilmente e começou a disparar. Ela tinha uma boa mira, e Fortuidade – um pouco mais à frente no beco – tropeçou para a direita, seu senso de perigo fazendo-o desviar do disparo. Como eu esperava, isso o desacelerou consideravelmente.

Testei o motor. Era um cupê esportivo bem razoável e parecia praticamente novo. Uma pena.

Acelerei com tudo pela rua. Eu dissera a Megan que já tinha sido taxista, o que era verdade; tentei uns meses antes, logo depois de me formar na Fábrica. Mas eu não mencionara que o emprego só tinha durado um dia; meu desempenho como motorista fora péssimo.

Você nunca sabe o quanto vai gostar de algo até tentar. Esse era um dos ditados famosos do meu pai. A companhia de táxi não esperava que eu "tentasse" dirigir pela primeira vez em um dos carros deles. Mas como um cara igual a mim poderia ter ficado atrás do volante antes? Eu era um órfão que fora propriedade da Fábrica pela maior parte da vida. Meu tipo não costumava faturar muita grana, e, de qualquer modo, as sub-ruas não tinham espaço para carros.

Mesmo assim, dirigir se provou um pouco mais difícil do que eu esperava. Cantei os pneus virando a esquina da rua escura, com o acelerador pressionado até o fim, mal controlando o carro. Derrubei uma placa de "pare" e outra com o nome da rua no caminho, mas cheguei ao final do quarteirão em questão de segundos e virei outra esquina. Atingi algumas lixeiras enquanto subia no meio-fio, mas consegui manter o controle enquanto virava e parava o carro encarando o sul.

Eu o apontava diretamente para o beco. Fortuidade ainda corria até mim, tropeçando em lixo e caixas enquanto Megan o deixava mais lento.

Houve um *pop*, Fortuidade desviou, e meu para-brisas subitamente rachou; um buraco de bala estourou a cerca de um centímetro da minha cabeça. Meu coração deu um pulo. Megan continuava atirando.

Sabe, David, pensei comigo mesmo, *você realmente precisa começar a refletir sobre os seus planos com um pouco mais de cuidado.*

Pisei no acelerador e o motor rugiu. O carro mal cabia no beco, e faíscas voaram do meu lado esquerdo quando fui um centímetro mais adiante nessa direção, raspando o espelho retrovisor.

Os faróis iluminaram uma figura num terno vermelho, com as mãos algemadas e a capa esvoaçando atrás dele. Fortuidade perdera o chapéu enquanto corria. Seus olhos estavam arregalados. Não havia direção alguma para a qual pudesse ir.

Xeque-mate.

Pelo menos foi o que pensei. Mas, quando me aproximei, Fortuidade pulou para o alto e bateu os pés no meu para-brisas, com destreza sobre-humana.

Fiquei completamente chocado. O Épico não devia ter qualquer habilidade física superior. É claro, para um homem como ele – que evitava o perigo tão facilmente –, talvez não houvesse muitas oportunidades de demonstrar habilidades desse tipo. De qualquer modo, seus pés atingiram meu para-brisas numa manobra hábil, que só alguém com super-reflexos conseguiria executar. Ele pegou impulso e pulou para trás, despedaçando o para-brisas e espalhando cacos de vidro, usando o *momentum* do carro para se lançar num salto mortal.

Pisei no freio e pisquei enquanto vidro voava em meu rosto.

O carro parou com um guincho numa chuva de faíscas. Fortuidade aterrissou com elegância.

Eu balancei a cabeça, atordoado. *É, super-reflexos*, uma parte da minha mente pensou. *Eu devia ter percebido. O complemento perfeito para o portfólio de um precog.* Fortuidade fora sábio em manter a habilidade em segredo. Muitos Épicos poderosos tinham percebido que esconder uma ou duas habilidades lhes conferia uma vantagem quando outro Épico tentava matá-los.

Fortuidade correu para a frente. Eu podia vê-lo me encarando, os lábios crispando-se em desprezo. Ele era um monstro – eu tinha documentado mais de uma centena de assassinatos ligados a ele. E, pela expressão em seu rosto, ele pretendia acrescentar meu nome a essa lista.

Então, ele pulou para o alto, em direção ao capô do carro.

Crack! Crack!

O peito de Fortuidade explodiu.

5

O corpo de Fortuidade desabou sobre o capô do carro. Megan encontrava-se atrás dele, com o meu fuzil em uma das mãos – segurado na altura do quadril – e a sua pistola na outra. Os faróis do carro a banhavam em luz.

– Faíscas! – ela xingou. – Não acredito que isso funcionou.

Ela disparou as duas armas ao mesmo tempo, percebi. *Deu o xeque-mate no ar com dois tiros*. Provavelmente só funcionou porque ele estava pulando e, no meio de um pulo, teria sido mais difícil desviar. Mesmo assim, atirar desse jeito era incrível. Uma arma em cada mão, e uma delas um fuzil?

Faíscas, pensei, como um eco dela. Tínhamos vencido.

Megan tirou o corpo de Fortuidade do capô e verificou seu pulso.

– Morto – declarou. Então lhe deu mais dois tiros na cabeça. – E duplamente morto, só pra garantir.

Nesse instante, cerca de uma dúzia de bandidos do Spritz apareceu no fundo do beco, todos portando Uzis.

Eu xinguei, passando às pressas para o banco de trás. Megan pulou sobre o capô e deslizou pelo para-brisas estourado, abaixando-se no banco de passageiro quando uma saraivada de balas atingiu o veículo.

Eu tentei abrir a porta traseira, mas, é claro, as paredes do beco estavam próximas demais. O vidro traseiro foi despedaçado, e tufos de enchimento voaram dos assentos, retalhados por fogo de Uzi.

– Calamidade! – exclamei. – Ainda bem que o carro não é meu.

Megan revirou os olhos para mim, então puxou algo da blusa: um cilindro pequeno, como um batom. Ela girou a parte de baixo, esperou haver uma pausa nos disparos, então o jogou pelo para-brisas.

– O que foi isso? – gritei por cima dos tiros.

A resposta foi uma explosão que balançou o carro, jogando restos de lixo do beco até nós. Os tiros pararam por um momento, e pude ouvir homens chorando de dor. Megan – ainda carregando meu fuzil – pulou de volta por sobre o assento destruído, deslizando com agilidade pelo para-brisas, e então correu.

– Ei! – eu chamei, engatinhando atrás dela, cacos de vidro caindo das minhas roupas. Pulei para o chão e corri até o fim do beco, desviando assim que os sobreviventes da explosão começaram a atirar de novo.

Ela atira como um sonho e carrega pequenas granadas na blusa, um pedaço atordoado da minha mente pensou. *Acho que estou apaixonado.*

Então, ouvi um ruído baixo acima dos tiros, e um caminhão blindado virou a esquina à minha frente, rugindo em direção a Megan. Era gigante e verde, imponente e com faróis enormes. E parecia muito com...

– Um caminhão de lixo? – perguntei, correndo para me juntar a Megan.

Um sujeito negro com cara de durão ocupava o banco do passageiro. Ele abriu a porta para Megan.

– Quem é esse? – perguntou, me indicando com a cabeça. O homem falava com um leve sotaque francês.

– Um slontze – ela respondeu, jogando o fuzil de volta pra mim. – Mas útil. Ele sabe quem somos, mas não acho que seja uma ameaça.

Não era a apresentação mais brilhante, mas servia. Eu sorri quando ela subiu no caminhão, empurrando o homem para o assento do meio.

– Deixamos ele aqui? – perguntou o sujeito com sotaque francês.

– Não – respondeu o motorista. Eu não podia vê-lo; embora ele fosse só uma sombra, sua voz era sólida e ressonante. – Ele vem com a gente.

Eu sorri, subindo avidamente no caminhão. Será que o motorista era Impiedoso, o atirador? Ele tinha visto como eu ajudara. Relutantemente, as pessoas dentro do caminhão abriram espaço para mim. Megan deslizou para o assento traseiro ao lado de um homem magro e forte, usando uma jaqueta de couro camuflada e segurando um belo fuzil de atirador. Aquele provavelmente era Impiedoso. Do outro lado dele, havia uma mulher de meia-idade com cabelo ruivo na altura dos ombros. Ela usava óculos e um traje social.

O caminhão de lixo se afastou, movendo-se mais rápido do que eu imaginava ser possível. Atrás de nós, um grupo dos bandidos saiu do beco e começou a atirar no caminhão. Não causou muitos estragos, mas ainda não estávamos fora de perigo. Acima de nós, ouvi o som característico dos helicópteros da Patrulha. Provavelmente também haveria alguns Épicos de alto nível a caminho.

— Fortuidade? — o motorista perguntou. Ele era um homem mais velho, talvez com 50 e poucos anos, e usava um longo casaco negro de um tecido fino. Estranhamente, havia um par de óculos de proteção enfiado no bolso da frente de seu casaco.

— Morto — Megan respondeu do banco de trás.

— O que deu errado? — o motorista perguntou.

— Um poder oculto — ela respondeu. — Super-reflexos. Eu o algemei, mas ele escapou.

— E esse aí também — disse o cara de jaqueta camuflada, que eu tinha quase certeza ser Impiedoso. — Ele apareceu no meio do esquema, causando um pouco de problemas. — O homem tinha um forte sotaque sulista.

— Falamos sobre ele depois — o motorista disse, virando a esquina em alta velocidade.

Meu coração começou a bater mais rápido, e eu olhei pela janela, vasculhando o céu em busca de helicópteros. Não levaria muito até que a Patrulha fosse informada do que procurar, e o caminhão era um tanto quanto chamativo.

— Devíamos só ter atirado em Fortuidade logo — disse o homem com sotaque francês. — Uma Derringer no peito.

— Não teria funcionado, Abraham — o motorista respondeu. — As habilidades dele eram fortes demais. Mesmo a atração só ajudou um pouco. Precisávamos fazer algo não letal primeiro. Encurralá-lo, então atirar nele. Precogs são difíceis de matar.

Ele provavelmente estava certo quanto a isso. Fortuidade tinha um senso de perigo *muito* forte. Imaginei que o plano era Megan algemá-lo e talvez o prender ao poste. Então, quando o Épico estivesse parcialmente imobilizado, ela tentaria encostar a Derringer no peito dele e atirar. Se tentasse isso primeiro, o poder dele poderia tê-lo avisado. Dependeria de quão atraído ele se sentisse por ela.

– Eu não esperava que ele fosse tão forte – Megan disse, parecendo decepcionada consigo mesma enquanto colocava uma jaqueta de couro marrom e uma calça estilo militar. – Prof, desculpe. Eu não devia ter deixado ele escapar.

Prof... Alguma coisa nesse nome me lembrou de algo.

– Está feito – disse o motorista, Prof, freando o caminhão de lixo bruscamente. – Precisamos abandonar a máquina. Foi comprometida.

Prof abriu a porta e nós saímos.

– Eu... – comecei a dizer, planejando me apresentar. Mas o homem que eles chamavam de Prof me lançou um olhar ameaçador por cima do capô do caminhão. Então, parei, engasgando nas palavras. Parado em meio às sombras, com seu casaco longo e o rosto severo, o homem parecia *perigoso*.

Os Executores tiraram algumas bolsas de equipamento da traseira do caminhão, incluindo uma metralhadora enorme, que Abraham pegou. Eles me levaram até um lance de degraus que descia para as sub-ruas. Dali, a equipe percorreu rapidamente uma série de voltas e desvios. Eu consegui manter uma ideia de aonde estávamos indo, até eles me conduzirem por uma longa escadaria, vários níveis abaixo da superfície, que levava para as catacumbas de aço.

Pessoas espertas se mantinham longe das catacumbas. Os Cavadores tinham enlouquecido antes de os túneis ficarem prontos. As luzes no teto raramente funcionavam, e os túneis quadrados através do aço mudavam de tamanho à medida que você progredia.

A equipe manteve silêncio enquanto percorria as passagens, acendendo luzes nos celulares, que a maioria guardava na frente dos casacos. Eu já tinha me perguntado se os Executores teriam celulares, e saber que os usavam fez eu me sentir melhor sobre o meu. Quer dizer, todo mundo sabia que a Fundição Falcão Paladino era neutra, e que conexões de celular eram completamente seguras. O fato de os Executores usarem a rede constituía apenas outra indicação de que a Falcão Paladino era confiável.

Nós andamos por um tempo. Os Executores se moviam silenciosamente, cuidadosamente. Várias vezes, Impiedoso foi à frente como batedor; Abraham cuidava da nossa retaguarda com aquela metralhadora maligna dele. Era difícil manter o senso de direção; as catacumbas de aço pareciam um sistema de metrô que, no meio da construção, transformara-se num labirinto de ratos.

Havia pontos obstruídos, túneis que iam a lugar nenhum e ângulos não naturais. Em alguns lugares, fios elétricos saíam das paredes como aquelas artérias horríveis que você encontra no meio de um pedaço de frango. Em outros lugares, as paredes de aço não eram sólidas, evidenciando trechos de revestimento abertos por pessoas procurando algo que valesse a pena vender. Sucata de metal, porém, não valia nada em Nova Chicago. Havia mais do que o suficiente *disso* por aí.

Passamos por grupos de adolescentes com expressões sombrias, em pé ao lado de lixeiras pegando fogo. Eles pareceram descontentes ao terem seu refúgio invadido, mas ninguém interferiu com a gente. Talvez em virtude da enorme arma de Abraham. Aquela coisa tinha gravatônicos azuis brilhantes na parte de baixo, que o ajudavam a segurá-la.

Percorremos aqueles túneis por mais de uma hora. Ocasionalmente passávamos por saídas de ar. Os Cavadores tinham colocado algumas coisas funcionais aqui embaixo, mas a maioria não fazia sentido. Apesar disso, havia ar fresco. Às vezes.

Prof nos conduzia, naquele seu longo casaco preto. *É um jaleco de laboratório*, percebi quando viramos outra esquina. *Um que foi tingido de preto*. Ele usava uma camisa preta por baixo.

Os Executores obviamente se preocupavam se estavam sendo seguidos, mas achei que aquilo já era exagero. Eu fiquei completamente perdido depois de quinze minutos, e a Patrulha nunca descia nesses níveis. Havia um acordo informal. Coração de Aço ignorava aqueles que viviam nas catacumbas, e eles não faziam nada para atrair sua fúria.

É claro... os Executores tinham quebrado essa trégua. Um Épico importante fora assassinado. Como Coração de Aço reagiria a isso?

Por fim, os Executores viraram uma esquina que parecia igual a todas as outras – só que dessa vez levava a uma pequena sala aberta no aço. Havia muitos desses lugares nas catacumbas. Lugares onde os

Cavadores tinham planejado colocar um banheiro, uma lojinha ou uma casa.

Impiedoso, o atirador, posicionou-se à porta. Ele havia colocado na cabeça um boné camuflado, com um símbolo desconhecido na frente. Parecia algum tipo de brasão real ou algo assim. Abraham pegou uma lanterna grande e apertou um botão que acendeu luzes nas laterais dela, apoiando-a no chão em seguida.

Prof cruzou os braços, com o rosto impassível, e me inspecionou. A mulher ruiva estava atrás dele. Ela parecia mais pensativa. Abraham ainda carregava sua arma grande, e Megan tirou a jaqueta de couro e amarrou um coldre de arma sob o braço. Tentei não a encarar, mas era como tentar não piscar. Só que... bom, meio que o contrário.

Dei um passo hesitante para trás, percebendo que estava cercado. Eu tinha pensado que seria aceito na equipe, mas, olhando nos olhos de Prof, percebi que não era o caso. Eles me viam como uma ameaça. Eu não fora trazido porque os ajudara, mas, sim, porque eles não me queriam andando livremente por aí.

Eu era um prisioneiro. E, naquele nível profundo das catacumbas de aço, ninguém ouviria um grito ou um disparo sequer.

6

– Teste-o, Thia – disse Prof.

Eu recuei, segurando meu fuzil nervosamente. Atrás de Prof, Megan estava encostada numa parede, com a jaqueta de volta e a pistola presa sob o braço. Ela virava algo em uma das mãos. O pente extra do meu fuzil. Não o colocara de volta.

Megan sorriu. Ela havia me jogado o fuzil lá em cima, mas eu tive a suspeita terrível de que esvaziara a câmara antes, deixando a arma descarregada. Comecei a entrar em pânico.

A ruiva – Thia – se aproximou de mim, segurando algum tipo de dispositivo. Era plano e redondo, do tamanho de um prato, mas tinha uma tela de um lado. Ela o apontou para mim.

– Sem leitura.

– Exame de sangue – Prof disse, com uma expressão dura.

Thia assentiu com a cabeça.

– Não nos obrigue a te segurar – ela disse para mim, removendo uma tira de um lado do dispositivo; estava conectada ao disco por cordas. – Vai picar, mas não vai machucá-lo.

– O que é? – perguntei.

– Um detector.

Um detector… um dispositivo que testava se alguém era Épico ou não.

– Eu… achei que eram só um mito.

Abraham sorriu, segurando a arma gigante ao seu lado. Ele era magro e musculoso e parecia muito calmo, ao contrário da tensão demonstrada por Thia e mesmo por Prof.

– Então não vai se incomodar, né, meu amigo? – perguntou, num sotaque francês. – O que importa se um dispositivo mitológico te picar?

Isso não me reconfortou, mas os Executores eram um grupo de assassinos experientes, que matavam Altos Épicos como profissão. Não havia muito que eu pudesse fazer.

A mulher envolveu meu braço com uma tira larga, um pouco semelhante à que se usava para medir a pressão sanguínea. Fios a ligavam ao dispositivo na sua mão. Havia uma pequena caixa do lado de dentro da tira, e ela me picou.

Thia estudou a tela.

– Ele é limpo, com certeza – ela disse, olhando para Prof. – Nada no exame de sangue também.

Prof assentiu, não parecendo surpreso.

– Certo, filho. É hora de você responder a algumas perguntas. Pense com muito cuidado antes de dar uma resposta.

– Certo – concordei, enquanto Thia removia a tira. Esfreguei o braço onde tinha sido picado.

– Como – começou Prof – você descobriu onde íamos atacar? Quem contou a você que Fortuidade era nosso alvo?

– Ninguém me contou.

A expressão dele se tornou sombria. Ao seu lado, Abraham ergueu uma sobrancelha e mudou a arma de posição.

– Não, sério! – eu insisti, suando. – Tá bem, eu ouvi de algumas pessoas na rua que vocês talvez estivessem na cidade.

– Nós não contamos a ninguém quem era o alvo – Abraham disse. – Mesmo que soubesse quem éramos, como sabia qual Épico tentaríamos matar?

– Bem – eu disse –, quem mais vocês atacariam?

– Há milhares de Épicos na cidade, filho – disse Prof.

– Claro – respondi. – Mas a maioria não é importante o suficiente para atrair a sua atenção. Vocês atacam Altos Épicos, e só há algumas centenas deles em Nova Chicago. Entre eles, só umas duas dúzias têm invencibilidade suprema, e vocês *sempre* escolhem alguém com uma invencibilidade suprema. Porém, também não iriam contra alguém poderoso *demais* ou influente *demais*. Imaginariam que eles pudessem estar bem protegidos. Isso exclui Punho da Noite, Confluência e Tormenta de Fogo... ou praticamente qualquer um no círculo íntimo de Coração de Aço. Também elimina a maioria dos barões das tocas, o que deixa cerca de uma dúzia de alvos, e Fortuidade era o pior de todos. Todos os Épicos são assassinos, mas ele, sem dúvida, tinha matado a maior quantidade de inocentes. Além disso, o jeito doentio como brincava com as entranhas das pessoas é exatamente o tipo de atrocidade que os Executores iriam querer parar. – Eu olhei para eles, nervoso, então dei de ombros. – Como eu disse, ninguém me contou. Era óbvio quem vocês acabariam escolhendo.

A sala caiu em silêncio.

– Há! – riu o atirador, que ainda estava na porta. – Rapazes e senhoras, acho que isso significa que estamos nos tornando um *pouquinho* previsíveis.

– O que é uma invencibilidade suprema? – Thia perguntou.

– Desculpe – pedi, percebendo que eles não conheciam meus termos. – É como eu chamo um poder Épico que torna inúteis os métodos de assassinato convencionais. Sabe, regeneração, pele impenetrável, precognição, autorreincarnação, esse tipo de coisa. – Um Alto Épico era alguém com um desses poderes. Felizmente, eu nunca tinha ouvido falar de algum que tivesse dois.

– Vamos fingir – disse Prof – que você realmente chegou a essa conclusão sozinho. Ainda não explica como sabia onde íamos montar a armadilha.

– Fortuidade sempre vê as peças no teatro de Spritz no primeiro sábado do mês – afirmei. – E sempre sai em busca de diversão depois. Era o único momento garantido em que vocês o encontrariam sozinho e num estado de espírito em que ele estaria propenso a cair numa armadilha.

Prof olhou para Abraham, então para Thia. Ela deu de ombros.

– Não sei.

– Acho que ele está falando a verdade, Prof – disse Megan, os braços cruzados, a jaqueta aberta na frente. *Não... encare...*, eu tive de me lembrar.

Prof olhou para ela.

– Por quê?

– Faz sentido – ela falou. – Se Coração de Aço soubesse onde íamos atacar, ele teria algo mais elaborado planejado para nós do que um garoto com um fuzil. Além disso, o Joelhos aqui *tentou* ajudar. Mais ou menos.

– Eu ajudei! Você estaria morta se não fosse por mim. Conte pra ela, Impiedoso.

Os Executores pareceram confusos.

– Quem? – Abraham perguntou.

– Impiedoso – repeti, apontando para o atirador na porta.

– Meu nome é Cody, garoto – ele disse, divertido.

– Então onde está Impiedoso? – perguntei. – Megan disse que ele estava acima de nós, esperando com o fuzil para… – As palavras foram morrendo na minha garganta.

Nunca houve um atirador acima de nós, percebi. *Pelo menos, não um com ordens específicas para me vigiar.* Megan só dissera aquilo para me manter quieto.

Abraham riu alto.

– Foi enganado pelo velho truque do atirador invisível, hein? Ela te fez ajoelhar pensando que levaria uma bala a qualquer instante. É por isso que ela te chama de Joelhos?

Eu senti o sangue subindo ao rosto.

– Certo, filho – Prof disse. – Vou ser legal com você e fingir que nada disso jamais aconteceu. Depois que sairmos por aquela porta, quero que conte até mil, bem lentamente. Então você pode ir embora. Se tentar nos seguir, eu vou atirar. – Ele gesticulou para os outros.

– Não, espere! – eu disse, estendendo uma mão para ele.

Em um segundo, os outros quatro tinham armas na mão, todas apontadas para a minha cabeça.

Engoli em seco, então abaixei a mão.

– Esperem, por favor – eu disse, mais timidamente. – Quero me juntar a vocês.

– Você quer o quê? – Thia perguntou.

– Me juntar a vocês – respondi. – É por isso que os segui hoje. Não pretendia me envolver. Só queria me candidatar.

– A gente não anda aceitando currículos – Abraham disse.

Prof me estudou.

– Até que ele foi útil – Megan disse. – E eu... admito que sabe atirar decentemente. Talvez a gente possa aceitá-lo, Prof.

Bem, independentemente do que acontecesse agora, eu tinha conseguido impressioná-la. Isso parecia uma vitória quase tão grande quanto matar Fortuidade.

Finalmente, Prof balançou a cabeça.

– Não estamos recrutando, filho. Desculpe. Nós vamos embora, e não quero *jamais* ver você perto de uma das nossas operações de novo. Não quero ver nem um sinal de que está na mesma cidade que nós. Fique em Nova Chicago. Depois da bagunça de hoje, não vamos voltar aqui por um bom tempo.

Isso pareceu resolver a questão para todos eles. Megan deu de ombros para mim, quase como se pedisse desculpas, o que parecia indicar que tinha me defendido como um agradecimento por salvá-la dos bandidos com as Uzis. Os outros seguiram Prof, juntando-se a ele em direção à porta.

Eu fiquei para trás, sentindo-me impotente e frustrado.

– Vocês estão falhando – eu disse a eles, com a voz suave agora.

Por algum motivo, isso fez Prof hesitar. Ele olhou de volta para mim, quando a maioria dos outros já tinha saído.

– Vocês nunca vão atrás dos alvos reais – eu disse, amargurado. – Sempre escolhem os mais seguros, como Fortuidade. Épicos que podem isolar e matar. Monstros, sim, mas relativamente sem importância. Nunca os monstros *reais*, os Épicos que nos quebraram e deixaram a nação em destroços.

– Fazemos o nosso melhor – Prof falou. – Morrer tentando derrubar um Épico invencível não ajudaria ninguém.

– Matar homens como Fortuidade também não vai ajudar muito – eu disse. – Eles são muitos, e, se vocês continuarem escolhendo alvos como ele, ninguém vai se preocupar com vocês. Serão apenas um aborrecimento. Não vão mudar o mundo desse jeito.

– Não estamos tentando mudar o mundo – Prof respondeu. – Só estamos matando Épicos.

– O que você quer que a gente faça, rapaz? – Impiedoso, quer dizer, Cody, perguntou, divertido. – Atacar Coração de Aço em pessoa?

– Sim – respondi, fervoroso, dando um passo à frente. – Vocês querem mudar as coisas, querem deixá-los com medo? É *ele* que precisam atacar! Mostrem a ele que ninguém está acima da nossa vingança!

Prof balançou a cabeça. Em seguida, continuou andando, com o jaleco preto de laboratório farfalhando.

– Eu tomei essa decisão há anos, filho. Devemos lutar as batalhas que temos uma chance de vencer.

Ele saiu para o corredor. Fiquei sozinho no pequeno cômodo, a lanterna que eles deixaram para trás dando um brilho frio à câmara de aço.

Eu tinha fracassado.

7

Fiquei parado naquela caixa de aço imóvel e silenciosa, iluminada pela lanterna abandonada. Ela parecia estar ficando sem bateria, mas as paredes de aço refletiam bem a luz fraca.

Não, pensei.

Saí do quarto, ignorando os avisos. *Eles que atirem em mim.*

As figuras que partiam estavam iluminadas pelos seus celulares, um grupo de formas escuras no corredor estreito.

– Ninguém mais está lutando! – gritei para eles. – Ninguém nem tenta! Vocês são os únicos que restam. Se até vocês têm medo de homens como Coração de Aço, como as outras pessoas vão pensar diferente?

Os Executores continuaram andando.

– O seu trabalho significa alguma coisa! – continuei. – Mas não é suficiente! Enquanto os Épicos mais poderosos se considerarem imunes, nada vai mudar. Se vocês os deixarem em paz, estarão essencialmente provando o que eles sempre disseram! Que, se um Épico é forte o bastante, ele pode tomar o que quiser e fazer o que quiser. Vocês estão dizendo que eles merecem governar.

O grupo continuou andando, embora Prof, na retaguarda, parecesse hesitar. Mas apenas por um instante.

Respirei fundo. Só me restava tentar uma coisa.

– Eu já vi Coração de Aço sangrar.

Prof enrijeceu.

Isso fez os outros hesitarem. Prof olhou por cima do ombro para mim.

– *O quê?*

– Eu já vi Coração de Aço sangrar.

– Impossível – Abraham afirmou. – O homem é completamente invulnerável.

– Eu vi – repeti, o coração martelando e o rosto suado. Eu nunca contara isso a ninguém. O segredo era perigoso demais. Se Coração de Aço soubesse que eu tinha sobrevivido ao ataque ao banco naquele dia, ele me caçaria. Não haveria esconderijo nem escapatória. Não se ele pensasse que eu conhecia a fraqueza dele.

Eu não conhecia, não completamente. Mas tinha uma pista, possivelmente a única que qualquer um possuía.

– Inventar mentiras não vai te colocar no grupo, filho – Prof disse, lentamente.

– Não estou mentindo – retruquei, olhando-o nos olhos. – Eu não mentiria sobre isso. Me dê alguns minutos para contar a minha história. Pelo menos ouçam.

– Isso é tolice – Thia disse, tomando o braço de Prof. – Prof, vamos.

O homem não respondeu. Prof me examinava, os olhos analisando os meus, como se ele procurasse por alguma coisa. Eu me sentia estranhamente exposto diante dele, nu. Como se Prof fosse capaz de ver todos os meus desejos e pecados.

Ele veio lentamente até mim.

– Certo, filho – falou. – Você tem quinze minutos. – Ele gesticulou para a sala. – Eu ouvirei o que você tem a dizer.

Nós voltamos para o pequeno cômodo, com resmungos de alguns dos outros. Eu começava a identificar a função dos membros da equipe. Abraham, com a sua enorme metralhadora e os braços musculosos – ele só podia ser o homem do armamento pesado. Ficaria por perto para cobrir os outros dos policiais da Patrulha se algo desse errado. Intimidaria pessoas para extrair informação quando necessário e provavelmente comandaria o maquinário pesado, se o plano assim exigisse.

Thia, a ruiva, de rosto fino e articulada, era provavelmente a intelectual do grupo. Julgando por suas roupas, ela não se envolvia nos confrontos, e os Executores precisavam de pessoas como ela – alguém que sabia exatamente como os poderes Épicos funcionavam e que podia ajudar a decifrar as fraquezas dos alvos.

Megan tinha de ser a linha de frente. A pessoa que entrava em perigo, que colocava o Épico em posição. Cody, com sua roupa camuflada e fuzil de atirador, era provavelmente o apoio de fogo. Imaginei que, depois que Megan neutralizasse os poderes do Épico de alguma forma, Cody o eliminava ou dava o xeque-mate com fogo de precisão.

O que tornava Prof o líder da equipe, pensei. Talvez um segundo membro da linha de combate, se eles precisassem de um? Eu ainda não adivinhara seu papel, embora algo me incomodasse sobre o seu nome.

Quando entramos na sala de novo, Abraham parecia interessado no que eu ia dizer. Thia, entretanto, exibia uma expressão irritada, e Cody parecia se divertir. O atirador se encostou em uma parede e relaxou, cruzando os braços para vigiar o corredor. Os outros me cercaram, esperando.

Sorri para Megan, mas o rosto dela se tornara impassível. Frio, até. O que tinha mudado?

Respirei fundo.

– Eu já vi Coração de Aço sangrar – repeti. – Foi há dez anos; eu tinha oito. Meu pai e eu estávamos no Banco da União na rua Adams...

Fiquei em silêncio, a história terminada e minhas últimas palavras pairando no ar. *E o verei sangrar de novo.* Parecia só uma bravata, agora que eu estava cercado por um grupo de pessoas que dedicavam suas vidas a matar Épicos.

Meu nervosismo havia evaporado enquanto eu contava a história. Foi estranhamente relaxante finalmente poder compartilhá-la, dar voz àqueles eventos terríveis. Pelo menos, mais alguém sabia. Se eu morresse, haveria outros que tinham a informação que só eu carregara. Mesmo que os Executores decidissem não atacar Coração de Aço, o conhecimento existia, talvez para ser usado algum dia. Se eles acreditassem em mim.

– Vamos sentar – Prof disse, acomodando-se. Os outros o imitaram, Thia e Megan relutantes, mas Abraham ainda relaxado. Cody permaneceu de pé, à porta, ainda de guarda.

Eu me sentei, pondo o fuzil no colo. A trava de segurança estava ativada, embora eu tivesse bastante certeza de que a arma não estava carregada.

– Então? – Prof perguntou para sua equipe.

– Ouvi falar disso – Thia admitiu, relutante. – Coração de Aço destruiu o banco no Dia da Anexação. O banco alugava alguns escritórios no último andar. Nada muito importante, alguns assessores e contadores que faziam serviços governamentais. A maioria dos tradicionistas com quem falei presumia que Coração de Aço atacou o prédio por causa desses escritórios.

– Sim – Abraham concordou. – Ele atacou muitos prédios na cidade, naquele dia.

Prof assentiu com a cabeça, pensativo.

– Senhor... – comecei.

Ele me interrompeu.

– Você falou o que tinha para falar, filho. É um sinal de respeito estarmos discutindo isso onde você pode ouvir. Não faça eu me arrepender.

– Er, sim, senhor.

– Eu sempre me perguntei por que ele atacou o banco primeiro – Abraham continuou.

– É – Cody concordou, da porta. – Foi uma escolha estranha. Por que eliminar um bando de contadores, e *daí* ir atrás do prefeito?

– Mas isso não é motivo suficiente para mudarmos nossos planos – Abraham acrescentou, balançando a cabeça. Ele me deu um aceno, com a arma enorme sobre o ombro. – Tenho certeza de que você é uma pessoa maravilhosa, meu amigo, mas não acho que devemos basear decisões em informações dadas por alguém que acabamos de conhecer.

– Megan? – Prof perguntou. – O que você acha?

Eu olhei para ela. Megan estava sentada um pouco distante dos outros. Prof e Thia pareciam no comando dessa célula de Executores. Abraham e Cody frequentemente davam suas opiniões, como se fossem amigos íntimos. Mas e Megan?

– Eu acho que isso é estúpido – ela disse, o tom frio.

Eu franzi a testa. *Mas... uns minutos atrás, ela era a mais simpática comigo!*

– Você o defendeu antes – Abraham falou, como se desse voz aos meus próprios pensamentos.

Ela fechou a cara.

– Isso foi antes de ouvir a história maluca dele. Ele está mentindo pra entrar na equipe.

Abri a boca para protestar, mas um olhar do Prof me fez engolir o comentário.

– Você parece estar considerando – Cody disse para Prof.

– Prof? – Thia perguntou. – Eu conheço esse olhar. Lembre-se do que aconteceu com Patrulheiro da Noite.

– Eu me lembro – ele disse, examinando-me de novo.

– O que foi? – Thia perguntou.

– Ele sabe sobre as equipes de resgate – Prof explicou.

– As equipes de resgate? – Cody perguntou.

– Coração de Aço encobriu o fato de que matou as equipes de resgate – Prof disse, em voz baixa. – Poucos sabem o que ele fez com eles e os sobreviventes, o que aconteceu no prédio do banco. Ele não matou ninguém que foi ajudar nos outros prédios da cidade que destruiu. Só matou as equipes de resgate no banco... Há alguma coisa diferente a respeito da destruição do banco – Prof continuou. – Sabemos que ele entrou naquele prédio e falou com as pessoas lá dentro. Ele não fez isso em nenhum outro lugar. Dizem que ele saiu do banco furioso. Algo aconteceu lá dentro. Sei disso há algum tempo. Os outros líderes de células sabem também. Presumimos que ele se enfureceu por algo relacionado ao Dedo da Morte. – Prof estava sentado com uma mão no joelho e bateu o dedo, pensativo, me estudando. – Coração de Aço adquiriu sua cicatriz naquele dia. Ninguém sabe como.

– Eu sei – falei.

– Talvez – Prof respondeu.

– *Talvez* – Megan retrucou. – Talvez não. Prof, ele pode ter ouvido sobre os assassinatos e a cicatriz de Coração de Aço e então inventado o resto! Não haveria como provar nada, porque, se ele está falando a verdade, então ele e Coração de Aço são as únicas testemunhas do que aconteceu.

Prof assentiu devagar.

– Atacar Coração de Aço seria quase impossível – Abraham disse. – Mesmo se pudéssemos descobrir a fraqueza dele, ele tem guardas. Guardas fortes.

– Tormenta de Fogo, Confluência e Punho da Noite – eu disse, assentindo. – Tenho um plano para lidar com cada um deles. Acho que descobri a fraqueza dos três.

Thia franziu a testa.

– Descobriu?

– Dez anos – eu disse suavemente. – Por dez anos, tudo o que fiz foi planejar como matá-lo.

Prof ainda parecia pensativo.

– Filho – ele disse pra mim. – Qual você disse que era o seu nome?

– David.

– Bem, David. Você adivinhou que íamos atrás de Fortuidade. O que imagina que faremos em seguida?

– Vocês deixarão Nova Chicago antes do anoitecer – respondi imediatamente. – É o que as equipes sempre fazem depois de montar uma armadilha. É claro, não há anoitecer aqui. Mas vocês terão partido em algumas horas, então se reunirão com o resto dos Executores.

– E qual seria o próximo Épico que planejaríamos atacar? – Prof perguntou.

– Bem – falei, pensando rápido, lembrando-me das minhas listas e projeções. – Nenhuma das suas equipes tem sido ativa nas Pradarias Médias ou em Califa nos últimos tempos. Imagino que seu próximo alvo seria ou Armamento em Omaha, ou Trovoada, um dos Épicos da gangue de Nevasca em Sacramento.

Cody assoviou baixinho. Aparentemente eu chegara perto – o que foi sorte. Não me sentia muito confiante. Ultimamente, acertava cerca de um quarto das vezes quando tentava adivinhar onde as células dos Executores atacariam.

Prof subitamente se ergueu.

– Abraham, prepare o Buraco Catorze. Cody, veja se consegue criar uma trilha falsa que leve até Califa.

– Buraco Catorze? – Thia perguntou. – Vamos ficar na cidade?

– Sim – Prof respondeu.

– Jon – Thia disse para Prof. Era provavelmente seu nome verdadeiro. – Eu não posso...

– Eu não estou dizendo que vamos atacar Coração de Aço – ele falou, erguendo uma mão. Então apontou para mim. – Mas, se o garoto adivinhou o que vamos fazer em seguida, outros também podem adivinhar. Isso significa que precisamos mudar. Imediatamente. Vamos ficar escondidos aqui por alguns dias. – Ele olhou para mim. – Quanto a Coração de Aço... veremos. Primeiro quero ouvir sua história de novo. Quero ouvi-la dez vezes. Então vou decidir o que fazer em seguida.

Prof estendeu uma mão para mim. Eu a aceitei hesitantemente, deixando que ele me erguesse. Havia algo nos olhos do homem, algo que eu não esperava ver. Um ódio de Coração de Aço quase tão profundo quanto o meu. Ficava evidente pelo modo como ele dizia o nome do Épico, pelo modo como seus lábios se curvavam para baixo, pelo modo como seus olhos se estreitavam e pareciam arder enquanto ele dizia aquele nome.

Senti que nós dois nos entendemos naquele momento.

Prof, eu pensei. *Professor, PhD. O homem que fundou os Executores se chama Jonathan Phaedrus. P-h... d.*

Aquele não era apenas um comandante de equipe, chefe de uma das células dos Executores. Era Jon Phaedrus em pessoa. O líder e fundador dos Executores.

8

— Então... — comecei, enquanto deixávamos a sala. — Onde fica esse lugar aonde vamos? Buraco Catorze?

— Você não precisa saber disso — Prof respondeu.

— Posso ter o pente do meu fuzil de volta?

— Não.

— Eu preciso saber algum... Sei lá. Cumprimento secreto? Identificadores especiais? Códigos para que os outros Executores saibam que sou um deles?

— Filho — Prof disse —, você *não é* um de nós.

— Eu sei, eu sei — concordei rápido. — Mas não quero que alguém nos surpreenda e pense que eu sou um inimigo ou algo assim, e...

— Megan — Prof falou, apontando um dedão para mim. — Divirta o garoto. Eu preciso pensar. — Ele se afastou, juntando-se a Thia, e os dois começaram a conversar em voz baixa.

Megan dirigiu uma expressão de desprezo para mim. Provavelmente eu merecia aquilo, por fazer perguntas sem parar. Mas eu estava nervoso. Era Phaedrus em pessoa, o fundador dos Executores. Agora que eu sabia o que procurar, reconheci o homem pelas descrições que tinha lido — por mais escassas que fossem.

Prof era uma lenda. Um deus tanto entre defensores da liberdade como entre assassinos. Eu estava deslumbrado, e as perguntas apenas escaparam. Para falar a verdade, sentia-me orgulhoso de mim mesmo por não ter pedido um autógrafo na minha arma.

Mas meu comportamento não me rendera muitos pontos com Megan, e ela obviamente não gostou de ter ficado com o serviço de babá. Cody e Abraham estavam à nossa frente, o que deixava Megan e eu caminhando lado a lado enquanto nos movíamos a um ritmo veloz por um dos túneis de aço escurecidos. Ela estava em silêncio.

Era de fato bonita. E tinha provavelmente a minha idade, talvez um ano ou dois a mais. Eu não estava certo de por que se tornara fria comigo. Talvez uma conversa instigante ajudasse com isso.

– Então, hã... – comecei. – Quanto tempo você... sabe, há quanto tempo está com os Executores? E tal?

Suave.

– O bastante – ela respondeu.

– Esteve envolvida em alguma das mortes recentes? Gyro? Praga das Sombras? Sem Orelhas?

– Talvez. Duvido que Prof gostaria que eu discutisse detalhes.

Andamos em silêncio por mais algum tempo.

– Sabe – eu disse –, você não é muito divertida.

– Quê?

– Prof mandou você me divertir – expliquei.

– Só para desviar suas perguntas a outra pessoa. Duvido que você vá achar qualquer coisa que eu faço particularmente divertida.

– Eu não diria isso – respondi. – Gostei do strip-tease.

Ela me deu um olhar furioso.

– *Quê?*

– No beco – eu disse. – Quando você...

A expressão dela estava tão gelada que seria possível usá-la para resfriar o barril de uma metralhadora estática com alta cadência de tiro. Ou talvez algumas bebidas. Bebidas geladas – essa é uma metáfora melhor.

Mas não achei que ela apreciaria se eu a usasse agora.

– Deixa pra lá – falei.

– Ótimo – ela disse, virando a cabeça e retomando o passo.

Eu dei um suspiro, então gargalhei.

– Por um momento, achei que você ia atirar em mim.

– Só atiro em pessoas quando o trabalho exige – ela falou. – Você está tentando jogar conversa fora, e simplesmente não é bom nisso. Não é uma ofensa criminosa.

– Er, obrigado.

Ela assentiu, séria, o que não era muito bem a reação que eu teria esperado de uma garota bonita cuja vida eu salvara. Tudo bem, ela era a primeira garota – bonita ou não – cuja vida eu já salvara, então eu não tinha exatamente uma base para comparação.

Mesmo assim, ela tinha sido até que simpática comigo antes, não é? Talvez eu só precisasse tentar um pouco mais.

– Então, o que você *pode* me contar? – perguntei. – Sobre a equipe ou os outros membros.

– Eu prefiro discutir outro assunto – ela disse. – Um que não envolva segredos sobre os Executores *nem* as minhas roupas, por favor.

Permaneci em silêncio. A verdade era que eu não sabia nada sobre muitas outras coisas exceto os Executores e os Épicos da cidade. Sim, tinha recebido alguma educação na Fábrica, mas só coisas básicas. E antes disso havia mendigado nas ruas, desnutrido, mal evitando a morte.

– Acho que podemos falar sobre a cidade – eu disse. – Sei bastante coisa sobre as sub-ruas.

– Quantos anos você tem? – Megan quis saber.

– Dezoito – respondi, defensivo.

– E alguém virá atrás de você? As pessoas ficarão se perguntando para onde você foi?

Eu balancei a cabeça.

– Eu atingi a maioridade dois meses atrás. Fui expulso da Fábrica onde trabalhava.

Essa era a regra. Você só trabalhava lá até fazer 18 anos; depois, encontrava outro emprego.

– Você trabalhou numa fábrica? – ela perguntou. – Por quanto tempo?

– Uns nove anos – respondi. – Era uma fábrica de armamentos, na verdade. Fazia armas para a Patrulha. – Alguns moradores das sub-ruas, particularmente os mais velhos, resmungavam que a Fábrica explorava o trabalho infantil. Essa era uma reclamação estúpida, feita por pessoas que se lembravam de um mundo diferente. De um mundo mais seguro.

No meu mundo, pessoas que davam a alguém a chance de trabalhar em troca de comida eram santas. Martha garantia que seus trabalhadores fossem alimentados, vestidos e protegidos, inclusive uns dos outros.

– Era bom?

– Mais ou menos. Não é trabalho escravo, como as pessoas pensam. Eles nos pagavam. – Mais ou menos. Martha guardava os salários para nos dar quando não fôssemos mais propriedade da Fábrica. O suficiente para nos estabelecermos e começarmos uma carreira. – Era um bom lugar para crescer, considerando as opções – eu disse, nostálgico, enquanto caminhávamos. – Sem a Fábrica, duvido que eu teria aprendido a atirar. As crianças não deveriam usar as armas, mas, se você fosse bom, Martha, a dona do lugar, fingia não ver. – Mais de uma das crianças dela tinha ido trabalhar na Patrulha.

– Que interessante – Megan disse. – Conte mais.

– Bem, é... – Eu esqueci o que estava dizendo quando olhei para ela. Só então percebi que Megan não tinha parado de andar; os olhos estavam voltados para a frente, e ela mal prestava atenção. Só fazia perguntas para me manter falando, talvez até para evitar que eu a incomodasse de modos mais invasivos.

– Você nem está escutando – acusei.

– Você parecia querer falar – ela retrucou, seca. – Eu lhe dei a chance.

Faíscas, pensei, sentindo-me um slontze. Nós ficamos em silêncio enquanto andávamos, o que parecia conveniente para Megan.

– Você não sabe como isso é irritante – eu disse por fim.

Ela me deu um olhar de soslaio, as emoções escondidas.

– Irritante?

– Sim, irritante. Passei os últimos dez anos da minha vida estudando os Executores e os Épicos. Agora que estou aqui, vocês me dizem que não posso fazer perguntas sobre qualquer coisa importante. É irritante.

– Pense sobre alguma outra coisa.

– Não há outra coisa. Não para mim.

– Garotas.
– Nenhuma.
– Hobbies.
– Nenhum. Só vocês, Coração de Aço e minhas anotações.
– Espere – ela disse. – Anotações?
– É – falei. – Eu trabalhava na Fábrica durante o dia, sempre tentando ouvir boatos. Passava meus dias livres gastando o pouco dinheiro que tinha com jornais ou histórias daqueles que viajavam para o exterior. Conheci alguns corretores de informação. Toda noite trabalhava nas anotações, reunindo tudo. Eu sabia que precisaria ser um especialista sobre os Épicos, então me tornei um.

Ela franziu a testa profundamente.

– Eu sei – comecei, fazendo uma careta. – Parece que não tenho uma vida. Você não é a primeira a me falar isso. Os outros na Fábrica...

– Quieto – ela me cortou. – Você escreveu sobre os Épicos, mas e sobre nós? E sobre os Executores?

– Claro que escrevi – respondi. – O que eu deveria fazer? Manter tudo na cabeça? Enchi uns dois cadernos, e, mesmo que a maioria das coisas fossem palpites, eu sou bom em adivinhar... – Eu hesitei, percebendo por que ela parecia tão preocupada.

– Onde está tudo isso? – Megan perguntou suavemente.

– No meu flat – respondi. – Deve estar seguro lá. Quer dizer, nenhum daqueles palhaços chegou perto o suficiente de mim para me ver.

– E a mulher que você tirou daquele carro?

Hesitei.

– Bom, ela viu meu rosto. Pode ser capaz de me descrever. Mas, quer dizer, isso não seria o bastante para eles me rastrearem, seria?

Megan ficou em silêncio.

Sim, pensei. *Sim, talvez seja o bastante.* A Patrulha era muito boa no que fazia. E, infelizmente, eu tinha alguns incidentes no meu passado, como o desastre do táxi. Então, estava fichado, e Coração de Aço daria bastante motivação à Patrulha para seguir todas as pistas envolvendo a morte de Fortuidade.

– Precisamos falar com Prof – Megan disse, puxando-me pelo braço até os outros à nossa frente.

9

Prof ouviu minha história com uma expressão pensativa.

– Sim – ele disse, quando terminei. – Eu devia ter previsto isso. Faz sentido.

Relaxei. Estava com medo de que Prof ficasse furioso.

– Qual é o endereço, filho? – Prof perguntou.

– Largo Ditko, 1532 – respondi. Tinha sido talhado no aço que cercava um parque em uma das áreas mais agradáveis das sub-ruas. – É pequeno, mas eu moro sozinho. Mantenho o lugar trancado.

– A Patrulha não vai precisar de chave – Prof disse. – Cody, Abraham, vão até esse lugar. Preparem uma bomba, verifiquem se não há ninguém lá dentro e explodam o quarto inteiro.

Senti um choque súbito de alarme, como se alguém tivesse conectado meus dedos do pé a uma bateria de carro.

– *Quê?*

– Não podemos arriscar que Coração de Aço encontre essas informações, filho – Prof disse. – Não só as informações sobre nós, mas aquelas que você coletou sobre os outros Épicos. Se elas são tão detalhadas quanto você diz, ele poderia usá-las contra os outros Épicos na região. Coração de Aço já tem influência demais. Precisamos destruir esses dados.

– Vocês não podem fazer isso! – exclamei, minha voz ecoando no túnel estreito de aço. Aquelas anotações eram o trabalho da minha vida. Tudo bem, eu não estava vivo há tanto tempo, mas mesmo assim... dez anos de esforço? Perdê-las seria como perder uma mão. Se me dessem a opção, eu escolheria perder a mão.

– Filho – Prof disse –, não force a barra. Sua posição aqui é frágil.

– Você precisa dessas informações – falei. – É importante, senhor. Por que vai queimar centenas de páginas de informação sobre os poderes dos Épicos e suas possíveis fraquezas?

– Você disse que reuniu tudo isso com base em rumores – Thia observou, com os braços cruzados. – Duvido que haja algo lá que já não saibamos.

– Você sabe qual é a fraqueza de Punho da Noite? – perguntei, desesperado.

Punho da Noite. Ele era um dos guarda-costas Altos Épicos de Coração de Aço. Seus poderes criavam a escuridão perpétua sobre Nova Chicago. Ele próprio era uma figura de sombras, completamente incorpóreo, imune a tiros ou armas de qualquer tipo.

– Não – Thia admitiu. – E duvido que você saiba.

– A luz do sol – afirmei. – Ele se torna sólido na luz do sol. Eu tenho fotos.

– Você tem *fotos* de Punho da Noite em forma corpórea? – Thia perguntou.

– Acho que sim. A pessoa que me vendeu as fotos não tinha certeza, mas eu estou bastante confiante de que é ele.

– Ei, rapaz – Cody chamou. – Quer comprar o lago Ness? Te faço um bom preço.

Eu lancei um olhar frio para Cody, e ele deu de ombros. O lago Ness ficava na Escócia, isso eu sabia, e parecia que o brasão no boné de Cody podia ser alguma coisa escocesa ou inglesa. Seu sotaque, porém, não combinava.

– Prof – eu disse, virando-me para ele. – Phaedrus, senhor, por favor. Você tem que ver meu plano.

– Seu plano? – Ele não pareceu surpreso por eu descobrir seu nome.

– Para matar Coração de Aço.

– Você tem um plano? – Prof perguntou. – Para matar o Épico mais poderoso do planeta?

– Foi o que disse antes.

– Pensei que queria se juntar a nós para que o matássemos.

– Eu preciso de ajuda – expliquei. – Mas não vim de mãos abanando. Tenho um plano detalhado. Acho que vai funcionar.

Prof só balançou a cabeça, parecendo exasperado.

De repente, Abraham riu.

– Eu gosto dele. Ele tem… algo. *Un homme téméraire*. Tem certeza de que não estamos recrutando, Prof?

– Sim – Prof respondeu, seco.

– Pelo menos dê uma olhada no meu plano antes de queimá-lo – falei. – Por favor.

– Jon – Thia interveio. – Eu gostaria de ver as fotos. Provavelmente são falsas, mas mesmo assim…

– Está bem – Prof cedeu, jogando algo para mim. Era o pente do meu fuzil. – Mudança de planos. Cody, você pega Megan e o garoto e vão para o flat dele. Se a Patrulha estiver lá e parecer que vão tomar essas informações, destruam tudo. Mas, se o lugar parecer intocado, tragam as anotações de volta. – Ele me olhou. – O que não puderem carregar com facilidade, destruam. Entendido?

– Perfeitamente – Cody disse.

– Obrigado – falei.

– Não é um favor, filho – Prof retrucou. – E espero que não seja um erro também. Vão. Podemos não ter muito tempo até que eles o rastreiem.

As sub-ruas tornavam-se silenciosas conforme nos aproximávamos do largo Ditko. Era de imaginar que, com a escuridão perpétua, não haveria "dias" e "noites" em Nova Chicago, mas há. As pessoas tendem a dormir quando todos estão dormindo, e assim nos acomodamos e adotamos rotinas.

É claro, há uma minoria que não gosta de obedecer às regras, mesmo quando se trata de algo simples. Eu era um deles. Ficar acordado a noite inteira significava estar acordado enquanto todos os outros dormiam. Era mais quieto, mais privado.

As luzes do teto estavam ligadas a um relógio em algum lugar, e suas cores adquiriam tons mais escuros quando era noite. A mudança era sutil, mas nós aprendíamos a notar. Então, mesmo que o largo Ditko ficasse perto da superfície, não havia muito movimento nas ruas. As pessoas estavam dormindo.

Nós chegamos ao parque, uma grande câmara subterrânea talhada no aço. Ela tinha diversos buracos no teto para permitir a entrada de ar fresco, e luzes azul-violeta brilhavam em refletores na orla. O centro da câmara alta estava repleto de pedras trazidas de fora – pedras reais, não as que tinham sido transformadas em aço. Havia também alguns brinquedos de um playground de madeira, moderadamente bem conservados, que tinham sido resgatados de algum lugar. Durante o dia, o lugar ficava cheio de crianças – as que eram pequenas demais para trabalhar, ou as que tinham famílias que podiam se dar ao luxo de não as colocar para trabalhar. Velhas e velhos se reuniam para costurar meias ou fazer outros trabalhos simples.

Megan ergueu a mão para que parássemos.

– Celulares? – ela sussurrou.

Cody fungou.

– Pareço um amador pra você? – ele perguntou. – Está no silencioso.

Hesitei, então tirei o meu do ombro e verifiquei mais uma vez. Felizmente, estava no silencioso. Mesmo assim, removi a bateria, só pra garantir. Megan saiu silenciosamente do túnel e atravessou o parque em direção à sombra de uma pedra grande. Cody foi em seguida, então eu o segui, mantendo-me abaixado e movendo-me tão silenciosamente quanto podia enquanto passava por grandes pedras com líquen.

Acima de nós, alguns carros ribombaram pela estrada que passava sobre as aberturas no teto. Trabalhadores noturnos voltando para casa. Às vezes eles jogavam lixo em nós. Um número surpreendente de ricos ainda tinha empregos comuns. Contadores, professores, vendedores, técnicos de computador – embora a datanet de Coração de Aço fosse aberta apenas às pessoas mais confiáveis. Eu nunca tinha visto um computador de verdade, só o meu celular.

Era um mundo diferente lá em cima, e empregos que já haviam sido comuns agora eram mantidos apenas pelos privilegiados. O resto de nós trabalhava em fábricas ou costurava roupas no parque enquanto via as crianças brincar.

Eu cheguei à pedra e me agachei ao lado de Cody e Megan, que discretamente examinava as paredes mais distantes da câmara, onde os flats tinham sido talhados. Dezenas de buracos no aço formavam casas de diversos tamanhos. Escadas de incêndio de metal haviam sido coletadas de prédios abandonados lá em cima e colocadas aqui para dar acesso aos buracos.

– Então, qual é a sua? – Cody perguntou.

Eu apontei.

– Está vendo aquela porta no segundo nível, a última à direita? É aquela.

– Nada mal – Cody disse. – Como você pode pagar por um lugar desses? – Ele fez a pergunta casualmente, mas notei que estava desconfiado. Todos eles estavam. Bom, suponho que era esperado.

– Eu precisava de um quarto só meu para a minha pesquisa – respondi. – A fábrica onde eu trabalhava guarda todos os seus salários enquanto você é criança, então dá tudo pra você em quatro parcelas anuais quando faz 18 anos. Foi o suficiente para eu pagar um ano no meu próprio quarto.

– Legal – Cody disse. Eu me perguntei se a explicação passara pelo seu teste ou não. – Não parece que a Patrulha chegou aqui ainda. Talvez não tenham conseguido te encontrar pela descrição.

Concordei com a cabeça lentamente, embora ao meu lado Megan estivesse observando ao redor com os olhos estreitados.

– Que foi? – perguntei.

– Parece fácil demais. Eu não confio em coisas que parecem fáceis demais.

Examinei as paredes à nossa frente. Havia algumas lixeiras vazias e algumas motos acorrentadas ao lado de uma escada. Alguns pedaços de metal tinham sido gravados por artistas de rua mais audaciosos. Eles não deviam fazer isso, mas as pessoas os incentivavam, silenciosamente. Era uma das únicas formas de rebelião das quais as pessoas comuns participavam.

– Bem, podemos esperar aqui até que eles venham *mesmo* – Cody disse, esfregando o rosto com um dedo calejado –, ou podemos apenas ir. Vamos logo com isso. – Ele se ergueu.

Uma das lixeiras grandes tremeluziu.

– Espere – eu disse, agarrando Cody e puxando-o para baixo, meu coração aos pulos.

– Que foi? – ele perguntou, ansioso, tirando o fuzil do ombro. Era muito bem feito, velho, mas bem conservado, com uma mira grande e um silenciador de última geração na frente. Eu nunca havia conseguido pôr as mãos em um desses. Os mais baratos funcionavam mal, e eu tinha dificuldade para mirar com qualquer um deles.

– Ali – falei, apontando para a lixeira. – Fique olhando.

Ele franziu a testa, mas fez o que pedi. Minha mente disparou, vasculhando fragmentos de pesquisa de que me lembrava. Eu precisava das minhas anotações. Tremeluzindo... Épico ilusionista... Quem era esse?

Refratária, pensei, recordando um nome. Uma ilusionista classe C com poderes de invisibilidade pessoal.

– O que eu deveria estar vendo? – Cody perguntou. – Você se assustou com um gato ou algo... – Ele se interrompeu quando a lixeira tremeluziu de novo. Franziu a testa, então se abaixou ainda mais. – O que foi isso?

– Um Épico – Megan respondeu, estreitando os olhos. – Alguns dos Épicos menores com poderes ilusionistas têm dificuldade em manter uma ilusão exata.

– O nome dela é Refratária – falei em voz baixa. – Ela é bem habilidosa, capaz de criar manifestações visuais complexas. Mas não é terrivelmente poderosa, e suas ilusões sempre apresentam alguma falha. Em geral, tremeluzem como se refletissem luz.

Cody mirou o fuzil na lixeira.

– Então você está dizendo que a lixeira não está lá, mas esconde alguma outra coisa. Oficiais da Patrulha, provavelmente?

– É o que eu chutaria – concordei.

– Ela pode ser ferida por balas, rapaz? – Cody perguntou.

– Sim, não é uma Alta Épica. Mas, Cody, ela pode nem estar lá.

– Você acabou de dizer que...

– Ela é uma ilusionista classe C – expliquei. – Mas seu poder secundário é invisibilidade pessoal classe B. Ilusões e invisibilidade muitas vezes vêm juntas. Enfim, ela pode ficar invisível, mas não consegue deixar mais nada invisível. Para os outros, é obrigada a criar uma ilusão. Tenho quase certeza de que ela está escondendo um esquadrão da Patrulha naquela ilusão de lixeira, mas, se for esperta, e ela é, estará em algum outro lugar.

Senti uma coceira nas costas. *Odiava* Épicos ilusionistas. Você nunca sabia onde eles iam aparecer. Mesmo os mais fracos – classe D ou E, segundo meu próprio sistema notacional – podiam criar uma ilusão grande o suficiente para se esconderem. Se eles tinham invisibilidade pessoal, era ainda pior.

– Ali – Megan sussurrou, apontando na direção de um brinquedo grande do playground, um tipo de forte de madeira para escalada. – Estão vendo aquelas caixas em cima da torre do playground? Elas acabaram de tremeluzir. Alguém está se escondendo ali.

– Só tem espaço ali para uma pessoa – sussurrei. – Daquela posição, quem quer que esteja lá pode ver meu apartamento bem através da porta. Atirador?

– Provavelmente – Megan concordou.

– Refratária está próxima, então – eu disse. – Ela precisa ver tanto o playground como as lixeiras para manter as ilusões. A extensão dos seus poderes não é muito grande.

– Como podemos fazer ela se revelar? – Megan perguntou.

– Até onde me lembro, ela gosta de estar envolvida – falei. – Se conseguirmos fazer os soldados da Patrulha se moverem, ela vai ficar perto deles, para o caso de precisar dar ordens ou criar ilusões para ajudá-los.

– Faíscas! – Cody sussurrou. – Como você sabe tudo isso, rapaz?

– Você não estava ouvindo? – Megan perguntou suavemente. – Isso é o que ele faz. É sobre isso que construiu a vida. Ele estuda Épicos.

Cody coçou o queixo. Pelo visto, ele tinha pensado que tudo o que eu dissera antes não passava de bravata.

– Você conhece a fraqueza dela?

– Está nas minhas anotações – respondi. – Estou tentando lembrar. Há... bem, ilusionistas em geral não conseguem enxergar se ficarem completamente invisíveis. Eles precisam que a luz atinja suas íris. Então podemos encontrá-la pelos olhos. Mas um ilusionista realmente habilidoso consegue fazer seus olhos ficarem da cor do ambiente. Mas essa não é a fraqueza dela, só uma limitação das ilusões em si.

Então qual era a fraqueza?

– Fumaça! – exclamei, ruborizando quando percebi o volume alto. Megan me deu um olhar irritado. – É a fraqueza dela – sussurrei. – Ela sempre evita pessoas que estão fumando e fica longe de qualquer tipo de fogo. Isso é bem conhecido, e razoavelmente comprovado, até onde é possível comprovar fraquezas de Épicos.

– Acho que estamos de volta ao plano de botar fogo no lugar, então – Cody disse. Ele parecia animado com a ideia.

– O quê? Não.

– Prof disse...

– Ainda podemos recuperar as informações – eu disse. – Eles estão esperando por mim, mas mandaram apenas um Épico menor. Quer dizer que me querem, mas não descobriram que os Executores estão por trás do assassinato de hoje. Ou talvez não saibam como eu estava envolvido. Provavelmente ainda não limparam meu quarto, mesmo que tenham entrado e dado uma olhada no que tenho lá.

– Uma razão excelente para queimar o lugar – Megan disse. – Sinto muito, mas se eles estão perto assim...

– Mas, veja, é essencial que a gente entre agora – falei, cada vez mais ansioso. – Precisamos ver no que eles mexeram, se é que mexeram em algo. Assim vamos saber o que descobriram. Se queimarmos o lugar agora, continuaremos às cegas.

Os dois hesitaram.

– Podemos impedi-los – eu disse. – E talvez sejamos capazes de matar um Épico no processo. Refratária tem muito sangue nas mãos. Mês passado, depois que alguém cortou sua frente no trânsito, ela criou uma ilusão de curva na estrada e fez o motorista sair da rodovia e bater numa casa. Seis mortos. Havia crianças no carro.

Épicos tinham uma falta notável, incrível até, de moral ou consciência. Isso incomodava algumas pessoas, em um nível filosófico. Teóricos, estudiosos. Eles se surpreendiam com a desumanidade absoluta que alguns Épicos manifestavam. Será que os Épicos matavam porque Calamidade tinha escolhido – por qualquer motivo – apenas pessoas horríveis para ganhar poderes? Ou matavam porque poderes incríveis como esses deturpavam uma pessoa, tornando-a irresponsável?

Não havia respostas conclusivas. Eu não me importava; não era um estudioso. Sim, eu realizava pesquisas, mas um fã de esportes também fazia isso quando acompanhava seu time preferido. Não me importava com o motivo de os Épicos fazerem o que faziam mais do que um fã de beisebol se perguntava sobre os princípios físicos de um bastão atingindo uma bola.

Só uma coisa importava; os Épicos não ligavam para a vida humana comum. Um assassinato brutal era uma retaliação adequada, em suas mentes, para a menor das infrações.

– Prof não aprovou atacar um Épico – Megan disse. – Isso não estava nas instruções.

Cody riu.

– Matar um Épico sempre está nas instruções, moçoila. Você só não faz parte do grupo há tempo suficiente para saber.

– Eu tenho uma granada de fumaça no meu quarto – falei.

– O quê? – Megan perguntou. – Como?

– Eu cresci trabalhando em uma fábrica de munições – expliquei. – Fazíamos principalmente fuzis e pistolas, mas trabalhávamos com outras fábricas. Eu conseguia apanhar um brinde ocasional da pilha de rejeitados do controle de qualidade.

– Uma granada de fumaça é um brinde? – Cody perguntou.

Franzi a testa. Do que ele estava falando? Claro que era. Quem não iria querer uma granada de fumaça se tivesse a chance? Megan esboçou um sorriso sutil. Ela entendia.

Eu não te entendo, garota, pensei. Ela carregava explosivos na blusa e era uma excelente atiradora, mas se preocupava com as instruções quando tinha a chance de matar um Épico? E, assim que me pegou olhando para ela, sua expressão se tornou fria e impessoal outra vez.

Eu a ofendera de alguma forma?

– Se conseguirmos pôr as mãos nessa granada, posso usá-la para anular os poderes de Refratária – falei. – Ela gosta de ficar perto de suas equipes. Então, se pudermos levar os soldados para um lugar fechado, ela provavelmente vai segui-los. Eu posso explodir a granada, e então atirar nela quando aparecer.

– Serve – Cody concordou. – Mas como vamos fazer tudo isso *e* recuperar suas anotações?

– Fácil – eu disse, relutantemente passando meu fuzil para Megan. Eu teria uma chance melhor de enganá-los se não carregasse uma arma. – Vamos dar a eles o que estão esperando. Eu.

10

Eu atravessei a rua até meu flat, com as mãos nos bolsos da jaqueta, mexendo no rolo de fita adesiva industrial que geralmente mantinha ali. Os outros dois não haviam gostado do meu plano, mas não sugeriram nada melhor. Eu estava torcendo para eles cumprirem seus papéis nele.

Eu me sentia completamente nu sem meu fuzil. Tinha algumas pistolas escondidas no meu quarto, mas um homem não era de fato perigoso a não ser que tivesse um fuzil. Pelo menos, não consistentemente perigoso. Acertar alguma coisa com uma pistola sempre parecia um acidente.

Megan conseguiu, pensei. *Não só acertou, mas acertou um Alto Épico no meio de um pulo, atirando duas armas ao mesmo tempo, uma delas na altura do quadril.*

Ela demonstrara emoções durante nossa luta com Fortuidade. Paixão, raiva, irritação. As duas últimas em relação a mim, mas tinha sido algo. E então, por alguns momentos depois que ele caíra... houvera uma conexão. Satisfação, apreciação por mim que se revelara quando ela tinha me apoiado diante de Prof.

Agora, essas demonstrações haviam acabado. O que isso significava?

Eu parei no limite do playground. Estava realmente pensando em uma garota *agora*? Eu estava a cerca de cinco passos de onde um grupo de oficiais da Patrulha estava escondido, provavelmente com armas automáticas ou de energia apontadas para mim.

Idiota, pensei, subindo a escada de metal que levava ao meu apartamento. Eles esperariam para ver se eu pegaria alguma coisa incriminadora antes de me agarrar. Era o que eu esperava que fizessem.

Subir degraus desse jeito, dando as costas para o inimigo, era torturante. Então, fiz o que sempre fazia quando sentia medo. Pensei no meu pai caindo, sangrando ao lado daquele pilar no salão destruído do banco enquanto eu me escondia. Eu não tinha ajudado.

Nunca seria tão covarde de novo.

Cheguei à porta do meu apartamento e procurei a chave. Ouvi um arranhão distante, mas fingi não notar. Talvez fosse o atirador acima do brinquedo do playground ali perto, reposicionando sua mira para mim. Sim, desse ângulo eu via com clareza. Aquele brinquedo era da altura exata para que o atirador me acertasse através da porta do meu apartamento.

Entrei no meu único cômodo. Não havia corredores nem outros quartos, só um buraco talhado no aço, como a maioria das casas nas sub-ruas. Podia não ter um banheiro nem água encanada, mas eu ainda vivia muito bem para os padrões das sub-ruas. Um quarto inteiro para uma única pessoa?

Eu o mantinha bagunçado. Algumas vasilhas descartáveis de macarrão estavam empilhadas ao lado da porta, cheirando a tempero. Roupas espalhavam-se sobre o chão. Eu tinha deixado um balde com água na mesa há dois dias, e talheres sujos e batidos formavam uma pilha ao lado dela.

Eu não os usava para comer. Eram só uma encenação. As roupas também; eu não usava nenhuma delas. Minhas roupas de verdade – quatro trajes resistentes, sempre limpos e lavados – estavam dobradas no baú ao lado do meu colchão, no chão. Eu mantinha o meu quarto bagunçado de propósito. Na verdade, isso me incomodava bastante, porque eu gostava das coisas organizadas.

Eu descobrira que o desleixo fazia as pessoas baixarem a guarda. Se a proprietária viesse bisbilhotar aqui, encontraria o que esperava: um adolescente que tinha acabado de atingir a maioridade desperdiçando seus salários numa vida fácil por um ano antes que as responsabilidades o alcançassem. Ela não cutucaria nem tatearia as coisas em busca de compartimentos secretos.

Fui rapidamente até o baú. Destranquei-o e tirei minha mochila, sempre pronta com uma troca de roupa, sapatos extras, algumas rações secas e dois litros de água. Havia uma pistola em uma bolsinha de um lado e, do outro, a granada de fumaça.

Fui até o colchão e abri a cobertura. Dentro dele estava a minha vida. Dúzias de pastas, preenchidas com recortes de jornais ou fragmentos de informação. Oito cadernos cheios de pensamentos e descobertas. Um caderno maior com os meus índices.

Talvez eu devesse ter levado tudo isso comigo quando fui assistir ao ataque contra Fortuidade. Afinal, esperava ir embora com os Executores. Eu tinha considerado isso, mas finalmente decidido que não seria razoável. Para começar, havia coisas demais. Eu poderia ter arrastado tudo se precisasse, mas isso me deixaria mais lento.

E era simplesmente precioso demais. Essa pesquisa era a coisa mais valiosa da minha vida. Coletar algumas partes dela quase me matara – espionando Épicos, perguntando coisas que não devia, fazendo pagamentos para informantes suspeitos. Eu sentia orgulho da pesquisa, para não mencionar medo do que poderia acontecer com ela. Pensei que estaria mais segura ali.

Botas fizeram tremer o patamar de metal da escada lá fora. Olhei por sobre o ombro e vi uma das visões mais temidas nas sub-ruas: oficiais da Patrulha totalmente equipados. Eles estavam de pé no patamar, fuzis automáticos nas mãos, capacetes pretos reluzentes na cabeça, armadura militar cobrindo o peito, os joelhos e os braços. Havia três deles.

Seus capacetes tinham visores negros que desciam sobre os olhos, expondo bocas e queixos. Eles eram equipados com visão noturna e tinham um brilho levemente esverdeado, com um estranho padrão esfumaçado que rodopiava e ondulava na frente. Era hipnotizante, o que diziam ser o objetivo.

Não precisei atuar para fazer meus olhos se arregalarem e meus músculos se enrijecerem.

– Mãos na cabeça – o líder dos oficiais disse, com o fuzil apoiado no ombro e o cano mirado em mim. – De joelhos, súdito.

Era assim que eles chamavam as pessoas: *súditos*. Coração de Aço não se dava o trabalho de manter alguma farsa boba de que seu império era uma república ou um governo representativo. Ele não chamava as pessoas de *cidadãos* ou *camaradas*. Elas eram súditos do seu império. E ponto.

Rapidamente ergui as mãos.

– Eu não fiz nada! – gemi. – Só estava lá pra assistir!

– MÃOS PRA CIMA, DE JOELHOS! – o oficial berrou.

Obedeci.

Eles entraram no quarto, deixando a porta visivelmente aberta de modo que seu atirador enxergasse através dela. Pelo que eu tinha lido, esses três seriam parte de um esquadrão de cinco pessoas conhecido como Núcleo. Três soldados comuns, um especialista – nesse caso, um atirador – e um Épico menor. Coração de Aço tinha cerca de cinquenta Núcleos como esse.

Quase toda a Patrulha era formada por equipes de operações especiais. Se houvesse lutas de larga escala a serem feitas, algo *muito* perigoso, Coração de Aço, Punho da Noite, Tormenta de Fogo ou talvez Confluência – o chefe da Patrulha – lidariam com o problema pessoalmente. A Patrulha era usada para os problemas menores na cidade, aqueles com que Coração de Aço não queria se incomodar pessoalmente. De certo modo, ele não precisava da Patrulha. Eles eram como uma versão de manobristas de carro para um ditador homicida.

Um dos três soldados manteve os olhos em mim enquanto os outros dois revistavam o conteúdo do meu colchão. *Ela está aqui?*, eu me perguntei. *Invisível, em algum lugar?* Meus instintos, e minha memória das pesquisas sobre ela, me diziam que ela estava por perto.

Eu só podia torcer para que ela estivesse no quarto. Mas não podia me mover até que Cody e Megan terminassem sua parte do plano, então fiquei esperando, tenso, que eles fizessem isso.

Os dois soldados tiraram cadernos e pastas do meio dos dois pedaços de espuma que compunham meu colchão. Um folheou as anotações.

– São informações sobre os Épicos, senhor – ele disse.

– Eu achei que ia conseguir ver Fortuidade lutar com outro Épico – falei, encarando o chão. – Quando descobri que algo terrível estava acontecendo, tentei escapar. Só estava lá pra ver o que ia acontecer, sabe?

O oficial começou a ler meus cadernos. O soldado me vigiando parecia desconfortável em relação a algo. Ele ficava olhando para mim, então para os outros.

Senti meu coração batendo, esperando. Megan e Cody atacariam em breve. Eu precisava estar pronto.

– Você está com sérios problemas, súdito – o oficial disse, jogando um dos meus cadernos no chão. – Um Épico, um Épico importante, está morto.

– Eu não tive nada a ver com isso! – exclamei. – Eu juro. Eu...

– Bah. – O líder apontou para um dos outros soldados. – Junte tudo isso.

– Senhor – disse o soldado que me vigiava. – Ele provavelmente está contando a verdade.

Eu hesitei. Essa voz...

– *Roy*? – perguntei, chocado. Ele tinha atingido a maioridade um ano antes de mim... e se juntara à Patrulha depois disso.

O oficial olhou de volta para mim.

– Você conhece esse súdito?

– Sim – Roy respondeu, parecendo relutante. Ele era um ruivo alto, e eu sempre tinha gostado dele. Fora um adjunto na Fábrica, posição que Martha dava aos garotos mais velhos. Eles deveriam evitar que os trabalhadores mais jovens ou menores fossem incomodados. Roy fazia bem esse trabalho.

– E não disse nada? – o líder perguntou, com a voz dura.

– Eu... Senhor, perdão. Eu devia ter dito. Ele sempre foi fascinado por Épicos. Uma vez, atravessou metade da cidade a pé e esperou na chuva só porque ouviu que um Épico novo poderia passar pela cidade. Se tivesse ouvido algo sobre dois Épicos lutando, teria ido assistir, sendo ou não uma boa ideia.

– Parece exatamente o tipo de pessoa que deveria ficar fora das ruas – o oficial retrucou. – Junte tudo isso. Filho, você vai vir contar *exatamente* o que viu. Se fizer um bom trabalho, talvez até sobreviva a esta noite. Se...

Um tiro soou lá fora. O rosto do oficial rebentou em vermelho, e a frente do seu capacete explodiu quando uma bala o atingiu.

Eu rolei em direção à minha mochila. Cody e Megan tinham feito seu trabalho, silenciosamente removendo o atirador e entrando em posição para me apoiar.

Abri o velcro da lateral da mochila e puxei minha pistola, então atirei rapidamente nas coxas de Roy. As balas atingiram um ponto aberto na sua moderna armadura de plástico, e ele caiu, embora eu quase tenha errado. Faíscas de pistolas!

O outro soldado caiu com um tiro certeiro de Cody, que deveria estar naquele brinquedo lá fora. Não parei para verificar se o terceiro soldado estava morto – Refratária poderia estar no quarto, armada e pronta para atirar. Peguei a granada de fumaça e removi o pino.

Então, a larguei. Um jorro de fumaça cinza irrompeu da granada, enchendo o quarto. Segurei a respiração, a pistola empunhada. Os poderes de Refratária seriam anulados quando a fumaça a tocasse. Esperei ela aparecer.

Nada aconteceu. Ela não estava no quarto.

Contendo um xingamento e ainda segurando a respiração, olhei para Roy. Ele tentava se mover, segurando a perna e esforçando-se para apontar o fuzil para mim. Pulei através da fumaça e chutei o fuzil para longe. Então, puxei a pistola que ele tinha em um coldre lateral e a joguei também. Ambas as armas seriam inúteis para mim; elas estavam conectadas às luvas dele.

A mão de Roy estava no bolso. Eu encostei minha arma na têmpora dele e puxei sua mão para fora. Ele estava tentando digitar no celular. Engatilhei a pistola, e ele derrubou o aparelho.

– É tarde demais, David – Roy cuspiu, então começou a tossir com a fumaça. – Confluência vai saber assim que ficarmos off-line. Outros Núcleos já estão a caminho. Eles vão mandar olhos para espiar, provavelmente já estão aqui.

Ainda segurando a respiração, revistei os bolsos da calça militar dele. Não havia outras armas.

– Você está sendo tolo, David – Roy disse, tossindo. Eu o ignorei e examinei o quarto. Precisava começar a respirar, e a fumaça se tornava forte demais.

Onde estava Refratária? No patamar, talvez. Chutei a granada para fora, esperando que ela estivesse lá.

Nada. Ou eu tinha errado a fraqueza dela, ou ela decidira não se juntar à sua equipe quando eles vieram atrás de mim.

E se ela estivesse espreitando Megan e Cody? Eles nunca saberiam.

Abaixei os olhos. O celular de Roy.

Vale a pena tentar.

Peguei o telefone e abri os contatos. Refratária estava listada sob seu nome Épico. A maioria dos Épicos preferia usá-los.

Liguei.

Quase imediatamente, um tiro soou no playground lá fora.

Eu não conseguia mais segurar a respiração. Corri para fora do flat, mantendo-me abaixado, e chutei a granada do patamar. Comecei a descer a escada e respirei fundo.

Então, com os olhos marejados, examinei o playground. Cody estava ajoelhado sobre o brinquedo, com o fuzil nas mãos. Na base da torre, Megan estava de pé com sua arma, e havia um corpo de preto e amarelo aos seus pés. Refratária.

Megan atirou de novo no corpo, só para ter certeza, mas a mulher estava obviamente morta.

Outro Épico eliminado.

11

A primeira coisa que fiz foi voltar para dentro e jogar o fuzil de Roy, em direção ao qual ele rastejava, através da porta. Então fui checar os outros dois soldados. Um estava morto; o outro tinha um pulso fraco – mas não acordaria tão cedo.

Hora de me mover rápido. Peguei os cadernos no colchão e os enfiei na mochila. Com seis cadernos grossos e um índice, não consegui fechá-la. Pensei por um segundo, então tirei meu par extra de sapatos. Eu poderia comprar sapatos novos, mas não seria possível substituir esses cadernos.

Os dois últimos couberam, e ao lado deles enfiei as pastas sobre Coração de Aço, Punho da Noite e Tormenta de Fogo. Depois de um momento, adicionei a pasta sobre Confluência. Era a mais fina. Sabia-se muito pouco sobre o Alto Épico clandestino que comandava a Patrulha.

Roy ainda tossia, embora a fumaça tivesse se dissipado. Ele removeu o capacete. Era surreal ver aquele rosto familiar – um rosto que eu conhecia há anos – usando o uniforme do inimigo. Nós não tínhamos sido amigos; eu não tinha amigos, mas o havia admirado.

– Você está trabalhando com os Executores – Roy disse.

Tentei criar uma trilha falsa, fazê-lo pensar que estava trabalhando para outra pessoa.

– Quê? – perguntei, fazendo meu melhor para parecer confuso.

– Não tente mentir, David. É óbvio. Todo mundo sabe que os Executores mataram Fortuidade.

Eu me ajoelhei ao lado dele, com a mochila sobre o ombro.

– Olhe, Roy, não deixe eles te curarem, okay? Sei que a Patrulha tem Épicos que podem fazer isso. Mas, se puder, não deixe.

– Quê? Por que...

– Você vai querer estar afastado durante essa próxima parte, Roy – eu disse em voz baixa, com intensidade. – O poder mudará de mãos em Nova Chicago. Holofote está vindo desafiar Coração de Aço.

– Holofote? – Roy repetiu. – Quem diabos é esse?

Fui até o resto das minhas pastas, então relutantemente tirei uma lata de fluido de isqueiro do baú e joguei o líquido sobre a cama.

– Você está trabalhando para um Épico? – Roy sussurrou. – Acha mesmo que alguém pode desafiar Coração de Aço? Faíscas, David! Quantos rivais ele já matou?

– Isso é diferente – falei, pegando alguns fósforos. – Holofote é diferente. – Acendi um fósforo.

Não podia levar as pastas que sobraram. Eram as minhas fontes, fatos e artigos para as informações que eu coletara nos cadernos. Queria levá-las, mas não havia mais espaço na mochila.

Soltei o fósforo. A cama começou a arder.

– Um dos seus amigos pode ainda estar vivo – eu disse para Roy, indicando os dois oficiais da Patrulha caídos. O líder fora atingido na cabeça, mas o outro só estava ferido no tronco. – Tire-o daqui. Então fique longe das coisas, Roy. Dias perigosos estão vindo.

Pendurei a mochila sobre o ombro e saí com pressa até a escada. Encontrei Megan no caminho para baixo.

– Seu plano falhou – ela disse, em voz baixa.

– Funcionou bem o bastante – discordei. – Um Épico está morto.

– Só porque ela deixou o telefone para vibrar – Megan disse, descendo os degraus rapidamente ao meu lado. – Se não tivesse sido descuidada...

– Tivemos sorte – concordei. – Mas ainda vencemos.

Celulares eram uma parte da vida diária. As pessoas podiam viver em buracos, mas todos tinham um celular para entretenimento.

Encontramos Cody na base da torre do playground, perto do corpo de Refratária. Ele me devolveu meu fuzil.

– Rapaz – ele disse –, isso foi incrível.

Eu pisquei. Tinha esperado mais censuras, como as de Megan.

– Prof vai ficar com inveja por não ter vindo pessoalmente – Cody disse, pendurando o fuzil sobre o ombro. – Foi você que ligou pra ela?

– Sim – respondi.

– Incrível – Cody disse de novo, batendo nas minhas costas.

Megan não parecia tão satisfeita. Ela deu um olhar incisivo para Cody, então estendeu uma mão para a minha mochila.

Eu resisti.

– Você vai precisar de duas mãos para o fuzil – ela disse, puxando a mochila e pendurando-a sobre o ombro. – Vamos logo. A Patrulha vai... – Ela parou quando notou Roy mal conseguindo arrastar o outro oficial da Patrulha para fora do prédio em chamas até o patamar.

Eu me sentia mal, mas só um pouco. Helicópteros rugiam acima de nós; ele teria ajuda em breve. Atravessamos o parque, correndo em direção aos túneis que levavam para as sub-ruas.

– Você os deixou vivos? – Megan perguntou enquanto corríamos.

– Foi mais útil assim – eu disse. – Criei uma trilha falsa. Menti para ele que trabalho para um Épico que quer desafiar Coração de Aço. Se funcionar, eles vão parar de procurar pelos Executores. – Hesitei. – Além disso, eles não são nossos inimigos.

– Claro que são – ela disparou.

– Não – Cody retrucou, correndo ao lado dela. – Ele está certo, moçoila. Eles não são. Podem trabalhar para o inimigo, mas são só gente comum. Fazem o que fazem para sobreviver.

– Não podemos pensar assim – ela disse quando chegamos a uma bifurcação nos túneis, encarando-me com olhos frios. – Não podemos mostrar misericórdia para eles. Com certeza não fariam o mesmo por nós.

– Não podemos nos transformar neles, moçoila – Cody disse, meneando a cabeça. – Ouça Prof falando sobre isso uma hora dessas. Se precisarmos fazer o que os Épicos fazem para vencê-los, então não vale a pena.

– Eu já o ouvi falar – ela respondeu, ainda olhando para mim. – Não estou preocupada com ele, mas sim com o Joelhos aqui.

– Eu matarei um oficial da Patrulha se for obrigado – falei, enfrentando o olhar dela. – Mas não vou me distrair caçando-os. Tenho uma meta. Verei Coração de Aço morto. Isso é tudo que importa.

– Bah – ela bufou, virando-se para longe de mim. – Isso não é uma resposta.

– Vamos continuar nos movendo – Cody disse, acenando com a cabeça para uma escada que levava aos túneis mais profundos.

– Ele é um cientista, rapaz – Cody explicou enquanto caminhávamos pelos corredores estreitos das catacumbas de aço. – Estudou Épicos nos primeiros dias, criando alguns dispositivos bem extraordinários, baseados no que aprendeu sobre eles. É por isso que é chamado de Prof, além do sobrenome.

Concordei com a cabeça, pensativo. Agora que estávamos muito abaixo da superfície, Cody tinha relaxado. Megan continuava rígida. Ela caminhava à frente, segurando o celular e usando-o para mandar para Prof um relatório da missão. Cody mantinha o seu no modo lanterna, preso no canto superior esquerdo da sua jaqueta camuflada. Eu removera o cartão de rede do meu, o que Cody disse ser uma boa ideia até que Abraham ou Thia tivessem uma chance de adaptá-lo.

Os Executores não confiavam nem na Fundição Falcão Paladino. Eles geralmente deixavam os celulares conectados apenas um ao outro e criptografavam as transmissões dos dois lados, sem usar a rede comum. Até que o meu também fosse criptografado, podia pelo menos usá-lo como uma câmera ou uma lanterna extremamente moderna.

Cody andava com uma postura relaxada, com o fuzil no ombro, o braço por cima e a mão dependurada sobre a arma. Eu parecia ter ganhado sua aprovação com a morte de Refratária.

– Então, onde ele trabalhava? – perguntei, faminto por informações sobre Prof. Havia muitos rumores sobre os Executores, mas poucos fatos reais.

– Não sei – Cody admitiu. – Ninguém tem certeza do passado de Prof, embora Thia provavelmente saiba alguma coisa. Ela não fala a respeito. Abe e eu apostamos sobre qual era o lugar de trabalho específico de Prof. E tenho bastante certeza de que era em algum tipo de organização governamental secreta.

– Sério? – perguntei.

– Claro – Cody respondeu. – Eu não ficaria surpreso se fosse a mesma que causou Calamidade.

Essa era uma das teorias: de que o governo dos Estados Unidos – ou, às vezes, da União Europeia – tinha de alguma forma libertado Calamidade enquanto tentava começar um projeto de super-humanos. Eu achava bem improvável. Sempre havia pensado que fora algum tipo de cometa que ficou preso na gravidade da Terra, mas não sabia se a ciência disso fazia algum sentido. Talvez fosse um satélite. Isso se encaixaria na teoria de Cody.

Ele não era o único a pensar que isso cheirava à conspiração. Havia muitas coisas sobre os Épicos que não faziam sentido.

– Ah, você tá com aquele olhar – Cody disse, apontando para mim.

– Aquele olhar?

– Vocês acham que eu tô louco.

– Não. Claro que não.

– Acham, sim. Bom, não tem problema. Eu sei o que sei, mesmo que Prof revire os olhos sempre que eu diga alguma coisa do tipo. – Cody sorriu. – Mas isso é outra história. Sobre a linha de trabalho de Prof, acho que deve ter a ver com algum tipo de fábrica de armamentos. Afinal, ele criou os tensores.

– Tensores?

– Prof não ia querer que você falasse sobre isso – Megan disse, olhando por cima do ombro. – Ninguém deu autorização pra *ele* saber essas coisas – ela acrescentou, lançando um olhar para mim.

– Eu estou dando – Cody respondeu, relaxado. – Ele vai saber de qualquer jeito, moçoila. E não cite as regras do Prof para *mim*.

Ela fechou a boca; pelo visto, estivera prestes a fazer justamente isso.

– Tensores? – perguntei de novo.

– Algo que Prof inventou – Cody esclareceu. – Logo antes ou logo depois de sair do laboratório. Ele tem algumas coisas desse tipo, invenções que nos dão nossa maior vantagem contra os Épicos. Nossas jaquetas são uma delas... Elas aguentam uma boa briga. E os tensores são outra.

– Mas o que *são*?

– Luvas – Cody respondeu. – Bom, dispositivos na forma de luvas. Eles criam vibrações que desfazem objetos sólidos. Funcionam melhor em coisas densas, como rocha e metal e alguns tipos de madeira. Transformam esse tipo de material em poeira, mas não fazem nada com um animal ou uma pessoa viva.

– Você tá brincando. – Em todos os meus anos de pesquisa, eu nunca ouvira falar de qualquer tecnologia como essa.

– Não – Cody disse. – Só que eles são difíceis de usar. Abraham e Thia são os mais habilidosos. Mas você vai ver, os tensores nos permitem ir aonde não deveríamos. Onde não somos esperados.

– Isso é incrível – falei, minha mente disparando. Os Executores tinham uma reputação de serem capazes de entrar onde ninguém achava que poderiam. Havia histórias… Épicos mortos em seus próprios quartos, bem vigiados e presumivelmente seguros. Fugas quase mágicas dos Executores.

Um dispositivo capaz de transformar rocha e metal em poeira… Você poderia passar por portas trancadas, independentemente dos dispositivos de segurança. Poderia sabotar veículos. Talvez até derrubar prédios. De repente, alguns dos mistérios mais desconcertantes em torno dos Executores fizeram sentido para mim. Como eles montaram a armadilha para Tempestade Diurna, como escaparam da vez que Chamado de Guerra quase os encurralara…

Eles teriam de ser espertos para entrar, de modo que não deixassem buracos óbvios que revelassem seu caminho. Mas eu podia imaginar como funcionaria.

– Mas por que… – perguntei, atordoado. – Por que você está me contando isso?

– É como eu disse, rapaz – Cody explicou. – De qualquer jeito, você logo vai vê-los em ação. É melhor te preparar. Além disso, já sabe tanta coisa sobre nós que uma a mais não vai importar.

– Okay – respondi casualmente, então notei o tom sombrio em sua voz. Ele tinha deixado algo implícito: eu já sabia tanto que não poderia ficar livre.

Prof me dera a chance de ir embora. Eu tinha insistido para me levarem com eles. A essa altura, ou os convencera totalmente de que não era uma ameaça e me juntaria a eles, ou me deixariam para trás. Morto.

Engoli, desconfortável, minha boca subitamente seca. *Eu pedi por isso*, disse a mim mesmo, firmemente. Eu sabia que, uma vez que me juntasse a eles – *se* me juntasse a eles – eu nunca iria embora. Estava dentro, e ponto.

– Então... – Tentei me forçar a não pensar sobre o fato de que esse homem, ou qualquer um deles, poderia um dia decidir que eu precisava levar um tiro em nome do bem comum. – Então, como ele chegou nessas luvas? Os tensores? Nunca ouvi falar de nada *nem parecido* com elas.

– Épicos – Cody explicou, sua voz amigável de novo. – Prof deixou escapar uma vez. Ele adquiriu a tecnologia quando estudava um Épico capaz de fazer algo parecido. Thia disse que aconteceu naqueles primeiros dias. Antes de a sociedade entrar em colapso, alguns Épicos foram capturados e contidos. Nem todos são poderosos a ponto de escapar da prisão com facilidade. Laboratórios diferentes fizeram testes com eles, tentando descobrir como seus poderes funcionavam. A tecnologia para coisas como os tensores veio desses dias.

Eu jamais ouvira falar sobre isso, e algumas coisas começaram a se encaixar. Tínhamos feito grandes avanços tecnológicos naquela época, nos tempos da chegada de Calamidade. Armas de energia, fontes de energia e baterias avançadas, nova tecnologia móvel – o motivo de a atual funcionar no subterrâneo e com um alcance significativo sem usar torres.

É claro, perdemos muito disso quando os Épicos começaram a tomar o controle. E o que não perdemos era controlado por Épicos como Coração de Aço. Tentei imaginar aqueles primeiros Épicos sendo testados. Esse era o motivo para tantos deles serem maus? Eles se ressentiam desses testes?

– Algum deles foi voluntariamente para os testes? – perguntei. – Quantos laboratórios faziam isso?

– Não sei – Cody respondeu. – Acho que não é muito importante.

– Por que não seria?

Cody deu de ombros, o fuzil ainda sobre o ombro, a luz do celular iluminando o corredor metálico sepulcral. As catacumbas cheiravam a poeira e condensação.

– Thia está sempre falando sobre os fundamentos científicos dos Épicos – ele disse. – Eu não acho que seja possível explicá-los assim. Muitas coisas sobre eles não combinam com o que a ciência diz que deveria acontecer. Às vezes me pergunto se eles surgiram *porque* nós achávamos que podíamos explicar tudo.

Não levamos muito mais tempo para chegar. Notei que Megan nos guiava pelo celular, que mostrava um mapa na tela. Isso era extraordinário. Um mapa das catacumbas de aço? Eu não sabia que algo assim existia.

– Aqui – Megan disse, acenando para um emaranhado grosso de fios dependurados como uma cortina em frente a uma parede. Visões como essa eram comuns ali embaixo, onde os Cavadores tinham deixado tudo inacabado.

Cody deu um passo à frente e bateu numa placa perto dos fios. Uma batida distante respondeu alguns segundos depois.

– Você primeiro, Joelhos – ele falou para mim, gesticulando em direção aos fios.

Respirei fundo e dei um passo à frente, afastando os fios com o cano do meu fuzil. Havia um pequeno túnel adiante, levando a uma subida íngreme. Eu teria de engatinhar. Olhei de volta para ele.

– É seguro – Cody prometeu. Eu não sabia dizer se ele estava me fazendo ir primeiro por causa de alguma desconfiança latente ou porque gostava de me ver desconfortável. Não parecia a hora de questioná--lo nem de desistir. Então, comecei a engatinhar.

O túnel era estreito o bastante para me deixar preocupado com o fato de que, se eu pendurasse o fuzil nas costas, um bom arranhão teria a chance de desalinhar a mira. Então mantive a arma na mão direita enquanto engatinhava, o que tornava tudo ainda mais difícil. O túnel ia em direção a uma luz distante e suave, e o percurso levou tanto tempo que meus joelhos doíam quando atingi a luz. Uma mão forte me pegou pelo braço esquerdo, ajudando-me a sair do túnel. Abraham. O homem negro tinha vestido uma calça militar e uma regata verde, que revelava braços musculosos. Eu não notara antes, mas ele usava um pequeno pingente de prata ao redor do pescoço, para fora da camisa.

A sala em que entrei era inesperadamente grande. Grande o bastante para a equipe ter disposto seu equipamento e diversos sacos de dormir sem que o lugar parecesse apertado. Havia uma grande mesa de metal que se erguia direto do chão, assim como bancos nas paredes e banquetas ao redor da mesa.

Eles entalharam tudo isso aqui, percebi, olhando as paredes esculpidas. *Eles fizeram essa sala com os tensores. Entalharam a mobília direto no aço.*

Era impressionante. Encarei tudo de boca aberta enquanto abria espaço para Abraham ajudar Megan a sair do túnel. A câmara tinha duas entradas para outras salas, que pareciam menores. Era iluminada por lanternas, e havia fios no chão – colados e fora do caminho – levando até outro túnel estreito.

– Vocês têm eletricidade – observei. – Como conseguiram eletricidade?

– Puxamos de uma antiga linha do metrô – Cody respondeu, saindo do túnel. – Uma que foi meio construída, então esquecida. A natureza desse lugar é tal que nem Coração de Aço conhece todos os seus buracos e becos sem saída.

– Só mais uma prova de que os Cavadores eram loucos – Abraham disse. – Eles conectaram as coisas de jeitos estranhos. Encontramos câmaras completamente seladas, mas ainda com luzes do lado de dentro, as quais ficaram brilhando por anos, sozinhas. *Repaire des fantômes.*

– Megan me contou – Prof disse, aparecendo de uma das outras salas – que vocês recuperaram as informações, mas seus métodos foram... pouco convencionais. – O homem mais velho, mas ainda firme, permanecia com seu jaleco de laboratório preto.

– É isso aí! – Cody exclamou, jogando o fuzil sobre o ombro.

Prof bufou.

– Bem, vejamos o que vocês recuperaram antes de eu decidir se devo gritar com vocês ou não. – Ele estendeu a mão para a mochila que Megan segurava.

– Na verdade – falei, dando um passo à frente –, eu posso...

– Você vai se sentar, filho – Prof afirmou –, enquanto olho isso aqui. Tudo isso. Depois conversaremos.

Sua voz estava calma, mas eu entendi a mensagem. Pensativo, sentei-me à mesa de metal enquanto os outros se juntaram ao redor da mochila e começaram a vasculhar a minha vida.

12

– Uau – Cody disse. – Sinceramente, rapaz, pensei que você estivesse exagerando. Mas é mesmo um completo *supergeek*, né?

Eu corei, ainda sentado na minha banqueta. Eles tinham aberto as pastas que eu resgatara e espalhado os conteúdos, então começaram a ler os cadernos, passando-os uns para os outros e estudando-os. Cody tinha finalmente perdido interesse e vindo sentar-se ao meu lado, com as costas voltadas para a mesa e os cotovelos apoiados nela, atrás dele.

– Eu tinha um trabalho a fazer – comentei. – Decidi fazê-lo bem.

– Isso é impressionante – Thia admitiu. Ela estava sentada com as pernas cruzadas no chão. Havia colocado uma calça jeans, mas ainda usava a sua blusa e um blazer, e o cabelo ruivo e curto continuava perfeitamente arrumado. Ela ergueu um dos meus cadernos. – A organização é rudimentar – falou –, e não usa as classificações padrão. Mas é bastante detalhado.

– Existem classificações padrão? – perguntei.

– Vários sistemas diferentes – ela respondeu. – Parece que você tem uns termos aqui que se cruzam entre os sistemas, como Alto Épico, embora eu prefira o sistema escalonar. Em outros lugares, o que você criou é interessante. Gosto de alguns dos seus termos, como invencibilidade suprema.

– Obrigado – agradeci, sentindo-me um pouco envergonhado. É claro que havia meios de classificar Épicos. Eu não tivera a educação, nem os recursos, para aprender esse tipo de coisa, então inventara os meus próprios.

Tinha sido surpreendentemente fácil. Havia exceções, é claro – Épicos bizarros com poderes que não se encaixavam em nenhuma das classificações –, mas um número impressionante dos outros mostrava semelhanças. Havia sempre peculiaridades individuais, como o tremeluzir das ilusões de Refratária. As habilidades principais, no entanto, eram com frequência muito parecidas.

– Explique isso para mim – Thia pediu, erguendo outro caderno.

Hesitante, deslizei da banqueta e me juntei a ela no chão. Ela estava apontando para uma anotação que eu fizera embaixo de uma entrada sobre um Épico chamado Torre Forte.

– É minha marca para Coração de Aço – expliquei. – Torre Forte tem uma habilidade parecida com a dele. Eu observo Épicos assim com cuidado. Se eles forem mortos, ou se manifestarem uma limitação aos seus poderes, quero saber disso.

Thia assentiu.

– Por que não colocou os ilusionistas mentais junto com os manipuladores de fóton?

– Gosto de fazer agrupamentos baseados em limitações – respondi, pegando meu índice e abrindo em uma página específica. Épicos com poderes ilusionistas caíam em dois grupos. Alguns criavam mudanças reais no modo como a luz se comportava, construindo ilusões com os próprios fótons. Outros criavam ilusões que afetavam o cérebro das pessoas ao seu redor. Na verdade, criavam alucinações, não ilusões reais. – Veja aqui – eu disse, apontando. – Os ilusionistas mentais tendem a ser limitados em modos parecidos com outros mentalistas, como aqueles com poderes de hipnotismo ou efeitos de controle mental. Ilusionistas capazes de alterar a luz trabalham de um jeito diferente. Parecem-se muito mais com os Épicos que manipulam eletricidade.

Cody assobiou suavemente. Ele tinha pegado um cantil e o segurava com uma mão enquanto ainda se apoiava contra a mesa.

– Rapaz, acho que precisamos ter uma conversa sobre quanto tempo você tem nas mãos e como podemos arranjar um uso melhor pra ele.

– Um uso melhor do que pesquisar como matar Épicos? – Thia perguntou, com uma sobrancelha erguida.

— Claro – Cody respondeu, tomando um gole do cantil. – Pense no que ele poderia fazer se eu o colocasse pra organizar todos os pubs na cidade, por fabricação de cerveja!

— Oh, faça-me o favor – Thia disse secamente, virando uma página das minhas anotações.

— Abraham – Cody pediu –, me pergunte por que é trágico que o jovem David aqui tenha passado tanto tempo nesses cadernos.

— Por que é trágico que o garoto tenha feito essa pesquisa? – Abraham perguntou, ainda limpando a sua arma.

— Essa é uma questão muito astuta – Cody disse. – Muito obrigado por perguntar.

— O prazer é meu.

— Enfim – Cody continuou, erguendo o cantil –, por que você quer tanto matar esses Épicos?

— Vingança – respondi. – Coração de Aço matou meu pai. Eu pretendo...

— Sim, sim – Cody disse, interrompendo-me. – Você pretende vê-lo sangrando de novo e tudo o mais. Muito dedicado e familial da sua parte. Mas estou te falando, isso não é o bastante. Você tem paixão por matar, mas precisa encontrar a paixão por viver. Pelo menos é o que eu acho.

Eu não sabia como responder a isso. Estudar Coração de Aço, aprender sobre Épicos a fim de encontrar um modo de matá-lo era minha paixão. Se havia um lugar ao qual eu podia pertencer, não era com os Executores? Esse também era o trabalho da vida deles, não era?

— Cody – Prof sugeriu –, por que não vai terminar o trabalho na terceira câmara?

— Pode deixar, Prof – o atirador respondeu, fechando a tampa do cantil. Ele saiu do cômodo tranquilamente.

— Não preste muita atenção em Cody, filho – Prof disse, colocando um dos meus cadernos na pilha. – Ele diz as mesmas coisas sobre todos nós. Preocupa-se que vamos ficar tão focados em matar Épicos a ponto de nos esquecermos de viver nossas vidas.

— Ele pode estar certo – admiti. – Eu... Eu não tenho realmente uma vida além disso.

– O trabalho que fazemos – Prof disse – não é viver. Nosso trabalho é matar. Nós deixamos pessoas comuns viverem a própria vida, encontrarem alegria nela, aproveitarem o nascer do sol e as nevadas. Nosso trabalho é permitir a elas que façam isso.

Eu tinha lembranças do mundo como era no passado. Afinal, só fora dez anos antes. Porém, era difícil me lembrar de um mundo de sol quando só se via escuridão todos os dias. Lembrar aqueles tempos... era como tentar me lembrar de detalhes do rosto do meu pai. Aos poucos, você esquece esse tipo de coisa.

– Jonathan – Abraham dirigiu-se a Prof, deslizando o cano de volta para a arma –, você considerou as coisas que o garoto disse?

– Não sou um garoto – afirmei.

Todos eles olharam para mim. Até Megan, de pé ao lado da porta.

– Só uma observação – emendei, subitamente desconfortável. – Quer dizer, tenho 18 anos. Atingi a maioridade. Não sou uma criança.

Prof me examinou. Então, para a minha surpresa, assentiu.

– Idade não tem nada a ver com a questão, mas você ajudou a matar dois Épicos, o que é bom o bastante para mim. Deveria ser para todos nós.

– Muito bem – Abraham cedeu, a voz suave. – Mas, Prof, já falamos sobre isso antes. Quando matamos Épicos como Fortuidade, estamos mesmo realizando alguma coisa?

– Nós os enfrentamos – Megan disse. – Somos os únicos que fazem isso. É importante.

– Ainda assim – Abraham falou, conectando outro pedaço à arma –, temos medo de lutar contra os mais poderosos. E, assim, a dominação dos tiranos continua. Enquanto eles não caírem, os outros não vão nos temer de verdade. Eles vão temer Coração de Aço, Obliteração e Lamento da Noite. Se não enfrentarmos criaturas como essas, existe qualquer esperança de que outros um dia se ergam contra elas?

A sala revestida de aço ficou em silêncio, e eu segurei a respiração. As palavras eram quase as mesmas que eu usara mais cedo, mas, faladas com a voz suave e o sotaque leve de Abraham, pareciam ter mais peso.

Prof se virou para Thia.

Ela ergueu uma foto.

– Este é realmente Punho da Noite? – ela perguntou. – Tem certeza?

A foto era uma das minhas posses mais valiosas e mostrava Punho da Noite ao lado de Coração de Aço no Dia da Anexação, logo antes de sua escuridão descer sobre a cidade. Até onde eu sabia, era única, vendida a mim por um menino de rua cujo pai a tirara com uma câmera Polaroid.

Punho da Noite normalmente era translúcido, incorpóreo. Ele podia atravessar objetos sólidos e controlar a própria escuridão. Aparecia com frequência na cidade, mas sempre em sua forma incorpórea. Na foto, entretanto, estava sólido, usando um terno preto e um chapéu elegantes. Apresentava feições asiáticas e cabelo negro na altura do ombro. Eu tinha outras fotos dele em sua forma incorpórea. O rosto era o mesmo.

– Claro que é ele – eu disse.

– E a foto não foi retocada – Thia complementou.

– Eu... – Isso eu não podia provar. – Não posso garantir que não sofreu alteração, embora, com uma Polaroid, isso seja menos provável. Thia, ele tem que ser corpóreo em *alguma* parte do tempo. Essa foto é a melhor pista, mas eu tenho outras. Pessoas que sentiram cheiro de fósforo e avistaram alguém que combinava com a descrição dele. – Fósforo era um dos sinais de que ele estava usando seus poderes. – Encontrei uma dúzia de fontes que apoiam essa ideia. É a luz do sol que faz a diferença. Suspeito que é a parte ultravioleta da luz que importa. Quando está sob ela, ele se torna corpóreo.

Thia segurou a foto à sua frente e a contemplou. Então, começou a folhear minhas outras anotações sobre Punho da Noite.

– Acho que precisamos investigar isso, Jon – ela disse. – Se há uma chance de realmente atingirmos Coração de Aço...

– Há – afirmei. – Eu tenho um plano. Vai funcionar.

– Isso é estúpido – Megan interrompeu. Ela estava ao lado da parede com os braços cruzados. – Pura estupidez. Nem sabemos qual é a fraqueza dele.

– Podemos descobrir – retruquei. – Tenho certeza. Temos as pistas de que precisamos.

– Mesmo se descobrirmos – Megan argumentou, jogando uma mão no ar –, será praticamente inútil. Os obstáculos para ao menos chegar a Coração de Aço são intransponíveis!

Eu a encarei, lutando com minha raiva. Sentia que ela estava discutindo comigo não porque discordava de fato, mas porque, por algum motivo, me achava ofensivo.

– Eu... – comecei, mas Prof me interrompeu.

– Todos vocês, me sigam – ele ordenou, erguendo-se.

Compartilhei um olhar furioso com Megan, então todos nos movemos, seguindo Prof em direção à sala menor à direita da câmara principal. Até Cody veio da terceira sala – como era de se imaginar, o homem estivera escutando. Ele usava uma luva na mão direita, que brilhava com uma luz verde suave na palma.

– O imager está pronto? – Prof perguntou.

– Quase – Abraham respondeu. – Foi uma das primeiras coisas que montei. – Ele estava ajoelhado ao lado de um dispositivo no chão, conectado à parede por diversos fios. Então, o ligou.

De repente, todas as superfícies de metal na câmara se tornaram negras. Eu pulei. Parecia que estávamos flutuando na escuridão.

Prof ergueu uma mão, então bateu o dedo na parede de acordo com um padrão. As paredes mudaram e mostraram uma vista da cidade, apresentando-a como se estivéssemos em cima de um prédio de seis andares. Luzes brilhavam na escuridão, a partir de centenas de prédios de aço que compunham Nova Chicago. Os antigos prédios eram menos uniformes; os novos, espalhando-se para o que já fora o lago, eram mais modernos. Eles haviam sido construídos com outros materiais, então intencionalmente transformados em aço. Eu tinha ouvido falar que você podia fazer algumas coisas interessantes com a arquitetura, quando existia essa opção.

– Essa é uma das cidades mais avançadas no mundo – Prof disse. – Governada pelo Épico supostamente mais poderoso da América do Norte. Se agirmos contra ele, subimos as apostas de forma dramática, e já estamos apostando até os limites do que podemos pagar. O fracasso pode significar o fim completo dos Executores. É capaz de causar um verdadeiro desastre, de acabar com o último foco de resistência contra os Épicos que a humanidade possui.

– Só me deixe contar o plano pra você – pedi. – Acho que vai convencê-lo. – Eu tinha uma suspeita: Prof *queria* ir atrás de Coração de Aço. Se eu pudesse apresentar minha ideia, ele ficaria do meu lado.

Prof se virou para mim, encontrando os meus olhos.

– Quer que a gente faça isso? Tudo bem, vou dar uma chance a você. Mas não quero que me convença. – Ele apontou para Megan, parada ao lado da entrada, de braços ainda cruzados. – Convença *ela*.

13

Convencer Megan. *Ótimo*, pensei. Os olhos dela podiam ter aberto buracos através de... bom, qualquer coisa, acho. Quer dizer, olhos normalmente não conseguem abrir buracos através de coisas, então a metáfora funciona de qualquer jeito, certo?

Os olhos de Megan podiam ter aberto buracos através de manteiga. *Convencer* ela?, pensei. *Impossível*.

Mas não desistiria sem tentar. Dei um passo em direção à parede de metal reluzente coberta com a silhueta de Nova Chicago.

– O imager pode nos mostrar alguma coisa? – perguntei.

– Qualquer coisa que a spynet básica vê ou ouve – Abraham explicou, levantando-se do lado do projetor.

– A spynet? – perguntei, subitamente me sentindo desconfortável. Dei alguns passos à frente. O dispositivo era impressionante; eu me sentia como se estivéssemos mesmo sobre o topo de um prédio lá fora na cidade, e não em uma caixa fechada. Não era uma ilusão perfeita – se eu olhasse ao redor com atenção ainda veria os cantos da sala em que estávamos, e a projeção 3D não era muito boa para coisas próximas.

Mesmo assim, contanto que eu não olhasse muito de perto – e não prestasse atenção à falta de vento ou aromas da cidade – realmente podia imaginar que estava lá fora. Eles estavam construindo essa imagem usando a spynet? Esse era o sistema de vigilância de Coração de Aço para a cidade, os meios pelos quais a Patrulha acompanhava o que os habitantes de Nova Chicago faziam.

– Eu sabia que ele nos vigiava – falei –, mas não sabia que as câmeras eram tão... abrangentes.

– Felizmente – Thia disse –, encontramos alguns jeitos de influenciar o que a rede vê e ouve. Então não se preocupe com Coração de Aço nos espiando.

Eu ainda me sentia desconfortável, mas não valia a pena pensar nisso no momento. Fui até a beirada do prédio e olhei para a rua abaixo. Alguns carros passaram, e o imager transmitiu o seu som. Estendi uma mão até a parede da sala, e era como se estivesse tocando algo invisível no meio do ar. Isso era muito desorientador.

Ao contrário dos tensores, de imagers eu já tinha ouvido falar – as pessoas pagavam uma boa grana para ver filmes projetados com eles. Minha conversa com Cody me fez pensar. Será que tínhamos aprendido a fazer coisas assim a partir de Épicos com poderes ilusionistas?

– Eu... – comecei.

– Não – Megan disse. – Se ele tem que me convencer, então eu vou conduzir a conversa. – Ela veio para o meu lado.

– Mas...

– Vá em frente, Megan – Prof disse.

Eu resmunguei para mim mesmo e recuei até sentir que não estava mais prestes a despencar múltiplos andares.

– É simples – Megan disse. – Há um problema enorme em enfrentar Coração de Aço.

– Um? – Cody perguntou, encostando-se na parede. Parecia que ele se encostava em pleno ar. – Vejamos: força incrível, consegue atirar rajadas fatais de energia das mãos, consegue transformar qualquer coisa não viva ao seu redor em aço, consegue comandar os ventos e voar com controle perfeito... Ah, e ele é totalmente imune a balas, armas brancas, fogo, radiação, contusões, sufocamento e explosões. Isso soma pelo menos... *três* coisas, moçoila. – Ele ergueu quatro dedos.

Megan revirou os olhos.

– Tudo isso é verdade – ela admitiu, então se virou para mim de novo. – Mas nenhuma delas sequer é o primeiro problema.

– Encontrá-lo é o primeiro problema – Prof disse suavemente. Ele tinha montado uma cadeira dobrável, assim como Thia, e os dois estavam sentados no centro do telhado projetado. – Coração de Aço é paranoico. Ele se certifica de que ninguém saiba onde está.

– Exatamente – Megan concordou, erguendo as mãos e usando um gesto do dedão para controlar o imager. Passamos rapidamente pela cidade, os prédios tornando-se um borrão abaixo de nós.

Eu vacilei, sentindo meu estômago se revirar. Tentei tocar a parede, mas não sabia com certeza onde ela estava, e tropecei para o lado até encontrá-la. Abruptamente, nós paramos, pairando em pleno ar, e estávamos olhando para o palácio de Coração de Aço.

Era uma fortaleza negra de aço anodizado que se erguia nos limites da cidade, construída sobre a porção do lago que fora transformada em aço. Ela havia se expandido para os lados, uma linha longa de metal escuro com torres, vigas e passagens. Como uma mistura de uma antiga mansão vitoriana, um castelo medieval e uma plataforma de petróleo. Luzes vermelhas violentas brilhavam de vários nichos, e fumaça erguia-se de chaminés, preta contra um céu preto.

– Dizem que ele intencionalmente construiu o palácio para ser confuso – Megan falou. – Há centenas de cômodos, e ele dorme em um diferente toda noite; come em um diferente a cada refeição. Supostamente nem os empregados sabem onde ele estará. – Ela se virou para mim, hostil. – Você nunca vai encontrá-lo. *Esse* é o primeiro problema.

Eu balancei, ainda sentindo que estava de pé no meio do ar, embora nenhum dos outros parecesse ter dificuldades.

– A gente poderia...? – perguntei, enjoado, olhando de volta para Abraham.

Ele riu, então fez alguns gestos e nos levou para o topo de um prédio próximo. Havia uma pequena chaminé nele, e, quando "aterrissamos", ela foi esmagada, tornando-se uma imagem de duas dimensões no chão. Isso não era um holograma – até onde eu sabia, ninguém tinha conseguido imitar esse nível de poder ilusionista com a tecnologia. Era só um uso muito avançado de seis telas e algumas imagens 3D.

– Certo – eu disse, sentindo-me mais firme. – Enfim, isso *seria* um problema.

– Exceto? – Prof perguntou.

— Exceto pelo fato de não precisarmos encontrar Coração de Aço — eu disse. — Ele virá até nós.

— Ele quase não sai mais em público — Megan disse. — E, quando sai, é imprevisível. Como, em nome dos fogos de Calamidade, você vai...

— Falha Sísmica — respondi. A Épica que tinha feito a terra engolir o banco naquele dia terrível em que meu pai fora assassinado, e que mais tarde havia desafiado Coração de Aço.

— David tem razão — Abraham disse. — Coração de Aço *saiu* do seu esconderijo para lutar contra ela, quando ela tentou tomar Nova Chicago.

— E quando Idos Fúria veio aqui para desafiá-lo — complementei. — Coração de Aço enfrentou o desafio pessoalmente.

— Se bem me recordo — Prof disse –, eles destruíram um quarteirão inteiro da cidade naquele conflito.

— Deve ter sido bem louco — Cody comentou.

— Sim — confirmei. Eu tinha fotos daquela briga.

— Então você está dizendo que precisamos convencer um Épico poderoso a vir para Nova Chicago e desafiar Coração de Aço — Megan disse, a voz sem emoção. — Então vamos saber onde ele estará. Parece fácil.

— Não, não — falei, virando-me para encará-los, dando as costas para a vastidão escura e fumegante que era o palácio de Coração de Aço. — Essa é a primeira parte do plano. Fazemos Coração de Aço *pensar* que um Épico poderoso está vindo aqui para desafiá-lo.

— Como faríamos isso? — Cody perguntou.

— Já começamos — expliquei. — Agora espalhamos o boato de que Fortuidade foi morto por agentes de um novo Épico. Começamos a atacar mais Épicos, deixando a impressão de que é tudo trabalho do mesmo rival. Então damos um ultimato a Coração de Aço: se ele quiser impedir o assassinato de seus seguidores, precisará sair e lutar. E ele *virá*. Se formos convincentes o bastante. Prof, você disse que ele é paranoico. Está certo: ele é, e não suporta desafios à sua autoridade. Ele sempre lida com Épicos rivais pessoalmente, como fez com Dedo da Morte tantos anos atrás. Se há uma coisa em que os Executores são bons é em matar Épicos. Se caçarmos um número suficiente deles na cidade em um curto tempo, será uma ameaça a Coração de Aço. Podemos atraí-lo, escolher nosso campo de batalha. Podemos fazê-lo vir até nós e entrar direitinho na nossa armadilha.

— Não vai dar certo — Megan disse. — Ele vai mandar Tormenta de Fogo ou Punho da Noite.

Tormenta de Fogo e Punho da Noite, dois Altos Épicos imensamente poderosos que agiam como guarda-costas e homens de confiança de Coração de Aço. Quase tão perigosos quanto ele.

— Eu já mostrei a vocês a fraqueza de Punho da Noite — falei. — É a luz do sol, a radiação ultravioleta. Ele não sabe que alguém tem conhecimento disso. Podemos usar essa informação para encurralá-lo.

— Você não provou nada — Megan retrucou. — Mostrou pra gente que ele *tem* uma fraqueza. Mas todo Épico tem. Você não sabe se é mesmo a luz do sol.

— Eu dei uma olhada nas fontes dele — Thia disse. — Parece... parece que David realmente pode ter descoberto algo.

Megan cerrou os dentes. Se isso dependesse de eu convencê-la do meu plano, eu falharia. Ela não parecia querer concordar, não importava quão bons fossem os meus argumentos.

Mas eu não estava convencido de que precisava do apoio dela, independentemente do que Prof dissera. Eu tinha visto como os outros Executores olhavam para ele. Se Prof decidisse que isso era uma boa ideia, eles o seguiriam. Eu só podia torcer para que minha argumentação fosse boa o suficiente para ele, mesmo com a sua observação de que eu precisava convencer Megan.

— Tormenta de Fogo — Megan disse. — E quanto a ele?

— Fácil — respondi, ficando mais animado. — Tormenta de Fogo não é o que parece.

— O que isso quer dizer?

— Vou precisar das minhas anotações pra responder — falei. — Mas prometo que ele será o mais fácil dos três de eliminar.

Megan fez uma expressão como se eu a tivesse ofendido com isso, irritada por eu não estar disposto a discutir com ela sem minhas anotações.

— Está bem — ela disse, então fez um gesto, girando a sala num círculo e me fazendo tropeçar de novo, embora não houvesse impulso algum. Megan olhou para mim, e eu vi o esboço de um sorriso em seus lábios. Bom, pelo menos eu sabia uma coisa que quebrava sua frieza: quase me fazer perder o meu almoço.

Quando a sala parou de rodar, a nossa vista apontava num ângulo para cima. Todo o meu corpo me dizia que eu deveria estar deslizando de costas até a parede, mas eu sabia que era tudo efeito da perspectiva.

Logo à nossa frente, um grupo de três helicópteros se movia baixo pelo ar, bem acima da cidade. Eles eram pretos e reluzentes, com dois grandes rotores cada. O brasão de espada e escudo da Patrulha estava pintado em branco nos lados.

– Provavelmente nem vamos chegar a Tormenta de Fogo e Punho da Noite – ela disse. – Eu devia ter mencionado isto primeiro: a Patrulha.

– Ela está certa – Abraham disse. – Coração de Aço está sempre cercado por soldados da Patrulha.

– Então os eliminamos primeiro – falei. – É o que um Épico rival provavelmente faria: incapacitar o exército de Coração de Aço pra conseguir se mover na cidade. Isso só vai ajudar a convencê-lo de que há um Épico rival. Os Executores nunca fariam algo como atacar a Patrulha.

– Nós não faríamos – Megan disse – porque seria pura idiotice!

– *Parece* um pouco além das nossas habilidades, filho – Prof disse, mas eu podia ver que ele prestava atenção a cada palavra. Ele assistia a tudo com interesse. Gostava da ideia de atrair Coração de Aço. Jogar com a arrogância de um Épico era o tipo de coisa que Executores faziam.

Eu ergui as mãos, imitando os gestos que os outros haviam feito, então as lancei à frente para tentar mover a sala de visão em direção ao quartel-general da Patrulha. A sala deu uma guinada desajeitada, inclinando para um lado e voando através da cidade até esmurrar do lado de um prédio. A imagem congelou ali, incapaz de continuar para dentro da estrutura, porque a spynet não chegava até lá. A sala inteira tremia, como se desesperada para atender à minha demanda, mas incerta sobre aonde ir.

Eu caí de lado na parede, então me sentei no chão, atordoado.

– Hã...

– Quer que faça isso pra você? – Cody perguntou, divertido, da entrada.

– Hã, sim. Obrigado. Quartel-general da Patrulha, por favor.

Cody fez um gesto e ergueu a sala, nivelando-a, então a girou e moveu sobre a cidade até que estivéssemos pairando perto de um grande prédio negro e quadrado. Parecia vagamente uma prisão, embora não abrigasse criminosos. Bom, só o tipo apoiado pelo Estado.

Eu me endireitei, determinado a não me envergonhar na frente dos outros. Mesmo que, a essa altura, não tivesse certeza de que isso fosse possível de evitar.

– Há um jeito simples de neutralizar a Patrulha – falei. – Eliminando Confluência.

Pela primeira vez, uma ideia minha não provocou protestos dos outros. Até Megan parecia pensativa, a uma distância curta de mim, com os braços cruzados. *Adoraria vê-la sorrir de novo*, pensei, e então imediatamente obriguei minha mente a se afastar desse pensamento. Eu precisava manter o foco. Não era hora de ficar com a cabeça nas nuvens. Bem... pelo menos, num sentido figurado.

– Vocês já consideraram isso – supus, olhando ao redor da sala. – Atacaram Fortuidade, mas falaram sobre tentar eliminar Confluência, em vez dele.

– Seria um golpe forte – Abraham disse com suavidade, apoiado na parede, perto de Cody.

– Abraham sugeriu isso – Prof disse. – Brigou por isso, na verdade. Usando alguns dos mesmos argumentos que você: que não estamos fazendo o bastante, que não estamos atacando Épicos importantes o suficiente.

– Confluência é mais que apenas o chefe da Patrulha – eu disse, animado. Eles finalmente pareciam estar ouvindo. – Ele é um doador.

– Um o quê? – Cody perguntou.

– É uma gíria – Thia explicou – para o que chamamos de Épicos de transferência.

– Sim – concordei.

– Ótimo – Cody falou. – O que é um Épico de transferência?

– Você *nunca* presta atenção? – Thia perguntou. – Já falamos sobre isso.

– Ele estava limpando as armas dele – Abraham disse.

– Sou um artista – Cody respondeu.

Abraham assentiu com a cabeça.

– Ele é um artista.

– E a sujeira é inimiga da precisão – Cody acrescentou.

– Oh, faça-me o favor – Thia disse, voltando-se para mim.

– Um doador – expliquei – é um Épico que tem a habilidade de transferir seus poderes a outras pessoas. Confluência tem dois poderes que pode doar para os outros, e ambos são incrivelmente fortes. Talvez até mais fortes que os de Coração de Aço.

– Então por que *ele* não governa? – Cody perguntou.

– Sei lá. – Eu dei de ombros. – Provavelmente porque é frágil. Dizem que Confluência não tem poder algum de imortalidade. Então ele se esconde. Ninguém nem sabe qual é a cara dele, mas está com Coração de Aço há mais de meia década, comandando a Patrulha na surdina. – Olhei de volta para o quartel-general da Patrulha. – Ele pode criar reservas enormes de energia no seu corpo. Ele fornece essa eletricidade aos líderes dos Núcleos da Patrulha; é assim que funcionam os trajes mecanizados e os fuzis de energia deles. Eliminar Confluência significa eliminar as armaduras especiais e as armas de energia...

– Significa mais do que isso – Prof interveio. – Eliminar Confluência pode deixar a cidade sem força.

– Quê? – perguntei.

– Nova Chicago usa mais eletricidade do que gera – Thia explicou. – Todas essas luzes, ligadas o tempo todo... é um gasto enorme, em um nível que seria difícil de manter mesmo antes de Calamidade. Os novos Estados Fraturados não têm a infraestrutura para fornecer energia suficiente para Coração de Aço manter essa cidade funcionando, mas ele consegue.

– Ele está usando Confluência para complementar suas reservas de energia – Prof disse. – De alguma forma.

– O que torna Confluência um alvo ainda melhor! – exclamei.

– Nós falamos sobre isso meses atrás – Prof disse, inclinando-se para a frente com os dedos entrelaçados. – Decidimos que era perigoso demais atacá-lo. Mesmo se o matássemos, atrairíamos atenção demais. Seríamos caçados por Coração de Aço em pessoa.

– Exatamente o que a gente quer – retruquei.

Os outros não pareciam convencidos. Se dessem esse passo, se agissem contra o império de Coração de Aço, estariam se expondo. Não poderiam mais se esconder nos diversos subterrâneos urbanos, atacando alvos cuidadosamente escolhidos. Não haveria mais uma rebelião silenciosa. Se matassem Confluência, não poderiam recuar até que Coração de Aço estivesse morto ou os Executores fossem capturados, torturados e eliminados.

Ele vai dizer não, pensei, olhando nos olhos de Prof. Ele era mais velho do que eu sempre imaginei que fosse. Um homem de meia-idade, com cabelo grisalho, e um rosto que mostrava ter vivido a morte de uma era e trabalhado dez árduos anos tentando pôr fim à era seguinte. Esses anos tinham lhe ensinado que era preciso ter cautela.

Ele abriu a boca para dizer as palavras, mas foi interrompido quando o celular de Abraham tocou. Abraham tirou-o do seu apoio de ombro.

– Hora de Reforço – ele disse, sorrindo.

Reforço. A mensagem diária de Coração de Aço aos seus súditos.

– Você pode passar na parede? – perguntei.

– Claro – Cody disse, virando o celular na direção do projetor e apertando um botão.

– Isso não será neces... – Prof começou.

O programa já tinha começado. Mostrava Coração de Aço dessa vez. Às vezes, ele aparecia pessoalmente, às vezes, não. Estava em pé em cima de uma das altas torres de rádio do seu palácio. Uma capa negra estendia-se atrás dele, esvoaçando.

As mensagens eram todas pré-gravadas, mas não havia como saber quando; como sempre, o sol não estava no céu, e nenhuma árvore crescia na cidade para dar alguma indicação de estação, também. Eu quase esquecera como era conseguir saber a hora do dia só olhando pela janela.

Luzes vermelhas que brilhavam de baixo iluminavam Coração de Aço. Ele colocou um pé em uma balaustrada baixa, então se inclinou para a frente e examinou sua cidade. Seu domínio.

Eu estremeci, olhando para ele, apresentado em grande escala na parede à minha frente. O assassino do meu pai. O tirano. Ele parecia tão calmo, tão pensativo, nessa imagem. Cabelo negro e longo que se encaracolava suavemente até os ombros. A camisa esticada sobre um físico inumanamente forte. Calça social preta, uma versão melhorada da calça solta que ele usara aquele dia, dez anos atrás. A cena parecia querer apresentá-lo como um ditador pensativo e preocupado, como os primeiros líderes comunistas sobre os quais eu aprendera na escola da Fábrica.

Ele ergueu uma das mãos, encarando atentamente os prédios abaixo de si, e ela começou a brilhar com um poder maligno. Amarelo-branca, para contrastar com o vermelho violento de baixo. O poder ao redor de sua mão não era eletricidade, mas energia *pura*. Ele o deixou crescer por um tempo, até que a mão estivesse brilhando tão forte que a câmera não distinguia nada exceto a luz e a sombra de Coração de Aço à sua frente.

Então, ele apontou e lançou um jato de força amarela flamejante na direção da cidade. A energia atingiu um prédio, abrindo-lhe um buraco e fazendo chamas e destroços explodirem pelas janelas do lado oposto. Enquanto o prédio ardia, as pessoas fugiam dele. A câmera deu zoom, certificando-se de filmá-las. Coração de Aço queria que soubéssemos que ele atirara numa estrutura habitada.

Outro jato se seguiu, fazendo o prédio oscilar, o metal de um lado derretendo e caindo para dentro. O Épico atirou mais duas vezes num prédio ao lado do primeiro, ateando fogo no interior dele também, e as paredes derreteram sob a enorme força da energia que ele lançou.

A câmera recuou e virou-se para Coração de Aço novamente, ainda na mesma posição, meio inclinado. Ele olhava para a cidade abaixo, o rosto impassível, a luz vermelha brilhando por baixo, iluminando uma mandíbula forte e olhos contemplativos. Ele não deu explicação alguma para a destruição daqueles prédios, embora talvez uma mensagem posterior explicasse os pecados – reais ou imaginários – de que os habitantes da cidade eram culpados.

Ou talvez não. Viver em Nova Chicago tinha seus riscos; um deles era o fato de que Coração de Aço podia decidir executar você e sua família sem explicação. Por outro lado, por esses riscos, você podia viver num lugar com eletricidade, água corrente, empregos e comida. Atualmente, essas eram *commodities* raras em boa parte do território.

Dei um passo à frente, andando até a parede para estudar a criatura que víamos ali. *Ele quer que fiquemos aterrorizados*, pensei. *É esse o motivo. Quer que pensemos que ninguém pode desafiá-lo.*

Os primeiros estudiosos tinham se perguntado se talvez os Épicos eram um estágio novo no desenvolvimento humano. Uma inovação evolucionária. Eu não aceitava isso. Essa coisa não era um ser humano. Nunca fora. Coração de Aço se virou para a câmera, e havia o esboço de um sorriso em seus lábios.

Uma cadeira raspou o chão atrás de mim, e me virei. Prof se levantara e estava encarando Coração de Aço. Sim, havia ódio ali. Um ódio profundo. Prof olhou para baixo e encontrou o meu olhar. Aconteceu de novo: aquele momento de compreensão.

Nós dois sabíamos qual era a posição um do outro.

– Você não nos disse como vai matá-lo – Prof falou para mim. – Não convenceu Megan. Tudo que mostrou é que tem a metade frágil de um plano.

– Eu já vi o sangrar – afirmei. – O segredo está na minha cabeça, em algum lugar, Prof. É a melhor chance que você ou qualquer um terá de matá-lo. Você pode perder essa chance? Pode realmente recuar quando tem essa oportunidade?

Prof encontrou meus olhos e me encarou por um longo momento. Atrás de mim, a transmissão de Coração de Aço acabou, e a parede se tornou preta.

Prof estava certo. Meu plano, por mais esperto que me tivesse parecido, dependia de muita especulação. Atrair Coração de Aço com um Épico falso. Eliminar seus guarda-costas. Incapacitar a Patrulha. Matá-lo com uma fraqueza secreta que poderia estar escondida em algum lugar da minha memória.

De fato, a metade frágil de um plano. Era por isso que eu precisava vir até os Executores. Eles podiam torná-lo realidade. Esse homem, Jonathan Phaedrus, podia torná-lo realidade.

– Cody – Prof disse, virando-se –, comece a treinar o garoto novo com um tensor. Thia, vamos ver se conseguimos rastrear os movimentos de Confluência. Abraham, vamos precisar fazer um *brainstorming* sobre como imitar um Alto Épico, se isso sequer é possível.

Senti meu coração dar um pulo.

– Nós vamos tentar?

– Sim – Prof respondeu. – Deus nos ajude, mas nós vamos tentar.

PARTE 2

14

— Agora, você deve ser *delicado* com ela — Cody disse. — Como se estivesse acariciando uma bela mulher na noite antes do grande lançamento de larício.

— Lançamento de larício? — perguntei, enquanto erguia as mãos em direção ao pedaço de aço na cadeira à minha frente. Eu estava sentado de pernas cruzadas no chão do esconderijo dos Executores, com Cody ao meu lado, as costas contra a parede e as pernas estendidas à sua frente. Fazia uma semana desde o ataque contra Fortuidade.

— É, lançamento de larício — Cody confirmou. Embora com um sotaque puramente sulista, e bem forte, ele sempre falava como se fosse da Escócia. Imaginei que sua família fosse de lá, ou algo assim. — É um esporte que a gente tinha lá na terra natal. Envolvia lançar árvores.

— Pequenas mudas? Como dardos?

— Não, não. Os larícios precisavam ser tão largos que seus dedos não podiam se tocar do outro lado quando você punha os braços ao redor deles. A gente arrancava eles do chão, então jogava o mais longe possível.

Ergui uma sobrancelha cética.

— Você ganhava pontos extras se conseguisse atingir um pássaro voando — ele acrescentou.

— Cody — Thia disse, passando por nós com um maço de papéis —, você sequer *sabe* o que é um larício?

— Uma árvore — ele respondeu. — A gente usava elas pra construir casas. É daí que vem a palavra *lar*, moçoila. — Ele disse isso com uma cara tão séria que eu tive dificuldade em determinar se estava sendo sincero ou não.

– Você é um fanfarrão – Thia disse, sentando-se à mesa, sobre a qual estavam espalhados vários mapas detalhados que eu não conseguira entender. Pareciam planos e diagramas da cidade, datando desde antes da Anexação.

– Obrigado – Cody disse, abaixando o boné com estampa de camuflagem na direção dela.

– Não foi um elogio.

– Ah, você não *disse* como um elogio, moçoila – Cody retrucou. – Mas a palavra *fanfarrão* vem da palavra *fanfarro*, que significa festa e beleza, que por sua vez...

– Você não deveria estar ensinando David a usar os tensores? – ela interrompeu. – E *não* me aborrecendo?

– Não tem problema – Cody respondeu. – Posso fazer ambos. Sou um homem com muitos talentos.

– Nenhum dos quais envolve ficar em silêncio, infelizmente – Thia resmungou, inclinando-se para a frente e fazendo algumas anotações em seu mapa.

Eu sorri, embora, mesmo depois de uma semana com eles, não tivesse certeza do que pensar dos Executores. Eu imaginara cada célula Executora como um grupo de forças especiais de elite, os membros extremamente unidos e intensamente leais uns aos outros.

Havia um pouco disso neste grupo; mesmo as discussões entre Thia e Cody eram em geral bem-humoradas. No entanto, também havia muita individualidade em cada um. Eles meio que... se ocupavam com suas próprias coisas. Prof parecia menos um líder e mais um gerente intermediário. Abraham trabalhava na tecnologia, Thia na pesquisa, Megan no recolhimento de informações e Cody fazia serviços diversos – enchia os espaços com maionese, como ele gostava de dizer. O que quer que isso significasse.

Era bizarro vê-los como pessoas. Uma parte de mim estava até decepcionada. Meus deuses eram seres humanos normais que brigavam, riam, irritavam uns aos outros e – no caso de Abraham – roncavam de noite. Alto.

– Agora, *esse* é um olhar de concentração – Cody falou. – Bom trabalho, rapaz. Você precisa manter uma mente afiada. Focada. Como sir William em pessoa. A alma de um guerreiro. – Ele deu uma mordida no seu sanduíche.

Eu não estava focado no meu tensor, mas não deixei ele perceber. Em vez disso, ergui minha mão, fazendo como ele tinha me instruído. A luva fina que eu usava exibia linhas de metal na frente de cada dedo. As linhas se uniam em um padrão na palma, e todas brilhavam um verde suave.

À medida que me concentrava, minha mão começou a vibrar suavemente, como se alguém estivesse tocando música com uma forte linha de baixo em algum lugar próximo. Era difícil me concentrar com aquela pulsação estranha subindo pelo meu braço.

Ergui a mão na direção do pedaço de metal; era um pedaço de cano. Agora, aparentemente, eu precisava empurrar as vibrações para longe de mim. O que quer que isso significasse. A tecnologia estava conectada diretamente aos meus nervos por meio de sensores dentro da luva, que interpretavam impulsos elétricos do meu cérebro. Pelo menos era assim que Abraham explicara.

Cody havia dito que era magia, e me disse para não fazer perguntas para não "enfurecer os demoniozinhos aí dentro, que fazem as luvas funcionar e nosso café ficar bom".

Eu ainda não tinha conseguido nada com os tensores, mas sentia estar chegando perto. Precisava permanecer focado, manter as mãos firmes e *empurrar* as vibrações para longe. Como assoprar um anel de fumaça, Abraham dissera. Ou como usar o calor do seu corpo num abraço – sem os braços. Essa foi a explicação de Thia. Acho que cada um pensava nisso do seu próprio jeito.

Minha mão começou a tremer mais vigorosamente.

– Firme – Cody disse. – Não perca o controle, rapaz.

Enrijeci os músculos.

– Uau. Não tão rígido – Cody falou. – Seguro, forte, mas calmo. Como se acariciasse uma bela mulher, lembra?

Isso me fez pensar em Megan.

Perdi o controle e uma onda verde de energia esfumaçada explodiu da minha mão e voou para a frente. Não chegou sequer perto do cano, mas vaporizou a perna de metal da cadeira em que ele estava apoiado. Uma chuva de poeira caiu e a cadeira entortou, lançando o cano ao chão com um tinido.

– Faíscas! – Cody exclamou. – Me lembre de nunca deixar você me acariciar, rapaz.

– Achei que você tinha dito a ele que pensasse numa mulher bonita – Thia falou.

– É – Cody respondeu. – E, se é assim que ele trata uma delas, não quero nem saber o que faria com um escocês feioso.

– Eu consegui! – exclamei, apontando para a poeira de metal que eram os restos da perna da cadeira.

– É, mas errou.

– Não importa – falei. – Eu finalmente consegui que funcionasse! – Hesitei. – Não foi como assoprar fumaça. Foi como… como cantar. Com a minha mão.

– Essa é nova – Cody disse.

– É diferente pra todo mundo – Thia falou da mesa, com a cabeça ainda abaixada. Ela abriu uma lata de refrigerante enquanto rabiscava algumas anotações. Thia era inútil sem o seu refrigerante. – Usar os tensores não é natural para a sua mente, David. Você já construiu caminhos neurais, então precisa meio que reprogramar seu cérebro para descobrir quais músculos mentais deve flexionar. Eu sempre me perguntei o que aconteceria se déssemos um tensor para uma criança, se ela conseguiria incorporá-lo melhor, mais naturalmente, como apenas outro tipo de "membro" para praticar.

Cody olhou para mim. Então sussurrou:

– Demoniozinhos. Não deixe ela te enganar, rapaz. Acho que ela trabalha pra eles. Eu a vi deixando uma torta pra eles uma noite dessas.

O problema era que ele falava com sinceridade suficiente pra me fazer questionar se de fato acreditava nisso. O brilho em seus olhos indicava que estava brincando, mas ele tinha uma expressão tão perfeitamente séria…

Tirei o tensor e o devolvi. Cody o vestiu, então distraidamente ergueu uma mão – a palma primeiro – para o lado e empurrou para fora. O tensor começou a vibrar enquanto sua mão se movia e, quando parou, uma fina onda verde e esfumaçada continuou, atingindo a cadeira e o cano. Ambos foram vaporizados até virarem poeira, caindo ao chão com uma lufada.

Toda vez que eu via os tensores em ação, ficava maravilhado.

O alcance, entretanto, era muito limitado, alguns passos no máximo, e eles não afetavam carne. Não eram muito úteis numa luta – claro, era possível vaporizar a arma de alguém, mas só se estivesse muito perto de você. E, nesse caso, levar todo esse tempo para se concentrar e lutar com os tensores provavelmente seria menos eficaz que apenas dar um soco no outro cara.

Ainda assim, as oportunidades que eles proporcionavam eram incríveis. Mover-se pelas profundezas das catacumbas de aço de Nova Chicago, entrando e saindo de câmaras. Se você conseguisse manter o tensor escondido, escaparia de qualquer nó, de qualquer cela.

– Continue treinando – Cody disse. – Você tem talento, então Prof vai querer que fique bom com eles. Precisamos de outro membro da equipe que consiga usá-los.

– Nem todos vocês conseguem? – perguntei, surpreso.

Cody fez que não com a cabeça.

– Megan não consegue fazê-los funcionar, e Thia raramente está em posição para usá-los; precisamos dela a distância, dando apoio durante as missões. Então, normalmente só eu e Abraham os usamos.

– E Prof? – perguntei. – Ele os inventou. Deve ser bom com eles, não?

Cody balançou a cabeça.

– Não sei. Ele se recusa a usá-los. Alguma relação com uma experiência ruim no passado. Ele não fala sobre isso. Provavelmente nem deve; nós não precisamos saber. De qualquer jeito, é melhor você praticar. – Cody balançou levemente a cabeça e removeu o tensor, enfiando-o no bolso. – O que eu não teria dado por um desses antes...

As outras tecnologias dos Executores eram incríveis também. As jaquetas, que supostamente funcionavam um pouco como armaduras, constituíam uma delas. Cody, Megan e Abraham usavam cada um uma jaqueta – diferente por fora, mas com uma complexa rede de diodos por dentro, que de alguma forma os protegia. O detector, que informava caso alguém fosse Épico, era outra dessas tecnologias. A única outra que eu vira era algo que eles chamavam de por-um-fio, um dispositivo que acelerava as capacidades de cura do corpo.

É tão triste, pensei, enquanto Cody pegava uma vassoura para limpar a poeira. *Toda essa tecnologia... Ela podia ter mudado o mundo. Se os Épicos não tivessem feito isso antes*. Um mundo arruinado não podia aproveitar benefícios como esses.

– Como era sua vida antes? – perguntei, segurando a pá de lixo para Cody. – Antes de tudo isso acontecer? O que você fazia?

– Você não acreditaria se eu contasse – Cody respondeu, sorrindo.

– Deixa eu adivinhar – falei, antecipando uma das histórias dele. – Jogador de futebol profissional? Assassino e espião de alto nível?

– Policial – Cody disse, sério, abaixando os olhos para a pilha de poeira. – Em Nashville.

– Quê? Sério? – Eu estava surpreso.

Ele concordou, então acenou para que eu jogasse a primeira pilha de poeira no lixo enquanto ele varria o resto.

– Meu pai também foi policial quando era jovem, lá na terra natal, numa cidade pequena. Você não conheceria. Ele se mudou pra cá quando se casou com minha mãe. Eu cresci aqui; nunca voltei para a terra natal. Mas queria ser igual ao meu pai, então, quando ele morreu, fui para a escola e me juntei à força.

– Hã – eu disse, abaixando-me de novo para coletar o resto da poeira. – É bem menos glamoroso do que eu vinha imaginando.

– Bom, eu derrubei um cartel de drogas inteiro sozinho, é claro.

– É claro.

– E teve a vez que o Serviço Secreto estava movendo o presidente pela cidade, e todos comeram uns sonhos estragados e passaram mal, e a gente precisou protegê-lo de uma tentativa de assassinato lá no departamento. – Ele gritou para Abraham, que lidava com uma das espingardas da equipe: – Eram os franceses que estavam por trás de tudo, sabia?

– Eu não sou francês! – Abraham gritou de volta. – Sou canadense, seu slontze.

– É a mesma coisa! – Cody falou, então sorriu e olhou de volta para mim. – Enfim, talvez não fosse glamoroso. Não o tempo inteiro.

Mas eu gostava. Gostava de fazer o bem para as pessoas, de servir e proteger. E então...

– Então? – perguntei.

– Nashville foi anexada quando o país entrou em colapso – Cody explicou. – Um grupo de cinco Épicos dominou a maior parte do Sul.

– O Conciliábulo – afirmei, assentindo com a cabeça. – Há seis deles, na verdade. Dois são gêmeos.

– Ah, verdade. Eu esqueço que você é bizarramente bem informado sobre essas coisas. Enfim, eles assumiram o controle, e o departamento de polícia começou a servi-los. Se não concordássemos, devíamos entregar nossos distintivos e nos aposentar. Os bons fizeram isso. Os maus continuaram, e se tornaram piores.

– E você? – perguntei.

Cody tocou a coisa que mantinha na cintura, amarrada ao seu cinto do lado direito. Parecia uma carteira fina. Ele removeu o elástico, revelando um distintivo arranhado – mas ainda polido.

– Eu não fiz nenhum dos dois – ele respondeu, em voz baixa. – Fiz um juramento. Servir e proteger. Não vou parar de fazer isso porque alguns bandidos com poderes mágicos começaram a bater em todo mundo. E ponto.

As palavras dele me arrepiaram. Encarei aquele distintivo e minha mente se revirou sem parar, como uma panqueca numa chapa quente, tentando entender aquele homem. Tentando reconciliar o convencido brincalhão, cheio de histórias, com a imagem de um policial ainda servindo seu turno. Servindo mesmo depois de o governo da cidade cair, depois de a delegacia fechar, depois de tudo ser tirado dele.

Os outros provavelmente têm histórias parecidas, pensei, olhando para Thia, que estava ocupada trabalhando, tomando goles do refrigerante. O que a teria levado a se envolver no que a maioria das pessoas chamaria de uma batalha perdida, vivendo uma vida de fuga constante, levando justiça àqueles que a lei deveria condenar – mas eram intangíveis? O que teria atraído Abraham, Megan e o próprio professor?

Olhei de volta para Cody, que fechava seu porta-distintivo. Havia algo enfiado atrás do plástico oposto a ele: a foto de uma mulher, mas com uma parte removida, numa forma de barra onde tinham estado os olhos dela e boa parte do seu nariz.

– Quem era ela?

– Alguém especial – Cody respondeu.

– Quem?

Ele não falou nada, fechando o porta-distintivo com firmeza.

– É melhor se não soubermos, nem perguntarmos, sobre a família uns dos outros – Thia disse da mesa. – Geralmente uma temporada com os Executores termina com a morte, mas vez ou outra um de nós é capturado. É melhor se não revelarmos nada sobre os outros que possa colocar seus entes queridos em perigo.

– Ah – falei. – É, faz sentido. – Não era algo que eu teria considerado. Eu não tinha mais nenhum ente querido.

– Como vai isso aí, moçoila? – Cody perguntou, indo até a mesa. Eu o segui e vi que Thia havia espalhado listas de registros e livros-razão.

– Não vai – Thia respondeu, com uma careta. Ela esfregou os olhos por baixo dos óculos. – É como tentar recriar um quebra-cabeça complexo quando só se tem uma peça.

– O que você está fazendo? – perguntei. Não conseguia entender os livros-razão mais do tinha entendido os mapas.

– Coração de Aço foi ferido naquele dia – Thia disse. – Se sua lembrança está correta...

– Está – prometi.

– A memória desvanece – Cody comentou.

– Não a minha – afirmei. – Não quanto a isso. Não quanto àquele dia. Posso te dizer qual era a cor da gravata que o homem da hipoteca usava. Posso te dizer quantos caixas havia. Provavelmente posso contar os ladrilhos do teto do banco pra você. Está tudo aqui, na minha cabeça. Gravado aqui.

– Certo – Thia disse. – Bem, se você *está* correto, então Coração de Aço permaneceu imune pela maior parte da luta e só foi ferido ao final. Algo mudou. Estou trabalhando com todas as possibilidades: algo sobre seu pai, o local ou a situação. A mais provável parece ser a possibilidade que você mencionou, a de que o cofre esteve envolvido.

Talvez algo lá dentro tenha enfraquecido Coração de Aço e, uma vez que o cofre explodiu, pôde afetá-lo.

– Então você está procurando um registro do conteúdo do cofre do banco.

– Sim – Thia confirmou. – Mas é uma tarefa impossível. Imagino que a maioria dos registros tenha sido destruída junto com o banco. Registros remotos eram guardados em um servidor em algum lugar. O Banco da União era hospedado por uma empresa conhecida como Dorry Jones Ltda. A maior parte dos seus servidores ficava no Texas, mas o prédio queimou oito anos atrás, durante as revoltas de Ardra. Isso nos deixa com a possibilidade remota de que eles possuíam registros físicos ou um backup digital em alguma outra filial, mas aquele prédio hospedava os escritórios principais, então as chances são pequenas. Fora isso, tenho procurado listas de clientes, os ricos ou notáveis que costumavam frequentar o banco e tinham caixas no cofre. Talvez eles guardassem algo lá que seria parte do registro público. Uma pedra estranha, um símbolo específico que Coração de Aço possa ter visto, alguma coisa.

Olhei para Cody. Servidores? Hospedado? Do que ela estava falando? Ele deu de ombros.

O problema era que a fraqueza de um Épico podia ser basicamente qualquer coisa. Thia mencionara símbolos – havia alguns Épicos que, se vissem um padrão específico, perdiam seus poderes por alguns momentos. Outros eram enfraquecidos se tinham certos pensamentos, se não comessem certas comidas, ou se comessem as comidas erradas. As fraquezas variavam mais que os poderes em si.

– Se não resolvermos esse quebra-cabeça – Thia disse –, o resto do plano é inútil. Estamos entrando num caminho perigoso, mas ainda não sabemos se seremos capazes de fazer o que precisamos no fim. Isso me perturba muito, David. Se você pensar em alguma coisa, *qualquer coisa*, capaz de me dar outra pista, venha me contar.

– Virei – prometi.

– Bom – ela disse. – Caso contrário, leve Cody com você e, *por favor*, deixem-me trabalhar.

– Você realmente devia aprender a fazer duas coisas ao mesmo tempo, moçoila – Cody disse. – Como eu.

– É fácil ser um fanfarrão ao mesmo tempo que bagunça as coisas, Cody – ela retrucou. – Arrumar a bagunça enquanto lida com o fanfarrão é uma tarefa muito mais difícil. Vá achar algo em que atirar ou o que quer que seja que você faz.

– Achei que *estava* fazendo o que quer que seja que eu faça – ele respondeu, distraído. Bateu um dedo numa linha de uma das páginas, que parecia listar os clientes do banco. Lia-se: "Agência Johnson Liberty".

– O que você está…? – Thia começou, mas se interrompeu ao ler as palavras.

– Que foi? – perguntei, lendo o documento. – São pessoas que guardavam coisas no banco?

– Não – Thia respondeu. – Essa não é uma lista de clientes. É uma lista de pessoas que o banco estava pagando. Esse é…

– O nome da seguradora deles – Cody disse, sorrindo, convencido.

– Calamidade, Cody! – Thia xingou. – Eu odeio você.

– Sei que odeia, moçoila.

Estranhamente, ambos estavam sorrindo quando disseram isso. No mesmo momento, Thia começou a remexer nos papéis, embora tenha comentado – com um olhar seco – que Cody deixara uma mancha de maionese do sanduíche no papel em que havia tocado.

Ele me pegou pelos ombros e me guiou para longe da mesa.

– O que acabou de acontecer? – perguntei.

– A seguradora – Cody respondeu. – As pessoas a quem o banco pagava pilhas de dinheiro para cobrir as coisas que estavam no cofre.

– Então essa seguradora…

– Teria um registro detalhado e exato, dia a dia, do que estavam cobrindo – ele explicou, com um sorriso largo. – O pessoal de seguros é um pouco obcecado com coisas assim. Como banqueiros. Como Thia, na verdade. Se tivermos sorte, o banco fez um pedido de indenização depois da perda do prédio. Isso deixaria um rastro de papel adicional.

– Inteligente – falei, impressionado.

– Ah, eu sou apenas bom em encontrar coisas que estão pairando bem na frente do meu nariz. Meus olhos são afiados. Uma vez capturei um leprechaun, sabia?

Olhei ceticamente para ele.

– Eles não são irlandeses?

– Claro. Ele estava na terra natal na base de escambo. Mandamos três nabos e uma bexiga de ovelha pros irlandeses em troca.

– Não parece uma grande troca.

– Ah, acho que foi uma boa pra faíscas, uma vez que os leprechauns são imaginários e tudo o mais. Olá, Prof. Como vai o seu kilt?

– Tão imaginário quanto seu leprechaun, Cody – Prof disse, entrando no cômodo vindo de uma das salas laterais, a qual ele tinha definido como o seu "quarto de reflexão", independentemente do que isso significasse. Era o cômodo que tinha o imager, e os outros Executores mantinham distância dele. – Posso pegar o David emprestado?

– Por favor, Prof – Cody disse –, somos amigos. Você já devia saber que não precisa pedir algo assim... Devia estar *bem* ciente da minha taxa padrão para alugar um dos meus lacaios. Três libras e uma garrafa de uísque.

Eu não estava certo se devia me sentir mais ofendido por ser chamado de lacaio ou pelo preço baixo pelo qual ele me alugaria.

Prof o ignorou e me pegou pelo braço.

– Vou mandar Abraham e Megan falarem com Diamante hoje.

– O traficante de armas? – perguntei, ansioso. Eles tinham mencionado que ele poderia ter alguma tecnologia à venda capaz de ajudar os Executores a fingirem ser um Épico. Os "poderes" manifestados teriam de ser ostentosos e destrutivos para chamar a atenção de Coração de Aço.

– Quero que você vá junto – Prof disse. – Será uma boa experiência pra você. Mas siga ordens; Abraham está no comando. E me conte se alguém que vocês encontrarem parecer reconhecê-lo.

– Contarei.

– Pegue sua arma, então. Eles estão saindo em breve.

15

– E a arma? – Abraham perguntou enquanto andávamos. – O banco, o conteúdo do cofre... Eles podem levar a uma trilha falsa, não? E se houvesse algo especial na arma que o seu pai usou contra ele?

– Aquela arma foi derrubada por um segurança qualquer – comentei. – Smith & Wesson M&P, 9 milímetros, semiautomática. Não tinha nada de especial nela.

– Você lembra a *arma exata*?

Eu chutei um pouco de lixo enquanto caminhávamos pelo túnel de aço subterrâneo.

– Como eu disse, me lembro daquele dia. Além disso, conheço armas. – Hesitei, então admiti mais. – Quando jovem, imaginei que o tipo de arma devia ser especial. Assim, guardei dinheiro, planejando comprar uma, mas ninguém queria vender uma arma pra um garoto da minha idade. Eu planejava entrar de fininho no palácio e atirar nele.

– Entrar de fininho no palácio – Abraham repetiu, num tom monótono.

– Hã, sim.

– E atirar em *Coração de Aço*.

– Eu tinha 10 anos – falei. – Me dê algum crédito.

– Para um garoto com aspirações como essa, eu daria meu respeito... mas não crédito. Nem seguro de vida. – Abraham parecia se divertir. – Você é um homem interessante, David Charleston, mas parece ter sido uma criança ainda mais.

Eu sorri. Havia algo convidativamente amigável nesse canadense articulado e de fala suave, com seu leve sotaque francês. Você quase não reparava na enorme metralhadora – com um lançador de granadas acoplado – apoiada no ombro dele.

Ainda estávamos nas catacumbas de aço, onde até um tipo de armamento tão alto como aquele não atraía atenção especial. Passamos por grupos ocasionais de pessoas amontoadas ao redor de fogueiras ou aquecedores ligados em conectores elétricos pirateados. Várias pessoas que vimos carregavam fuzis de assalto.

Nos últimos dias, eu havia me aventurado para fora do esconderijo algumas vezes, sempre na companhia de um dos outros Executores. Minhas babás me incomodavam, mas eu entendia. Não podia de fato esperar que eles confiassem em mim ainda. Não completamente. Além disso – embora eu nunca fosse admitir em voz alta –, não queria andar pelas catacumbas de aço sozinho.

Eu evitara essas profundezas por anos. Na Fábrica, eles contavam histórias sobre as pessoas depravadas – os monstros terríveis – que viviam aqui embaixo. Gangues que literalmente devoravam os tolos que se perdiam em corredores esquecidos, matando-os e deliciando-se com sua carne. Assassinos, criminosos, viciados. E não o tipo normal de criminosos e viciados que tínhamos lá em cima. Uns especialmente depravados.

Talvez fosse exagero. As pessoas pelas quais passamos pareciam perigosas –, porém mais de um jeito hostil, não de um jeito insano. Elas nos observavam com expressões sombrias e olhos que acompanhavam cada movimento nosso, até que saíssemos do seu campo de visão.

Essas pessoas queriam ser deixadas a sós. Elas eram os párias dos párias.

– Por que ele deixa essas pessoas viverem aqui? – perguntei quando passamos por outro grupo.

Megan não respondeu – ela andava à nossa frente, em silêncio –, mas Abraham olhou por cima do ombro, na direção da luz da fogueira e do grupo de pessoas que se ergueram para se certificarem de que tínhamos ido embora.

– Sempre haverá pessoas como aquelas – ele respondeu. – Coração de Aço sabe disso. Thia acha que ele criou este lugar para poder saber onde elas estão. É útil saber onde seus párias se reúnem. Melhor os que você conhece do que os que não pode prever.

Isso me deixou desconfortável. Eu havia pensado que estávamos completamente fora da visão de Coração de Aço aqui embaixo. Talvez este lugar não fosse tão seguro quanto eu imaginara.

– Você não pode manter todo mundo confinado o tempo todo – Abraham disse –, não sem criar uma prisão forte. Então, em vez disso, fornece alguma liberdade para aqueles que realmente a querem. Assim, se você fizer o trabalho direito, eles não se tornam rebeldes.

– Ele fez errado com a gente – falei, minha voz suave.

– Sim. Sim, realmente fez.

Eu continuava olhando para trás enquanto andávamos. Não conseguia me livrar da preocupação de que algumas daquelas pessoas nas catacumbas nos atacariam. Mas elas não fizeram isso. Elas...

Tomei um susto quando percebi, naquele momento, que algumas delas estavam nos *seguindo*.

– Abraham! – chamei suavemente. – Eles estão nos seguindo.

– Sim – ele respondeu, calmo. – Há alguns nos esperando à frente também.

À nossa frente, o túnel ficava mais estreito. Dito e feito: um grupo de figuras estava ali de pé, esperando nas sombras. Elas vestiam as roupas usadas e desaparelhadas comuns a muitos habitantes das catacumbas e carregavam fuzis velhos e pistolas, todos envolvidos em couro – o tipo de arma que provavelmente só funcionava uma a cada duas vezes, tendo sido portada por uma dúzia de pessoas diferentes nos últimos dez anos.

Nós paramos, e o grupo atrás de nós nos alcançou, nos encurralando. Eu não podia ver os seus rostos. Nenhum de nós tinha celular, e estava escuro sem o brilho das telas.

– Você tem um equipamento legal aí, amigo – disse uma das figuras no grupo à nossa frente. Ninguém fez nenhum movimento abertamente hostil. As pessoas seguravam as armas com os canos apontados para o lado.

Cuidadosamente movi a mão até a alça do fuzil, meu coração disparado. Abraham, no entanto, pôs uma mão no meu ombro. Ele carregava sua metralhadora gigante na outra mão, com o cano apontado para cima, e usava uma das jaquetas dos Executores, como Megan, embora a sua fosse cinza e branca, com um colarinho alto e vários bolsos, enquanto a dela era de couro marrom comum.

Eles sempre usavam as jaquetas quando deixavam o esconderijo. Eu nunca tinha visto uma funcionar, e não sabia quanta proteção elas podiam oferecer de fato.

– Não se mova – Abraham disse para mim.

– Mas...

– Eu vou lidar com isso – ele falou, a voz perfeitamente calma à medida que dava um passo à frente.

Megan veio para o meu lado, com a mão no coldre da sua pistola. Ela não parecia mais calma que eu, e ambos tentávamos vigiar as pessoas à frente e atrás de nós ao mesmo tempo.

– Você gosta do nosso equipamento? – Abraham perguntou educadamente.

– Você devia deixar as armas – o bandido disse. – E continuar em frente.

– Isso não faria nenhum sentido – Abraham disse. – Se temos armas que você quer, isso significa que nosso poder de fogo é maior que o de vocês. Se lutássemos, vocês perderiam. Entende? Sua intimidação, ela não funciona.

– Há mais de nós que de vocês, amigo – o cara respondeu suavemente. – E estamos dispostos a morrer. Vocês estão?

Senti um arrepio atrás do pescoço. Não, estes *não eram* os assassinos que eu fora levado a acreditar que viviam aqui embaixo. Eram algo muito mais perigoso. Como uma matilha de lobos.

Eu podia ver isso neles agora, no modo como se moviam, no modo como grupos deles tinham nos observado passar. Eles eram párias, mas párias que haviam se unido para tornar-se um só. Eles não viviam mais como indivíduos, mas como um grupo.

E, para esse grupo, armas como as que Abraham e Megan carregavam aumentariam suas chances de sobrevivência. Eles as pegariam, mesmo que isso significasse a morte de alguns deles. Parecia haver cerca de doze homens e mulheres contra apenas três, e estávamos cercados. Eram chances terríveis. Eu me coçava para abaixar meu fuzil e começar a atirar.

— Vocês não nos emboscaram — Abraham notou. — Esperam terminar isso sem mortes.

Os ladrões não responderam.

— É muito gentil de vocês oferecer essa chance a nós — Abraham continuou, acenando para eles com a cabeça. Havia uma sinceridade estranha em Abraham; vindas de qualquer outra pessoa, palavras como essas poderiam soar condescendentes ou sarcásticas, mas dele pareciam genuínas. — Vocês nos deixaram passar diversas vezes pelo território que consideram seu. Por isso, também, agradeço.

— As armas — o bandido exigiu.

— Não posso dá-las a vocês — Abraham respondeu. — Precisamos delas. Além disso, se eu as desse, seria ruim para você e os seus. Os outros as veriam e iriam desejá-las. Outras gangues tentariam tomá-las de vocês, do mesmo modo que vocês tentaram tomá-las de nós.

— Não é você quem decide isso.

— Talvez não. No entanto, em respeito à honra que vocês nos demonstraram, eu ofereço um acordo. Um duelo, entre nós dois. Apenas um homem precisa levar um tiro. Se vencermos, vocês nos deixam em paz e permitem que passemos livremente por esta área no futuro. Se vocês vencerem, meus amigos entregarão as armas, e você pode tirar do meu corpo o que desejar.

— Estas são as catacumbas de aço — o homem disse. Alguns dos seus companheiros sussurravam agora, e ele lhes lançou um olhar severo, com os olhos estreitados, antes de continuar. — Não é um lugar de acordos.

— No entanto, você já nos ofereceu um — Abraham observou calmamente. — Nos trataram com honra. Confio em você para demonstrá-la de novo.

Para mim, não parecia ter relação alguma com honra. Eles não nos emboscaram porque tinham medo de nós; queriam as armas, mas não uma briga. Em vez disso, eles pretendiam nos intimidar.

O líder dos bandidos, no entanto, finalmente assentiu com a cabeça.

— Tá bom — ele disse. — Um acordo. — Então rapidamente ergueu o fuzil e atirou. A bala atingiu Abraham direto no peito.

Eu pulei, xingando enquanto tentava pegar minha arma.

Abraham, entretanto, não caiu. Ele sequer recuou. Mais dois tiros soaram no túnel estreito, e as balas o atingiram: uma na perna, outra no ombro. Ignorando sua poderosa metralhadora, ele calmamente levou a mão ao lado, tirou a pistola do coldre e, então, atirou na coxa do bandido.

O homem gritou, derrubando seu fuzil maltratado, e caiu segurando a perna ferida. A maior parte dos outros parecia chocada demais para responder, embora alguns tenham abaixado as armas nervosamente. Abraham, de modo casual, devolveu a pistola ao coldre.

Senti suor pingando pelo rosto. A jaqueta parecia estar fazendo seu trabalho, e melhor do que eu imaginara. Porém, eu ainda não tinha uma. Se os outros bandidos abrissem fogo...

Abraham entregou a metralhadora para Megan, então deu um passo à frente e se ajoelhou ao lado do bandido caído.

– Ponha pressão aqui, por favor – ele disse num tom amigável, posicionando a mão do homem na coxa atingida. – Isso, muito bem. Agora, se você não se incomodar, vou atar o ferimento. Eu atirei onde a bala passaria direto pelo músculo, para que não ficasse presa em você.

O bandido gemeu de dor enquanto Abraham pegava uma atadura e envolvia a perna dele.

– Você não pode nos matar, amigo – Abraham continuou, mais suavemente. – Nós não somos o que você pensava que éramos. Entende?

O bandido assentiu com a cabeça vigorosamente.

– Seria sábio que vocês fossem nossos aliados, não acha?

– Sim – o bandido respondeu.

– Maravilha – Abraham disse, amarrando a atadura com firmeza. – Troque isso duas vezes por dia. Use ataduras fervidas.

– Sim.

– Bom. – Abraham ergueu-se e pegou sua arma de volta. Então virou-se para o resto do grupo do bandido. – Obrigado por nos deixarem passar – disse aos outros.

Eles pareceram confusos, mas abriram espaço, criando uma passagem para nós. Abraham andou à frente e nós o seguimos, com pressa. Olhei por cima do ombro enquanto o resto da gangue se reunia ao redor do líder caído.

– Isso foi *incrível* – falei enquanto nos afastávamos.

– Não. Foi um grupo de pessoas assustadas, defendendo o pouco que podem reivindicar para si mesmas: sua reputação. Sinto pena deles.

– Eles atiraram em você. Três vezes.

– Eu dei permissão.

– Só depois que eles nos ameaçaram!

– E só depois que violamos o território deles – Abraham disse. Ele entregou a metralhadora a Megan de novo, então tirou a jaqueta enquanto caminhava. Pude ver que uma das balas passara por ela. Sangue escorria de um buraco na camisa dele.

– A jaqueta não impediu todas elas?

– Elas não são perfeitas – Megan respondeu enquanto Abraham tirava a camisa. – A minha falha o tempo todo.

Nós paramos para que Abraham limpasse o ferimento com um lenço; então, ele extraiu um pequeno caco de metal. Era tudo que tinha restado da bala, que aparentemente se desintegrara ao atingir a jaqueta. Só um pequeno caco havia conseguido entrar na sua pele.

– E se ele tivesse atirado no seu rosto? – perguntei.

– As jaquetas escondem um dispositivo de escudo avançado – Abraham disse. – Na verdade, não é a jaqueta em si que protege, mas o campo que ela estende. Ele oferece um pouco de proteção ao corpo inteiro, uma barreira invisível para resistir à força.

– Quê? Sério? Isso é incrível.

– Sim. – Abraham hesitou, então colocou a camisa de volta. – Mas provavelmente não teria parado uma bala no rosto. Então tenho sorte que eles não tenham escolhido atirar aí.

– Como disse – Megan interveio –, elas estão longe de serem perfeitas. – A moça parecia irritada com Abraham. – O escudo funciona melhor com coisas como quedas e batidas. Balas são tão pequenas e atingem com tanta velocidade que os escudos se sobrecarregam rapidamente. Qualquer um daqueles tiros podia ter te matado, Abraham.

– Mas não mataram.

– Você ainda podia ter sido ferido. – A voz de Megan era severa.

– Eu *fui* ferido.

Ela revirou os olhos.

– Podia ter sido pior.

— Ou eles podiam ter aberto fogo — Abraham disse — e matado todos nós. Foi uma aposta que funcionou. Além disso, acredito que agora eles pensem que somos Épicos.

— *Eu* quase pensei que você era um — admiti.

— Normalmente mantemos essa tecnologia escondida — Abraham disse, recolocando a jaqueta. — As pessoas não podem se perguntar se os Executores são Épicos; isso iria deslegitimar o que defendemos. No entanto, nesse caso, creio que vá funcionar em nossa vantagem. Seu plano exige que haja rumores de novos Épicos na cidade, trabalhando contra Coração de Aço. Com sorte, aqueles homens vão espalhar esse boato.

— Suponho que sim — eu disse. — Foi um bom truque, Abraham, mas *faíscas*. Por um momento, achei que estávamos mortos.

— As pessoas raramente querem matar, David — Abraham disse com calma. — Não é algo básico à constituição da mente humana saudável. Na maioria das situações, elas farão tudo que puderem para evitar matar. Lembre-se disso, pois pode te ajudar um dia.

— Eu já vi muita gente matar — retruquei.

— Sim, e isso te diz alguma coisa. Ou elas sentiam que não tinham escolha e, nesse caso, se você pudesse lhes dar uma opção, elas teriam aceitado, ou não eram mentalmente sãs.

— E os Épicos?

Abraham ergueu a mão ao pescoço e tocou o pequeno colar de prata que usava.

— Épicos não são humanos.

Assenti. Com isso, eu concordava.

— Acredito que nossa conversa foi interrompida — Abraham disse, pegando a sua arma com Megan e casualmente apoiando-a no ombro enquanto continuávamos a andar. — Como Coração de Aço foi ferido? Talvez tenha sido a arma que seu pai usou. Você nunca realizou seu plano corajoso de encontrar uma arma idêntica, então… o que foi que você disse? Entrar de fininho no palácio de Coração de Aço e atirar nele?

— Não, eu nunca cheguei a tentar — falei, corando. — Percebi que era loucura. Mas não acho que era a arma. M&P 9 milímetros não são exatamente raras. Alguém já deve ter tentado atirar nele com uma.

Além disso, nunca ouvi falar de um Épico cuja fraqueza era receber um tiro de um calibre específico de bala ou por uma arma de determinada fabricação.

– Talvez – Abraham disse –, mas muitas fraquezas de Épicos não fazem sentido. Podia ter alguma relação com aquela arma ou com aquele fabricante específico. Ou, em vez disso, podia ter algo a ver com a composição da bala. Muitos Épicos são fracos em relação a determinadas ligas metálicas.

– Verdade – admiti. – Mas o que haveria de diferente naquela bala em particular que não havia em todas as outras atiradas nele?

– Não sei – Abraham respondeu. – Mas vale a pena considerar. O que *você* acha que causou a fraqueza dele?

– Algo no cofre, como Thia pensa – respondi, sem grande confiança. – Ou isso ou algo sobre a situação. Talvez a idade específica do meu pai tenha permitido a ele atingi-lo... É estranho, eu sei, mas havia um Épico na Alemanha que só podia ser ferido por alguém que tivesse exatamente 37 anos. Ou talvez fosse o número de pessoas atirando nele. Marca Cruzada, uma Épica no México, só pode ser ferida se cinco pessoas tentarem matá-la ao mesmo tempo.

– Não importa – Megan interrompeu, virando-se no corredor e parando no túnel para olhar para nós. – Vocês nunca vão descobrir. A fraqueza dele pode ser praticamente *qualquer coisa*. Mesmo com a historinha de David, imaginando que ele não a inventou, não há como saber.

Abraham e eu paramos onde estávamos. O rosto de Megan estava vermelho, e ela mal parecia se controlar. Depois de uma semana agindo fria e profissionalmente, a raiva dela foi um grande choque.

Megan virou-se e continuou andando. Eu olhei para Abraham, e ele deu de ombros.

Continuamos, mas a conversa morreu. Megan apressou o passo quando Abraham tentou alcançá-la, então a deixamos continuar sozinha. Tanto ela como Abraham tinham recebido direções para o mercado de armas, então ela podia nos guiar tão bem quanto ele. Aparentemente, esse tal de "Diamante" só ficava na cidade por um curto período e, quando vinha, sempre montava sua loja num local diferente.

Andamos por uma boa hora pelo labirinto delirante de catacumbas antes de Megan parar num cruzamento, com o celular iluminando seu rosto enquanto checava o mapa que Thia baixara nele.

Abraham tirou o celular do ombro da sua jaqueta e fez o mesmo.

– Quase lá – ele disse para mim, apontando. – Por aqui. No final deste túnel.

– Quanto a gente confia nesse cara? – perguntei.

– Nem um pouco – Megan respondeu. Seu rosto assumira novamente a máscara impassível de sempre.

Abraham concordou.

– É melhor nunca confiar num mercador de armas, meu amigo. Todos eles vendem para os dois lados, e são os únicos que têm a ganhar se um conflito continuar indefinidamente.

– Os dois lados? – perguntei. – Ele vende para Coração de Aço também?

– Ele não vai admitir se você perguntar – Abraham disse –, mas com certeza vende. Até Coração de Aço sabe que é melhor não mexer com um bom traficante de armas. Se você matar ou torturar um homem como Diamante, futuros mercadores não virão para cá. O exército de Coração de Aço nunca teria boa tecnologia, se comparada com a dos vizinhos. Isso não significa que Coração de Aço goste disso. Diamante nunca poderia abrir sua loja nas sobrerruas. Aqui embaixo, no entanto, Coração de Aço finge não ver, contanto que seus soldados continuem recebendo o seu equipamento.

– Então... independentemente do que comprarmos dele – eu disse –, Coração de Aço vai saber.

– Não, não – Abraham respondeu. Ele parecia se divertir, como se minhas perguntas fossem sobre algo incrivelmente simples, como as regras do esconde-esconde.

– Mercadores de armas não falam sobre outros clientes – Megan disse. – Pelo menos enquanto esses clientes estiverem vivos.

– Diamante só voltou à cidade ontem – Abraham falou, guiando-nos pelo túnel. – Ele vai ficar aberto por uma semana. Se formos os primeiros a falar com ele, podemos ver o que ele tem antes do pessoal de Coração de Aço. É possível ter uma vantagem desse jeito, hein?

Diamante frequentemente tem mercadorias... muito interessantes.

Tudo bem, então, pensei. Não importava que Diamante fosse desprezível. Eu usaria qualquer ferramenta à mão para chegar a Coração de Aço. Considerações morais haviam parado de me incomodar anos atrás. Quem tinha tempo para moral num mundo como este?

Chegamos ao corredor que levava à loja de Diamante. Eu esperava guardas, talvez usando armaduras energizadas. No entanto, a única pessoa lá era uma garota num vestido amarelo. Ela estava deitada num cobertor no chão e desenhava em um pedaço de papel com uma caneta prateada. Ergueu os olhos para nós e começou a mastigar a caneta.

Abraham educadamente lhe entregou um pequeno chip de dados, que ela pegou e examinou por um momento antes de conectar na lateral de seu celular.

– Estamos com Phaedrus – Abraham informou. – Temos um horário marcado.

– Vá em frente – a garota respondeu, jogando o chip de volta para ele.

Abraham o apanhou no ar, e seguimos pelo corredor. Olhei para a garota por cima do ombro.

– Não é uma segurança muito forte.

– É sempre algo novo com Diamante – Abraham disse, sorrindo. – Provavelmente há alguma coisa elaborada nos bastidores, algum tipo de armadilha que a garota pode disparar. Algo relacionado a explosivos, talvez. Diamante gosta de explosivos.

Nós viramos uma esquina e entramos no paraíso.

– Aqui estamos – Abraham anunciou.

16

A loja de Diamante não ficava numa câmara, mas em um dos longos corredores das catacumbas. Imaginei que o outro extremo do corredor fosse um beco sem saída ou tivesse guardas postados. O espaço era iluminado de cima por luzes portáteis que quase me cegaram depois da escuridão generalizada das catacumbas.

Essas luzes iluminavam armas – havia centenas delas penduradas nas paredes do corredor. Belo aço polido e armamento pesado, com silenciadores. Fuzis de assalto. Pistolas. Bestas enormes, de feixes de elétrons comprimidos, como a que Abraham carregava, com gravatônicos completos. Revólveres no estilo antigo, granadas em pilhas, *lançadores de foguetes*.

Eu só possuíra duas armas na vida: minha pistola e meu fuzil, que era um bom amigo. Eu já o tinha há três anos, e passara a confiar muito nele. Ele funcionava quando eu precisava que funcionasse. Tínhamos um ótimo relacionamento – eu cuidava dele, e ele cuidava de mim.

Ao ver a loja de Diamante, no entanto, senti como se eu fosse um garoto com um único carrinho de brinquedo a quem tinham oferecido um quarto cheio de Ferraris.

Abraham entrou no corredor calmamente, mas não prestou muita atenção às armas. Megan entrou e eu a segui, encarando as paredes e as mercadorias.

– Uau... – falei. – É como... uma plantação de bananas, só que com armas.

– Uma plantação de bananas – Megan repetiu num tom monótono.

– É. Sabe o jeito como bananas crescem nas árvores e ficam penduradas e tal?

– Joelhos, você é *péssimo* com metáforas.

Eu corei. *Uma galeria de arte*, pensei. *Deveria ter dito "como uma galeria de arte para armas". Não, espere. Se eu dissesse assim, pareceria que a galeria era para as armas visitarem. Uma galeria de armas, então?*

– E como você sabe o que são bananas? – Megan perguntou em voz baixa, enquanto Abraham cumprimentava um homem corpulento de pé ao lado de um trecho vazio de parede. Só podia ser Diamante. – Coração de Aço não as importa da América Latina.

– Minhas enciclopédias – respondi, distraído. *Uma galeria de armas para pessoas com tendências criminosas destrutivas. Eu deveria ter dito isso. Soa impressionante, não?* – Eu as li algumas vezes. Algumas coisas ficaram na memória.

– Enciclopédias.

– É.

– Que você leu "algumas vezes".

Eu parei, percebendo o que tinha dito.

– Hã. Não. Quer dizer, só dei uma olhada. Sabe, procurando por fotos de armas. Eu...

– Você é tão nerd – ela falou, seguindo em frente para se juntar a Abraham. Parecia divertida.

Suspirei, então me juntei a eles e tentei atrair a atenção dela para mostrar minha nova metáfora, mas Abraham estava nos apresentando.

– ... o garoto novo – ele disse, indicando-me. – David.

Diamante acenou com a cabeça para mim. Ele usava uma camisa colorida com um padrão floral, como as pessoas aparentemente costumavam usar nos trópicos. Talvez tivesse sido daí que eu tirei toda aquela metáfora das bananas. Ele cultivava uma barba branca e o cabelo, também branco, era longo, embora estivesse ficando calvo na frente, e tinha um enorme sorriso no rosto, que brilhava em seus olhos.

– Imagino – ele disse a Abraham – que você queira ver o que tem de novo. O que tem de emocionante. Sabe, meus, *ahem*, outros clientes nem passaram aqui ainda. Você é o primeiro! Vai ter a primeira escolha!

– E os preços mais caros – Abraham falou, virando-se para olhar a parede de armas. – A morte anda tão cara ultimamente.

– Diz o homem carregando uma Manchester 451 de elétrons comprimidos – Diamante observou. – Com gravatônicos e uma doca de granadas completa. Essa aí causa boas explosões. Um pouco pequenas, mas você pode fazê-las quicar de jeitos bem divertidos.

– Mostre o que você tem – Abraham disse educadamente, embora sua voz parecesse tensa. Eu podia jurar que ele estivera mais calmo conversando com os bandidos que haviam atirado nele. Curioso.

– Estou aprontando algumas coisas pra mostrar a vocês – Diamante disse. O sorriso dele se assemelhava ao de um peixe-papagaio, que eu sempre imaginei parecer com um papagaio, embora nunca tivesse visto nenhum dos dois. – Por que você não dá uma olhada? Veja as mercadorias. Me diga o que atrai seu interesse.

– Tudo bem – Abraham concordou. – Obrigado. – Ele acenou para nós. Sabíamos o que devíamos fazer: procurar qualquer coisa fora do comum. Uma arma capaz de causar muita destruição; destruição que parecesse o trabalho de um Épico. Para imitar um, precisaríamos de algo impressionante.

Megan veio até mim, examinando uma metralhadora que atirava saraivadas incendiárias.

– Eu *não sou* um nerd – sibilei para ela suavemente.

– O que importa? – ela perguntou, com o tom neutro. – Não há nada de errado em ser inteligente. Na verdade, se você *for* inteligente, será um recurso mais útil para a equipe.

– Eu só... eu... eu não gosto de ser chamado assim. Além disso, quem já ouviu falar de um nerd pulando de um jato em movimento e atirando em um Épico em pleno ar enquanto desabava em direção ao chão?

– Eu nunca ouvi falar de *ninguém* fazendo isso.

– Phaedrus fez – afirmei. – Na execução de Folha Rubra, três anos atrás no Canadá.

– Essa história foi exagerada – Abraham disse em voz baixa, passando por nós. – Foi um helicóptero. E era tudo parte do plano; nós tomamos muito cuidado. Agora, por favor, concentrem-se na nossa tarefa atual.

Eu me calei e comecei a examinar as armas. Saraivadas incendiárias eram impressionantes, mas não particularmente originais. Não eram chamativas o bastante para nós. Na verdade, qualquer tipo de arma básica não serviria – independentemente de atirar balas, foguetes ou granadas, não seria convincente. Precisávamos de algo mais como as armas de energia que a Patrulha tinha. Um modo de imitar o poder de fogo inato de um Épico.

Fui percorrendo o corredor, e as armas pareciam ficar cada vez mais incomuns. Parei ao lado de um grupo curioso de objetos, cuja aparência era relativamente inofensiva: uma garrafa de água, um celular, uma caneta. Estavam presos à parede como as armas.

– Ah... Você é um homem de discernimento, não é, David?

Eu pulei, virando e encarando Diamante, que sorria atrás de mim. Como um homem gordo podia se mover tão silenciosamente?

– O que são? – perguntei.

– Explosivos avançados ocultos – Diamante respondeu, com orgulho. Então, ergueu a mão e bateu em uma seção da parede, e uma gravação apareceu. Aparentemente, havia um imager conectado ali. O vídeo mostrava uma garrafa de água sobre uma mesa. Um homem de negócios passou por ela, olhando alguns papéis em sua mão. Ele os colocou na mesa, então abriu a tampa da garrafa.

E explodiu.

Dei um pulo para trás.

– Ah – Diamante falou. – Espero que você aprecie o valor dessa gravação; é raro eu conseguir boas tomadas de um explosivo oculto usado em campo. Esse aqui é bem notável. Você viu como a explosão lançou o corpo para trás, mas não causou muito estrago ao redor? Isso é importante num explosivo oculto, especialmente se a pessoa a ser assassinada tiver documentos valiosos.

– Isso é nojento – eu disse, desviando os olhos.

– Estamos no negócio da morte, jovem.

– Eu me referi ao vídeo.

– Ele não era uma pessoa muito boa, se te consola. – Eu duvidava que isso importasse para Diamante. Ele pareceu afável quando bateu novamente na parede. – Boa explosão. Serei honesto: mantenho metade desses itens pra vender só porque gosto de mostrar este vídeo. É único.

– Todos eles explodem? – perguntei, examinando os dispositivos supostamente inocentes.

– A caneta é um detonador – Diamante explicou. – Clique na ponta e você dispara um daqueles dispositivos em forma de borracha ali do lado. São detonadores universais. Coloque-as perto de alguma coisa explosiva, aperte o gatilho, e em geral elas conseguem dispará-la. Depende da substância, mas essas canetas são programadas com alguns algoritmos de detecção bem avançados. Funcionam com a maioria das substâncias explosivas. Coloque uma delas na granada de um cara, afaste-se e clique a caneta.

– Se você pudesse prender uma delas à granada de alguém – Megan disse, aproximando-se –, poderia simplesmente puxar o pino. Ou, melhor ainda, atirar na pessoa.

– Não é para todas as situações – Diamante disse, defensivo. – Mas podem ser muito divertidas. O que é melhor do que detonar os próprios explosivos do inimigo quando ele não está esperando?

– Diamante – Abraham chamou da outra ponta do corredor. – Me fale sobre isso.

– Ah! Escolha excelente. Cria explosões *maravilhosas...* – Ele se afastou.

Eu olhei para o painel cheio de objetos inocentes, mas mortíferos. Algo neles parecia muito errado para mim. Eu já matara antes, mas honestamente. Com uma arma nas mãos, e só porque havia sido forçado a isso. Eu não tinha muitas filosofias sobre a vida, mas uma delas era algo que meu pai me ensinara: nunca dê o primeiro soco. Se tiver que dar o segundo, garanta que não vão se erguer para um terceiro.

– Isso pode ser útil – Megan disse, com os braços ainda cruzados. – Embora eu duvide que aquele fanfarrão realmente entenda pra quê.

– Eu sei – falei, tentando me redimir. – Quer dizer, gravar a morte daquele pobre coitado? Total falta de profissionalismo.

– Na verdade, ele vende explosivos – ela disse –, então ter uma gravação como essa é profissionalismo para ele. Suspeito que haja vídeos de cada uma dessas armas sendo usadas, já que não podemos testá-las nós mesmos aqui embaixo.

– Megan, aquilo era um vídeo de algum cara *explodindo.* – Balancei a cabeça, enojado. – Foi horrível. Ninguém deveria mostrar coisas assim.

Ela hesitou, parecendo perturbada com alguma coisa.

– Sim, claro. – Megan olhou para mim. – Você não chegou a explicar por que ficou tão incomodado quando te chamei de nerd.

– Eu já expliquei. Não gosto porque, sabe, quero fazer coisas iradas. E nerds não...

– Não é isso – ela retrucou, encarando-me friamente. *Faíscas*, como os olhos dela eram lindos. – Tem alguma coisa por trás disso que te incomoda, e que você precisa superar. É uma fraqueza. – Ela olhou para a garrafa d'água, então se virou e foi até a coisa que Abraham inspecionava. Era algum tipo de bazuca.

Firmei meu fuzil sobre o ombro e enfiei as mãos nos bolsos. Parecia que ultimamente eu passava muito tempo recebendo sermões. Tinha pensado que sair da Fábrica terminaria com isso, mas acho que devia ter imaginado que não.

Eu me afastei de Megan e Abraham e olhei para a parede mais próxima. Estava com dificuldade para me focar nas armas, o que nunca tinha acontecido antes. Minha mente estava considerando a pergunta dela. Por que ser chamado de nerd me incomodava?

Fui até onde ela estava.

– ... não sei se é o que queremos – Abraham dizia.

– Mas as explosões são *tão grandes* – Diamante respondeu.

– É porque eles levavam os inteligentes embora – falei suavemente para Megan.

Eu podia sentir os olhos dela em mim, mas continuei encarando a parede.

– Muitas crianças na Fábrica tentavam provar que eram inteligentes – eu disse, em voz baixa. – A gente tinha aulas, sabe. Você ficava na escola metade do dia e trabalhava a outra metade, a menos que te expulsassem. Se fosse muito mal, o professor só te expulsava, e depois disso você trabalhava o dia inteiro. A escola era mais fácil que a Fábrica, então a maior parte das crianças se esforçava muito. Mas as inteligentes... as muito inteligentes... os nerds... eles iam embora. Eram levados pra cidade, lá em cima. Se você mostrava alguma habilidade com informática, ou números, ou escrita, era levado pra lá. Ouvi dizer que eles ganhavam bons empregos. No corpo de propaganda de Coração de Aço ou nos escritórios de contabilidade dele ou algo assim. Quando eu era pequeno, teria rido da ideia de Coração de Aço ter contadores. Ele sempre teve muitos deles, sabe? Você precisa de pessoas como eles num império.

Megan olhou para mim.

– Então você...

– Eu aprendi a ser burro – afirmei. – Ou melhor, medíocre. Os burros eram expulsos da escola, e eu queria aprender, sabia que *tinha* que aprender, então eu precisava ficar. Também sabia que, se fosse mandado lá pra cima, perderia minha liberdade. Ele vigia os contadores bem mais do que os trabalhadores das fábricas. Havia outros meninos como eu. Muitas garotas saíam rápido, as inteligentes. Mas alguns dos garotos que eu conhecia começaram a ver como uma marca de orgulho não serem levados pra cima. Ninguém queria ser um dos inteligentes. Eu tinha que ser extracuidadoso, porque fazia várias perguntas sobre os Épicos. Precisava esconder meus cadernos e achar jeitos de enganar aqueles que pensavam que eu era inteligente.

– Mas você não está mais lá. Está com os Executores. Então não importa.

– Importa, sim – falei. – Porque não é quem eu sou. Eu não sou inteligente, só persistente. Meus amigos que eram inteligentes nem tinham que estudar. Eu estudava que nem um cavalo para cada prova.

– Que nem um cavalo?

– É, sabe... porque os cavalos trabalham muito? Puxando carroças e arados e tal?

– É, eu vou só ignorar essa aí.

– Eu *não sou* inteligente – repeti.

Eu não mencionei que parte do motivo por ter de estudar tanto era o fato de que eu precisava saber a resposta para todas as questões perfeitamente. Só assim podia ter certeza de errar o número exato de questões para permanecer na média do grupo. Inteligente o bastante para ficar na escola, mas não digno de atenção.

– Além disso – continuei –, as pessoas que eu conhecia que eram realmente inteligentes aprendiam porque amavam fazer isso. Eu não. Odiava estudar.

– Você leu a enciclopédia. *Algumas vezes.*

– Procurando por coisas que poderiam ser fraquezas de Épicos – justifiquei-me. – Eu precisava conhecer diferentes tipos de metal, compostos químicos, elementos e símbolos. Praticamente tudo podia ser uma fraqueza. Esperava que algo ativasse uma lembrança na minha cabeça. Algo sobre ele.

– Então tudo isso tem a ver com ele.

– Tudo na minha vida tem a ver com ele, Megan – eu disse, encarando-a. – Tudo.

Nós ficamos em silêncio, mas Diamante continuou tagarelando. Abraham tinha se virado para mim. Ele parecia pensativo.

Ótimo, percebi. *Ele ouviu. Perfeito.*

– Isso é suficiente, por favor, Diamante – Abraham disse. – Essa arma realmente não vai servir.

O mercador suspirou.

– Muito bem. Mas talvez você me dê uma pista *do que* pode servir.

– Algo singular – Abraham disse. – Algo que ninguém tenha visto antes, mas também destrutivo.

– Bem, eu não tenho muita coisa que *não seja* destrutiva – Diamante falou. – Mas singular... Deixe-me ver...

Abraham acenou para que continuássemos procurando. Quando Megan se afastou, no entanto, ele me pegou pelo braço. Seu aperto era bastante forte.

– Coração de Aço pega os inteligentes – Abraham disse, em voz baixa – porque os teme. Ele sabe, David. Todas essas armas não o assustam. Não serão elas que vão derrotá-lo. Será a pessoa esperta o bastante, *inteligente* o bastante, para descobrir a rachadura na armadura dele. O Épico sabe que não pode matar todos os inteligentes, então os emprega. Quando ele morrer, será por causa de alguém como você. Lembre-se disso.

Ele soltou meu braço e foi até Diamante.

Eu o vi se afastar, então caminhei até outro grupo de armas. Suas palavras não mudaram nada, mas, estranhamente, eu me senti um pouco melhor enquanto olhava uma fileira de armas e era capaz de identificar todos os fabricantes.

Mas não sou um nerd. Pelo menos ainda sei a verdade.

Fiquei olhando as armas por alguns minutos, orgulhoso de quantas conseguia identificar. Infelizmente, nenhuma delas parecia singular o bastante. Na verdade, o fato de que eu podia identificá-las garantia que não eram. Precisávamos de algo que ninguém tivesse visto antes.

Talvez ele não tenha nada, pensei. *Se o estoque dele for rotativo, podemos ter escolhido o momento errado para visitar. Às vezes uma caixa de surpresas não tem nada que valha a pena. Ela...*

Eu parei quando notei algo diferente. Motos.

Havia três delas enfileiradas perto do final do corredor. Eu não as vira no início porque estava focado nas armas. Elas eram esguias, seus corpos de um verde-escuro com padrões negros nos lados. Causavam em mim o desejo de me inclinar para ter menos resistência ao vento. Eu me imaginava disparando pelas ruas em uma delas. Pareciam perigosas, como jacarés. Jacarés muito rápidos usando preto. Jacarés ninjas.

Decidi não falar essa para Megan.

Elas não tinham nenhuma arma que eu pudesse ver, embora houvesse alguns dispositivos estranhos nas laterais. Armas de energia, talvez? Elas não pareciam combinar com grande parte do que Diamante tinha ali, mas, é claro, tudo naquele lugar era bem eclético.

Megan passou por mim, e eu ergui um dedo para apontar as motos.

– Não – ela disse, sem nem olhar.

– Mas...

– Não.

– Mas elas são iradas! – eu falei, jogando as mãos para o alto, como se isso fosse argumento suficiente. E, faíscas, deveria ter sido. Elas eram *incríveis*!

– Você mal conseguiu dirigir o sedan daquela mulher, Joelhos – Megan disse. – Não quero te ver em cima de alguma coisa com gravatônicos.

– Gravatônicos! – Isso era ainda mais irado.

– Não – Megan disse, com firmeza.

Olhei para Abraham, que inspecionava algo por perto. Ele olhou para mim, então para as motos, e sorriu.

– Não.

Eu suspirei. Comprar armas não deveria ser mais divertido que isso?

– Diamante – Abraham chamou o mercador. – O que é isso?

O traficante foi gingando até ele.

– Ah, é maravilhoso. Explosões enormes. E... – Sua expressão se desfez quando ele se aproximou e viu o que Abraham de fato apontava. – Ah. Isso. Há, *é* uma maravilha, mas não sei se serviria às suas necessidades...

O item em questão era um fuzil grande com um cano muito longo e uma mira em cima. Parecia um pouco como um AWM – um dos fuzis de atirador que a Fábrica usava como modelo para construir seus produtos –, mas o cano era maior e havia algumas espirais estranhas envolvendo o apoio frontal. Estava pintado de verde-escuro e tinha um enorme buraco onde o pente deveria estar.

Diamante suspirou.

– A arma é maravilhosa, mas você é um bom cliente. Devo avisá-lo que não tenho os recursos para fazê-la funcionar.

– Quê? – Megan perguntou. – Você está vendendo uma arma quebrada?

– Não é isso – Diamante respondeu, batendo na seção de parede ao lado da arma. Uma imagem mostrou um homem preparado no chão, segurando o fuzil e olhando pela mira para alguns prédios degradados. – Ela se chama arma de gauss, e foi desenvolvida com base em pesquisas sobre algum Épico que lança balas nas pessoas.

– Rick O'Shea – eu disse, assentindo. – Um Épico irlandês.

– Esse é mesmo o nome dele? – Abraham perguntou suavemente.

– É.

– Isso é horrível. – Ele estremeceu. – Pegar uma bela palavra francesa e transformá-la em... em algo que Cody diria. *Câlice!*

– Enfim – continuei –, ele pode tornar os objetos instáveis tocando-os; então eles explodem quando submetidos a qualquer impacto significativo. Basicamente ele carrega pedras com energia, joga-as nas pessoas, e elas explodem. Um Épico de energia cinética padrão.

Eu estava mais interessado na ideia de que a tecnologia tinha sido desenvolvida com base nos poderes dele. Ricky era um dos Épicos mais novos. Ele não tinha vivido nos velhos tempos quando, como os Executores explicaram, alguns Épicos haviam sido presos e submetidos a testes. Isso queria dizer que esse tipo de pesquisa ainda estava acontecendo? Havia um lugar onde Épicos eram mantidos em cativeiro? Eu nunca ouvira falar de algo assim.

– E a arma? – Abraham perguntou a Diamante.

– Bem, como eu disse... – Diamante bateu na parede e o vídeo começou a rodar. – É um tipo de arma de gauss, só que usa um projétil que foi carregado com energia primeiro. A bala, depois que se torna explosiva, é lançada a velocidades extremas usando pequenos ímãs.

O homem segurando a arma no vídeo acionou um interruptor e as espirais ficaram verdes. Ele apertou o gatilho e houve um estouro de energia, embora a coisa parecesse não ter coice. O cano da arma cuspiu um jato de luz verde, deixando uma linha no ar. Um dos prédios distantes explodiu, soltando uma estranha chuva verde que parecia distorcer o ar.

– Nós... não temos certeza de por que faz isso – Diamante admitiu. – Nem como, na verdade. A tecnologia transforma a bala em um explosivo carregado.

Eu senti um arrepio pensando nos tensores, nas jaquetas – na tecnologia usada pelos Executores. Na verdade, muito da tecnologia que usávamos agora surgira com o advento dos Épicos. Quanto dela realmente compreendíamos?

Estávamos dependendo de tecnologia que não entendíamos completamente, construída com base em criaturas misteriosas que nem sabiam elas mesmas como faziam o que faziam. Parecíamos surdos tentando dançar ao ritmo de uma batida que não podíamos ouvir, muito depois que a música tinha parado. Ou... espere. Na verdade, nem sei o que isso quer dizer.

Enfim, as luzes liberadas pela explosão daquela arma eram muito singulares. Belas, até. Não parecia haver muitos destroços, só um pouco de fumaça verde que ainda flutuava no ar. Quase como se o prédio tivesse sido transformado diretamente em energia.

Então eu percebi.

– Aurora boreal – falei, apontando. – Lembra as fotos que vi disso.

– A capacidade de destruição parece boa – Megan disse. – Aquele prédio foi quase completamente destruído com um único tiro.

Abraham assentiu.

— Pode ser o que a gente precisa. No entanto, Diamante, posso perguntar sobre o que você mencionou antes? Você disse que não funcionava.

— Funciona perfeitamente – o mercador disse rápido. – Mas requer uma bateria para disparar. Uma bem forte.

— Quão forte?

— Cinquenta e seis KC – Diamante respondeu, então hesitou. – Por tiro.

Abraham assoviou.

— Isso é muito? – Megan perguntou.

— Sim – respondi, chocado. – Tipo, o mesmo que vários milhares de células de combustível padrão.

— Geralmente – Diamante disse –, é necessário conectá-la por fio à sua própria unidade de força. Não se pode só ligar essa belezinha numa tomada na parede. Os tiros nessa demo foram disparados usando vários fios de 15 centímetros ligados a um gerador próprio. – Ele ergueu os olhos para a arma. – Eu a comprei esperando que pudesse trocar algumas células de combustível de alta energia com *um certo cliente*, então vender a arma em condição funcional.

— Quem sabe sobre essa arma? – Abraham perguntou.

— Ninguém – Diamante garantiu. – Eu a comprei diretamente do laboratório que a criou, e o homem que fez esse vídeo é meu empregado. Ela nunca esteve no mercado. Na verdade, os pesquisadores que a desenvolveram morreram alguns meses depois... Os pobres coitados se explodiram. Acho que é isso que acontece quando você constrói no seu dia a dia dispositivos que sobrecarregam matéria.

— Vamos levar – Abraham disse.

— Vão? – Diamante pareceu surpreso, então um sorriso cruzou-lhe o rosto. – Bem... que escolha excelente! Tenho certeza de que ficarão felizes. Mas, outra vez, só para esclarecer, ela *não vai* disparar a não ser que vocês encontrem sua própria fonte de energia. Uma muito forte, possivelmente uma que vocês não serão capazes de transportar. Entendem?

— Encontraremos uma – Abraham afirmou. – Quanto?

— Doze – Diamante respondeu sem hesitar.

— Você não pode vendê-la pra mais ninguém — Abraham disse — e não consegue fazê-la funcionar. Vai ganhar quatro. Obrigado. — Abraham pegou uma caixinha, bateu nela com um dedo e a entregou.

— E queremos uma daquelas canetas detonadoras também — falei, num impulso, enquanto erguia meu celular até a parede e baixava o vídeo da arma de gauss em ação. Quase pedi uma daquelas motos, mas pensei que seria forçar a barra *demais*.

— Muito bem — Diamante disse, segurando a caixa que Abraham lhe dera. O que era aquilo, afinal? — Fortuidade está aqui? — ele perguntou.

— Infelizmente — Abraham disse —, nosso encontro com ele não deixou tempo para uma colheita adequada. Mas há quatro outros, incluindo Ausência.

Colheita? O que isso significava? Ausência era um Épico que os Executores haviam matado no ano anterior.

Diamante resmungou. De repente fiquei *muito* curioso sobre o conteúdo daquela caixa.

— Também há isso — Abraham entregou um chip de dados.

Diamante sorriu e o pegou.

— Você sabe como suavizar um negócio, Abraham. Sabe mesmo.

— Ninguém saberá que temos isso — Abraham disse, indicando a arma. — Você nem conta a outra pessoa que a arma existe.

— É claro que não. — Diamante pareceu ofendido. Ele começou a puxar uma bolsa de fuzil padrão de debaixo da sua mesa, então pegou a arma de gauss.

— Com o que a gente pagou? — perguntei a Megan, falando bem baixo.

— Quando os Épicos morrem, acontece alguma coisa com o corpo deles — ela respondeu.

— Mutação mitocondrial — assenti. — Sei.

— Bem, quando matamos um Épico, coletamos algumas das suas mitocôndrias — ela disse. — São necessárias para os cientistas que constroem esse tipo de coisa. Diamante pode trocá-las com laboratórios de pesquisa secretos.

Eu assoviei baixinho.

— Uau.

– É – ela concordou, parecendo preocupada. – As células expiram depois de alguns minutos se você não as congelar, então são difíceis de coletar. Há alguns grupos por aí que vivem de coletar células. Eles não matam os Épicos, só tiram uma amostra de sangue e a congelam. Esse tipo de coisa se tornou uma moeda secreta de alto nível.

Então era assim que acontecia. Os Épicos nem tinham que saber nada sobre isso. Me preocupava mais profundamente, no entanto, saber que isso estava sendo feito. Quanto do processo nós entendíamos? O que os Épicos pensariam se soubessem que seu material genético era vendido no mercado?

Eu nunca tinha ouvido falar sobre isso, apesar da minha pesquisa sobre os Épicos. Servia como um lembrete: eu podia ter descoberto algumas coisas, mas havia todo um mundo lá fora além da minha experiência.

– E o chip de dados que Abraham deu pra ele? – perguntei. – A coisa que Diamante falou que suavizou o negócio?

– Ele contém explosões – Megan explicou.

– Ah. É claro.

– Por que você quer aquele detonador?

– Sei lá – respondi. – Só pareceu divertido. E como parece que vai levar algum tempo até eu ganhar uma dessas motos...

– Você *nunca* vai ganhar uma dessas motos.

– ... pensei que poderia pedir alguma coisa.

Ela não respondeu, mas parecia que eu acidentalmente a irritara. De novo. Não consegui decidir o que a incomodava – ela parecia ter regras próprias para o que constituía "profissionalismo" ou não.

Diamante embalou a arma e, para a minha alegria, jogou a caneta detonadora e um pequeno pacote das "borrachas" que funcionavam junto com ela. Eu estava bem feliz por ganhar algo extra. Então, senti o cheiro de alho.

Franzi a testa. Não era bem alho, mas quase. O que...

Alho.

Fósforo cheirava a alho.

– Temos um problema – eu disse imediatamente. – Punho da Noite está aqui.

17

– Isso é impossível! – Diamante exclamou, checando o celular. – Eles não deveriam chegar por mais uma ou duas horas. – Ele parou e, com o celular brilhando em uma das mãos, levou a outra à orelha, onde tinha um pequeno fone.

O homem ficou pálido, provavelmente com a notícia da chegada antecipada fornecida pela garota lá fora.

– Oh, céus.

– Faíscas – Megan disse, passando a bolsa com a arma de gauss por cima do ombro.

– Você tem um horário com Coração de Aço *hoje*? – Abraham perguntou.

– Não será ele – Diamante disse. – *Supondo* que Coração de Aço fosse um cliente meu, ele nunca viria em pessoa.

– Não, só mandaria Punho da Noite em seu lugar – falei, cheirando o ar. – É, ele está aqui. Vocês sentem isso?

– Por que você não nos avisou? – Megan perguntou a Diamante.

– Eu não falo de outros clientes para...

– Não importa – Abraham interrompeu. – Nós estamos indo. – Ele apontou para o outro extremo do corredor, oposto ao lado pelo qual tínhamos entrado. – Pra onde leva?

– Não tem saída – Diamante informou.

– Você se deixou sem uma rota de fuga? – perguntei, incrédulo.

– Ninguém me atacaria! – Diamante argumentou. – Não com os equipamentos que tenho aqui. Calamidade! Isso não deveria acontecer. Meus clientes sabem que não devem chegar mais cedo.

– Impeça-o de entrar – Abraham exigiu.

– Impedir Punho da Noite? – Diamante perguntou, incrédulo. – Ele é incorpóreo. Consegue atravessar paredes, pelo amor de Calamidade.

– Então o impeça de ir até o final do corredor – Abraham disse, calmamente. – Há algumas sombras lá atrás. Nós vamos nos esconder.

– Eu não... – Diamante começou.

– Não temos tempo para discutir, meu amigo – Abraham falou. – Todo mundo finge não se importar com o fato de você vender para todos os lados, mas eu duvido que Punho da Noite vá tratá-lo bem se nos descobrir aqui. Ele vai me reconhecer; já me viu antes. Se ele me encontrar aqui, todos morremos. Compreende?

Diamante, ainda pálido, concordou de novo.

– Venham – Abraham ordenou, apoiando a arma no ombro e correndo pelo corredor até o final da loja. Megan e eu o seguimos. Meu coração martelava. Punho da Noite reconheceria Abraham? Que história eles tinham juntos?

Havia pilhas de caixotes e caixas no outro extremo do corredor. Era de fato um beco sem saída, mas não havia luzes. Abraham acenou para nos escondermos atrás das caixas. Ainda podíamos ver as paredes cheias de armas onde tínhamos estado. Diamante estava lá de pé, retorcendo as mãos.

– Aqui – Abraham disse, apoiando sua arma enorme em uma caixa e apontando-a diretamente para Diamante. – Cuide disso, David. Só atire se não tiver escolha.

– De qualquer forma, não vai funcionar contra Punho da Noite – avisei. – Ele tem uma invencibilidade suprema. Balas, armas de energia e explosões passam todas através dele. – A não ser que pudéssemos expô-lo à luz do sol, imaginando que eu estivesse certo. Eu parecia bem confiante na frente dos outros, mas a verdade era que tudo que eu tinha não passava de boato.

Abraham procurou alguma coisa no bolso da sua calça estilo militar e puxou. Um dos tensores.

Imediatamente senti uma onda de alívio. Ele abriria um caminho para a nossa liberdade.

– Então não vamos esperar ele sair?

– Claro que não – ele respondeu, calmamente. – Eu me sinto como um rato numa armadilha. Megan, contate Thia. Precisamos saber qual é o túnel mais perto deste. Vou cavar uma rota até ele.

Megan assentiu, ajoelhando e cobrindo a boca enquanto sussurrava no celular. Abraham aqueceu o tensor e eu dobrei a mira da metralhadora, virando o interruptor para o modo de disparo contínuo. Ele assentiu, aprovando.

Olhei através da mira. Era muito boa, bem melhor do que a minha, com leituras de distância, monitores de velocidade do vento e compensadores de luz fraca opcionais. Eu tinha uma boa visão de Diamante enquanto ele recebia seus novos clientes com as mãos abertas e um sorriso largo no rosto.

Fiquei tenso. Havia oito deles – dois homens e uma mulher usando ternos, junto com quatro soldados da Patrulha. E Punho da Noite. Ele era um homem asiático alto que não estava inteiramente lá. Evanescente, incorpóreo. Usava um terno elegante, mas o paletó longo tinha um ar oriental. Seu cabelo era curto, e ele caminhava com as mãos entrelaçadas atrás das costas.

Meu dedo tremeu em direção ao gatilho. Essa criatura era o braço direito de Coração de Aço, a fonte da escuridão que separava Nova Chicago do sol e das estrelas. Uma escuridão parecida se agitava no chão ao seu redor, deslizando em direção às sombras e acumulando-se ali. Ele era capaz de matar com ela, fazer gavinhas daquela bruma escura se tornarem sólidas e apunhalarem um homem.

Esses dois – a incorporeidade e a manipulação daquela bruma – eram seus dois únicos poderes, mas eram umas belezinhas. Ele podia se mover através de matéria sólida e, como todos os incorpóreos, voar a uma velocidade constante. Conseguia fazer um cômodo ficar totalmente negro, então apunhalar você com aquela escuridão. E era capaz de manter uma cidade inteira sob uma noite perpétua. Muitos presumiam que ele dedicava a maior parte de sua energia a isso.

Esse fato sempre me preocupara. Se ele não estivesse tão ocupado mantendo a cidade na escuridão, poderia ser tão poderoso quanto o próprio Coração de Aço. De qualquer modo, aquele Épico seria mais do que o suficiente para cuidar de nós três, despreparados como estávamos.

Ele e dois de seus lacaios conversavam com Diamante. Desejei ouvir o que eles estavam dizendo. Hesitei, então me afastei da mira. Muitas armas avançadas tinham...

Sim. Liguei o interruptor do lado, ativando o amplificador de som direcional da mira. Puxei o fone de ouvido do meu celular e o passei em frente ao chip da mira para conectá-los, então o enfiei na orelha. Inclinei-me e apontei a mira diretamente para o grupo. O receptor captou o que era dito.

– ...está interessado em tipos específicos de arma, dessa vez – uma das lacaias de Punho da Noite dizia. Ela usava um terninho, e seu cabelo negro estava cortado acima das orelhas. – Nosso imperador está preocupado que nossas forças dependem demais das armaduras para apoio pesado. O que você tem para tropas mais móveis?

– Er, muita coisa – Diamante respondeu.

Faíscas, ele parece nervoso. Ele não olhou para nós, mas se remexia e parecia estar suando. Para um homem no mercado ilegal de armas, ele certamente parecia lidar mal com o estresse.

Diamante olhou da mulher para Punho da Noite, cujas mãos estavam entrelaçadas atrás das costas. De acordo com minhas anotações, ele raramente falava durante interações de negócio. Preferia usar lacaios. Alguma relação com a cultura japonesa.

A conversa continuou, e Punho da Noite permaneceu parado, com as costas eretas e em silêncio. Eles não foram olhar as armas nas paredes, mesmo quando Diamante indicou que podiam. Em vez disso, fizeram o homem levar as armas até eles, e um dos assistentes sempre fazia a inspeção e as perguntas.

Isso é bem conveniente, pensei, sentindo uma gota de suor nervoso descer pela minha têmpora. *Ele pode se focar em Diamante – estudar e refletir, sem ter de se incomodar com a conversa.*

– Consegui – Megan sussurrou. Olhei para trás e a vi virando o celular, com a mão encobrindo a luz, para mostrar a Abraham o mapa que Thia enviara. Abraham precisou se aproximar para ver qualquer coisa; ela havia diminuído o brilho da tela até ela se tornar quase preta.

Ele resmungou baixinho.

– Dois metros pra trás, alguns graus para baixo. Isso vai levar alguns minutos.

– Você deveria começar, então – Megan sugeriu.

– Vou precisar da sua ajuda para retirar a poeira.

Megan abriu espaço e Abraham encostou as mãos na parede, perto do chão, e ligou o tensor. Um disco grande de aço começou a desintegrar-se sob o seu toque, criando um túnel pelo qual poderíamos rastejar. Megan recolhia e movia a poeira de aço enquanto Abraham se concentrava.

Eu voltei a observar, tentando respirar tão silenciosamente quanto possível. Os tensores não faziam tanto barulho, apenas um zumbido suave. Com sorte, ninguém iria reparar.

– ... mestre pensa que essa arma é de baixa qualidade – a mulher disse, devolvendo uma metralhadora. – Estamos nos decepcionando com a sua seleção, mercador.

– Bem, vocês querem equipamento pesado, mas não lança-foguetes. Essa é uma combinação difícil de encontrar. Eu...

– O que estava nesse lugar na parede? – uma voz suave, inquietante, perguntou. Parecia um sussurro alto, com um leve sotaque, mas penetrante. Senti um arrepio.

Diamante ficou tenso. Desloquei a visão da mira um pouquinho. Punho da Noite estava ao lado da parede de armas, apontando para um lugar aberto, onde ganchos se projetavam da parede: onde a arma de gauss estivera.

– Havia algo aqui, não havia? – Punho da Noite perguntou. Ele quase nunca falava diretamente com alguém assim. Não parecia um bom sinal. – Você só abriu hoje. Já realizou negócios?

– Eu... eu não discuto sobre outros clientes – Diamante respondeu. – Você sabe disso.

Punho da Noite olhou de volta para a parede. Nesse momento, Megan esbarrou numa caixa enquanto movia a poeira de aço. Não fez um barulho alto – na verdade, ela sequer pareceu perceber que fizera isso. Punho da Noite, porém, virou a cabeça na nossa direção. Diamante seguiu o seu olhar; o mercador de armas parecia tão nervoso que seria possível transformar leite em manteiga colocando a mão dele numa jarra.

– Ele sabe que estamos aqui – eu disse suavemente.

– Quê? – Abraham perguntou, ainda se concentrando.

– Só... continue – falei, levantando-me. – E fique quieto.

Era hora de improvisar de novo.

18

Apoiei a arma de Abraham no ombro, ignorando o xingamento baixo de Megan. Saí de trás das caixas antes que ela pudesse me impedir, e, no último segundo, lembrei-me de tirar o fone do ouvido e guardá-lo.

Assim que emergi das sombras, os soldados de Punho da Noite apontaram as armas para mim, com movimentos rápidos. Senti uma pontada de ansiedade, a sensação desconfortável de estar indefeso. Eu odiava quando as pessoas apontavam armas para mim... Se bem que quase ninguém deve gostar disso.

Continuei em frente.

– Chefe – chamei, batendo na arma. – Consegui consertar. O pente sai fácil agora.

Os soldados de Punho da Noite olharam na direção dele, como se pedissem permissão para atirar. O Épico apertou as mãos atrás das costas, estudando-me com olhos etéreos. Ele não pareceu reparar, mas seu cotovelo encostou na parede e atravessou diretamente o aço sólido.

Punho da Noite me observou, mas continuou imóvel. Os bandidos não atiraram. Um bom sinal.

Vamos, Diamante, pensei, tentando conter meu nervosismo. *Não seja um idiota. Diga alguma c...*

– Era o pino de disparo? – Diamante perguntou.

– Não, senhor – respondi. – O pente estava meio torto de um dos lados. - Fiz um aceno respeitoso a Punho da Noite e aos seus lacaios, então coloquei a arma no espaço na parede. Ela, felizmente, coube. Eu imaginei que caberia, considerando que tinha quase o mesmo tamanho da arma de gauss.

– Bem, Diamante – a assistente de Punho da Noite disse –, talvez você possa nos contar sobre essa nova adição. Parece com...

– Não – Punho da Noite disse suavemente. – Eu quero ouvir o garoto explicar.

Eu congelei, então me virei, nervoso.

– Senhor?

– Me fale sobre a arma – Punho da Noite ordenou.

– O garoto é novo – Diamante disse. – Ele não...

– Não tem problema, chefe – eu cortei. – É uma Manchester 451. A arma é uma potência; calibre .50, com pentes de elétrons comprimidos. Cada um contém 8 mil balas. O sistema de fogo seletivo tem capacidade de disparo único, disparo contínuo e inteiramente automático. Ela tem redução de coice gravatônico para atirar do ombro, com uma mira de magnitude avançada opcional incluindo recebimento de som, verificação de alcance e um mecanismo de disparo remoto. Também inclui um lançador de granadas opcional. Os cartuchos são incendiários e penetram armadura, senhor. Você não poderia pedir uma arma melhor.

Punho da Noite assentiu.

– E essa? – ele perguntou, apontando a arma ao lado dela.

Minhas palmas suavam. Eu as enfiei nos bolsos. Aquela era... era... sim, eu sabia.

– Browning M3913, senhor. Uma arma inferior, mas muito boa pelo preço. Também calibre .50, mas sem a supressão de coice, os gravatônicos ou a compressão de elétrons. É excelente como arma estática; com dissipadores térmicos avançados no cano, ela atira cerca de 800 balas por minuto. Tem alcance efetivo de mais de 1,5 quilômetro com precisão impressionante.

O corredor caiu em silêncio. Punho da Noite examinou a arma, então virou para os seus criados e fez um gesto rápido. Quase pulei de susto, mas os outros pareceram relaxar. Aparentemente, eu passara no teste de Punho da Noite.

– Vamos querer ver a Manchester – a mulher respondeu. – Isso é exatamente o que estávamos procurando; você deveria ter mencionado antes.

— Eu... estava envergonhado por causa do pente enguiçado — Diamante respondeu. — É um problema comum com as Manchesters, infelizmente. Cada arma tem suas peculiaridades. Ouvi dizer que, se você lixar o topo do pente, ele desliza pra dentro bem mais fácil. Aqui, deixe-me pegar isso pra você...

A conversa continuou, mas eu fui esquecido. Consegui recuar para onde não estivesse no caminho. *Será que deveria tentar escapar?*, perguntei-me. Seria suspeito se eu voltasse para o final do corredor, não? Faíscas. Parecia que eles comprariam a arma de Abraham. Torci pra ele me perdoar por isso.

Se Abraham e Megan tivessem escapado pelo buraco, eu poderia apenas esperar ali até que Punho da Noite saísse, então me encontraria com eles. Ficar parado parecia o melhor plano no momento.

Eu me peguei encarando as costas de Punho da Noite enquanto seus criados continuavam as negociações. Eu estava... o quê, a três passos dele? Um dos três Épicos de maior confiança de Coração de Aço, um dos mais poderosos Épicos vivos. Ele estava bem ali. E eu não podia tocá-lo. Bem, eu não podia tocá-lo *literalmente*, já que ele era incorpóreo — mas queria dizer de modo figurado também.

Era assim que sempre tinha sido, desde que Calamidade aparecera. Tão poucos ousavam resistir aos Épicos. Eu já vira crianças serem assassinadas na frente dos pais, sem que ninguém tivesse coragem suficiente para tentar impedir. E por que as pessoas tentariam? Elas só seriam mortas também.

Até certo ponto, ele fazia isso comigo também. Eu estava aqui com ele, mas tudo que queria era escapar. *Você tornou todos nós egoístas*, pensei na direção de Punho da Noite. *É por isso que odeio vocês. Todos vocês.* Mas Coração de Aço mais do que todos.

— ... podia ter algumas ferramentas forenses melhores — a funcionária de Punho da Noite disse. — Sei que não é a sua especialidade.

— Eu sempre trago algumas para Nova Chicago — Diamante respondeu. — Só pra vocês. Aqui, deixe-me mostrar o que tenho.

Eu pisquei. Eles tinham terminado a conversa sobre a Manchester, e aparentemente haviam comprado a arma — e encomendado mais trezentas de Diamante, que alegremente realizara a venda, embora a arma não fosse dele para vender.

Ferramentas forenses..., pensei. Algo sobre isso despertou minha memória.

Diamante foi até a sua mesa e vasculhou em algumas caixas embaixo dela. Então, reparou em mim e me dispensou com um aceno.

– Pode voltar pro estoque e continuar com o inventário, garoto. Não preciso mais de você aqui.

Eu provavelmente deveria ter feito o que ele disse, mas, em vez disso, fiz algo estúpido.

– Estou quase terminando, chefe – falei. – Gostaria de ficar, se não tiver problema. Ainda não sei muito sobre o equipamento forense.

Ele parou, examinando-me, e me esforcei o melhor que pude para parecer inocente, com as mãos enfiadas nos bolsos da jaqueta. Uma vozinha na minha mente murmurava: *Você é tão estúpido, você é tão estúpido, você é tão estúpido.* Quando, porém, eu teria uma chance como essa de novo?

Equipamentos forenses incluiriam coisas usadas para investigar a cena de um crime. E eu sabia um pouco mais sobre esse tipo de coisa do que tinha sugerido para Diamante. Havia lido sobre isso, pelo menos.

E lembrava que era possível encontrar DNA e digitais iluminando-os com luz ultravioleta. Luz ultravioleta... Exatamente o que minhas anotações apontavam ser a fraqueza de Punho da Noite.

– Tá bom. – Diamante continuou procurando. – Só saia do caminho de Sua Excelência.

Dei alguns passos para trás e mantive os olhos abaixados. Punho da Noite não prestou atenção em mim, e seus lacaios ficaram com os braços cruzados enquanto Diamante apresentava uma série de caixas. Ele começou perguntando do que eles precisavam, e pelas respostas pude logo ver que alguém no governo de Nova Chicago – Punho da Noite, talvez Coração de Aço em pessoa – tinha ficado preocupado com o assassinato de Fortuidade.

Eles queriam equipamentos para detectar Épicos. Diamante não tinha nada assim; disse que ouvira que alguns estavam à venda em Denver, mas no fim era só um boato. Aparentemente, detectores como os que os Executores tinham não eram fáceis de encontrar, mesmo para alguém como Diamante.

Eles também queriam equipamentos que pudessem determinar melhor a origem de cartuchos e explosivos. Ele podia atender a esse pedido, particularmente para rastrear explosivos. O homem tirou diversos dispositivos de seus invólucros de isopor e papelão, então mostrou um escâner que identificava as substâncias químicas de um explosivo analisando as cinzas que ele produzia.

Eu aguardei, tenso, enquanto uma das funcionárias pegava algo que parecia uma maleta de metal com fechos dos lados. Ela a abriu, revelando uma série de dispositivos menores, situados em buracos de isopor. Aquilo parecia com os kits forenses sobre os quais eu havia lido.

Um pequeno chip de dados estava preso no topo, brilhando suavemente agora que a maleta estava aberta. Isso seria o manual. A criada passou seu celular na frente dele casualmente, baixando as instruções. Eu dei um passo à frente e fiz o mesmo, e, embora ela tenha olhado para mim, logo me ignorou e retornou à sua inspeção.

Com o coração batendo mais rápido, passei os olhos pelo conteúdo do manual até encontrar o que queria. Escâner de digitais UV com câmera anexada. Dei uma lida nas instruções. Agora, se ao menos pudesse retirá-lo da caixa...

A mulher pegou um dispositivo e o inspecionou. Não era o escâner de digitais, então não prestei atenção. Apanhei o escâner no segundo em que ela desviou os olhos dele, então fingi estar só dando uma olhada, tentando o melhor que podia parecer casualmente curioso.

No processo, eu o liguei. Ele emitia uma luz azul, na frente, e tinha uma tela no verso – funcionava como uma filmadora digital, mas com uma luz UV na frente. Ao iluminar os objetos, conseguia gravar o que a luz revelava. Seria útil para fazer a varredura de um cômodo em busca de DNA – haveria um registro de tudo visto.

Liguei a função gravar. O que eu estava fazendo podia facilmente me matar. Eu já vira homens assassinados por muito menos. Sabia, entretanto, que Thia queria provas mais fortes. Era o momento de arranjá-las para ela.

Eu virei a luz UV e a apontei para Punho da Noite.

19

Punho da Noite virou-se para mim imediatamente.

Eu virei a luz UV de lado, abaixando a cabeça como se estivesse estudando o dispositivo e tentando adivinhar como funcionava. Queria que parecesse que eu o iluminara por acaso enquanto mexia com o escâner.

Não olhei para Punho da Noite. *Não podia* olhar para Punho da Noite. Não sabia se a luz havia funcionado nele, mas, se tivesse funcionado e ele tivesse a mínima suspeita de que eu vira, com certeza eu morreria.

Talvez eu fosse morrer de qualquer jeito.

Era doloroso não saber que efeito a luz tinha produzido, mas o dispositivo *estava* gravando. Eu virei de costas para Punho da Noite e com uma das mãos apertei alguns botões no dispositivo, como se tentasse fazê-lo funcionar. Com a outra – os dedos tremendo de nervosismo –, deslizei o chip de dados e o escondi na palma da mão.

Punho da Noite ainda me observava. Eu podia sentir os olhos dele, como se abrissem buracos nas minhas costas. O corredor pareceu se tornar mais escuro, as sombras estendendo-se. Ao meu lado, Diamante continuava tagarelando sobre as características do dispositivo que apresentava. Ninguém parecia ter percebido que eu atraíra a atenção de Punho da Noite.

Fingi não perceber também, embora o meu coração estivesse batendo ainda mais forte no peito. Mexi na máquina um pouco mais, então a ergui como se finalmente tivesse descoberto como funcionava.

Dei um passo à frente e apertei o dedão na parede, então voltei ao meu lugar para tentar ver a digital aparecer na luz UV.

Punho da Noite não se mexera. Ele estava considerando o que fazer. Matar-me o protegeria se eu tivesse notado o que a luz UV fizera. Ele podia fazer isso. Podia dizer que eu havia invadido seu espaço pessoal ou olhado torto para ele. Faíscas, ele nem precisava dar uma desculpa. Podia fazer o que bem entendesse.

No entanto, isso podia ser perigoso para ele. Quando um Épico matava errática ou inesperadamente, as pessoas sempre se perguntavam se era uma tentativa de esconder sua fraqueza. Os lacaios dele tinham me visto segurando um escâner UV. Eles podiam estabelecer a conexão. E então, para garantir, ele provavelmente teria de matar Diamante e os soldados da Patrulha também. E provavelmente seus próprios assistentes.

Eu suava agora. Era horrível ficar ali e nem sequer poder encará-lo enquanto ele considerava me matar. Eu queria me virar, olhá-lo nos olhos e cuspir em Punho da Noite enquanto ele me matava.

Firme, eu disse a mim mesmo. Afastando qualquer desafio do rosto, olhei para o lado e fingi perceber – pela primeira vez – que Punho da Noite me encarava. Ele estava parado do mesmo jeito de antes, com as mãos atrás das costas, o terno preto e a gravata preta estreita fazendo-o parecer um monte de linhas. O olhar imóvel, a pele translúcida. Não havia sinal algum do que acontecera, se é que *alguma coisa* tinha acontecido.

Quando o vi, pulei em choque. Não precisei fingir medo; senti minha pele ficar pálida e a cor fugir do meu rosto. Derrubei o escâner de digitais e soltei um gemido baixo. O aparelho rachou ao atingir o chão. Imediatamente xinguei, ajoelhando-me ao lado do dispositivo quebrado.

– O que você tá fazendo, seu imbecil? – Diamante veio correndo até mim. Ele parecia menos preocupado com o escâner e mais com a possibilidade de eu ter ofendido Punho da Noite de alguma forma. – Mil perdões, Excelência. Ele é um idiota desajeitado, mas foi o melhor que pude encontrar. Foi...

Diamante caiu em silêncio quando as sombras ao nosso redor se alongaram, então rodopiaram umas sobre as outras, tornando-se grossos fios negros. Ele tropeçou para longe e eu me ergui com um pulo. A escuridão não me atacou – mas apanhou o escâner de digitais caído.

A escuridão parecia se acumular no chão, contorcendo-se e revirando sobre si mesma. Algumas gavinhas ergueram o dispositivo no ar em frente a Punho da Noite, e ele o estudou com um olhar indiferente. Ele olhou para nós, então mais da escuridão se ergueu e cercou o escâner. Houve um *crack* súbito, como cem nozes quebradas de uma vez.

A mensagem era clara. Irrite-me e você terá o mesmo destino. Punho da Noite habilmente escondera o seu medo do escâner, e o seu desejo de destruí-lo, por trás da aparência de uma simples ameaça.

– Eu... – murmurei suavemente. – Chefe, por que não vou lá pro fundo e continuo trabalhando no inventário, como você disse?

– Que é o que você devia ter feito logo de início – Diamante ralhou. – Suma daqui.

Eu me virei e me afastei rápido, mantendo a mão ao meu lado, apertada ao redor do chip de dados do escâner UV. Apressei o passo, sem me importar se eu parecia estar correndo. Cheguei às caixas e à segurança relativa das suas sombras. Ali, próximo ao chão, encontrei um túnel cavado através da parede dos fundos.

Parei subitamente. Respirei fundo, ajoelhei-me e entrei com pressa na abertura. Deslizei através dos dois metros de aço e emergi do outro lado.

Alguém agarrou o meu braço e eu, por instinto, recuei. Olhei para cima, a lógica desaparecendo enquanto me lembrava de como Punho da Noite fizera as próprias sombras se tornarem vivas, mas fiquei aliviado ao ver um rosto conhecido.

– Quieto! – Abraham disse, segurando o meu braço. – Eles estão te perseguindo?

– Acho que não – respondi em voz baixa.

– Cadê a minha arma?

– Hã... Eu meio que a vendi pra Punho da Noite.

Abraham ergueu uma sobrancelha. Então, me puxou para o lado, e Megan nos cobriu com o meu fuzil. Ela era a própria imagem do profissionalismo – os lábios numa linha tensa, os olhos examinando os túneis ao redor em busca de perigo. A única luz vinha dos celulares que ela e Abraham usavam presos no ombro.

Abraham acenou para ela e não houve mais conversa enquanto nós três escapávamos pelo corredor. No cruzamento seguinte das catacumbas, Megan jogou meu fuzil para Abraham – ignorando o fato de eu ter estendido a mão para pegá-lo – e tirou uma de suas pistolas do coldre. Ela acenou para ele, então empunhou a arma, apressando-se pelo túnel de aço.

Continuamos desse jeito, sem falar, por algum tempo. Eu já estava completamente perdido antes, mas agora tinha virado tantas vezes que mal sabia em qual direção ficava o teto.

– Okay – Abraham disse por fim, erguendo a mão e acenando para Megan retornar. – Vamos respirar um pouco e ver se alguém está nos seguindo. – Ele se acomodou em uma pequena alcova no corredor, de onde conseguia observar o trecho atrás de nós e ver se alguém nos seguia. Parecia estar usando mais o braço oposto ao ombro onde tinha levado o tiro.

Eu me agachei ao lado dele, e Megan se juntou a nós.

– Foi inesperado o que você fez lá atrás, David – Abraham disse suavemente, calmo.

– Não tive tempo de pensar – justifiquei-me. – Eles nos ouviram trabalhando.

– Verdade, verdade. E quando Diamante sugeriu a você que voltasse, mas você disse que queria ficar?

– Ah... Você ouviu isso?

– Não mencionaria se não tivesse ouvido. – Ele continuava encarando o corredor.

Eu olhei para Megan, que me lançou um olhar gélido.

– Falta de profissionalismo – ela resmungou.

Enfiei a mão no bolso e tirei o chip de dados. Abraham olhou para ele, então franziu a testa. Obviamente não ficara lá o tempo necessário para ver o que eu estava fazendo com Punho da Noite. Conectei o chip ao meu celular, baixando a informação. Três batidinhas depois, ele começou a rodar o vídeo do escâner UV. Abraham veio olhar e até Megan esticou o pescoço para ver o que ele mostrava.

Prendi a respiração. Ainda não sabia com certeza se estava certo sobre Punho da Noite – e, mesmo se estivesse, não tinha ideia se meu giro rápido do escâner havia capturado qualquer imagem aproveitável.

O vídeo mostrava o chão, e eu acenando a mão em frente às lentes. Então, a câmera se virou para Punho da Noite, e o meu coração deu um pulo. Eu bati um dedo na tela, congelando a imagem.

– Seu slontezinho esperto – Abraham murmurou. Ali na tela, Punho da Noite aparecia com metade do corpo inteiramente sólido. Era difícil de ver, mas estava lá. Onde a luz UV o iluminava, ele não era translúcido, e seu corpo parecia ter se *assentado* mais.

Bati na tela de novo e a luz UV passou por ele, fazendo Punho da Noite se tornar incorpóreo de novo. O vídeo só tinha um segundo ou dois, mas era suficiente.

– Escâner forense UV – expliquei. – Imaginei que era a nossa melhor chance de saber com certeza...

– Não acredito que você correu esse risco – Megan disse. – Sem perguntar a ninguém. Você poderia ter matado todos nós.

– Mas não matou – Abraham disse, tirando o chip de dados das minhas mãos. Ele o estudou, parecendo estranhamente reverente. Então ergueu os olhos, como se lembrasse de repente que o plano era observar o corredor em busca de sinais de pessoas nos seguindo. – Precisamos levar esse chip *agora* para Prof. – Ele hesitou. – Bom trabalho.

Ele se ergueu para ir embora, e eu me peguei sorrindo. Então, me virei para Megan, que me lançou um olhar ainda mais frio e hostil do que antes. Ela se levantou e seguiu Abraham.

Faíscas, pensei. O que eu precisaria fazer pra impressionar essa garota? Balancei a cabeça e saí correndo atrás deles.

20

Quando voltamos, Cody tinha saído numa missão de reconhecimento para Thia. Ela acenou na direção de algumas rações na mesa ao fundo do cômodo principal, esperando devoramento. Devoração. Qualquer que seja a palavra.

– Vá contar a Prof o que você descobriu – Abraham disse suavemente, indo em direção à despensa. Megan se dirigiu às rações.

– Aonde você está indo? – perguntei a Abraham.

– Parece que preciso de uma arma nova – ele respondeu com um sorriso, abaixando-se para passar pela entrada. Ele não havia me repreendido pelo que eu fizera com a sua arma; tinha visto que eu salvara a equipe. Pelo menos eu esperava que ele encarasse a situação assim. No entanto, havia uma nota distinta de perda em sua voz. Ele gostava daquela arma. E era fácil ver por quê: eu *nunca* tivera em mãos uma arma tão boa quanto aquela.

Prof não estava na sala principal, e Thia olhou para mim, erguendo uma sobrancelha.

– O que você vai contar a Prof?

– Eu explico – Megan disse, sentando-se ao lado dela. Como sempre, a mesa de Thia estava coberta de papéis e latas de refrigerante. Parecia que ela havia conseguido os registros de seguro que Cody mencionara, e os tinha colocado na tela à sua frente.

Se Prof não estava ali, imaginei que provavelmente estaria no seu quarto de reflexão com o imager. Fui até lá e bati suavemente na parede; a entrada era coberta apenas por uma cortina.

— Entre, David — a voz de Prof chamou de dentro.

Eu hesitei. Não havia entrado naquele cômodo desde que comentara meu plano à equipe. Os outros raramente entravam ali. Aquele era o santuário de Prof, e ele geralmente saía — em vez de convidar as pessoas a entrarem — quando precisavam falar com ele. Olhei para Thia e Megan e ambas pareciam surpresas, embora ninguém tenha dito nada.

Afastei a cortina e entrei no cômodo. Tinha imaginado o que Prof estaria fazendo com os imagers de parede — talvez explorando a spynet que a equipe tinha hackeado, movendo-se pela cidade para estudar Coração de Aço e seus lacaios. Mas não era nada tão dramático.

— Quadros-negros? — perguntei.

Prof se virou da parede do fundo, onde estava de pé, escrevendo com um pedaço de giz. Todas as quatro paredes, assim como o teto e o chão, tinham se tornado pretas como uma lousa, e estavam cobertas por rabiscos brancos.

— Eu sei — Prof disse, acenando para que eu entrasse. — Não é muito moderno, é? Eu tenho tecnologia capaz de representar quase tudo que desejo, da forma que desejo. E escolho quadros-negros. — Ele balançou a cabeça, como se estivesse se divertindo com a própria excentricidade. — Penso melhor assim. Velhos hábitos, acho.

Eu me aproximei. Agora podia ver que Prof não estava escrevendo nas paredes de verdade. A coisa que segurava na mão era só uma pequena caneta stylus na forma de um pedaço de giz. A máquina interpretava seus escritos, fazendo as palavras aparecerem na parede à medida que ele as rabiscava.

A cortina tinha caído de volta no lugar, encobrindo a luz dos outros cômodos. Eu mal podia ver Prof; a única luz vinha do brilho suave da escrita branca nas seis paredes. Eu me sentia como se estivesse flutuando no espaço, as palavras como *estrelas* e *galáxias* iluminando-me de moradas distantes.

— O que é isso? — perguntei, olhando para cima e lendo a escrita que cobria o teto. Prof agrupara algumas partes, e havia setas e linhas apontando para diferentes seções. Eu não conseguia entender o que aquilo tudo dizia. Estava, mais ou menos, escrito em inglês. Várias palavras, porém, eram muito pequenas e pareciam algum tipo de estenografia.

— O plano – Prof disse, distraído. Ele não usava os óculos de proteção nem o jaleco; ambos estavam numa pilha ao lado da porta, e as mangas da sua camisa negra estavam enroladas até os cotovelos.

— Meu plano? – perguntei.

O sorriso de Prof foi iluminado pelas pálidas linhas de giz reluzentes.

— Não mais. No entanto, há algumas sementes dele aqui.

Senti meu estômago desabar.

— Mas, quer dizer...

Prof olhou para mim, então pôs uma mão no meu ombro.

— Você fez um ótimo trabalho, filho. Considerando tudo.

— O que tinha de errado com o meu plano? – perguntei. Eu passara anos... na verdade, minha *vida inteira* trabalhando naquele plano, e estava bastante confiante no que havia criado.

— Nada, nada – Prof respondeu. – As ideias são sólidas. Incrivelmente sólidas. Convencer Coração de Aço de que há um rival na cidade, atraí-lo para uma briga e atacá-lo. Embora haja o problema óbvio de você não saber qual é a fraqueza dele.

— Bom, tem isso – admiti.

— Thia está trabalhando duro nisso. Se alguém for capaz de descobrir, será ela – Prof disse, então parou por um segundo antes de continuar. – Na verdade, não. Eu não devia ter dito que esse não é o seu plano. É, sim, e há mais do que sementes dele aqui. Eu li os seus cadernos. Você raciocinou muito bem.

— Obrigado.

— Mas a sua visão era limitada demais, filho. – Prof removeu a mão do meu ombro e foi até a parede. Bateu nela com o giz falso, e o texto do cômodo girou. Ele nem pareceu notar, mas me senti atordoado conforme as paredes pareciam rolar ao meu redor, girando até que uma nova parede de texto surgiu na frente de Prof.

— Deixe-me começar com isto – ele falou. – Além de não sabermos especificamente a fraqueza de Coração de Aço, qual é a maior falha no seu plano?

— Eu... – Franzi a testa. – Eliminar Punho da Noite, talvez? Mas Prof, nós só...

— Na verdade – Prof interrompeu –, não é isso.

Fiquei ainda mais confuso. Não tinha pensado que *houvesse* uma falha no meu plano. Eu tinha resolvido todas elas, removendo-as como um adstringente tirando as espinhas do queixo de um adolescente.

– Vamos por partes – Prof disse, erguendo o braço e criando uma abertura na parede, como se limpasse lama de uma janela. As palavras se comprimiram de um lado, não desaparecendo, mas amontoando-se como se ele tivesse puxado uma nova seção de papel de um rolo. Ele ergueu o giz até o espaço aberto e começou a escrever. – Primeiro passo, imitar um Épico poderoso. Segundo passo, começar a matar os Épicos importantes de Coração de Aço a fim de deixá-lo preocupado. Terceiro passo, atraí-lo para uma luta. Quarto passo, matá-lo. Fazendo isso, você restaura a esperança ao mundo e incentiva as pessoas a lutarem.

Concordei com a cabeça.

– Exceto por um problema – Prof disse, ainda rabiscando na parede. – Se conseguirmos *de fato* matar Coração de Aço, faremos isso imitando um Épico poderoso. Todo mundo vai supor, então, que um Épico está por trás da derrota dele. Então, o que ganhamos?

– Podemos anunciar que foram os Executores depois do fato.

Prof meneou a cabeça.

– Não funcionaria. Ninguém acreditaria em nós depois de todo o trabalho que teremos para convencer Coração de Aço.

– Bem, mas importa? – perguntei. – Ele estará morto. – Então, em voz baixa, acrescentei: – E eu vou me vingar.

Prof hesitou, o giz pausando na parede.

– Sim – ele concordou –, acho que você ainda teria isso.

– Você também quer vê-lo morto – falei, indo até o lado dele. – Eu sei. Posso ver.

– Eu quero todos os Épicos mortos.

– É mais do que isso – insisti. – Já vi isso em você.

Ele olhou para mim, e a sua expressão se tornou severa.

– Isso não importa. É *vital* que as pessoas saibam que estamos por trás disso. Você mesmo disse: não podemos matar todos os Épicos. Os Executores estão girando em círculos. A única esperança que temos, a única esperança que a humanidade tem, é convencermos as pessoas de que *podemos* resistir. Para isso acontecer, Coração de Aço deve cair por mãos humanas.

— Mas, para o atrairmos, ele precisa acreditar que um Épico o está ameaçando — eu disse.

— Vê o problema?

— Eu... — Estava começando a ver. — Então não vamos imitar um Épico?

— Vamos — Prof disse. — Eu gosto da ideia, da faísca dela. Só estou apontando problemas que teremos de resolver. Se esse... Holofote matar Coração de Aço, precisamos dar um jeito de garantir que, depois do fato, possamos convencer as pessoas de que fomos nós na verdade. Não é impossível, mas é por isso que tenho de trabalhar mais no plano, expandi-lo.

— Okay — concordei, relaxando. Então ainda estávamos no caminho certo. Um Épico falso... A alma do meu plano estava ali.

— Há um problema maior, infelizmente — Prof disse, batendo o giz na parede. — Seu plano exige que matemos Épicos da administração de Coração de Aço para ameaçá-lo e atraí-lo. Você indica que devemos fazer isso como prova de que um novo Épico chegou à cidade. Isso, entretanto, não vai funcionar.

— O quê? Por quê?

— Porque é o que os Executores fariam — Prof disse. — Matar Épicos de modo silencioso, nunca nos mostrando abertamente? Isso o deixará desconfiado. Precisamos pensar como um rival *de verdade* pensaria. Qualquer um que deseje Nova Chicago pensaria maior que isso. Qualquer Épico por aí pode ter sua própria cidade; não é tão difícil. Para querer Nova Chicago, você precisaria ser ambicioso. Deveria querer ser um *rei*. Teria que querer Épicos obedecendo às suas ordens. Por isso, matá-los um a um não faria sentido. Entende?

— Você iria querer todos vivos para que te seguissem — eu disse, entendendo devagar. — Cada Épico que matasse diminuiria seu poder quando controlasse Nova Chicago de fato.

— Exatamente — Prof concordou. — Punho da Noite, Tormenta de Fogo, talvez Confluência... eles terão que morrer. Mas você seria muito cuidadoso sobre quem mataria e quem tentaria subornar para o seu lado.

— Exceto pelo fato de *não podermos* suborná-los pro nosso lado — falei. — Não conseguiríamos convencê-los, a longo prazo, de que somos um Épico.

– Então você vê o outro problema – Prof disse.

Ele estava certo. Eu murchei, como refrigerante perdendo o gás num copo deixado descoberto a noite toda. Como não tinha visto esse buraco no meu plano?

– Eu estive trabalhando nesses dois problemas – Prof disse. – Se vamos imitar um Épico, e eu ainda acho que devemos, precisamos ser capazes de provar que estávamos por trás disso o tempo todo. Desse jeito, a verdade pode inundar Nova Chicago e se espalhar pelos Estados Fraturados a partir daqui. Não podemos simplesmente matá-lo; temos de nos filmar fazendo isso. E precisamos, no último minuto, enviar informações sobre o nosso plano para as pessoas certas ao redor da cidade, a fim de que elas saibam e confirmem a nossa história. Pessoas como Diamante, magnatas do crime não Épicos, pessoas com influência, mas sem conexão direta com o governo de Coração de Aço.

– Okay. Mas e o segundo problema?

– Precisamos atingir Coração de Aço onde dói – Prof disse –, mas não podemos planejar os ataques muito distantes um do outro, e não podemos nos focar nos Épicos. Devemos ter um ou dois ataques fortes que o façam sangrar, nos ver como uma ameaça, e precisamos fazê-los como um rival procurando tomar o lugar dele.

– Então...

Prof bateu na parede, rodando o texto do chão para que ficasse à sua frente. Bateu numa seção e parte do texto começou a brilhar, verde.

– Verde? – perguntei, divertido. – O que você tinha dito sobre gostar de coisas antiquadas, mesmo?

– Você pode usar giz colorido numa lousa – ele resmungou, enquanto circulava as palavras *sistema de esgoto*.

– Sistema de esgoto? – perguntei. Estava esperando algo um pouco mais grandioso, um pouco menos... de merda.

Prof concordou.

– Os Executores nunca atacam instalações; nós focamos apenas nos Épicos. Se atingirmos um dos pontos principais da infraestrutura da cidade, Coração de Aço vai acreditar que não são os Executores agindo contra ele, mas alguma outra força. Alguém especificamente tentando derrubar o seu governo: ou rebeldes na cidade ou outro Épico movendo-se no seu território. Nova Chicago funciona sob dois princípios: medo e estabilidade. A cidade tem a infraestrutura básica que muitas outras não têm, e isso atrai as pessoas para cá. O medo de Coração de Aço as mantém na linha. – Ele girou as palavras nas paredes de novo, trazendo uma rede de desenhos que tinha feito com "giz" na parede atrás de nós. Parecia uma planta simples. – Se começarmos a atacar sua infraestrutura, ele agirá contra nós mais rápido do que se atacarmos seus Épicos. Coração de Aço é esperto. Ele sabe por que as pessoas vêm para Nova Chicago. Se perder as coisas básicas, como esgoto, energia, comunicações, ele perderá a cidade.

Eu assenti devagar.

– Me pergunto por quê.

– Por quê? Acabei de explicar... – Prof parou, olhando para mim. Ele franziu o cenho. – Não é o que você quis dizer.

– Eu me pergunto por que ele se importa. Por que se dá tanto trabalho para criar uma cidade onde as pessoas querem viver? Por que ele se importa se elas têm comida, ou água, ou eletricidade? Ele nos mata de modo tão insensível, mas também garante que tenhamos o necessário pra viver.

Prof ficou em silêncio. Finalmente, ele balançou a cabeça.

– Do que adianta ser um rei se ninguém o segue?

Eu me lembrei do dia em que o meu pai morreu. *É o meu direito dominar as pessoas daqui...* Enquanto considerava isso, percebi algo sobre os Épicos. Algo que, apesar de todos os meus anos de estudo, eu nunca tinha entendido antes.

– Não é o bastante – Prof sussurrou. – Não é *o bastante* ter poderes divinos, ser funcionalmente imortal, poder curvar os elementos à sua vontade e voar pelo céu. Não é o bastante, a não ser que você possa usar isso para fazer outras pessoas te seguirem. De certo modo, os Épicos não seriam nada sem as pessoas comuns. Eles precisam de alguém para dominar; precisam de um jeito de exibir seus poderes.

– Eu odeio ele – falei entre dentes cerrados, embora não pretendesse falar em voz alta. Nem percebi que estivera pensando isso.

Prof olhou para mim.

– Que foi? – perguntei. – Vai me falar que a minha raiva não ajuda em nada? – As pessoas haviam tentado me dizer isso no passado, Martha principalmente. Ela dizia que a sede de vingança me consumiria.

— As suas emoções são problema seu, filho – Prof disse, virando-se. – Não me importa *por que* você luta, contanto que lute. Talvez a sua raiva vá consumi-lo até que você vire cinzas, mas melhor arder do que murchar sob o dedo de Coração de Aço. – Ele hesitou. – Além disso, mandá-lo parar seria um pouco como uma lareira mandando um forno ficar frio.

Eu assenti. Ele entendia. Ele sentia o mesmo.

— De todo modo, o plano agora está realinhado – Prof continuou. – Vamos atacar a estação de tratamento de esgoto, já que é a menos vigiada. O truque será garantir que Coração de Aço conecte o ataque ao Épico rival, e não apenas a rebeldes.

— Seria tão ruim se as pessoas pensassem que há uma rebelião?

— Para começar, isso não atrairia Coração de Aço – Prof disse. – E, caso achasse que as pessoas estão se rebelando, ele as faria pagar por isso. Não aceitarei que inocentes morram em retaliação por coisas que fizermos.

— Mas, quer dizer, não é esse o objetivo? Mostrar aos outros que nós podemos lutar? Na verdade, agora que estou pensando, talvez possamos nos estabelecer aqui em Nova Chicago de vez. Se vencermos, talvez possamos guiar a cidade, uma vez que...

— Pare.

Franzi a testa.

— Nós matamos Épicos, filho – Prof disse, com a voz subitamente baixa e intensa. – E somos bons nisso. Mas não coloque na cabeça que somos revolucionários, que vamos destruir o que existe e colocar a nós mesmos no lugar. No *instante* em que começarmos a pensar assim, perderemos o rumo. Queremos fazer os outros lutarem. Queremos inspirá-los. Mas não ousamos tomar esse poder para nós mesmos. Fim de história. Nós somos assassinos. Vamos arrancar Coração de Aço do seu palácio e encontrar um modo de arrancar o seu coração do peito. E, depois disso, deixaremos outra pessoa decidir o que fazer com a cidade. Não quero nenhuma parte nisso.

A ferocidade dessas palavras, embora ditas suavemente, calaram-me. Eu não sabia como responder. Porém, talvez Prof tivesse razão. Isso era sobre matar Coração de Aço. Precisávamos nos manter focados.

Ainda parecia estranho ele não ter me desafiado sobre a minha paixão por vingança. Prof era basicamente a primeira pessoa que não havia me lançado algum clichê sobre esse assunto.

– Tudo bem – concordei. – Mas acho que a estação de esgoto é o lugar errado para atacar.

– Onde você atacaria?

– A usina de energia.

– Bem vigiada demais. – Prof examinou as suas anotações, e vi que ele tinha uma planta da usina de energia também, com anotações ao redor do perímetro. Ele já tinha considerado isso.

Senti um entusiasmo súbito com a ideia de que nós dois pensávamos de jeitos parecidos.

– Se é bem vigiada – falei –, então explodir o local será ainda mais impressionante. E podemos roubar uma das células de energia de Coração de Aço enquanto estivermos lá. Trouxemos uma arma de Diamante, mas está seca. Precisa de uma fonte de energia forte pra fazê-la funcionar. – Ergui o celular na frente da parede e baixei o vídeo da arma de gauss disparando. O vídeo apareceu na parede, empurrando alguns dos rabiscos de giz de Prof para o lado, e começou a rodar.

Ele assistiu em silêncio, e, quando acabou, concordou com a cabeça.

– Então o nosso Épico falso terá poderes de energia.

– E é por isso que destruiria a usina – falei. – Está dentro do tema. – Os Épicos gostavam de temas e motivos.

– É uma pena o fato de que remover a usina não vai incapacitar a Patrulha – Prof comentou. – Confluência lhes fornece energia diretamente, assim como também para parte da cidade, mas temos informações de que faz isso carregando células de energia que estão guardadas aqui. – Ele puxou a planta da usina de energia. – Uma daquelas células poderia alimentar essa arma. Elas são muito compactas, e cada uma tem mais energia do que deveria ser fisicamente possível. Se explodirmos a estação, e o resto daquelas células, isso causará sérios danos à cidade. – Ele assentiu. – Eu gosto. Perigoso, mas gosto.

– Ainda vamos precisar matar Confluência – eu disse. – Faria sentido, mesmo para um Épico rival. Primeiro remover a estação de energia, então eliminar a força policial. Caos. Vai funcionar particularmente bem se pudermos matar Confluência usando aquela arma, num grande show de luzes.

Prof concordou com a cabeça.

– Vou precisar pensar mais – ele disse, erguendo uma mão e apagando o vídeo. Ele sumiu como se fosse desenhado com giz. Prof empurrou outra pilha de escritos para o lado e ergueu a caneta para começar a trabalhar. No entanto, ele parou e olhou para mim.

– Que foi?

Prof foi até a sua jaqueta de Executor, que estava sobre uma mesa, e tirou algo de debaixo dela. Voltou até mim e me deu o objeto. Uma luva. Um dos tensores.

– Você vem praticando? – ele perguntou.

– Não estou muito bom ainda.

– Fique melhor. Rápido. Não quero a equipe desfalcada, e parece que Megan não consegue fazer os tensores funcionarem.

Eu peguei a luva sem dizer nada, embora quisesse fazer a pergunta. *Por que não você, Prof? Por que se recusa a usar sua própria invenção?* Porém, a advertência de Thia para não fazer perguntas demais me fez segurar a língua.

– Eu confrontei Punho da Noite – falei de repente, só agora me lembrando da razão pela qual tinha vindo falar com Prof.

– Quê?

– Ele estava na loja de armas. Eu saí e fingi ser um dos ajudantes de Diamante. Eu... usei um escâner de digitais UV que ele tinha para confirmar a fraqueza de Punho da Noite.

Prof me estudou, o rosto não traindo qualquer emoção.

– Você teve uma tarde ocupada. Presumo que fez isso colocando em grande risco a equipe inteira?

– Eu... sim. – Melhor que ele ouvisse de mim do que de Megan, que sem dúvida relataria, com todos os detalhes, como eu tinha me desviado do plano.

– Você demonstra potencial – Prof disse. – Assume riscos, consegue resultados. Tem prova do que disse sobre Punho da Noite?

– Tenho uma gravação.

– Impressionante.

– Megan não ficou muito feliz.

– Megan gostava do jeito como as coisas eram antes – Prof disse. – Acrescentar um novo membro à equipe sempre perturba a dinâmica. Além disso, acho que ela está preocupada por você estar se saindo melhor que ela. E ainda está irritada por não ser capaz de fazer os tensores funcionarem.

Megan? Preocupada que *eu* estivesse me saindo melhor que *ela*? Prof não devia conhecê-la muito bem.

– Vá treinar, então – Prof disse. – Quero você hábil com o tensor quando atacarmos a usina de energia. E não se preocupe muito sobre Megan...

– Não vou. Obrigado.

– ... se preocupe comigo.

Eu congelei.

Prof começou a escrever na lousa e não se virou quando falava, mas suas palavras eram afiadas.

– Você conseguiu resultados arriscando a vida da minha equipe. Presumo que ninguém foi ferido, ou você já teria mencionado. Como eu disse, você demonstra potencial, mas, se causar a morte de um dos meus, David Charleston, Megan não será o seu problema. Eu não deixarei o suficiente de você para ela se incomodar.

Engoli. A minha boca tinha ficado subitamente seca.

– Confio em você com a vida deles – Prof continuou, ainda escrevendo –, e neles com a sua. Não traia essa confiança, filho. Mantenha seus impulsos sob controle. Não aja só porque pode; aja porque é a coisa certa a fazer. Se mantiver isso em mente, ficará bem.

– Sim, senhor – concordei, saindo com um passo rápido pela cortina da entrada.

21

– Como está o sinal? – Prof perguntou pelo fone.

Ergui a mão até a orelha.

– Bom – respondi. Estava usando o meu celular, recém-sintonizado com os celulares dos Executores e completamente protegido de Coração de Aço, no meu suporte de pulso. Além disso, havia ganhado uma das jaquetas. Era uma esportiva leve, preta e vermelha, embora fios cobrissem todo o revestimento interno e houvesse um pacote de energia costurado nas costas. Essa era a parte que estenderia um campo de impacto ao meu redor se eu fosse atingido com força.

Prof a criara pessoalmente para mim. Ele disse que a jaqueta me protegeria de uma queda baixa ou de uma explosão pequena, mas eu não devia tentar pular de um penhasco ou levar um tiro na cara. Eu não planejava fazer qualquer um dos dois, mesmo.

Eu a usava com orgulho. Eles nunca tinham me dito que eu fazia parte da equipe, mas era como se essas duas mudanças essencialmente dissessem isso. É claro, ir nessa missão era, talvez, um bom indicador também.

Dei uma olhada no celular; ele mostrava que eu estava na linha com Prof, apenas. Bater na tela podia me transferir para uma linha com toda a equipe, conectar-me a um único membro ou permitir que eu escolhesse falar só com alguns.

– Vocês estão em posição? – Prof perguntou.

– Sim. – Eu estava de pé num túnel escuro de puro aço, iluminado apenas pelo meu celular e o de Megan, adiante. Ela usava jeans escuros e a sua jaqueta de couro marrom, aberta na frente, sobre uma camiseta apertada. Estava inspecionando o teto.

– Prof – perguntei baixinho, virando-me –, tem certeza de que não posso ficar com Cody nessa missão?

– Cody e Thia são interferência – Prof respondeu. – Já discutimos isso, filho.

– Talvez eu pudesse ir com Abraham, então. Ou você. – Olhei de relance sobre o ombro, então falei ainda mais baixo. – Ela não gosta muito de mim.

– Eu não vou ter dois membros da equipe que não se dão bem – Prof retrucou, severo. – Vocês aprenderão a trabalhar juntos. Megan é profissional. Vai dar tudo certo.

Sim, ela é profissional, pensei. *Profissional demais.* Mas Prof não queria ouvir sobre isso.

Respirei fundo. Eu sabia que parte do meu nervosismo era por causa da missão. Uma semana se passara desde a minha conversa com Prof, e o resto dos Executores havia concordado que atacar a usina de energia – e imitar um Épico rival ao fazê-lo – era o melhor plano.

Chegara o dia. Entraríamos sorrateiramente e destruiríamos a usina de energia de Nova Chicago. Essa era a minha primeira operação Executora de verdade; eu finalmente fazia parte da equipe. E não queria ser o elo fraco.

– Você está bem, filho? – Prof perguntou.

– Aham.

– Estamos nos movendo. Ligue seu timer.

Programei o meu celular para uma contagem regressiva de dez minutos. Prof e Abraham iam invadir primeiro o outro lado da estação, onde ficava o equipamento pesado. Então se moveriam para cima, plantando explosivos. Na marca dos dez minutos, Megan e eu entraríamos e roubaríamos uma célula de energia para usarmos com a arma de gauss. Thia e Cody entrariam por último, pelo buraco que Prof e Abraham tinham aberto. Eles constituíam um time de apoio; prontos para nos ajudarem a sair se precisássemos, mas, se não, ficariam à distância nos dando informações e orientações.

Respirei fundo outra vez. Na mão oposta ao celular, eu usava o tensor de couro preto, com linhas verdes brilhantes que iam da ponta dos dedos até a palma. Megan me observou conforme eu percorria o túnel que Abraham cavara no dia anterior, durante uma missão de reconhecimento.

Mostrei a contagem regressiva a ela.

– Você tem certeza de que consegue fazer isso? – Megan me perguntou. Havia uma nota de ceticismo na voz dela, embora o seu rosto estivesse impassível.

– Estou bem melhor com os tensores – respondi.

– Você está esquecendo que eu assisti à maioria dos seus treinos.

– Cody não precisava daqueles sapatos – retruquei.

Ela ergueu uma sobrancelha para mim.

– Eu consigo – afirmei, indo até o fim do túnel, onde Abraham deixara um pilar de aço projetando-se do chão. Era pequeno o bastante para eu subir nele e atingir o teto baixo. O relógio continuava a contagem. Ficamos em silêncio. Mentalmente, considerei alguns jeitos de começar uma conversa, mas todos morreram nos meus lábios quando abri a boca. Cada vez, era confrontado pelo olhar vítreo de Megan. Ela não queria conversar. Queria fazer o trabalho.

Por que eu me importo?, perguntei-me, erguendo os olhos para o teto. *Exceto por aquele primeiro dia, ela nunca me demonstrou nada além de frieza e de um desdém ocasional.*

Mesmo assim… havia algo sobre ela. Mais do que o fato de ser linda, mais do que o fato de carregar pequenas granadas na blusa – o que eu ainda achava incrível, aliás.

Havia garotas na Fábrica. Mas, como todo mundo, elas eram complacentes. Diriam que estavam apenas "vivendo a sua vida", mas sentiam medo. Medo da Patrulha, medo de que um Épico as matasse.

Megan não parecia temer nada, nunca. Ela não fazia joguinhos com os homens, batendo os cílios ou dizendo coisas que não pensava de verdade. Em vez disso, fazia o que precisava ser feito e era muito boa nisso. Eu achava isso *incrivelmente* atraente. Queria explicar isso a ela, mas fazer as palavras saírem da minha boca era como tentar empurrar bolas de gude por um buraco de fechadura.

– Eu… – comecei.

Meu celular apitou.

– Vá – ela ordenou, olhando para cima.

Tentando me convencer de que não me sentia aliviado pela interrupção, ergui as mãos até o teto e fechei os olhos. Eu *estava* ficando melhor com os tensores. Ainda não era tão bom quanto Abraham, mas também não era mais uma vergonha. Pelo menos não na maior parte do tempo. Pressionei a palma aberta no teto de metal do túnel e empurrei, mantendo a mão no lugar quando as vibrações começaram.

O zumbido assemelhava-se ao ronronar ávido de um carro esportivo depois que se tinha dado a partida, mas deixado em ponto morto. Essa era outra das metáforas de Cody; eu tinha dito que a sensação lembrava uma instável máquina de lavar abrigando uma centena de chimpanzés epiléticos. Fiquei bastante orgulhoso dessa.

Empurrei e mantive a mão estável, cantarolando suavemente para mim mesmo no mesmo tom do tensor. Isso ajudava a me concentrar. Os outros não agiam assim, nem precisavam sempre manter a mão pressionada na parede. Em algum momento, eu queria aprender a usar os tensores como eles, mas o meu jeito serviria por enquanto.

As vibrações cresceram, mas as contive, segurando-as na mão. Eu as segurei até que parecesse que as minhas unhas iam chacoalhar e se descolar. Então retirei a mão da parede e, de alguma forma, *empurrei*.

Imagine segurar um enxame de abelhas na boca, então cuspi-las e tentar mantê-las apontadas em uma única direção apenas com a força do seu sopro e da sua vontade. Algo assim. Minha mão voou para trás e eu lancei as vibrações meio musicais para fora, na direção do teto, que chacoalhou e tremeu com um zumbido baixo. Poeira de aço choveu ao redor do meu braço, caindo ao chão como se alguém tivesse usado um ralador de queijo numa geladeira.

Megan cruzou os braços e observou, com uma única sobrancelha erguida. Eu me preparei para algum comentário frio e indiferente. Ela, porém, fez um aceno com a cabeça e disse:

– Bom trabalho.

– É, bem, sabe, eu venho praticando bastante. Não saio da academia de vaporização de parede e tal.

– Do quê? – Megan franziu a testa enquanto trazia a escada que havíamos levado.

– Deixa pra lá – falei, subindo a escada e enfiando a cabeça no porão da Estação Sete, a usina de energia. Eu nunca tinha estado dentro de nenhuma das estações da cidade, é claro. Elas eram como abrigos nucleares, cercadas por altas paredes e muros de aço. Coração de Aço gostava de manter as coisas sob um olhar vigilante; um lugar como esse não era apenas uma usina de força, havia escritórios governamentais nos pisos superiores, também. Todos cuidadosamente cercados, vigiados e observados.

O porão, felizmente, não tinha câmeras de vigilância. A maioria delas se localizava nos corredores.

Megan me passou o meu fuzil, e eu subi para o cômodo superior. Estávamos num depósito, escuro exceto por algumas daquelas luzes "sempre acesas" que os lugares tendem a... bem, deixar sempre acesas. Fui até a parede e bati um dedo no celular.

– Estamos dentro – disse baixinho.

– Bom – a voz de Cody me respondeu.

Corei.

– Desculpe. Queria ter falado isso para Prof.

– E falou. Ele me disse pra vigiar vocês. Ligue a transmissão de vídeo do seu fone.

O fone era do tipo que se enrolava atrás da cabeça e tinha uma pequena câmera projetando-se da minha orelha. Bati algumas vezes na tela do celular, ativando-o.

– Boa – Cody disse. – Thia e eu nos acomodamos aqui no ponto de entrada de Prof. – Prof gostava de contingências, e isso geralmente significava deixar uma ou duas pessoas à distância para criar distrações ou implementar planos se as equipes principais ficassem encurraladas.

– Não há muito o que fazer aqui – Cody continuou, o seu sotaque sulista mais forte do que nunca –, então vou te incomodar.

– Valeu – agradeci, olhando para Megan enquanto ela subia pelo buraco.

– Não há de quê, rapaz. E pare de encarar o decote de Megan.

– Eu não es...

– Só te zoando. Espero que continue. Vai ser divertido ver ela atirar no seu pé quando te pegar fazendo isso.

Desviei os olhos bruscamente. Para a minha sorte, não parecia que Cody tinha incluído Megan nessa conversa em particular. Na verdade, percebi que respirava com mais facilidade, agora que sabia que Cody nos vigiava. Megan e eu éramos os dois membros mais novos da equipe; se alguém precisava de orientação, éramos nós.

Megan carregava a nossa mochila nas costas, cheia das coisas de que precisaríamos para a infiltração. Ela empunhava uma pistola, a qual, sinceramente, seria mais útil em espaços apertados do que o meu fuzil.

– Pronto? – ela perguntou.

Eu assenti.

– Para quanto "improviso" da sua parte eu devo me preparar hoje? – Megan perguntou.

– Só para o quanto for preciso – resmunguei, erguendo a mão até a parede. – Se eu soubesse quando vai ser necessário, não seria improviso, não é? Seria planejamento.

Ela riu.

– Um conceito desconhecido para você.

– Desconhecido? Você não viu todos os cadernos com planos que eu trouxe à equipe? Sabe, aqueles que todos nós quase morremos pra recuperar?

Ela se virou, sem olhar para mim, e a sua postura se tornou rígida.

Faíscas de mulher, pensei. *Tente fazer sentido uma vez na vida.* Balancei a cabeça, encostando a mão na parede.

Um dos motivos pelos quais as estações da cidade eram consideradas impenetráveis era a segurança. Havia câmeras em todos os corredores e escadas; eu tinha pensado que iríamos hackear a segurança e mudar a transmissão das câmeras. Prof disse que certamente hackearíamos as transmissões para assistirmos a elas, mas mudá-las a fim de encobrir uma invasão raramente funcionava tão bem como nos filmes antigos. Coração de Aço não contratava seguranças estúpidos, e eles perceberiam se o vídeo estivesse se repetindo. Além disso, soldados patrulhavam os corredores.

No entanto, havia um jeito muito mais simples de garantir que não seríamos vistos: bastava nos mantermos longe dos corredores. Não havia câmeras na maior parte das salas, uma vez que a pesquisa e os experimentos realizados nelas eram mantidos em segredo, mesmo dos seguranças do prédio. Além disso, logicamente, se você mantivesse uma vigilância atenta em todos os corredores, conseguiria pegar invasores. De que outro modo as pessoas poderiam se mover de uma sala para a outra?

Eu ergui a mão e, concentrando-me, vaporizei um buraco de um metro na parede. Olhei através dele usando a luz do celular. Eu havia destruído alguns computadores na parede, e precisei empurrar uma mesa para o lado a fim de entrar, mas não havia ninguém lá dentro. A essa hora da noite, grande parte da usina estava desocupada, e Thia desenhara nossa rota com muito cuidado, com a meta de minimizar as nossas chances de nos depararmos com alguém.

Depois que rastejamos para dentro, Megan tirou algo da mochila e colocou na parede ao lado do buraco que eu havia feito. O objeto tinha uma luzinha vermelha, que piscava sinistramente. Nós devíamos colocar explosivos ao lado de cada buraco que criássemos, de modo que, quando detonássemos o prédio, fosse impossível descobrir sobre os tensores a partir dos destroços.

– Continuem se movendo – Cody disse. – Cada minuto de vocês aí dentro é mais um minuto em que alguém pode entrar num cômodo e se perguntar de onde vieram todos esses malditos buracos.

– Estou indo – respondi, passando o dedo pela tela do celular para abrir o mapa de Thia. Se continuássemos em frente por três salas, chegaríamos a uma escada de emergência com menos câmeras de segurança. Com sorte, poderíamos evitá-las desviando por algumas paredes e subindo dois andares. Então, precisaríamos seguir até o depósito principal para pegarmos as células de energia. Plantaríamos o resto dos explosivos, roubaríamos uma célula ou duas e fugiríamos.

– Você está falando sozinho? – Megan perguntou, vigiando a porta, com a arma no nível do peito e o braço reto e pronto para atirar.

– Diz pra ela que você tá escutando os demônios no seu ouvido – Cody sugeriu. – Sempre funciona pra mim.

– Cody está na linha – respondi, trabalhando na parede seguinte. – Fazendo um comentário encantador a cada passo. E me falando sobre demônios de ouvido.

Isso quase provocou um sorriso nela. Juro que vi um – por um momento, pelo menos.

— Demônios de ouvido são totalmente reais — Cody disse. — Eles que fazem microfones como esses funcionar. Também são eles que te dizem para comer a última fatia de torta quando você sabe que Thia a queria. Espere um segundo. Estou ligado no sistema de segurança, e há alguém vindo pelo corredor. Espere.

Eu congelei, então rapidamente aquietei o tensor.

— Sim, eles estão entrando na sala do lado — Cody disse. — As luzes já estão acesas. É capaz que haja mais alguém ali também, não sei dizer pela transmissão de segurança. Vocês podem ter escapado de uma boa aí... Ou melhor, escapado de precisar escapar de uma ruim.

— O que fazemos? — perguntei, tenso.

— Sobre Cody? — Megan perguntou, franzindo a testa.

— Cody, dá pra colocá-la na conversa também? — perguntei, exasperado.

— Você quer mesmo falar sobre o decote de Megan com ela na linha? — Cody perguntou, inocentemente.

— Não! Quer dizer, não fale sobre isso.

— Tá bom. Megan, tem alguém na sala ao lado.

— Opções? — ela perguntou, calma.

— Podemos esperar, mas as luzes já estão acesas. Meu palpite é que alguns cientistas resolveram trabalhar de madrugada.

Megan empunhou sua arma.

— Há... — comecei.

— Não, moçoila — Cody interrompeu. — Você sabe o que Prof pensa sobre isso. Atire nos guardas se precisar. Em mais ninguém. — O plano incluía disparar um alarme e evacuar o prédio antes de detonar os explosivos.

— Eu não precisaria atirar naquelas pessoas — Megan disse, calmamente.

— E o que mais faria, moçoila? — Cody perguntou. — Quer só apagá-las e deixá-las lá até explodirmos o prédio?

Megan hesitou.

— Okay — Cody disse. — Thia diz que há outro caminho. Mas vocês terão que subir por um poço de elevador.

— Maravilha — Megan resmungou.

Corremos de volta para a sala por onde havíamos entrado. Thia baixou um mapa novo para mim, com pontos onde usar o tensor, e eu comecei a trabalhar. Estava um pouco mais nervoso dessa vez. Iríamos encontrar cientistas e funcionários aleatórios por todo canto? O que *faríamos* se alguém nos surpreendesse? E se fosse algum faxineiro inocente?

Pela primeira vez na minha vida, me senti quase tão preocupado com o que *eu* poderia fazer quanto estava com o que alguém poderia fazer comigo. Era uma situação desconfortável. O que estávamos fazendo era, basicamente, terrorismo.

Mas nós somos os heróis, falei a mim mesmo, abrindo a parede e deixando Megan passar primeiro. Mas, claro: qual terrorista *não* pensava ser o herói? Estávamos fazendo algo importante, mas isso importaria para a família do faxineiro que matássemos acidentalmente? Enquanto nos apressávamos pela próxima sala escura – essa era um laboratório, com alguns béqueres e outros vidros –, não consegui me livrar dessas perguntas.

Por isso, concentrei-me em Coração de Aço. Naquele sorriso horrível e odioso. De pé com a arma que havia tomado do meu pai, o cano apontado para o humano inferior aos seus pés.

A imagem funcionou. Conseguia esquecer tudo o mais quando pensava nela. Não tinha todas as respostas, mas pelo menos eu tinha uma meta. Vingança? O que importava que ela fosse me consumir por dentro e me deixar vazio? Contanto que me encorajasse a tornar a vida melhor para todo mundo. Prof entendia isso. Eu entendia, também.

Chegamos ao poço do elevador sem incidentes, entrando por um depósito ao lado. Vaporizei um buraco grande na parede, então Megan enfiou a cabeça por ele e olhou para cima do poço alto e escuro.

– Então, Cody, há um jeito de subir?

– Sim. Apoios dos lados. Tem em todos os poços de elevador.

– Parece que alguém esqueceu de informar Coração de Aço sobre isso – falei, colocando a cabeça ao lado da de Megan. – As paredes são completamente lisas. Não há escadas nem nada assim. Nem cordas ou cabos.

Cody xingou.

– Então voltamos? – Megan perguntou.

Eu examinei as paredes de novo. A escuridão parecia se estender para sempre acima e abaixo de nós.

– Podemos esperar o elevador.

– Os elevadores têm câmeras – Cody apontou.

– Então vamos em cima dele – sugeri.

– Alertando as pessoas dentro do elevador quando pularmos sobre ele? – Megan perguntou.

– Podemos apenas esperar um que não tenha ninguém dentro – eu disse. – Os elevadores ficam vazios pela metade do tempo, certo? Eles respondem aos chamados das pessoas.

– Certo – Cody disse. – Prof e Abraham encontraram um pequeno problema; estão esperando uma sala ficar vazia pra poderem passar por ela. Prof diz que vocês podem esperar cinco minutos. Se nada acontecer até lá, vamos abandonar a missão.

– Okay – concordei, sentindo uma pontada de decepção.

– Vou dar um apoio visual pra eles – Cody disse. – Ficarei off-line por um tempo; me chamem se precisarem de mim. Vou ficar de olho no elevador. Se ele se mover, aviso vocês. – Houve um clique na linha quando Cody mudou de frequência, e nós começamos a esperar.

Ficamos ambos sentados em silêncio, nos esforçando para ouvir qualquer som do elevador se movendo, embora nunca fôssemos vê-lo antes de Cody, com suas transmissões de vídeo.

– Então... é sempre assim? – perguntei depois de alguns minutos ajoelhado ao lado de Megan, preso na sala, ao lado do buraco que tinha cavado no poço do elevador.

– Assim como? – ela perguntou.

– Toda essa espera.

– Mais do que você imagina – ela respondeu. – As missões que fazemos muitas vezes dependem de timing. Um bom timing exige muita espera. – Ela olhou para a minha mão, e percebi que eu vinha nervosamente batendo o dedo na parede.

Obriguei-me a parar.

– Você se senta – ela disse, a voz ficando mais suave – e espera. Revê o plano várias vezes, imagina-o na sua mente. E então, de qualquer jeito, ele geralmente dá errado.

Olhei para Megan, desconfiado.

– Que foi? – ela perguntou.

— Isso que você acabou de dizer. É exatamente o que eu penso também.

— E daí?

— E daí que, se algo geralmente dá errado, por que você sempre me critica por causa dos improvisos?

Os lábios dela se tornaram uma linha fina.

— Não – eu disse. – Chegou a hora de ser honesta comigo, Megan. Não só sobre esta missão, mas sobre tudo. Qual é o seu problema? Por que me trata como se me odiasse? Foi *você* que originalmente ficou do meu lado quando eu queria me juntar à equipe! Pareceu impressionada comigo no começo; Prof talvez nunca tivesse ouvido meu plano se você não tivesse dito o que disse. Mas, desde então, vem agindo como se eu fosse um gorila no seu buffet.

— Um... *quê*?

— Gorila no seu buffet. Sabe... comendo toda a sua comida? Incomodando você? Esse tipo de coisa?

— Você é uma pessoa muito especial, David.

— É, eu tomo um comprimido especial todo dia. Olha, Megan, *não vou* deixar isso quieto. Durante todo o tempo que passei com os Executores, parece que sempre fiz algo que te incomodava. Bem, o que é? O que fez você se virar contra mim?

Ela desviou os olhos.

— É a minha cara? – perguntei. – Porque é a única coisa em que consigo pensar. Quer dizer, você estava totalmente do meu lado depois do ataque a Fortuidade. Talvez seja a minha cara. Não acho que é uma cara muito ruim, comparada a outras, mas parece meio estúpida às vezes quando eu...

— Não é a sua cara – ela interrompeu.

— Não achei que fosse, mas preciso que você fale comigo. Diga alguma coisa. – *Porque eu acho você gostosa demais e não consigo entender o que deu errado.* Felizmente me contive antes de dizer essa parte em voz alta. E também mantive os olhos fixos na cabeça dela, só para o caso de Cody estar assistindo.

Ela não disse nada.

— Então? – insisti.

— Acabaram os cinco minutos – ela disse, olhando o celular.

– Não vou desistir disso tão fácil, isso...

– Acabaram os cinco minutos – Cody disse de repente, nos interrompendo. – Sinto muito, crianças. Essa missão é um fiasco. Ninguém está movendo os elevadores.

– Você não pode mandar um até a gente? – perguntei.

Cody riu.

– Estamos vendo as transmissões de segurança, rapaz, mas estamos longe de podermos controlar coisas no prédio. Se Thia conseguisse hackear o sistema a esse ponto, explodiríamos o prédio de dentro, controlando a usina ou algo do tipo.

– Ah. – Olhei para o poço cavernoso acima de nós. Parecia uma enorme garganta, esticando-se para cima... uma que precisávamos subir... o que nos tornava...

Má analogia. Muito má. De qualquer modo, senti algo se revirar no meu estômago. Eu odiava a ideia de desistir. Acima de nós ficava o caminho para destruir Coração de Aço. Atrás, havia mais espera, mais planejamento. Eu já passara anos planejando.

– Ah, não – Megan disse.

– Que foi? – perguntei, distraído.

– Você vai improvisar, não vai?

Estendi até o poço a mão que usava o tensor, pressionando a palma contra a parede, e comecei uma pequena vibração. Abraham havia me ensinado a fazer rajadas de tamanhos diferentes; ele dissera que um mestre com os tensores podia controlar as vibrações, criando padrões ou mesmo formas no seu alvo.

Empurrei a mão com força, aberta, sentindo a luva tremer. Mas não era apenas a luva, e sim minha mão inteira. Isso havia me confundido de início. Parecia que *eu* criava o poder, não a luva – ela só me ajudava a moldar a rajada de alguma forma.

Eu não podia fracassar, ou a operação estaria terminada. Isso deveria ter me estressado, mas não estressou. Por algum motivo, eu percebia que, quando as coisas se tornavam muito, muito tensas, eu conseguia relaxar com mais facilidade.

Coração de Aço ameaçador, em pé diante do meu pai. Um disparo. Eu *não ia desistir.*

A luva vibrou; um pouco de poeira caiu da parede ao redor da minha mão. Estendi os dedos e senti o que tinha feito.

— Um apoio — Megan disse suavemente, iluminando-o com a luz do celular.

— Quê, sério? — Cody perguntou. — Ligue a câmera, moçoila. — Um segundo depois, ele assobiou. — Você não vem sendo honesto comigo, David. Não achei que tinha praticado o suficiente para fazer algo assim. Talvez eu mesmo tivesse sugerido isso se achasse que você conseguiria.

Movi a mão para o lado e criei outro apoio, perto do primeiro, ao lado do buraco na parede. Fiz mais dois para os meus pés, então saltei do buraco na parede para dentro do poço do elevador, enfiando as mãos e os pés nos apoios.

Estendi o braço e fiz outro par de apoios acima. Subi, com o fuzil pendurado no ombro. *Não olhei* para baixo, apenas fiz outro par de apoios e continuei. Subir e esculpir com os tensores não era nada fácil, mas consegui moldar os jatos dos tensores a fim de criar um saliência na frente de cada apoio, tornando-os fáceis de agarrar.

— Prof e Abraham podem esperar um pouco mais? — Megan perguntou, de baixo. — David parece trabalhar num bom ritmo, mas podemos levar uns quinze minutos para subir.

— Thia está calculando — Cody respondeu.

— Bom, eu vou seguir David — Megan disse. A voz dela estava abafada. Olhei por cima do ombro; ela havia enrolado um lenço no rosto.

A poeira dos apoios; ela não quer inspirá-la. Inteligente. Eu estava com dificuldade em evitá-la, e poeira de aço *não parecia* uma coisa boa de se inalar. Abraham disse que poeira de tensor não era tão perigosa quanto parecia, mas ainda achei que não seria uma boa ideia inalá-la. Então, abaixei a cabeça e passei a segurar a respiração a cada vez que fazia um novo buraco.

— *Estou impressionado* — disse uma voz no meu ouvido. A voz de Prof. Ela quase me fez pular de susto, o que seria muito, muito ruim. Ele provavelmente tinha se conectado à minha transmissão visual com o celular, então podia ver as imagens gravadas pela câmera no meu fone.

— Esses buracos estão nítidos e bem formados — Prof continuou.

– Continue praticando e você vai ficar tão bom quanto Abraham. É capaz que já tenha superado Cody.

– Você parece preocupado com alguma coisa – falei, entre um apoio e outro.

– Não preocupado. Só surpreso.

– Precisava ser feito – expliquei, resmungando enquanto me puxava para cima de mais um andar.

Prof ficou em silêncio por alguns momentos.

– De fato, precisava. Olhe, vocês não podem descer de volta por essa mesma rota. Vai demorar demais, então terão de sair por outro caminho. Thia vai dizer por onde. Aguardem a primeira explosão.

– Afirmativo – eu disse.

– E, David – Prof acrescentou.

– Sim?

– Bom trabalho.

Eu sorri, puxando-me para cima de novo.

Continuamos assim, subindo pelo poço do elevador. Fiquei preocupado com a possibilidade de o elevador descer em algum momento, mas, mesmo se fizesse isso, não nos pegaria por poucos centímetros. Estávamos do lado do poço onde *deveria* haver uma escada. Eles só não tinham instalado uma.

Talvez Coração de Aço tenha assistido aos mesmos filmes que eu, pensei com uma careta quando finalmente passamos o segundo andar. Só faltava mais um.

Meu celular deu um clique no meu ouvido. Olhei para o meu pulso: alguém silenciara o nosso canal.

– Não gosto do que você fez com a equipe – Megan disse, com a voz abafada.

Olhei para ela por cima do ombro. Ela usava a mochila com o nosso equipamento, e o nariz e a boca estavam cobertos pelo lenço. Aqueles olhos me fuzilavam, suavemente iluminados pelo brilho do celular preso ao antebraço dela. Olhos lindos, espiando por cima do lenço que a cobria como uma mortalha.

E um abismo enorme e negro se estendia por trás dela. Uau. Oscilei, atordoado.

– Slontze! – ela chamou. – Concentre-se.

– Foi você que falou! – sussurrei, virando-me de volta. – O que quer dizer com "não gosta do que eu fiz com a equipe"?

– Antes de você aparecer, nós íamos sair de Nova Chicago – Megan respondeu de baixo. – Matar Fortuidade, então ir embora. Você nos fez ficar.

Continuei escalando.

– Mas...

– Cale a boca e me deixe falar agora.

Calei a boca.

– Eu me juntei aos Executores para matar Épicos que mereciam morrer – Megan continuou. – Nova Chicago é um dos lugares mais seguros e estáveis em todos os Estados Fraturados. Não acho que devemos matar Coração de Aço, e não gosto do fato de você ter desviado a equipe pra lutar essa sua guerra pessoal contra ele. Ele é brutal, sim, mas está fazendo um trabalho melhor que a maioria dos Épicos. Não merece morrer.

As palavras me chocaram. Ela não achava que devíamos matar Coração de Aço? Ele não *merecia* morrer? Era insano. Resisti à vontade de olhar para baixo de novo.

– Posso falar agora? – perguntei, fazendo outro par de apoios.

– Tá bem, pode.

– Você está *louca*? Coração de Aço é um monstro.

– Sim, admito isso. Mas ele é um monstro *eficaz*. Olhe, o que você está fazendo hoje?

– Destruindo uma usina de energia.

– E quantas cidades por aí ainda têm usinas de energia? – ela perguntou. – Você sabe?

Continuei subindo.

– Eu cresci em Portland – Megan disse. – Você sabe o que aconteceu lá?

Eu sabia, mas não respondi. Não tinha sido bom.

– A guerra por território entre os Épicos deixou a cidade em ruínas – ela continuou, com a voz mais suave agora. – Não restou nada, David. *Nada*. Oregon inteiro é um deserto; até as árvores sumiram. Não há usinas de energia, estações de tratamento de esgoto ou mercados. É isso que Nova Chicago se tornaria se Coração de Aço não tivesse assumido o controle.

Continuei escalando, sentindo o suor escorrendo por trás do pescoço. Pensei sobre a mudança em Megan – ela se tornara fria comigo depois que falei pela primeira vez sobre matar Coração de Aço. As vezes em que ela tinha sido pior comigo foram quando estávamos fazendo avanços: no momento em que fomos pegar os meus planos e assim que descobri como matar Punho da Noite.

Não foram os meus "improvisos" que a colocaram contra mim. Foram as minhas intenções. Os meus sucessos em convencer a equipe a atacar Coração de Aço.

– Eu não quero ser a causa de algo como Portland acontecendo de novo – Megan continuou. – Sim, Coração de Aço é terrível. Mas é terrível em um nível com o qual as pessoas podem conviver.

– Então por que você não saiu da equipe? – perguntei. – Por que está aqui?

– Porque sou uma Executora – ela respondeu. – E não é a minha tarefa contradizer Prof. Eu farei o meu trabalho, Joelhos, e o farei bem. Mas, desta vez, estamos cometendo um erro.

Ela estava usando aquele apelido comigo de novo. Na verdade, parecia um bom sinal, uma vez que ela só parecia usá-lo quando estava menos irritada. Era quase afetuoso, não era? Eu gostaria apenas que o apelido não fosse uma referência a algo tão vergonhoso. Por que não... Super-Ótimo-Atirador? Soava muito bem, não?

Subimos o resto do caminho em silêncio. Megan ligou a nossa transmissão de áudio para o resto da equipe de volta, o que parecia uma indicação de que a conversa tinha acabado. Talvez tivesse – eu com certeza não sabia mais o que dizer. Como ela podia achar que viver sob o comando de Coração de Aço era uma coisa *boa*?

Eu pensei nas outras crianças na Fábrica, nas pessoas das sub-ruas. Imaginei que muitas delas pensariam do mesmo jeito – elas vieram para cá sabendo que Coração de Aço era um monstro, mas ainda achavam a vida melhor em Nova Chicago do que em outros lugares.

Só que elas eram complacentes, e Megan era tudo menos isso. Era ativa, incrível, capaz. Como *ela* podia pensar da mesma forma? Isso balançou o que eu sabia do mundo – pelo menos, o que eu achava saber. Os Executores deviam ser diferentes.

E se ela estivesse certa?

– Ah, *faíscas*! – Cody exclamou de repente no meu ouvido.

– Que foi?

– Temos problemas, rapaz. É...

Nesse momento, as portas para o poço do elevador logo acima, no terceiro andar, se abriram. Dois guardas de uniforme foram até a beirada e examinaram a escuridão abaixo.

22

— Estou te dizendo, eu ouvi alguma coisa — um dos guardas disse, estreitando os olhos enquanto examinava o poço. Ele parecia olhar diretamente para mim. Porém, estava escuro; mais escuro do que pensei que estaria, com as portas abertas.

— Não tô vendo nada — o outro respondeu. Sua voz ecoou suavemente.

O primeiro tirou uma lanterna do cinto.

Meu coração deu um pulo. *Uh-oh...*

Pressionei a mão na parede; foi a única coisa que consegui pensar em fazer. O tensor começou a vibrar, e tentei me concentrar, mas era *difícil* com eles lá em cima. A lanterna clicou.

— Viu? Tá ouvindo isso?

— Parece a fornalha — o segundo guarda respondeu, seco.

Minha mão chacoalhando contra a parede de fato criava um tipo de som metálico. Fiz uma careta, mas continuei. A luz da lanterna brilhou no poço, e quase perdi o controle da vibração.

Era impossível eles não terem me visto com aquela luz. Estavam próximos demais.

— Não tem nada aí — o guarda resmungou.

Quê? Eu olhei para cima. De algum modo, apesar de estarem a uma curta distância de mim, parecia que não tinham me visto. Franzi a testa, confuso.

— Há — o outro guarda disse. — Mas eu *estou* ouvindo um barulho.

— É do... você sabe — o primeiro guarda respondeu.

– Ah – o outro falou. – Certo.

O primeiro guarda colocou a lanterna de volta no lugar, no seu cinto. Como era possível ele não ter me visto? A lanterna estava apontada bem na minha direção.

Os dois se afastaram da abertura e deixaram as portas se fecharem.

O quê, em nome dos fogos de Calamidade, foi isso?, pensei. Era possível que eles realmente não tivessem nos visto na escuridão?

Meu tensor disparou.

Eu havia me preparado para vaporizar um buraco na parede capaz de nos esconder – e de nos tirar da linha de fogo, se chegasse a tanto. Porém, como não me foquei na rajada, tirei um pedaço grande da parede à minha frente, e, em um instante, o meu apoio de mão desapareceu. Agarrei a beirada do buraco que tinha feito, mal conseguindo me segurar.

Um jato de poeira caiu em mim e desabou sobre Megan, em uma chuva enorme. Agarrando-me com força na beirada do buraco, olhei para baixo e a vi me encarando com raiva, piscando poeira para fora dos olhos. A sua mão parecia se mover lentamente até a arma.

Calamidade!, pensei com um susto. O lenço e a pele dela estavam cobertos de poeira prata, e os seus olhos transmitiam fúria. Não acho que já tenha visto uma expressão como aquela nos olhos de uma pessoa antes – não dirigida a mim, pelo menos. Era como se eu conseguisse sentir o ódio que emanava dela.

A mão de Megan continuava se movendo lentamente na direção da arma ao seu lado.

– M-Megan? – perguntei.

A mão dela parou. Não sabia ao certo o que eu tinha visto, mas sumiu em um instante. Ela piscou, e a sua expressão se suavizou.

– Você precisa prestar atenção no que está destruindo, Joelhos – ela rosnou, erguendo a mão para limpar um pouco da poeira do rosto.

– É – concordei, então olhei de volta para o buraco no qual me segurava. – Ei, tem uma sala aqui! – Ergui o celular, iluminando o buraco para enxergar melhor.

Era uma sala pequena. Algumas mesas ordenadas, equipadas com terminais de computador, ladeavam uma parede, e arquivos margeavam a outra. Havia duas portas, uma delas de segurança feita de metal e reforçada com uma fechadura digital com teclado.

— Megan, definitivamente há uma sala aqui. E não parece ter ninguém aqui dentro. Vamos. — Eu me impulsionei para cima e engatinhei pelo buraco.

Assim que entrei, ajudei Megan a subir e a sair do poço. Ela hesitou antes de aceitar a minha mão e, quando estava dentro, passou por mim sem uma palavra. Parecia ter voltado à sua frieza habitual, talvez até um pouco rude.

Eu me ajoelhei ao lado do buraco que se abria para o poço do elevador. Não podia me livrar da sensação de que algo muito estranho acabara de acontecer. Primeiro o guarda não nos vira, então Megan passara de honesta a totalmente fechada, em questão de segundos. Será que estava pensando no que tinha acabado de compartilhar comigo? Será que estava preocupada que eu fosse contar a Prof que ela não apoiava a ideia de matar Coração de Aço?

— O que *é* esse lugar? — Megan perguntou, do centro da pequena sala. O teto era tão baixo que ela quase precisava se curvar; eu definitivamente precisaria. Megan desenrolou o lenço, liberando uma nuvem de poeira de metal, fez uma careta e, então, começou a sacudir as roupas.

— Não faço ideia — respondi, checando o meu celular e o mapa que Thia havia baixado nele. — Esta sala não está no mapa.

— Teto baixo — Megan disse. — Porta de segurança com código. Interessante. — Ela jogou a mochila dela para mim. — Coloque um explosivo no buraco que você fez. Vou ver o que há por aqui.

Vasculhei na mochila em busca de um explosivo, enquanto ela abria a porta que não tinha um teclado de segurança e a atravessava. Prendi o pequeno dispositivo no buraco que havia feito, notando alguns fios expostos na porção inferior da parede.

Eu os acompanhei e estava soltando uma seção do chão quando Megan voltou.

— Há duas salas como esta — ela disse. — Sem ninguém, pequenas e construídas ao lado do poço do elevador. Imagino que seria aqui que o equipamento da fornalha e a manutenção do elevador deveriam ficar, mas, em vez disso, eles esconderam algumas salas e as tiraram da planta do prédio. Eu me pergunto se há espaço entre os outros andares... se há câmaras escondidas lá também.

– Veja isso – eu disse, apontando para o que tinha descoberto.

Ela se ajoelhou ao meu lado e observou a parede e a fiação.

– Explosivos – Megan falou.

– A sala *já está* preparada para explodir – eu disse. – Assustador, hein?

– O que quer que seja mantido aqui – ela começou – deve ser importante. Tão importante que vale a pena destruir a usina inteira para evitar sua descoberta.

Ambos olhamos para os computadores.

– O que vocês estão fazendo? – A voz de Cody voltou para a transmissão.

– Encontramos uma sala – comecei –, e...

– Continuem se movendo – Cody me cortou. – Prof e Abraham acabaram de encontrar alguns guardas e foram obrigados a atirar. Os corpos estão escondidos, mas alguém logo vai perceber a falta deles. Com sorte temos alguns minutos antes que alguém perceba que os guardas não estão mais patrulhando.

Eu xinguei, enfiando a mão no bolso.

– O que é isso? – Megan perguntou.

– Um dos detonadores universais que peguei com Diamante – respondi. – Quero ver se funcionam. – Nervoso, usei minha fita isolante elétrica para enfiar a pequena ponta arredondada nos explosivos que tínhamos encontrado sob o chão. No meu bolso eu carregava o gatilho, aquele que parecia uma caneta.

– Pelo mapa que Thia nos deu – Megan disse –, estamos só a duas salas do depósito com células de energia, mas um pouco abaixo dele.

Nós nos entreolhamos, então nos separamos para esquadrinhar a câmara escondida. Não havia muito tempo, mas precisávamos pelo menos *tentar* descobrir que informações o lugar continha. Ela abriu um arquivo e apanhou algumas pastas. Em um segundo, eu estava abrindo as gavetas das mesas. Algumas tinham chips de dados. Eu os apanhei, acenei-os na direção de Megan, e então os joguei dentro da mochila. Ela também jogou as pastas lá dentro, e examinou outra mesa enquanto eu erguia uma das mãos para a parede da direita, criando um buraco para nós.

Como a câmara escondida se localizava entre dois andares, eu não tinha certeza de onde estava em relação ao resto do prédio. Abri um buraco na parede na direção que queríamos seguir, mas o fiz perto do teto.

Ele se abriu para uma sala no terceiro andar, porém perto do chão. Havia alguma sobreposição entre nossa sala oculta e o terceiro andar. Dando uma olhada no mapa, pude ver como eles a tinham escondido. Na planta, o poço do elevador era mostrado como levemente maior do que, na verdade, era. Também incluía um poço de manutenção que não existia – o que explicava a falta de apoios no elevador. Os construtores imaginaram que o poço de manutenção forneceria um modo de trabalhar no elevador, sem saber que a sala oculta ocuparia esse espaço.

Megan e eu subimos pelo buraco até o terceiro andar. Atravessamos a sala – uma sala de conferências de algum tipo – e passamos por outra, que era uma estação de monitoramento. Vaporizei a parede e abri um buraco que revelou um depósito longo, de teto baixo. Este era o nosso alvo: a sala onde as células de energia eram mantidas.

– Estamos dentro – Megan disse a Cody enquanto nos esgueirávamos para o depósito. Ele estava lotado de estantes, e sobre elas havia várias peças de equipamento elétrico, mas nenhuma era o que procurávamos.

Fomos em direções diferentes, procurando com pressa.

– Ótimo – Cody disse. – As células de energia devem estar aí em algum lugar. Procurem cilindros com cerca de uma mão de largura, da altura de uma bota.

Avistei alguns armários grandes na parede do fundo, com cadeados nas portas.

– Podem estar aqui – falei para Megan, indo na direção deles. Rapidamente dei um jeito nos cadeados com o tensor e abri as portas enquanto ela se juntava a mim. Dentro de um dos armários, havia uma coluna alta de cilindros verdes empilhados de lado. Cada cilindro parecia vagamente com um cruzamento entre um barril de cerveja muito pequeno e a bateria de um carro.

– São as células de energia – Cody disse, parecendo aliviado. – Estava meio receoso de que não houvesse nenhuma. Ainda bem que trouxe meu trevo de quatro folhas para essa operação.

– Trevo de quatro folhas? – Megan bufou, enquanto tirava algo da mochila.

– É claro. Lá da terra natal.

– Esses são os irlandeses, Cody, não os escoceses.

– Eu sei – Cody respondeu, sem hesitar. – Tive que matar um irlandês para conseguir o meu.

Peguei uma das células de energia.

– Elas não são tão pesadas quanto imaginei – eu disse. – Certeza de que vão ser suficientes para alimentarem a arma de gauss? Aquela coisa precisa de *muita* energia.

– Essas células foram carregadas por Confluência – Cody falou no meu ouvido. – São mais poderosas, em magnitude, do que qualquer coisa que construíssemos ou comprássemos. Se elas não funcionarem, nada funcionará. Peguem todas que conseguirem carregar.

Elas podiam não ser tão pesadas quanto eu tinha imaginado, mas ainda eram meio volumosas. Tiramos o resto do equipamento da mochila de Megan, então pegamos uma sacola menor que tínhamos enfiado no fundo. Consegui colocar quatro das células na mochila, enquanto Megan transferia o resto do nosso equipamento – alguns explosivos, cordas e um pouco de munição – para a sacola menor. Havia também alguns jalecos de laboratório para disfarces. Deixei esses de fora, pois suspeitei que precisaríamos deles para escapar.

– Como estão Prof e Abraham? – perguntei.

– De saída – Cody respondeu.

– E a nossa extração? Prof disse que não deveríamos voltar pelo poço do elevador.

– Vocês têm os jalecos? – Cody perguntou.

– Sim – Megan disse. – Mas, se andarmos pelos corredores, eles podem gravar os nossos rostos.

– É um risco que teremos que correr – Cody informou. – A primeira explosão vai acontecer em dois minutos.

Coloquei o jaleco rapidamente e me agachei para Megan me ajudar a pôr a mochila com as células de energia nas costas. Estava pesada, mas eu ainda conseguia me mover razoavelmente bem. Megan vestiu o seu próprio jaleco. Caía bem nela, mas praticamente qualquer coisa cairia. Ela pendurou a sacola mais leve no ombro, então olhou para meu fuzil.

– Pode ser desmontado – expliquei enquanto puxava a coronha do fuzil. Então, tirei o pente e removi o cartucho da câmara. Deslizei a trava de segurança só pra garantir, e, em seguida, enfiei os pedaços na sacola dela.

Os jalecos eram bordados com o logo da Estação Sete, e ambos estavam acompanhados por crachás de segurança falsos. Os disfarces nunca nos teriam feito entrar – a segurança era rigorosa demais – mas, em um momento de caos, eles deveriam nos permitir escapar.

O prédio balançou com um estrondo assustador – explosão número um. Essa, em vez de infligir danos reais, era principalmente para incitar uma evacuação.

– Vão! – Cody gritou nos nossos ouvidos.

Vaporizei a fechadura da porta e nós emergimos no corredor. As pessoas espiavam para fora das portas – parecia um andar bem ocupado, mesmo à noite. Algumas delas usavam os macacões azuis da equipe de limpeza, mas outras eram técnicos em jalecos de laboratório.

– Explosão! – fiz o melhor que pude para soar em pânico. – Alguém está atacando o prédio!

O caos começou imediatamente, e logo fomos arrastados pela multidão fugindo do prédio. Cerca de trinta segundos depois, Cody acionou a segunda explosão em um dos andares acima. O chão tremeu, e as pessoas no corredor ao nosso redor gritaram, olhando para o teto. Algumas das cerca de doze pessoas agarravam pequenos computadores ou pastas.

Na verdade, não havia nada a temer. Essas explosões iniciais tinham sido colocadas em locais despovoados, que não derrubariam o prédio. Haveria quatro delas, e todas foram dispostas de modo que os civis se dirigissem à saída da estrutura. Então, as explosões reais poderiam começar.

Fizemos uma fuga apressada por corredores e escadas, tomando cuidado para mantermos a cabeça abaixada. Algo parecia estranho naquele lugar, e, enquanto corria, percebi o que era. O prédio era limpo. O chão, as paredes, as salas... eram limpos demais. Eu não notara isso quando entramos porque estava escuro, mas, na luz, tornava-se nítido. As sub-ruas nunca eram limpas desse jeito. Não parecia certo que tudo estivesse tão esfregado, tão arrumado.

Conforme corríamos, ficou claro que o lugar era tão grande que qualquer funcionário não conheceria todos que trabalhavam lá, e, embora nossas informações dissessem que os seguranças tinham o rosto dos funcionários em portfólios que checavam com transmissões de segurança, ninguém nos questionou.

A maior parte dos seguranças corria com a multidão crescente, tão preocupada com as explosões quanto todos os outros, e isso acalmou ainda mais os meus temores.

Como um grupo, descemos correndo o último lance de escadas e saímos no lobby.

— O que está acontecendo? — um segurança gritou. Ele estava de pé com a arma empunhada e mirando. — Alguém viu alguma coisa?

— Um Épico! — Megan respondeu, ofegante. — Usando verde! Eu o vi andando pelo prédio e lançando rajadas de energia!

A terceira explosão foi acionada, fazendo o prédio tremer, seguida por uma série de explosões menores. Outros grupos de pessoas saíram correndo de escadas adjacentes e dos corredores do andar térreo.

O guarda xingou, então fez o mais inteligente: correu também. Não seria esperado que ele enfrentasse um Épico — na verdade, podia até ter problemas se o fizesse, mesmo se esse Épico trabalhasse contra Coração de Aço. Homens comuns deixavam os Épicos em paz, e ponto. Nos Estados Fraturados, essa era uma lei maior que todas as outras.

Saímos correndo do prédio e emergimos no pátio. Olhei para trás e vi um rastro de fumaça erguendo-se da enorme estrutura. Enquanto observava, outra sequência de pequenas explosões foi disparada numa série de janelas de um dos andares superiores, todas verdes. Prof e Abraham não tinham só plantado bombas, tinham plantado um show de luzes.

— *É mesmo* um Épico — uma mulher perto de mim sussurrou. — Quem seria tão tolo...?

Eu sorri para Megan, e nós nos juntamos à horda de pessoas correndo para os portões do muro que cercava o pátio. Os guardas tentavam conter as pessoas, mas, quando a próxima explosão soou, eles desistiram e abriram os portões. Megan e eu seguimos os outros até as ruas escuras da cidade, deixando o prédio fumegante para trás.

– As câmeras de segurança ainda estão funcionando – Cody relatou no canal aberto a todos nós. – O prédio continua em evacuação.

– Contenha as últimas explosões – Prof disse, calmamente. – Mas exploda os folhetos.

Houve um *pop* baixo vindo de trás, e eu sabia que os folhetos proclamando a chegada de um novo Épico à cidade tinham sido lançados dos andares superiores e agora flutuavam para a cidade abaixo. Holofote, eles o chamavam – o nome que eu escolhera. O folheto estava cheio de dizeres exigindo que Coração de Aço se revelasse e afirmando que Holofote era o novo mestre de Nova Chicago.

Megan e eu fomos até o nosso carro antes que Cody desse a ordem. Subi no lado do motorista e Megan me seguiu pela mesma porta, empurrando-me para o assento do passageiro.

– Eu sei dirigir – falei.

– Você destruiu o último carro dando uma volta no quarteirão, Joelhos – ela retrucou, ligando o veículo. – Derrubou duas placas, se não me engano. E acho que vi os restos de algumas lixeiras enquanto fugíamos. – Havia um leve sorriso nos lábios de Megan.

– Não foi culpa minha – justifiquei-me, eletrizado com o nosso sucesso enquanto olhava para a Estação Sete erguendo-se no céu escuro. – As lixeiras estavam totalmente pedindo por aquilo. Slontzes atrevidas.

– Vou acionar a grande – Cody informou no meu ouvido.

Uma série de explosões soou no prédio, incluindo, imaginei, os explosivos que eu e Megan tínhamos plantado. O prédio estremeceu, e fogos ardiam nas janelas.

– Hã – Cody disse, confuso. – Não derrubou o prédio.

– Foi o suficiente – Prof respondeu. – As evidências da nossa incursão desapareceram, e a usina não vai operar tão cedo.

– É – Cody concordou. Eu podia ouvir a decepção na voz dele. – Só queria que fosse um pouco mais dramático.

Tirei a caneta detonadora do bolso. Provavelmente não faria nada – os explosivos colocados nas paredes provavelmente já haviam disparado aqueles no chão. Mesmo assim, cliquei o topo da caneta.

A explosão que se seguiu foi cerca de dez vezes mais forte que a anterior. Nosso carro sacudiu, e destroços foram lançados sobre a cidade, poeira e pedaços de rocha chovendo sobre nós. Megan e eu nos viramos nos assentos para ver o prédio cair com um som horrível.

– Uau – Cody disse. – Olhe só isso. Acho que algumas das células de energia explodiram.

Megan olhou pra mim, depois para a caneta, então revirou os olhos. Em segundos, estávamos disparando pela rua na direção oposta à dos caminhões de bombeiros e das equipes de emergência, dirigindo-nos ao ponto de encontro com os outros Executores.

PARTE 3

23

Eu grunhi, puxando a corda com uma das mãos sobre a outra. Um rangido choroso vinha do sistema de polias a cada puxão, como se eu tivesse amarrado um rato infeliz a um instrumento de tortura e o torcesse para me divertir.

A construção tinha sido montada perto do túnel que levava ao esconderijo dos Executores e era o único jeito de entrar ou sair dali. Fazia cinco dias desde o nosso ataque à usina de energia, e tínhamos ficado fora de ação durante a maior parte deles, planejando o nosso próximo passo: o ataque a Confluência para enfraquecer a Patrulha.

Abraham acabara de voltar de uma missão de abastecimento.

O que significava que eu tinha parado de ser um dos especialistas em tensores da equipe e começado a atuar como uma fonte de trabalho adolescente grátis.

Continuei puxando, o suor escorregando da minha testa e começando a encharcar a minha camiseta. Por fim, o caixote apareceu das profundezas do buraco, e Megan o tirou das polias, carregando-o para dentro da sala. Eu soltei a corda, mandando-a junto à tábua com as polias de volta pelo túnel para que Abraham amarrasse outra caixa de provisões.

– Quer pegar o próximo? – perguntei para Megan, enxugando o rosto com uma toalha.

– Não – ela respondeu, calmamente. Levou o caixote até um carrinho, puxando-o para colocá-lo com os outros.

– Tem certeza? – perguntei, com os braços doendo.

– Você está fazendo um trabalho tão bom – ela disse. – E é um bom exercício. – Megan abaixou o caixote, então se sentou em uma cadeira, erguendo os pés e apoiando-os na mesa enquanto tomava um gole de limonada e lia um livro no seu celular.

Eu balancei a cabeça. Ela era inacreditável.

– Pense que você está sendo um cavalheiro – Megan falou distraidamente, batendo na tela para descer o texto. – Protegendo uma garota indefesa da dor e tudo o mais.

– Indefesa? – perguntei, enquanto Abraham me chamava lá de baixo. Suspirei, então comecei a puxar a corda de novo.

Ela assentiu.

– De um modo abstrato.

– Como alguém pode ser *abstratamente* indefeso?

– Exige muito esforço – Megan respondeu, tomando um gole da bebida. – Só *parece* fácil. Assim como arte abstrata.

Eu grunhi.

– Arte abstrata? – perguntei, puxando a corda com esforço.

– É. Sabe, um cara pinta uma linha preta numa tela, chama de metáfora e ela é vendida por milhões.

– Isso nunca aconteceu.

Ela olhou para mim, divertida.

– Claro que aconteceu. Você nunca aprendeu sobre arte abstrata na escola?

– Eu estudei na Fábrica – lembrei-a. – Matemática básica, leitura, geografia, história. Não havia tempo pra mais nada.

– Mas antes disso. Antes de Calamidade.

– Eu tinha 8 anos – falei. – E morava no centro de Chicago, Megan. Minha educação envolvia principalmente aprender como evitar gangues e como manter a cabeça abaixada na escola.

– Era isso que você aprendia aos *8 anos*? Na escola primária?

Dei de ombros e continuei puxando. Ela parecia perturbada pelo que eu dissera, embora, eu admito, eu tenha me sentido perturbado pelo que ela havia dito. As pessoas não tinham realmente pagado tanto dinheiro por coisas tão simples, tinham? Eu estava perplexo. As pessoas pré-Calamidade eram muito estranhas.

Puxei o próximo caixote para cima e Megan saltou da sua cadeira para movê-lo. Imaginei que ela não estava conseguindo ler muito, mas não parecia incomodada pelas interrupções. Eu a observei, tomando um longo gole da minha xícara de água.

As coisas estavam... diferentes entre nós desde a confissão dela no poço do elevador. De muitos modos, ela se comportava de maneira mais relaxada perto de mim, o que não fazia muito sentido. As coisas não deveriam estar mais desconfortáveis? Eu sabia que ela não apoiava a nossa missão. Isso parecia meio importante para mim.

Mas ela realmente *era* profissional. Não concordava que Coração de Aço deveria morrer, mas não abandonou os Executores nem pediu transferência a outra célula Executora. Eu não sabia quantas dessas existiam – aparentemente só Thia e Prof sabiam –, mas havia pelo menos uma outra.

De todo modo, Megan permaneceu com a equipe e não deixava que os seus sentimentos a distraíssem do trabalho. Ela podia não concordar que Coração de Aço precisava morrer, mas, pelo que eu havia conseguido tirar dela, acreditava na luta contra os Épicos. Era como um soldado que acreditava que uma batalha não era taticamente sólida, mas, mesmo assim, apoiava os generais o bastante para lutar.

Eu a respeitava por isso. Faíscas, gostava dela cada vez mais. E, embora Megan não estivesse particularmente afetuosa comigo nos últimos dias, não estava mais abertamente hostil e fria. Isso me deixava espaço para empregar alguma magia sedutora. Pena que eu não conhecia nenhuma.

Ela pôs o caixote no lugar e esperei Abraham gritar para eu começar a puxar de novo. Em vez disso, ele apareceu na boca do túnel e começou a soltar o sistema de polias. Seu ombro fora curado do tiro usando o por-um-fio, o dispositivo Executor que ajudava a pele a sarar extraordinariamente rápido.

Eu não sabia muito sobre ele, embora tivesse falado com Cody a respeito disso – ele o chamava de "o último dos três". Três tecnologias incríveis que os Executores tinham, graças aos dias de Prof como cientista. Os tensores, as jaquetas, o por-um-fio. Pelo que Abraham me disse, Prof tinha desenvolvido cada uma dessas tecnologias, então as roubara do laboratório em que trabalhava, determinado a começar a sua própria guerra contra os Épicos.

Abraham desmontou as últimas partes do sistema de polias.

– Terminamos? – perguntei.

– Sim.

– Eu contei mais caixotes que isso.

– Os outros são grandes demais para enviar pelo túnel – Abraham disse. – Cody vai levá-los de lambreta até o hangar.

Era assim que eles chamavam o lugar onde mantinham os seus veículos. Eu estive lá; era uma câmara grande com alguns carros e uma van. Não era nem de perto tão seguro quanto o esconderijo – o hangar precisava ter acesso à cidade na superfície, não podendo ser parte das sub-ruas.

Abraham foi até uma pilha de doze caixotes que tínhamos puxado para dentro do esconderijo. Esfregou o queixo, inspecionando-os.

– Já podemos ir descarregando esses – ele disse. – Tenho mais uma hora sobrando.

– Antes do quê? – perguntei, juntando-me a ele perto dos caixotes.

Abraham não respondeu.

– Você andou bem sumido nos últimos dias – observei.

De novo, não houve resposta.

– Ele não vai te contar onde esteve, Joelhos – Megan disse, da sua posição relaxada na mesa. – E se acostume com isso. Prof o envia em missões secretas o tempo todo.

– Mas... – protestei, magoado. Tinha pensado que eu havia conquistado meu lugar na equipe.

– Não fique triste, David – Abraham disse, pegando um pé de cabra para abrir um dos caixotes. – Não é uma questão de confiança. Precisamos manter algumas coisas secretas, mesmo dentro da equipe, para o caso de algum de nós ser capturado. Coração de Aço tem seu jeito de descobrir o que alguém está escondendo. Ninguém exceto Prof deve saber tudo que fazemos.

Era uma boa lógica, e provavelmente o motivo pelo qual eu não podia saber sobre outras células Executoras também, mas, ainda assim, era irritante. Enquanto Abraham abria outro caixote, enfiei a mão na bolsinha ao meu lado e tirei o meu tensor. Com ele, vaporizei as tampas de madeira de algumas caixas.

Abraham ergueu uma sobrancelha para mim.

– Que foi? – perguntei. – Cody me mandou continuar praticando.

– Você está ficando bastante bom – Abraham disse. Em seguida, enfiou a mão em uma das caixas que eu abrira e pescou uma maçã, que agora estava coberta de serragem. Tirá-la fez um pouco de bagunça. – Bastante bom – ele continuou. – Mas, às vezes, o pé de cabra é mais eficaz, hein? Além disso, podemos querer reaproveitar esses caixotes.

Eu suspirei, mas assenti com a cabeça. Era só... bem, difícil. A sensação de força que eu tinha sentido durante a infiltração na usina de energia era difícil de esquecer. Abrindo os buracos nas paredes e criando aqueles apoios, eu fui capaz de moldar a matéria à minha vontade. Quanto mais usava o tensor, mais animado me sentia com as possibilidades que ele oferecia.

– Também é importante – Abraham acrescentou – evitar deixar rastros do que podemos fazer. Imagine se todos soubessem sobre essas coisas, hein? Seria um mundo diferente, mais difícil para nós.

Concordei com a cabeça, relutantemente afastando o tensor.

– Pena que tivemos que deixar aquele buraco para Diamante ver.

Abraham hesitou por um segundo.

– É – ele falou. – Uma pena.

Eu o ajudei a descarregar as provisões, e Megan se juntou a nós, trabalhando com sua eficiência característica. Ela acabou nos supervisionando, dizendo onde deveríamos guardar os alimentos diversos. Abraham aceitou as suas ordens sem reclamar, embora ela fosse um membro mais novo da equipe.

Quando já tínhamos descarregado metade dos caixotes, Prof saiu do seu quarto de reflexão. Ele veio até nós, examinando alguns papéis em uma pasta.

– Descobriu alguma coisa, Prof? – Abraham perguntou.

– Pra variar, os rumores estão se espalhando como queremos – Prof disse, jogando a pasta sobre a mesa de Thia. – A cidade está vibrando com as notícias de um novo Épico que veio desafiar Coração de Aço.

Metade da cidade fala sobre isso, enquanto a outra metade se esconde nos seus porões, esperando a briga terminar.

– Isso é ótimo! – exclamei.

– Sim. – Prof parecia preocupado.

– Então, qual é o problema? – perguntei.

Ele bateu na pasta.

– Thia contou o que havia naqueles chips de dados que vocês trouxeram da usina?

Balancei a cabeça, tentando esconder a curiosidade. Ele ia me contar? Talvez isso me desse uma pista sobre o que Abraham vinha fazendo nos últimos dias.

– É propaganda – Prof disse. – Achamos que vocês encontraram uma ala de manipulação pública do governo de Coração de Aço. Os arquivos que trouxeram de volta incluíam comunicados de imprensa, rascunhos de rumores que deveriam ser disseminados e histórias de coisas que Coração de Aço fez. A maioria das histórias e dos rumores é falsa, até onde Thia consegue determinar.

– Ele não seria o primeiro governante a fabricar uma grande história para si mesmo – Abraham notou, guardando um pouco de frango enlatado em uma das prateleiras que haviam sido esculpidas para preencher toda a parede da sala dos fundos.

– Mas por que Coração de Aço precisaria fazer isso? – perguntei, enxugando a testa. – Quer dizer... ele é praticamente imortal. Não é como se precisasse parecer mais poderoso do que é.

– Ele é arrogante – Abraham disse. – Todo mundo sabe disso. Dá pra ver nos olhos dele, no jeito como ele fala, no que ele faz.

– Sim – Prof concordou. – E é por isso que esses rumores são tão confusos. As histórias não têm o objetivo de melhorar a sua imagem; ou, se têm, o jeito dele de fazer isso é bem estranho. A maioria das histórias é sobre atrocidades que ele cometeu. Pessoas que assassinou, prédios, até cidades inteiras que ele supostamente destruiu. Mas nada disso sequer aconteceu.

– Ele está espalhando rumores sobre ter massacrado cidades cheias de gente? – Megan perguntou, parecendo consternada.

– Até onde consigo ver – Prof respondeu. Ele se juntou a nós, ajudando-nos a descarregar as caixas. Percebi que Megan tinha parado de dar ordens agora que ele estava aqui. – Alguém, pelo menos, quer que Coração de Aço pareça mais terrível do que realmente é.

– Talvez tenhamos encontrado algum tipo de grupo revolucionário – falei avidamente.

– Improvável – Prof disse. – Dentro de um dos maiores prédios do governo? Com aquele tipo de segurança? Além disso, o que vocês me contaram parece indicar que os seguranças conheciam o lugar. Enfim, muitas dessas histórias são acompanhadas por documentação alegando que foram criadas por Coração de Aço em pessoa. Ele até comenta a falsidade delas e a necessidade de substanciá-las com fatos inventados.

– Ele vem se gabando – Abraham disse – e inventando coisas. Só que, agora, o seu ministério precisa fazer todas as suas alegações parecerem reais. De outro modo ele fará papel de tolo.

Prof assentiu, e meu coração desabou. Tinha imaginado que havíamos descoberto algo importante. Em vez disso, só encontramos um departamento dedicado a fazer Coração de Aço parecer imponente. E mais temível. Ou algo assim.

– Então Coração de Aço não é tão terrível quanto gostaria que pensássemos que ele é – Abraham disse.

– Ah, ele é bem terrível – Prof afirmou. – Você não concorda, David?

– Há 17 mil mortes atribuídas a ele – respondi, distraído. – Estão nas minhas anotações. Muitos eram inocentes. Não podem ser todas invenções.

– E não são – Prof disse. – Ele é um indivíduo terrível, odioso. Só quer garantir que todos saibamos disso.

– Que estranho – Abraham comentou.

Eu mergulhei em um caixote de queijos, tirando os blocos enrolados em papel e levando-os até a cova refrigerada no outro lado da sala. Muitos dos alimentos dos Executores eram coisas que eu nunca pudera comprar antes. Queijo, frutas frescas. A maior parte da comida em Nova Chicago precisava ser importada, por causa da escuridão. Era impossível plantar frutas e vegetais por lá, e Coração de Aço tomava o cuidado de manter um controle firme sobre as fazendas que cercavam a cidade.

Alimentos caros. Eu já estava me acostumando a comê-los. Estranho como isso podia acontecer rápido.

– Prof – perguntei, colocando um queijo redondo na cova –, você já se perguntou se talvez Nova Chicago ficaria pior sem Coração de Aço do que com ele?

No outro lado da sala, Megan se virou bruscamente para mim, mas não olhei para ela. *Não vou contar a ele o que você disse, então pare de me encarar. Eu só quero saber.*

– Provavelmente – Prof respondeu. – Por algum tempo, pelo menos. É provável que a infraestrutura da cidade entre em colapso. A comida vai escassear. E, a não ser que alguém poderoso tome o lugar de Coração de Aço e controle a Patrulha, haverá pilhagens.

– Mas...

– Você quer a sua vingança, filho? Bem, esse é o preço. Não vou mentir pra você. Tentamos não matar inocentes, mas, quando matarmos Coração de Aço, vamos causar sofrimento.

Eu me sentei ao lado da cova refrigerada.

– Você nunca tinha pensado nisso? – Abraham perguntou. Ele havia tirado aquele colar de debaixo da camisa e agora esfregava-o com um dedo. – Em todos aqueles anos de planejamento, preparando-se para matar aquele que odiava, nunca considerou o que aconteceria com Nova Chicago?

Eu corei, mas então balancei a cabeça. Não tinha pensado nisso.

– Então... Então, o que faremos?

– Continuamos o que estamos fazendo – Prof respondeu. – O nosso trabalho é cortar a carne infectada. Só então o corpo pode começar a sarar. Porém, vai doer muito antes.

– Mas...

Prof se virou para mim, e vi algo na sua expressão. Uma exaustão profunda, o cansaço de alguém que lutava uma guerra por um tempo muito, muito longo.

– É bom que você pense nisso, filho. Pondere. Preocupe-se. Passe noites acordado, temendo as consequências da sua ideologia. Fará bem a você perceber o custo de lutar. Mas preciso avisá-lo de uma coisa. Não há muitas respostas a serem encontradas. Não há boas escolhas. Submissão a um tirano ou caos e sofrimento. No fim, escolhi o segundo, embora esfole a minha alma fazê-lo. Se não lutarmos, a humanidade estará condenada. Nós lentamente nos tornaremos ovelhas para os Épicos, escravos e servos. Estagnados. Não se trata apenas de vingança ou retribuição, mas da sobrevivência da nossa raça, de os homens serem os mestres do seu próprio destino. Eu escolho sofrimento e incerteza em vez de me tornar um servo.

– Isso é ótimo pra você – Megan disse –, escolher para si mesmo. Mas, Prof, você *não está* escolhendo só para si mesmo. Está escolhendo para todo mundo na cidade.

– Estou. – Ele deslizou algumas latas em uma prateleira.

– No fim das contas – Megan continuou –, eles *não serão* mestres de seus próprios destinos. Ou serão dominados por Coração de Aço ou deixados para se virarem sozinhos. Pelo menos até outro Épico surgir e dominá-los de novo.

– Então o mataremos também – Prof respondeu, suavemente.

– Quantos você é capaz de matar? – Megan perguntou. – Não pode parar todos os Épicos, Prof. Uma hora, outro se estabelecerá aqui. Acha que ele vai ser *melhor* que Coração de Aço?

– Basta, Megan – Prof disse. – Já falamos sobre isso, e eu tomei a minha decisão.

– Nova Chicago é um dos melhores lugares nos Estados Fraturados para se viver – Megan continuou, ignorando o comentário de Prof. – Deveríamos nos focar em Épicos que *não são* bons administradores, em lugares onde a vida é pior.

– Não – Prof retrucou, a voz se tornando mais brusca.

– Por que não?

– Porque esse é o problema! – ele exclamou. – Todo mundo fala sobre como Nova Chicago é ótima. Mas *não é* ótima, Megan. É boa apenas em comparação com as outras! Sim, há lugares piores, mas, enquanto este inferno aqui for considerado o ideal, nunca chegaremos a lugar algum. *Não podemos deixá-los nos convencer de que isso é normal!*

A sala ficou imóvel, Megan parecendo chocada com a explosão de Prof. Eu continuei sentado, com os meus ombros caídos.

Isso não era nada parecido com o que eu imaginara. Os gloriosos Executores, levando justiça aos Épicos. Eu nunca havia pensado na culpa que eles teriam que aguentar, nas discussões, na incerteza. Podia ver neles o mesmo medo que eu tinha sentido na usina de energia. A preocupação de que poderíamos estar piorando as coisas, de que poderíamos ser tão ruins quanto os Épicos.

Prof se afastou tempestuosamente, acenando em frustração. Ouvi o som da cortina enquanto ele recuava para seu quarto de reflexão. Megan o observou se afastar, com o rosto vermelho de raiva.

– Não é tão ruim assim, Megan – Abraham disse, em voz baixa. Ele ainda parecia calmo. – Vai ficar tudo bem.

– Como você pode dizer isso? – ela quis saber.

– Não precisamos derrotar todos os Épicos, entende? – Abraham respondeu. Ele estava segurando uma corrente na mão de pele escura, com um pequeno pingente balançando nela. – Só precisamos sobreviver por tempo suficiente.

– Não vou escutar as suas tolices, Abraham – ela disse. – Agora não. – Com isso, ela se virou e deixou a despensa. Megan rastejou para dentro do túnel que levava às catacumbas de aço e desapareceu.

Abraham suspirou, então se virou para mim.

– Você não parece bem, David.

– Me sinto mal – eu disse, sinceramente. – Pensei... Bem, se alguém tinha as respostas, eu pensei que seriam os Executores.

– Você se enganou sobre nós – Abraham disse, vindo até mim. – Sobre Prof, em especial. Não pergunte ao carrasco o motivo de a sua lâmina cair. E Prof *é* o carrasco da sociedade, o guerreiro em luta pela humanidade. Outros virão para reconstruí-la.

– Mas isso não incomoda você? – perguntei.

– Não em excesso – Abraham respondeu simplesmente, recolocando o colar. – Mas, é claro, eu tenho uma esperança que os outros não têm.

Agora eu conseguia ver o pingente que ele usava. Era pequeno e de prata, com um símbolo "S" estilizado. Pensei reconhecer aquele símbolo de algum lugar. Ele me lembrava do meu pai.

– Você é um dos Fiéis – adivinhei. Eu já ouvira falar deles, embora nunca tivesse conhecido um. A Fábrica criava realistas, não sonhadores, e, para ser um dos Fiéis, você precisava ser um sonhador.

Abraham assentiu.

– Como você ainda acredita que bons Épicos virão? – perguntei. – Quer dizer, já se passaram mais de dez anos.

– Dez anos não é tanto tempo – Abraham argumentou. – Não no panorama geral. Quero dizer, a humanidade não é uma espécie tão antiga, comparada ao panorama geral! Os heróis *virão*. Algum dia, teremos Épicos que não matarão, não odiarão, não dominarão. Ficaremos protegidos.

Idiota, pensei. Foi uma reação instintiva, e eu imediatamente me senti mal por ela. Abraham não era um idiota. Era um homem sábio, ou tinha parecido um até esse momento. Mas... como ele podia de fato ainda pensar que haveria *bons* Épicos? Era a mesma crença que causara a morte do meu pai.

Ele, pelo menos, tem algo pelo que esperar, pensei. Seria tão ruim desejar por algum grupo mítico de Épicos heroicos, esperar que eles viessem e trouxessem a salvação?

Abraham apertou o meu ombro e me deu um sorriso, então se afastou. Eu me levantei e o vi seguindo Prof até o quarto de reflexão, algo que nunca vira algum dos outros fazer. Logo ouvi sons baixos de conversa.

Balancei a cabeça. Considerei continuar descarregando os caixotes, mas percebi que não tinha ânimo para isso. Olhei para o túnel que levava às catacumbas. Seguindo um desejo súbito, entrei nele e fui ver se conseguia encontrar Megan.

24

Megan não tinha ido longe. Eu a encontrei no final do túnel, sentada em uma pilha de caixotes velhos logo fora do esconderijo. Fui até ela hesitantemente, recebendo um olhar desconfiado. A sua expressão se suavizou depois de um instante, e ela voltou a encarar a escuridão à sua frente. Megan tinha deixado a luz do celular no máximo para iluminar o túnel.

Subi nos caixotes e me sentei ao lado dela, mas não disse nada. Eu queria dizer a coisa perfeita, e – como de costume – não conseguia descobrir o que seria. O problema era que eu basicamente concordava com Prof, embora me sentisse culpado por isso. Eu não recebera a educação necessária para prever o que aconteceria com Nova Chicago se seu líder fosse assassinado. Porém, *sabia* que Coração de Aço era mau. Nenhum tribunal o condenaria, mas eu tinha o direito de buscar justiça pelas coisas que ele havia feito a mim e aos meus.

Por isso, apenas fiquei sentado lá, tentando formular alguma coisa a dizer que não a ofendesse, mas também que não soasse babaca. É mais difícil do que parece – provavelmente porque na maior parte do tempo eu só digo o que me vem à cabeça. Quando paro para pensar, nunca encontro algo a dizer.

– Ele realmente é um monstro – Megan disse, finalmente. – Sei que é. Odeio parecer defendê-lo. Só não sei se matá-lo será bom justamente para as pessoas que estamos tentando proteger.

Concordei com a cabeça. Eu entendia, de verdade. Ficamos em silêncio de novo. Enquanto permanecemos lá, eu ouvia sons distantes nos corredores, distorcidos pela composição e pela acústica bizarras das catacumbas de aço. Às vezes, era possível ouvir água correndo onde os canos de esgoto da cidade passavam por perto. Outras vezes, eu jurava ouvir ratos, embora ficasse chocado que eles morassem aqui embaixo. Outras vezes a terra parecia gemer baixinho.

– O que são eles, Megan? – questionei. – Você já se perguntou?

– Os Épicos, você quer dizer? – ela indagou. – Muitas pessoas têm teorias.

– Eu sei. Mas o que você acha?

Ela não respondeu imediatamente. Muitas pessoas tinham teorias, de fato, e a maioria adorava contá-las para os outros. Os Épicos eram o próximo estágio da evolução humana, ou eram um castigo enviado por esse ou aquele deus, ou eram aliens, na verdade. Ou então o resultado de um projeto governamental secreto. Ou tudo isso era falso e eles apenas usavam tecnologia para fingir que tinham poderes.

A maioria das teorias caía por terra quando confrontada por fatos. Pessoas normais tinham ganhado poderes e se tornado Épicos; eles não eram aliens nem nada assim. Existiam muitas histórias diretas de um membro da família manifestando habilidades. Os cientistas alegavam ficar perplexos com a genética dos Épicos, mas eu não sabia muito sobre esse tipo de coisa. Além disso, a maioria dos cientistas ou tinha morrido ou passado a trabalhar para algum dos Épicos mais poderosos.

Enfim, muitos dos rumores eram bobos, mas isso nunca os impedira de serem espalhados por aí, e provavelmente nunca impediria.

– Acho que eles são um teste de algum tipo – Megan respondeu.

Eu franzi a testa.

– Religiosamente?

– Não, não um teste de fé nem nada assim – Megan esclareceu. – Quero dizer um teste do que nós faremos, se tivermos poder. Poder enorme. O que isso faria com a gente? Como lidaríamos com isso?

Eu funguei.

– Se os Épicos são um exemplo do que faríamos com poder, então é melhor a gente jamais ganhar algum.

Ela ficou em silêncio. Alguns momentos depois, ouvi outro barulho estranho. Um assobio.

Eu me virei e fiquei surpreso ao ver Cody percorrendo o corredor. Ele estava sozinho e a pé, o que significava que deixara a lambreta industrial – com a qual tinha puxado os caixotes de provisões – no hangar. Cody trazia a arma pendurada no ombro e usava seu boné bordado com o suposto brasão do seu clã escocês. Ele inclinou o boné para nós.

– Então... estamos tendo uma festa? – ele perguntou, checando o celular. – É hora do chá?

– Chá? – perguntei. – Nunca te vi bebendo chá.

– Normalmente como palitos de peixe e um saco de chips – Cody disse. – É uma coisa britânica. Como vocês são ianques, não entenderiam.

Algo parecia estranho nessa afirmação, mas eu não sabia o suficiente para contestá-lo.

– Então, por que essas caras tristes? – Cody perguntou, pulando até nós sobre os caixotes. – Vocês dois parecem um par de caçadores de guaxinim num dia chuvoso.

Uau, pensei. *Por que não consigo inventar umas metáforas assim?*

– Prof e eu tivemos uma briga – Megan respondeu, com um suspiro.

– De novo? Achei que vocês tinham superado isso. Sobre o que foi, dessa vez?

– Nada de que eu queira falar.

– Justo, justo. – Cody pegou sua longa faca de caçador e começou a aparar as unhas. – Punho da Noite rondou a cidade. As pessoas estão dizendo que ele passou em todo canto, atravessando paredes, procurando em covis de criminosos e Épicos menores. Está deixando todo mundo tenso.

– Isso é bom – falei. – Quer dizer que Coração de Aço está levando a ameaça a sério.

– Talvez – Cody cedeu. – Talvez. Ele ainda não disse nada sobre o desafio que deixamos pra ele, e Punho da Noite está visitando muitas pessoas comuns. Coração de Aço pode suspeitar que alguém esteja tentando assoprar fumaça pra cima do kilt dele.

– Talvez a gente devesse atacar Punho da Noite – sugeri. – Sabemos a fraqueza dele agora.

– Pode ser uma boa ideia – Cody concordou, pescando um dispositivo longo e esguio da sua pochete. Ele o jogou para mim.

– O que é isso?

– Lanterna UV – ele falou. – Consegui encontrar um lugar que as vende... Ou, bem, as lâmpadas pelo menos, que eu coloquei nas lanternas pra nós. Melhor estarmos preparados, caso Punho da Noite nos surpreenda.

– Você acha que ele virá aqui? – perguntei.

– Ele vai chegar às catacumbas de aço uma hora dessas – Cody disse. – Talvez já tenha começado. Ter uma base defensável não significa nada se Punho da Noite simplesmente decidir atravessar as paredes e nos estrangular durante a noite.

Um pensamento animador. Estremeci.

– Pelo menos podemos lutar contra ele, agora – Cody afirmou, pescando outra lanterna para Megan. – Mas acho que estamos mal preparados. Ainda não sabemos qual é a fraqueza de Coração de Aço. E se ele realmente desafiar Holofote?

– Thia encontrará a resposta – assegurei. – Ela tem várias pistas para descobrir o que havia no cofre daquele banco.

– E Tormenta de Fogo? – Cody perguntou. – Nem *começamos* a planejar como lidar com ele.

Tormenta de Fogo, o outro guarda-costas Alto Épico de Coração de Aço. Megan olhou para mim, obviamente curiosa para ver o que eu diria em seguida.

– Tormenta de Fogo não será um problema – falei.

– Foi o que você disse antes, quando propôs essa coisa toda pra gente. Mas ainda não explicou por quê.

– Já expliquei para Thia – eu disse. – Tormenta de Fogo não é o que você pensa que é. – Eu estava razoavelmente confiante sobre isso. – Vem, eu mostro pra você.

Cody ergueu uma sobrancelha, mas me seguiu conforme eu rastejava de volta pelo túnel. Prof já sabia o que minhas anotações diziam, embora eu não tivesse certeza de que acreditasse nelas. Eu sabia que ele planejava uma reunião para discutir Tormenta de Fogo e Punho da Noite, mas *também* sabia que esperava Thia antes de se adiantar muito com o plano. Se ela não encontrasse a resposta sobre como matar Coração de Aço, nada mais importaria.

Eu não queria pensar sobre isso. Desistir agora, porque não sabíamos a fraqueza dele, seria como... descobrir que tinha entrado na loteria da sobremesa na Fábrica e perdido só por um número. Só que não importava, porque Pete já havia roubado a sobremesa, então ninguém ia comer mesmo – nem Pete, porque, pra começo de conversa, nunca houve sobremesa alguma. Bem, algo assim. Essa metáfora é um trabalho em progresso.

No topo do túnel, guiei Cody até a caixa onde guardávamos minhas anotações. Eu as folheei por alguns minutos, notando que Megan nos seguira. Ela tinha uma expressão ilegível no rosto.

Apanhei a pasta sobre Tormenta de Fogo e a levei até a mesa, espalhando algumas fotos.

– O que vocês sabem sobre Tormenta de Fogo?

– Épico de fogo – Cody disse, apontando para uma foto. Ela mostrava uma pessoa feita de chamas, o calor tão intenso que o ar ao seu redor se deformava. Nenhuma foto conseguia capturar os detalhes das feições de Tormenta de Fogo, uma vez que elas eram basicamente chamas sólidas. Na verdade, cada foto que tirei o mostrava brilhando tão intensamente que a imagem acabava distorcida.

– Ele tem poderes de Épico de fogo padrão – Megan falou. – Pode se transformar em chamas; na verdade, quase sempre permanece na sua forma de fogo. Ele é capaz de voar, lançar fogo das mãos e manipular chamas existentes. Cria um campo de calor intenso ao seu redor, conseguindo derreter balas... e, mesmo se elas não derretessem, provavelmente não o machucariam. É o portfólio básico de um Épico de fogo.

– Básico demais – eu disse. – Todo Épico tem peculiaridades. Ninguém possui *exatamente* o mesmo portfólio de poderes. Foi essa a minha primeira pista. Aqui está a outra. – Bati o dedo na série de fotos. Cada uma delas era uma foto de Tormenta de Fogo tirada em dias diferentes, geralmente com Coração de Aço e seu séquito. Embora Punho da Noite saísse em missões com frequência, Tormenta de Fogo em geral permanecia perto de Coração de Aço, para agir como seu guarda-costas na linha de frente.

– Estão vendo? – perguntei.

– Vendo o quê? – Cody quis saber.

– Aqui – respondi, apontando para um homem de pé com os guardas de Coração de Aço em uma das fotos. Ele era magro e barbeado e usava um terno severo, um par de óculos escuros e um chapéu de abas largas que lhe obscurecia o rosto.

Apontei para a foto seguinte. A mesma pessoa estava nela. E na próxima. E na próxima. O rosto era difícil de distinguir nas outras fotos também: nenhuma delas focava nele especificamente, e o chapéu e os óculos sempre escondiam as suas feições.

– Essa pessoa sempre está lá quando Tormenta de Fogo aparece – falei. – É suspeito. Quem é ele e o que está fazendo aí?

Megan franziu a testa.

– O que você está sugerindo?

– Aqui – eu disse –, deem uma olhada nessas. – Peguei uma sequência dos cinco fotos, uma série de disparos rápidos capturando alguns momentos. A cena era de Coração de Aço voando pela cidade com uma procissão dos seus lacaios. Ele fazia isso às vezes. Embora sempre parecesse estar indo a algum lugar importante, eu desconfiava que essas saídas eram a sua versão de um desfile.

Punho da Noite e Tormenta de Fogo estavam com ele, voando a cerca de 3 metros do chão. Uma comitiva de carros andava abaixo deles, como uma escolta militar. Eu não conseguia distinguir qualquer rosto, embora desconfiasse que a pessoa suspeita estivesse entre eles.

Cinco fotos. Quatro mostravam o trio de Épicos voando lado a lado. Em uma delas – bem no meio da sequência –, a forma de Tormenta de Fogo se tornava embaçada e translúcida.

– Tormenta de Fogo pode ficar incorpóreo, como Punho da Noite? – Cody chutou.

– Não – respondi. – Tormenta de Fogo não é real.

Cody piscou.

– Quê?

– Ele não é real. Pelo menos não do jeito que achamos. Tormenta de Fogo é uma ilusão incrivelmente complexa... e incrivelmente inteligente. Suspeito que a pessoa que estamos vendo nessas fotos, a figura usando o terno e o chapéu, é o Épico real. Ele é um ilusionista, capaz de manipular a luz para criar imagens, muito parecido com Refratária... só que num nível bem mais poderoso. Juntos, o Tormenta de Fogo real e Coração de Aço inventaram a ideia de um Épico falso, assim como estamos inventando Holofote. Nessas fotos vemos um momento de distração, quando o Épico real não estava se concentrando na sua ilusão, que tremeluziu e quase desapareceu.

– Um Épico falso? – Megan perguntou, desdenhosa. – Qual seria o objetivo? Coração de Aço não precisaria fazer isso.

– Coração de Aço tem uma psicologia estranha – eu disse. – Confie em mim. Aposto que o conheço melhor do que qualquer pessoa, exceto os seus aliados mais próximos. Ele é arrogante, como Abraham disse, mas *também* é paranoico. Muito do que faz tem relação com conservar o poder, forçar as pessoas a se manterem na linha. Ele muda o local do seu quarto. Por que precisaria fazer isso? Ele é imune a ataques, certo? Ele é paranoico, tem medo de que alguém descubra a sua fraqueza. Destruiu o banco inteiro porque podíamos ter uma *pista* de como ele foi ferido.

– Muitos Épicos fariam isso – Cody observou.

– Porque muitos Épicos são igualmente paranoicos. Olhe, que jeito melhor de surpreender possíveis assassinos do que obrigá-los a se prepararem para um Épico que não está lá? Se eles perderem tempo planejando matar Tormenta de Fogo e então precisarem enfrentar um ilusionista no lugar dele, serão pegos totalmente desprevenidos.

– E nós também seremos, se você estiver certo – Cody observou. – Lutar contra ilusionistas é difícil. Eu odeio não poder confiar nos meus olhos.

– Olhe, não é possível que um Épico ilusionista explique tudo – Megan disse. – Existem vídeos de Tormenta de Fogo derretendo balas.

– Tormenta de Fogo fez as balas reais desaparecerem quando atingiram a ilusão, então fez balas derretidas ilusórias caírem no chão. Mais tarde, alguns dos lacaios de Coração de Aço espalharam algumas balas derretidas de verdade como prova. – Eu peguei outro par de fotos. – Tenho evidências de que eles fizeram exatamente isso. Há montanhas de documentação sobre isso, Megan. Pode ler, se quiser. Thia concorda comigo. – Peguei mais algumas fotos da pilha. – Veja isso. Aqui, temos fotos da vez em que Tormenta de Fogo "incinerou" um prédio. Eu tirei essas fotos pessoalmente; está vendo como ele lança fogo? Se você olhar as marcas das queimaduras nas paredes no dia seguinte, nesta próxima série, verá que são diferentes das rajadas que Tormenta de Fogo criou. As verdadeiras queimaduras foram adicionadas por uma equipe de trabalhadores durante a noite. Eles afastaram todo mundo da cena, então não pude tirar fotos deles, mas a evidência do dia seguinte está clara.

Megan parecia profundamente perturbada.

– Que foi? – Cody perguntou.

– É o que você disse – ela respondeu. – Ilusionistas. Eles são irritantes. Só estou torcendo pra que não precisemos enfrentar um.

– Não acho que vamos precisar – falei. – Pensei sobre isso e, apesar da reputação de Tormenta de Fogo, ele não parece terrivelmente perigoso. Não consigo atribuir qualquer morte diretamente a ele, e é muito raro ele lutar. O motivo talvez seja o fato de ele querer ser cuidadoso para não revelar o que realmente é. Eu tenho os fatos nessas pastas. Assim que Tormenta de Fogo aparecer, tudo o que precisaremos fazer é atirar no Épico criando a ilusão, nesse homem das fotos, e todas as ilusões dele vão cair. Não deve ser tão difícil.

– Você pode estar certo sobre as ilusões – Cody disse, examinando outro grupo de fotos. – Mas não tenho certeza sobre essa pessoa que acha que as está criando. Se Tormenta de Fogo fosse esperto, ele criaria a ilusão, e então ficaria invisível.

– Pode ser que ele não consiga – respondi. – Nem todos os ilusionistas são capazes disso, mesmo os poderosos. – Hesitei. – Mas você está certo. Não podemos saber com certeza quem está criando o falso Tormenta de Fogo, mas ainda acho que esse Épico não será um problema. Nós só precisamos assustá-lo, montar uma armadilha que exponha a ilusão como uma farsa. Quando ameaçarmos revelar quem ele é, aposto que fugirá. Pelo que consegui determinar sobre ele, parece um pouco covarde.

Cody assentiu, pensativo.

Megan balançou a cabeça.

– Acho que você não está levando isso a sério o bastante. – Ela parecia brava. – Se Coração de Aço realmente tem enganado a todos durante todo esse tempo, então é provável que Tormenta de Fogo seja ainda mais perigoso do que pensávamos. Algo nisso me incomoda; não acho que estamos preparados para ele.

– Você está é procurando um motivo para suspender a missão – eu disse, irritado com ela.

– Eu nunca falei isso.

– Não precisou. Ficou...

Fui interrompido por movimentos no túnel que levava ao esconderijo e me virei a tempo de ver Thia subindo por ele, usando jeans velhos e sua jaqueta de Executora. Seus joelhos estavam empoeirados. Ela se ergueu, sorrindo.

– Encontramos.

Meu coração pulou no peito e enviou o que parecia eletricidade disparando pelo meu corpo.

– A fraqueza de Coração de Aço? Você descobriu o que é?

– Não – ela respondeu, e os seus olhos pareciam brilhar com a animação. – Mas isso deve levar às respostas. Eu *o* encontrei.

– O quê, Thia? – Cody perguntou.

– O cofre do banco.

25

— Comecei a considerar essa possibilidade pela primeira vez quando você contou sua história, David – Thia explicou. A equipe inteira dos Executores a seguia por um túnel nas catacumbas de aço. – E, quanto mais investigava o banco, mais curiosa ficava. Há certas peculiaridades.

— Peculiaridades? – perguntei. O grupo se movia em um amontoado tenso, com Cody na frente e Abraham vigiando a nossa retaguarda. Ele tinha substituído a sua ótima metralhadora por uma parecida, mas sem tantos apetrechos.

Eu me sentia bastante confortável com ele às nossas costas. O espaço estreito tornaria uma metralhadora pesada especialmente mortal para qualquer um tentando se aproximar de nós; as paredes funcionariam como travas nas laterais de uma pista de boliche, e Abraham não teria dificuldade de conseguir só strikes.

— Os Cavadores – Prof disse. Ele andava ao meu lado. – Eles não tinham permissão para escavarem a área embaixo de onde o banco ficava.

— Sim – Thia concordou, falando avidamente. – Foi algo muito excepcional. Coração de Aço mal lhes dava qualquer orientação. O caos dessas catacumbas mais profundas prova isso; a loucura deles se tornou difícil de ser controlada. Mas em uma ordem ele se manteve firme: a área sob o banco não deveria ser tocada. Eu não teria pensado duas vezes sobre isso se não fosse pelo que você descreveu, o fato de Coração de Aço ter transformado a maior parte do salão principal do banco em aço quando Falha Sísmica veio aquela tarde. Os poderes dela têm duas partes, eles...

– Sim – falei, entusiasmado demais para não interromper. Falha Sísmica era a mulher que Coração de Aço tinha trazido para enterrar o banco depois que eu havia escapado. – Eu sei. Dualidade de poderes: fundir duas habilidades do segundo escalão cria uma do primeiro escalão.

Thia sorriu.

– Você vem lendo as minhas anotações sobre o sistema de classificação.

– Imaginei que era melhor usarmos a mesma terminologia. – Dei de ombros. – Não me incomodo em trocar.

Megan olhou para mim, com a sugestão de um sorriso no canto dos lábios.

– Que foi? – perguntei.

– Nerd.

– Eu não sou...

– Mantenha o foco, filho – Prof recomendou, lançando um olhar duro para Megan, cujos olhos brilhavam com diversão. – Eu, por acaso, tenho apreço por nerds.

– Eu nunca disse que não tenho – Megan respondeu, casualmente. – Simplesmente me interesso sempre que alguém finge ser algo que não é.

Que seja, pensei. Falha Sísmica era uma Épica de primeiro escalão, pela classificação de Thia, sem um benefício de imortalidade. Isso a tornava poderosa, mas frágil. Ela provavelmente percebeu isso; quando tentou tomar o poder em Nova Chicago alguns anos atrás, não teve a menor chance.

Enfim, ela havia sido uma Épica com vários poderes menores, que, trabalhando juntos, criavam o que parecia um poder único e mais impressionante. No caso, ela conseguia mover terra, mas só se não estivesse muito rígida. No entanto, ela *também* tinha a habilidade de transformar rocha e terra comuns em um tipo de poeira de areia.

O que parecia a criação de um terremoto era na verdade ela amaciando o chão, em seguida removendo a terra. Havia Épicos que de fato criavam terremotos, mas, ironicamente, eles eram menos poderosos – ou, no mínimo, menos úteis. Os fortes conseguiam destruir uma cidade com seus poderes, mas não eram capazes de enterrar um único prédio ou grupo de pessoas segundo a sua vontade. Tectônica de placas só funcionava em uma escala grande demais, o que não permitia precisão.

– Você não vê? – Thia perguntou. – Coração de Aço transformou o salão principal do banco, as paredes, a maior parte do teto e o chão em aço. Então Falha Sísmica amaciou o solo abaixo do banco e o deixou afundar. Comecei a pensar que poderia haver uma chance de que...

– ... ainda estivesse lá – completei baixinho. Nós viramos uma esquina nas catacumbas, então Thia deu um passo à frente e começou a remover algumas tralhas para revelar um túnel. Agora, eu já tinha bastante prática para afirmar que provavelmente tinha sido criado com um tensor. Os tensores, a não ser que controlados deliberadamente, sempre criavam túneis circulares, enquanto os Cavadores haviam criado corredores quadrados ou retangulares.

O túnel se enfiava no aço, em uma descida suave. Cody foi até lá e iluminou o caminho com a luz do celular.

– Bem, acho que agora sabemos no que você e Abraham vêm trabalhando nas últimas semanas, Thia.

– Precisamos tentar várias abordagens diferentes – Thia explicou. – Eu não tinha certeza de quanto o salão do banco havia afundado, ou mesmo se tinha mantido sua integridade estrutural.

– Mas manteve? – perguntei, de repente sentindo um torpor estranho.

– Sim! – Thia exclamou. – É incrível. Venham. – Ela nos conduziu pelo túnel, que era alto o bastante para andarmos, embora Abraham tivesse de se curvar.

Hesitei. Os outros esperaram eu ir primeiro, então me forcei a seguir em frente, juntando-me a Thia. O resto do grupo veio atrás de nós, com os celulares provendo a única luz no túnel.

Não, espere. Havia luz à frente, mas eu mal podia distingui-la ao redor das sombras da figura esbelta de Thia. Finalmente atingimos o fim do túnel, e eu entrei em uma lembrança.

Thia havia disposto algumas luzes nos cantos e sobre as mesas, mas elas só conferiam um ar fantasmagórico à câmara grande e escura. O salão tinha se acomodado em um ângulo, com o chão inclinando-se para baixo. A perspectiva distorcida apenas aumentava a sensação surreal do lugar.

Eu congelei na boca do túnel. O salão estava como eu me lembrava, chocantemente bem preservado. Pilares altos – agora feitos de aço

– e mesas espalhadas, balcões, escombros. Ainda podia ver o mosaico de azulejos no chão, embora apenas a sua forma. Em vez de mármore e rocha agora tudo era de um tom prateado uniforme, quebrado por saliências e protuberâncias.

Quase não havia poeira, embora alguns ciscos flutuassem preguiçosamente no ar, criando pequenos halos ao redor das lanternas brancas de Thia.

Percebendo que eu permanecia parado na boca do túnel, entrei no salão. *Ah, faíscas...*, pensei, sentindo o meu peito comprimir. As minhas mãos apertaram o fuzil, embora eu soubesse não estar em perigo. As lembranças retornavam numa torrente.

– Em retrospecto – Thia estava explicando; eu a ouvia, distraído –, eu não devia ter me surpreendido por encontrá-lo tão bem preservado. Os poderes de Falha Sísmica criaram um tipo de almofada de terra conforme o salão afundava, e Coração de Aço transformou quase toda aquela terra em metal. As outras salas do prédio foram destruídas no ataque dele ao banco, e se soltaram conforme a estrutura afundou. Mas este salão, e o cofre conectado a ele, foram ironicamente preservados pelos próprios poderes de Coração de Aço.

Por coincidência, tínhamos entrado pela frente do banco. Antes existiam portas de vidro bonitas e amplas aqui; elas haviam sido destruídas por tiros e rajadas de energia. Escombros de aço e alguns ossos de aço das vítimas de Dedo da Morte jaziam no chão dos dois lados. Conforme eu seguia em frente, percorria o caminho que Coração de Aço tomara para entrar no prédio.

Aqueles são os balcões, pensei, olhando para a frente, *em que os caixas trabalhavam*. Uma seção tinha sido destruída; quando criança, eu havia rastejado por aquela abertura antes de me dirigir ao cofre. Embora o teto perto daquele ponto estivesse quebrado e deformado, o cofre em si havia sido de aço mesmo antes da intervenção de Coração de Aço. Pensando bem, em virtude do modo como as habilidades de transfersão dele funcionavam, isso poderia ter preservado seu conteúdo.

– A maioria dos escombros caiu do teto – Thia explicou atrás de mim, com a voz ecoando na câmara ampla. – Abraham e eu limpamos o máximo que pudemos. Uma grande quantidade de terra tinha caído através da parede e do teto quebrados, enchendo uma parte da câmara perto do cofre. Usamos os tensores naquela pilha, então fizemos um buraco no canto do chão, que se abre em um espaço sob o prédio, e empurramos a poeira para lá.

Eu me movi três passos até a parte mais baixa do piso. Aqui, no centro deste salão, foi onde Coração de Aço enfrentou Dedo da Morte. *Essas pessoas são minhas...* Instintivamente me virei à esquerda. Encolhido, ao lado do pilar, encontrei o corpo da mulher cujo filho fora assassinado nos seus braços. Estremeci. Agora ela era uma estátua feita de aço. Quando tinha morrido? Como? Eu não me lembrava. Uma bala perdida, talvez? Ela não se transformaria em aço se já não estivesse morta.

– O que *realmente* salvou este lugar – Thia continuou – foi a Grande Transfersão, quando Coração de Aço transformou tudo na cidade em aço. Se ele não tivesse feito isso, a terra teria enchido o salão completamente. Além disso, o assentamento da terra provavelmente teria feito o teto desabar. No entanto, a transfersão transformou tudo o que restava no salão em aço, assim como a terra ao seu redor. Na verdade, ele trancou a câmara no lugar, preservando-a, como uma bolha no meio de um lago congelado.

Continuei em frente até ver a baia estéril de hipoteca onde havia me escondido. Suas janelas estavam opacas agora, mas eu conseguia ver através da frente aberta. Entrei nela e passei os dedos ao longo da mesa. A baia parecia menor do que eu me lembrava.

– Os registros de seguro foram inconclusivos – Thia continuou. – Mas *houve* uma reivindicação enviada sobre o prédio em si, uma reivindicação de terremoto. Pergunto-me se os donos do banco realmente acharam que a seguradora iria pagá-los por isso. Parece ridículo... mas, é claro, ainda havia muita incerteza cercando os Épicos naqueles dias. De qualquer modo, isso me fez investigar os registros sobre a destruição do banco.

– E isso te trouxe aqui? – Cody perguntou, com a voz surgindo da escuridão conforme ele fuçava o perímetro do salão.

– Na verdade, não. Isso me levou a encontrar algo curioso. Um encobrimento. O motivo de eu não encontrar nada nos registros de seguro, nem qualquer lista do que havia no cofre, é que o pessoal de Coração de Aço já havia reunido e escondido essas informações. Percebi que, como ele tinha feito uma tentativa dedicada de esconder tudo isso, eu nunca encontraria nada nos registros. A nossa única chance seria vir até o banco, que Coração de Aço presumia estar enterrado além do alcance de qualquer um.

– É uma boa teoria – Cody disse, parecendo pensativo. – Sem os tensores, ou algum tipo de poder Épico como o que os Cavadores tinham, chegar aqui seria praticamente impossível. Escavar através de 15 metros de aço sólido? – Os Cavadores tinham começado como humanos normais e, depois, recebido os seus estranhos poderes de um Épico conhecido como Zona de Escavação, um doador tal qual Confluência. Isso... não havia terminado bem para eles. Pelo visto, alguns poderes Épicos não deveriam ser usados por mãos humanas.

Eu continuava de pé na baia. Os ossos do homem da hipoteca estavam lá, espalhados no chão ao redor da mesa, despontando por debaixo de alguns escombros. Tudo isso era metal, agora.

Eu não queria olhar, mas precisava ver. *Precisava.*

Eu me virei. Por um momento, não consegui distinguir o passado do presente. Meu pai estava lá, determinado, a arma erguida para defender um monstro. Explosões, gritos, poeira, choro, fogo.

Medo.

Pisquei, tremendo, apoiando a mão no aço frio da parede da baia. O salão cheirava a poeira e velhice, mas pensei sentir o cheiro de sangue fresco. Pensei sentir o cheiro de terror.

Saí da baia e fui até onde Coração de Aço estivera, empunhando uma pistola comum, com o braço estendido na direção do meu pai. *Bang.* Um tiro. Podia me lembrar de ouvi-lo, embora não soubesse se era algo inventado pela minha mente. Àquela altura, eu já estava surdo por causa das explosões.

Ajoelhei-me ao lado do pilar. Um monte feito de escombros prateados cobria tudo à minha frente, mas eu tinha o meu tensor. Os outros continuavam falando, mas parei de prestar atenção, e as suas palavras se tornaram nada mais que um baixo zumbido ao fundo. Coloquei o tensor, então estendi a mão e – muito cuidadosamente – comecei a vaporizar os escombros.

Não demorou muito; a maior parte consistia em um pedaço grande do painel do teto. Eu o destruí, então congelei.

Ali estava ele.

Meu pai jazia apoiado no pilar, com a cabeça tombada para o lado. O ferimento de bala ficara congelado nas dobras de aço da sua camisa.

Seus olhos continuavam abertos. Ele parecia uma estátua, talhada em detalhes incríveis – até os poros da pele estavam nítidos.

Eu o encarei, incapaz de me mover, incapaz até de abaixar o braço. Eu não tinha nenhuma foto dele ou da minha mãe; não ousara voltar para casa depois de ter sobrevivido, embora Coração de Aço não soubesse quem eu era. Eu estava paranoico e traumatizado.

Ver o rosto dele trouxe tudo isso de volta para mim. Ele parecia tão... normal. Normal de um jeito que não existia há anos; normal de um jeito que o mundo não merecia mais.

Envolvi os braços ao meu redor, mas continuei olhando para o rosto do meu pai. Não conseguia me afastar.

– David? – A voz de Prof. Ele se ajoelhou ao meu lado.

– Meu pai... – sussurrei. – Ele morreu resistindo, mas também morreu protegendo Coração de Aço. E agora aqui estou eu, tentando matar a coisa que ele salvou. É engraçado, não é?

Prof não respondeu.

– De certo modo – falei –, tudo isso é culpa dele. Dedo da Morte ia matar Coração de Aço por trás.

– Não teria funcionado – Prof disse. – Dedo da Morte nem sabia quão poderoso Coração de Aço era. Naquela época, ninguém sabia.

– Acho que é verdade. Mas o meu pai era um tolo. Ele não conseguiu acreditar na maldade de Coração de Aço.

– Seu pai acreditava no melhor das pessoas – Prof disse. – Você pode chamar de tolice, mas eu nunca consideraria isso um defeito. Ele era um herói, filho. Ele lutou contra Dedo da Morte, um Épico que massacrava pessoas arbitrariamente, e o matou. Se, fazendo isso, ele permitiu a Coração de Aço viver... Bem, Coração de Aço não tinha feito coisas terríveis até então. Seu pai não tinha como saber o futuro. Você não deve ter tanto medo do que *pode* acontecer a ponto de se tornar relutante em agir.

Eu encarei os olhos mortos do meu pai e concordei com a cabeça.

– Essa é a resposta – sussurrei. – A resposta ao que você e Megan estavam discutindo.

– Não é a resposta dela – Prof disse. – Mas é a minha. E talvez a sua também. – Ele apertou o meu ombro, então foi se juntar ao resto dos Executores, que estavam perto do cofre.

Eu nunca esperei ver o rosto do meu pai de novo; tinha ido embora aquele dia me sentindo um covarde, vendo-o sussurrar uma súplica para eu correr e escapar. Vivi dez anos com uma única emoção dominante: a necessidade de vingança. A necessidade de provar que eu não era covarde.

Agora, aqui estava ele. Olhando aqueles olhos de aço, eu sabia que meu pai não se importaria com vingança. Porém, ele mataria Coração de Aço se tivesse a chance, a fim de parar os assassinatos. Porque, às vezes, você tem que dar uma ajuda aos heróis.

Eu me ergui. De algum modo, soube, naquele momento, que o cofre do banco e os seus conteúdos eram uma pista falsa. Não fora isso a fonte da fraqueza de Coração de Aço. Fora meu pai, ou algo relacionado a ele.

Deixei o corpo por um momento, juntando-me aos outros.

– ... muito cuidado ao abrir as caixas do cofre – Thia dizia. – Não queremos destruir o que pode haver dentro delas.

– Não acho que vá funcionar – falei, atraindo os olhos de todos eles. – Não acho que tenha sido alguma coisa do cofre.

– Você afirmou que Coração de Aço olhou para o cofre depois que o projétil o abriu – Thia disse. – E os agentes dele tiveram muito trabalho para obter e esconder quaisquer listas do que havia nele.

– Não acho que ele sabia como foi ferido – eu disse. – Muitos Épicos não conhecem as suas fraquezas no início. Ele discretamente fez o seu pessoal reunir esses registros, para depois analisá-los e tentar descobrir.

– Então talvez ele tenha encontrado a resposta lá – Cody disse, dando de ombros.

Ergui uma sobrancelha.

– Se ele tivesse descoberto que havia algo nesse cofre que o tornava vulnerável, você acha que este lugar ainda estaria aqui?

Os outros caíram em silêncio. Não, não estaria. Se fosse esse o caso, Coração de Aço teria escavado e destruído o local, independentemente do quão difícil isso fosse. Eu estava cada vez mais seguro de que não fora um objeto que o tornara fraco, mas algo sobre a situação.

O rosto de Thia estava sombrio; ela provavelmente desejava que eu tivesse mencionado isso antes de ela passar dias escavando. Mas não tinha sido culpa minha, uma vez que ninguém havia me contado o que ela estava fazendo.

– Bem – Prof disse –, nós vamos investigar este cofre. A teoria de David tem mérito, mas a teoria de que algo aqui o enfraqueceu, também.

– Será que vamos conseguir encontrar alguma coisa? – Cody perguntou. – Tudo aqui foi transformado em aço. Não sei se vou ser capaz de reconhecer muita coisa caso tudo esteja fundido junto.

– Algumas coisas podem ter sobrevivido na sua forma original – Megan disse. – Na verdade, é provável que tenham. Os poderes de transfersão de Coração de Aço são isolados por metal.

– São o quê? – Cody perguntou.

– Isolados por metal – repeti. – Ele exerce um tipo de... onda de transfersão que viaja e transforma substâncias não metálicas, como o som viaja através do ar ou as ondas se movem em uma poça d'água. Se a onda atinge metal, particularmente ferro ou aço, ela para. Ele pode afetar outros tipos de metal, mas as ondas se movem com mais lentidão. O aço as para completamente.

– Então essas caixas... – Cody começou, entrando no cofre.

– Podem ter isolado o seu conteúdo – Megan completou, seguindo-o para dentro. – Algumas coisas terão sido transformadas, pois a onda que criou a transfersão foi muitíssimo forte. Mas acho que podemos encontrar alguma coisa, especialmente porque o cofre em si era de metal e teria funcionado como um isolador primário. – Ela olhou por sobre o ombro e me viu encarando-a. – Que foi? – perguntou, incisiva.

– Nerd – eu falei.

Para a minha surpresa, ela corou furiosamente.

– Eu presto atenção em Coração de Aço. Queria estar familiarizada com os poderes dele, já que vínhamos para a cidade.

– Não disse que era uma coisa ruim – respondi casualmente, andando até o cofre e erguendo meu tensor. – Só estava comentando.

Ser fuzilado com um olhar nunca foi tão bom.

Prof riu.

– Muito bem – ele disse. – Cody, Abraham e David, vaporizem a frente das caixas, mas *não destruam* os conteúdos. Thia, Megan e eu vamos começar a tirá-las e examiná-las em busca de qualquer coisa que pareça interessante. Vamos começar; isso levará algum tempo...

26

— Bem — Cody disse, olhando por cima da pilha de pedras preciosas e joias —, se isso não der em mais nada, pelo menos fiquei rico. É um fracasso com que consigo viver.

Tia bufou, remexendo nas joias. Nós quatro, incluindo Prof, estávamos sentados a uma mesa grande em uma das baias. Megan e Abraham faziam seu turno de vigia, observando o túnel que levava à câmara do banco.

Havia uma sensação sagrada no salão — como se de alguma maneira eu devesse demonstrar respeito — e acho que os outros também a sentiram. Eles falavam em vozes baixas, abafadas. Todos exceto Cody. Ele tentou reclinar sua cadeira enquanto erguia um grande rubi, mas — é claro — as pernas de aço da cadeira estavam fundidas ao chão, também de aço.

— Um dia elas poderiam ter deixado você rico, Cody — Thia disse —, mas agora seria difícil vendê-las.

Era verdade. Joias praticamente não valiam nada hoje. Havia alguns Épicos com o poder de criar pedras preciosas.

— Talvez — Cody disse —, mas ouro ainda é o padrão. — Ele coçou a cabeça. — Mas não sei bem por quê. Não dá pra comê-lo, que é o que interessa à maioria das pessoas.

— É familiar — Prof disse. — Não enferruja, é fácil de modelar e difícil de falsificar. Não existe nenhum Épico que possa fabricá-lo. Ainda. As pessoas precisam negociar de algum modo, especialmente nas fronteiras de reinos ou cidades. — Ele tocou uma corrente de ouro. — Na verdade, Cody está certo.

– Estou? – Cody pareceu surpreso.

Prof assentiu.

– Independentemente de atacarmos Coração de Aço ou não, só o ouro que encontramos aqui já pode financiar os Executores por alguns anos.

Thia apoiou o caderno na mesa, batendo nele distraidamente com a caneta. Nas outras mesas das baias tínhamos arrumado o que encontramos no cofre. Cerca de três quartos do conteúdo das caixas era recuperável.

– Há muitos testamentos, especialmente – Thia disse, abrindo uma lata de refrigerante. – Certificados de ações, passaportes, cópias de carteiras de motorista...

– Poderíamos encher uma cidade inteira com pessoas falsas, se quiséssemos – Cody disse. – Imagina que divertido.

– O segundo maior grupo – Thia continuou – é a já mencionada pilha de joias, tão valiosa quanto inútil. Se alguma coisa no cofre afetou Coração de Aço, então, por puro volume, esse é o grupo mais provável.

– Mas não é – afirmei.

Prof suspirou.

– David, eu sei o que você...

– O que quero dizer – interrompi – é que joias não fazem sentido. Coração de Aço não atacou outros bancos e não fez nada, direta ou indiretamente, para proibir as pessoas de usarem joias na sua presença. Joias são tão comuns entre os Épicos que ele precisaria tomar algumas medidas com relação a isso.

– Concordo – Thia disse –, embora apenas em parte. É possível que não tenhamos visto alguma coisa. Coração de Aço provou ser sutil no passado; talvez ele tenha um embargo secreto a um determinado tipo de pedra preciosa. Vou investigar, mas acho que David está certo. Se alguma coisa *sem dúvida* afetou Coração de Aço, então é provavelmente uma das exceções.

– Quantas dessas há? – Prof perguntou.

– Mais de trezentas – Thia respondeu, com uma careta. – A maioria são lembrancinhas ou recordações sem nenhum valor intrínseco. Qualquer coisa entre elas poderia ser, teoricamente, o nosso culpado. Mas, é claro, também há uma chance de que tenha sido algo que uma das pessoas no salão estava carregando. Ou poderia ser, como David parece pensar, algo sobre a situação.

— É muito raro a fraqueza de um Épico ser influenciada só por proximidade a algo mundano — eu disse, dando de ombros. — A não ser que algum objeto no cofre emitisse algum tipo de radiação ou uma luz ou som, algo que tenha de fato atingido Coração de Aço, as chances de que tenha sido o culpado são poucas.

— Examine os itens mesmo assim, Thia — Prof recomendou. — Talvez possamos encontrar uma correlação com algo que Coração de Aço tenha feito na cidade.

— E a escuridão? — Cody perguntou.

— A escuridão de Punho da Noite?

— Isso — Cody confirmou. — Sempre pensei que era estranho ele manter a cidade tão escura.

— Isso é provavelmente por causa de Punho da Noite em si — falei. — Ele não quer que a luz do sol o atinja e o torne corpóreo. Eu não me surpreenderia se isso fosse parte do acordo entre eles, um dos motivos pelos quais Punho da Noite serve Coração de Aço. O governo de Coração de Aço fornece infraestrutura, comida, eletricidade e prevenção de crimes para compensar pelo fato de estar sempre escuro.

— Acho que faz sentido — Cody cedeu. — Punho da Noite precisa da escuridão, mas não pode consegui-la a não ser que tenha uma boa cidade onde trabalhar. Meio como um gaiteiro precisa de uma boa cidade para apoiá-lo, para que possa ficar tocando no topo dos penhascos.

— Um... gaiteiro? — perguntei.

— Ah, por favor, não o incentive — Thia disse, erguendo uma mão à cabeça.

— Um tocador de gaita de foles — Cody falou.

Eu o encarei, sem expressão.

— Você nunca ouviu falar de *gaita de foles*? — Cody perguntou, parecendo horrorizado. — Elas são tão escocesas quanto kilts e pelo de axila ruivo!

— Hã... oi? — eu disse.

— É isso — Cody afirmou. — Coração de Aço deve cair pra voltarmos a educar as crianças direito. Isso é uma ofensa contra a dignidade da minha terra natal.

– Ótimo – Prof disse. – Fico feliz por termos uma motivação legítima agora. – Ele tamborilou um dedo na mesa, distraído.

– Você está preocupado – Thia adivinhou. Ela parecia conhecer Prof bastante bem.

– Estamos chegando cada vez mais perto de um confronto. Se continuarmos assim, vamos atrair Coração de Aço para uma briga, mas seremos incapazes de lutar contra ele.

As pessoas na sala caíram em silêncio. Eu olhei para cima, encarando o teto alto; as luzes brancas estéreis ao redor do salão não forneciam brilho suficiente para atingir os cantos mais distantes. Fazia frio e silêncio.

– Quando é o último momento em que podemos desistir?

– Bem – Prof disse –, podemos atraí-lo para um confronto com Holofote e então não aparecer.

– Isso pode ser meio divertido por si só – Cody comentou. – Duvido que Coração de Aço leve um bolo com frequência.

– Ele reagiria mal à vergonha – Prof disse. – No momento, os Executores são um espinho, um aborrecimento. Só realizamos três ataques na cidade dele e nunca matamos ninguém vital à sua organização. Se fugirmos, saberão o que estamos fazendo. Abraham e eu posicionamos evidências que provarão que estávamos por trás disso. É o único jeito de garantir que a nossa vitória, se a obtivermos, não seja atribuída a um Épico em vez de a homens comuns.

– Então, se fugirmos... – Cody começou.

– Coração de Aço saberá que Holofote era uma farsa e que os Executores trabalhavam em um plano para assassiná-lo – Thia disse.

– Bem – Cody falou –, a maioria dos Épicos já quer nos matar. Então talvez nada mude.

– Isso será pior – eu disse, ainda encarando o teto. – Ele matou *as equipes de resgate*, Cody. Ele é paranoico. Vai nos caçar ativamente se descobrir o que estamos fazendo. A ideia de que tentamos atingi-lo... de que procurávamos a fraqueza dele... Coração de Aço não vai encarar isso de braços cruzados.

As sombras tremeluziram; abaixei os olhos e vi Abraham se aproximando da nossa baia.

– Prof, você pediu que eu te avisasse quando desse a hora.

Prof verificou o celular, então assentiu.

– É melhor voltarmos para o esconderijo. Cada um pegue uma sacola e a encha com as coisas que encontramos. Vamos examiná-las mais detalhadamente em um ambiente com controle maior.

Nós nos erguemos, Cody dando um tapinha na cabeça de um cliente do banco morto – e congelado em aço – que jazia ao lado da parede dessa baia em particular. Enquanto saíamos, Abraham pôs algo na mesa.

– Para você.

Era uma pistola.

– Não sou bom com... – Eu perdi o que estava dizendo. Ela parecia familiar. *É a arma... a que o meu pai apanhou.*

– Eu a encontrei nos escombros perto do seu pai – Abraham disse. – A transfersão transformou o cabo em metal, mas a maioria das partes já era de aço bom. Removi o pente e limpei a câmara, e a corrediça e o gatilho ainda funcionam como esperado. Eu não confiaria nela por completo até fazer um exame minucioso na base, mas há uma boa chance de que vá atirar com segurança.

Apanhei a arma. Essa era a arma que tinha matado o meu pai. Segurá-la parecia errado.

Mas também era, até onde eu sabia, a única arma que já havia ferido Coração de Aço.

– Não temos como saber se foi algo relacionado à arma que permitiu ferir Coração de Aço – Abraham disse. – Achei que valeria a pena desenterrá-la. Vou desmontá-la e limpá-la pra você, e verificar os cartuchos. Eles ainda devem estar bons, mas talvez eu precise trocar a pólvora, se os cartuchos não a isolaram contra a transfersão. E então, se estiver tudo bem, você pode usá-la. Caso surja uma oportunidade, pode tentar atirar nele com ela.

Agradeci com um aceno de cabeça, então corri para pegar uma sacola e coletar a minha parte do que tínhamos descoberto.

– A música da gaita de foles é o som mais sublime que você ouvirá na vida – Cody explicou, gesticulando amplamente conforme percorríamos o corredor em direção ao esconderijo. – Uma mistura sonora de poder, fragilidade e maravilha.

– Parecem gatos morrendo em um liquidificador – Thia disse para mim. Cody pareceu nostálgico.

– Sim, e que magnífica melodia isso é, moçoila.

– Então, espere aí – falei, erguendo um dedo. – Essas gaitas de fole. Pra fazê-las, você... O que foi que você disse? "Precisa matar um dragãozinho, e esses bichos são totalmente reais e nem um pouco mitológicos e vivem nas Terras Altas escocesas até hoje."

– Isso – Cody afirmou. – É importante escolher um *pequeno*. Os grandes são muito perigosos, sabe, e suas bexigas não fazem boas gaitas. Mas você tem que matá-lo pessoalmente, entende. É necessário que um gaiteiro tenha o seu próprio dragão. Faz parte do código.

– Depois disso – eu disse – você precisa remover a bexiga e prender... o que era?

– Chifres de unicórnio talhados para fazer as gaitas – Cody respondeu. – Quer dizer, você *poderia* usar algo menos raro, como marfim. Mas, se quer ser um purista, tem que usar chifres de unicórnio.

– Que história deliciosa – Thia falou.

– Uma palavra grandiosa essa que você escolheu – Cody disse. – Ela, é claro, era originalmente um termo escocês. *Del* vem de Dál Riata, o grande e antigo reino escocês da mitologia. Aliás, acho que uma das grandes canções de gaita de foles é dessa época. "*Abharsair e d'a chois e na Dùn Èideann.*"

– Ab... ha... quê? – perguntei.

– *Abharsair e d'a chois e na Dùn Èideann* – Cody repetiu. – É um nome docemente poético que de fato não tem tradução para o inglês...

– Significa "O diabo foi para Edimburgo" em gaélico escocês – Thia disse, inclinando-se na minha direção, mas falando alto o bastante para Cody ouvir.

Cody, pela primeira vez, hesitou.

– Você fala gaélico escocês, moçoila?

– Não – Thia respondeu. – Mas procurei isso da última vez que você contou essa história.

– Ah... procurou, é?

– Sim. Embora a sua tradução seja questionável.

– Bem, bem. Eu sempre disse que você era inteligente, moçoila.

Sim, de fato. – Ele tossiu para dentro da mão. – Ah, vejam só, estamos na base. Continuo a história depois. – Os outros haviam chegado ao esconderijo logo à frente, e Cody correu para encontrá-los, seguindo Megan túnel acima.

Thia balançou a cabeça, caminhando ao meu lado até o túnel. Eu fui por último, certificando-me de que os cabos e fios que escondiam a entrada estavam no lugar. Liguei os sensores de movimento escondidos, que nos alertariam se alguém entrasse, então rastejei para dentro também.

– ... apenas não sei, Prof – Abraham estava dizendo, em sua voz suave. – Apenas não sei. – Eles tinham passado o caminho de volta andando à nossa frente e conversando baixinho. Eu tentara me aproximar para ouvi-los, mas Thia havia significativamente colocado uma mão no meu ombro e me puxado para trás.

– Então? – Megan perguntou, cruzando os braços enquanto todos nos reuníamos ao redor da mesa principal. – O que está acontecendo?

– Abraham não gosta do modo como os rumores estão se espalhando – Prof respondeu.

– O público em geral parece aceitar a nossa história de Holofote – Abraham disse. – Estão assustados, e o nosso ataque à usina de força surtiu efeito; há blecautes ocorrendo por toda a cidade. No entanto, não vejo provas de que Coração de Aço acreditou na história. A Patrulha está vasculhando as sub-ruas, e Punho da Noite está esquadrinhando a cidade. Tudo o que ouço dos nossos informantes é que Coração de Aço procura por um grupo de rebeldes, não por um Épico rival.

– Então, vamos revidar com tudo – Cody opinou, cruzando os braços e encostando-se na parede ao lado do túnel. – Vamos matar mais alguns Épicos.

– Não – eu disse, lembrando-me da minha conversa com Prof. – Precisamos nos focar. Não podemos só eliminar Épicos aleatórios; devemos pensar como alguém tentando capturar a cidade.

Prof assentiu.

– Cada ataque que realizarmos sem que Holofote apareça em público vai fazer Coração de Aço ficar mais desconfiado.

– Então vamos desistir? – Megan perguntou. Ela tinha uma nota de animação na voz, embora obviamente tentasse disfarçar.

– De jeito nenhum – Prof disse. – Talvez eu ainda decida que precisamos desistir; se não estivermos confiantes o suficiente sobre a fraqueza de Coração de Aço, é possível que eu faça isso. Entretanto, ainda não chegamos a esse ponto. Vamos continuar com o plano, mas precisamos fazer algo grande, preferencialmente com uma aparição de Holofote. Precisamos apertar Coração de Aço o máximo que pudermos e impelir aquele temperamento dele. *Forçá-lo* a se mostrar.

– E como faremos isso? – Thia perguntou.

– É hora de matar Confluência – Prof disse. – E derrubar a Patrulha.

27

Confluência.

De muitos modos, ele constituía a espinha dorsal do governo de Coração de Aço. Uma figura misteriosa, mesmo quando comparada a Tormenta de Fogo e Punho da Noite.

Eu não tinha fotos boas de Confluência. As poucas, pelas quais eu pagara uma nota, eram desfocadas e indefinidas. Eu nem estava certo de que ele era real.

A van sacolejava conforme se movia pelas ruas escuras de Nova Chicago; fazia calor lá dentro. Eu estava sentado no banco do passageiro, e Megan dirigia. Cody e Abraham estavam na parte de trás. Prof coordenava a missão em outro veículo, e Thia era o nosso apoio na base, assistindo aos vídeos da spynet das ruas da cidade. Era um dia gelado, e o aquecedor na van não funcionava – Abraham não chegara a consertá-lo.

As palavras de Prof correram pela minha mente. *Nós já consideramos atacar Confluência antes, mas descartamos a ideia, pois achamos que seria perigoso demais. Ainda temos os planos que fizemos. Não será menos perigoso agora, mas já fomos longe demais. Não há por que não seguirmos em frente.*

Confluência sequer era real? Meus instintos diziam que sim. Do mesmo modo que as pistas apontavam Tormenta de Fogo como uma ilusão, as pistas cercando Confluência indicavam que *alguma coisa* estava lá. Um Épico poderoso, mas frágil.

Coração de Aço move Confluência por aí, Prof havia dito, *nunca deixando que ele fique no mesmo lugar por muito tempo. Mas há um padrão em como ele se move. Frequentemente usa uma limusine blindada com seis guardas e uma escolta de duas motos. Se procurarmos por isso e esperarmos até ele usar essa escolta para se mover, podemos atacá-lo nas ruas, em movimento.*

As pistas. Mesmo com as usinas de energia, Coração de Aço não dispunha de eletricidade suficiente para toda a cidade, mas de algum modo havia produzido aquelas células de combustível. As armaduras energizadas não incluíam fontes de energia, assim como muitos dos helicópteros. O fato de eles serem abastecidos diretamente por membros do alto escalão da Patrulha não era um grande segredo. Todo mundo sabia disso.

Ele estava por aí. Um doador que podia criar energia de uma forma capaz de propulsionar veículos, encher células de combustível, até iluminar uma boa porção da cidade. Esse nível de poder era espantoso, mas não mais que o de Punho da Noite ou de Coração de Aço. Os Épicos mais poderosos estabeleciam sua própria escala de força.

A van deu um tranco, e eu apertei meu fuzil – que estava abaixado, com a trava de segurança acionada e o cano apontado em direção à porta. Fora de vista, mas ao alcance da mão. Só por via das dúvidas.

Thia avistara o tipo de escolta certo hoje, e nós tínhamos corrido. Megan nos levava em direção a um ponto onde a nossa rua cruzaria com a limusine de Confluência. Os olhos dela estavam intensos, como de costume, embora houvesse uma tensão particular nela hoje. Não medo. Só... preocupação, talvez?

– Você não acha que deveríamos estar fazendo isso, acha?

– Acho que deixei isso claro – Megan respondeu, com a voz monótona e os olhos voltados à frente. – Coração de Aço não precisa cair.

– Estou falando especificamente sobre Confluência – falei. – Você está nervosa. Em geral, não fica nervosa.

– Só acho que não sabemos o bastante sobre ele – Megan disse. – Não deveríamos estar atacando um Épico do qual nem temos fotos.

– Mas você *está* nervosa.

Ela continuou dirigindo, com os olhos focados na estrada e as mãos apertando o volante com força.

– Não tem problema – afirmei. – Eu me sinto como um tijolo feito de mingau.

Ela me olhou, franzindo o cenho. A frente da van ficou em silêncio. Então, Megan começou a rir.

– Não, não – insisti. – Faz sentido! Olha, um tijolo deve ser forte, certo? Mas, se um fosse secretamente feito de mingau, e todos os outros tijolos não soubessem, ele ficaria preocupado por ser fraco, enquanto os outros são fortes. Ele seria amassado quando colocado na parede, entende? Talvez misturando um pouco do seu mingau com aquela coisa que eles enfiam entre os tijolos.

Megan ria ainda mais alto agora, tanto que não podia respirar. Eu tentei continuar explicando, mas me peguei sorrindo. Acho que nunca a fizera rir, *realmente* rir. Não dar um risinho, não abrir os lábios em zombaria irônica, mas realmente rir. Ela estava quase em lágrimas quando recuperou o controle. Acho que tivemos sorte de não bater em um poste ou algo assim.

– David – ela disse, entre arfadas –, acho que essa é a coisa mais ridícula que já ouvi alguém dizer. A coisa mais bizarramente, audaciosamente ridícula.

– Er...

– Faíscas – ela disse, exalando. – Eu precisava disso.

– Precisava?

Megan assentiu com a cabeça.

– Podemos... Podemos fingir que foi por isso que eu disse, então?

Ela me olhou, sorrindo, com os olhos brilhando. A tensão continuava lá, mas recuara um pouco.

– Claro – ela respondeu. – Quer dizer, trocadilhos ruins são meio que uma forma de arte, não? Então, por que não metáforas ruins?

– Exatamente.

– E, se elas são uma arte, você é um mestre da pintura.

– Bem, na verdade – falei –, isso não funciona, entende, porque a metáfora faz muito sentido. Eu teria que ser, tipo, um ás da aviação, ou algo assim. – Inclinei a cabeça. – Na verdade, isso faz um pouquinho de sentido também. – Faíscas, ser ruim intencionalmente era difícil também. Achei isso, sem dúvida, injusto.

– Vocês estão bem aí na frente? – Cody perguntou nos nossos ouvidos. A parte de trás da van era separada por uma divisória de metal, como em uma van de serviço. Havia uma janelinha, mas Cody preferia usar os celulares para se comunicar.

– Estamos bem – Megan disse. – Só tendo uma conversa abstrata sobre paralelismo linguístico.

– Você não se interessaria – acrescentei. – Não envolve escoceses.

– Na verdade – Cody falou –, a língua original da minha terra natal...

Megan e eu nos entreolhamos, então ambos pegamos os celulares e os silenciamos.

– Avise quando ele tiver acabado, Abraham – eu disse no meu.

Abraham suspirou do outro lado da linha.

– Quer trocar de lugar? Eu adoraria silenciar Cody nesse momento. Infelizmente é difícil quando ele está sentado do seu lado.

Eu gargalhei, então olhei para Megan. Ela continuava sorrindo. Ver o seu sorriso me deu a sensação de ter feito algo grandioso.

– Megan – Thia disse em nossos ouvidos –, continue seguindo em frente. A escolta está progredindo pela estrada, sem desvios. Vocês devem se encontrar em cerca de quinze minutos.

– Afirmativo.

Lá fora, as luzes dos postes tremeluziram, assim como as luzes dentro de um complexo de apartamentos pelo qual passamos. Outro blecaute parcial.

Até agora não haviam ocorrido pilhagens. A Patrulha policiava as ruas, e as pessoas sentiam-se assustadas demais. Quando passamos por um cruzamento, vi uma grande armadura energizada percorrendo uma rua lateral, com passos pesados. Com 3,5 metros de altura e braços que eram pouco mais que canos de metralhadora, a armadura era acompanhada por um Núcleo da Patrulha de cinco homens. Um soldado portava uma arma de energia característica, pintada de vermelho forte, como um aviso. Algumas rajadas daquilo eram capazes de derrubar um prédio.

– Eu sempre quis pilotar uma dessas armaduras – observei, enquanto seguíamos.

– Não é muito divertido – Megan comentou.

– Você já pilotou uma? – perguntei, chocado.

– Sim. Elas são abafadas por dentro e respondem muito lentamente. – Ela hesitou. – Mas admito que atirar com ambas as armas rotativas com abandono total pode ser bem satisfatório, de um jeito meio primitivo.

– Ainda vamos te converter das pistolas.

– Sem chance – ela afirmou, dando uns tapinhas no coldre embaixo do braço. – E se eu ficar encurralada em um lugar fechado?

– Então você bate neles com o apoio frontal da arma – respondi. – Se eles estiverem longe demais pra isso, é sempre melhor ter uma arma que acerta o alvo.

Ela me lançou um olhar seco enquanto dirigia.

– Fuzis demoram demais. Não são... espontâneos o suficiente.

– Isso vindo de uma mulher que reclama quando as pessoas improvisam.

– Eu reclamo quando *você* improvisa – ela corrigiu. – O que é diferente de eu mesma improvisar. Além disso, nem todas as pistolas são imprecisas. Já atirou com uma MT 318?

– Uma boa arma – admiti. – Se eu *tivesse* que carregar uma pistola, consideraria uma MT. O problema é que a coisa é tão fraca que se torna mais fácil você só jogar as balas com a mão. As chances de ferir alguém seriam as mesmas.

– Se você é um bom atirador, não importa quanto poder de parada uma arma tem.

– Se você é um bom atirador – falei de modo respeitoso, colocando uma mão no peito –, provavelmente já está usando um fuzil.

Ela bufou.

– E que pistola você *teria*, se pudesse escolher?

– Jennings .44.

– Uma Spitfire? – ela perguntou, incrédula. – Essas coisas têm tanta precisão quanto jogar um punhado de balas com a mão no meio de um tiroteio.

– Claro. Mas, se vou usar uma pistola, isso significa que alguém está bem na minha frente. Talvez não tenha a chance de dar um segundo tiro, então quero que o cara caia rápido. Nessa altura, como ele está perto, a precisão não importa.

Megan só revirou os olhos e meneou a cabeça.

— Você é um caso perdido. Acredita em estereótipos. É possível ser tão preciso com uma pistola quanto com um fuzil, mas você consegue usar a pistola em alcances mais imediatos. De certo modo, como é mais difícil, pessoas *realmente* habilidosas usam pistolas. Qualquer slontze consegue acertar com um fuzil.

— Você *não disse* isso.

— Disse, e estou dirigindo, então eu decido quando a discussão acabou.

— Mas... Mas isso não faz sentido!

— Não precisa fazer sentido — ela afirmou. — É um tijolo feito de mingau.

— Sabe — Thia comentou nos nossos ouvidos —, vocês dois *poderiam* ambos portar um fuzil *e* uma pistola.

— A questão não é essa — falei, no mesmo instante em que Megan respondeu:

— Você não entende.

— Que seja — Thia respondeu. Eu podia ouvi-la bebendo refrigerante. — Dez minutos. — O tom em sua voz sugeria que se sentia entediada com a nossa discussão. Ela, porém, não podia ver que nós dois estávamos sorrindo.

Faíscas, eu gosto dessa garota, pensei, observando Megan, que parecia pensar ter ganhado a discussão.

Apertei o botão no celular que me silenciava para toda a equipe.

— Eu sinto muito — me peguei dizendo.

Megan ergueu uma sobrancelha para mim.

— Por ter feito o que fiz com os Executores — falei. — Por fazer tudo ir de um jeito diferente do que você queria. Por te arrastar pro meio disso.

Ela deu de ombros, então apertou o seu próprio botão silenciador.

— Já superei isso.

— O que mudou?

— No fim, eu gosto demais de você pra te odiar, Joelhos. — Ela me lançou um olhar de soslaio. — Não deixe isso subir à cabeça.

Minha cabeça não me preocupava. Meu coração, por outro lado, era outra questão. Uma onda de choque percorreu o meu corpo. Ela realmente dissera isso?

Antes que eu pudesse derreter demais, porém, o meu celular acendeu. Prof tentava nos contatar. Bati no aparelho com um movimento rápido.

– Fiquem atentos, vocês dois – ele nos disse, parecendo um pouco desconfiado. – Mantenham as linhas abertas.

– Sim, senhor – respondi imediatamente.

– Oito minutos – Thia informou. – A escolta virou à esquerda na Frewanton. Vire à direita no próximo cruzamento e continue na rota de cruzamento.

Megan focou-se em dirigir, e, então – para evitar que *eu* me focasse demais *nela* –, revi o plano algumas vezes em silêncio.

Vamos fazer isso de um jeito simples, Prof dissera. *Nada elaborado. Confluência é frágil. Ele é um maquinador, um organizador, a pessoa que puxa as cordas, mas não tem poderes que o protejam.*

Vamos nos aproximar da escolta, e Abraham vai usar o detector pra determinar se um Épico poderoso está no carro. A van entrará na frente da escolta; abrimos as portas traseiras, onde Cody estará fantasiado.

Cody ergue as mãos; Abraham atira com a arma de gauss por trás dele. Na confusão, esperamos que pareça que ele lançou o raio da mão. Vamos atingir a limusine inteira, não deixando nada exceto entulho, então fugiremos. Os guardas de moto que sobreviverem espalharão a história.

Iria funcionar. Com sorte. E, sem Confluência doando as suas habilidades a soldados da Patrulha de alto nível, as armaduras energizadas, as armas de energia e os helicópteros todos parariam de funcionar. Células de combustível se tornariam secas, e a cidade ficaria sem força.

– Estamos chegando perto – Thia disse suavemente nos nossos ouvidos. – A limusine está virando à direita na Beagle. Prof, use a formação beta; tenho quase certeza de que eles se dirigem para a cidade alta, o que significa que vão virar na rua Finger. Megan, você ainda está no alvo.

– Entendido – Prof respondeu. – Eu estava indo para lá.

Passamos por um antigo parque abandonado. Dava pra saber por causa das ervas daninhas congeladas e dos galhos caídos transformados em aço. Só os mortos haviam sido transformados – Coração de Aço não podia afetar matéria viva. Na verdade, os seus pulsos tinham dificuldade com qualquer coisa próxima demais a um corpo vivo. As roupas de uma pessoa frequentemente não eram transformadas, mas o chão ao redor delas, sim.

Esse tipo de peculiaridade era comum com os poderes Épicos; era uma das coisas que não faziam sentido, sob uma perspectiva científica. Um corpo morto e um vivo, cientificamente, podiam ser muito similares. Um, entretanto, podia ser afetado por muitos dos poderes Épicos mais estranhos, enquanto o outro, não.

Minha respiração enevoou a janela conforme passávamos pelo playground, que não era mais seguro para brincadeiras. As ervas daninhas agora não passavam de pedaços dentados de metal. O aço de Coração de Aço não enferrujava, mas podia quebrar, deixando rebarbas afiadas.

– Ok – Prof disse alguns minutos depois. – Estou aqui. Subindo por fora do prédio. Megan, repita para mim as nossas contingências.

– Nada vai dar errado – Megan falou, a voz soando tanto ao meu lado como no meu fone de ouvido.

– Alguma coisa sempre dá errado – Prof afirmou. Eu o ouvia ofegar enquanto subia, embora tivesse um cinto gravatônico para ajudá-lo. – Contingências.

– Se você ou Thia mandarem – Megan começou –, vamos recuar e nos separar. Vocês criarão uma distração. Nós quatro na van nos dividiremos em duas equipes e iremos em direções opostas, dirigindo-nos para o ponto de encontro gama.

– É isso que eu não entendo – falei. – Como exatamente vamos tomar direções opostas? Só temos uma van.

– Ah, nós temos uma surpresinha aqui atrás, rapaz – Cody informou; eu o havia tirado do silencioso quando fizera o mesmo com Prof e o resto da equipe. – Estou até torcendo pra que algo dê errado. Meio que quero usá-la.

– Nunca torça pra algo dar errado – Thia disse.

– Mas sempre imagine que vai – Prof acrescentou.

– Você é um velho paranoico – Thia falou.

– Sou mesmo – Prof concordou. Sua voz estava abafada, provavelmente por ele estar se agachando com o lança-foguetes. Eu tinha imaginado que eles colocariam Cody nessa posição, com um fuzil de atirador, mas Prof disse que preferia ter algo mais pesado, já que talvez a Patrulha estivesse envolvida. Diamante ficaria orgulhoso.

– Você está chegando perto, Megan – Thia informou. – Deve alcançá-los em alguns minutos. Mantenha a velocidade; a limusine está indo mais rápido do que de costume.

– Será que eles suspeitam de alguma coisa? – Cody perguntou.

– Seriam tolos se não suspeitassem – Abraham respondeu, suavemente. – Imagino que Confluência vai tomar um cuidado extra esses dias.

– O risco vale a pena – Prof disse. – Só tomem cuidado.

Concordei com a cabeça. Com quedas de energia por toda a cidade, incapacitar a Patrulha deixaria Nova Chicago em estado de desordem. Isso forçaria Coração de Aço a tomar uma atitude e assumir um pulso firme para evitar pilhagens ou revoltas. Isso, de um jeito ou de outro, significaria se revelar.

– Ele nunca tem medo de lutar com outros Épicos – afirmei.

– Do que você está falando? – Prof perguntou.

– Coração de Aço. Ele enfrenta outros Épicos sem problemas, mas não gosta de reprimir revoltas pessoalmente. Sempre usa a Patrulha. Imaginamos que era porque ele não queria se incomodar com isso, mas e se for algo mais? E se ele tiver medo do fogo cruzado?

– Quem é esse? – Abraham perguntou.

– Não, não um Épico. Acabou de me ocorrer: e se Coração de Aço temer levar um tiro acidentalmente? E se essa for a sua fraqueza? Ele foi ferido pelo meu pai, mas ele não estava mirando em Coração de Aço. E se ele só puder ser ferido se a bala for destinada a outra pessoa?

– Possível – Thia concordou.

– Precisamos manter o foco – Prof interveio. – David, guarde essa ideia por enquanto. Voltaremos a ela.

Ele estava certo. Eu me deixava distrair, como um coelho resolvendo problemas matemáticos em vez de procurar raposas.

Mesmo assim... *Se eu estiver certo, ele nunca ficaria em perigo numa luta individual. Já enfrentou outros Épicos com impunidade. O que ele parece temer é uma grande batalha, na qual balas estão voando por todo lado.* Fazia sentido. Era uma coisa simples, mas a maioria das fraquezas dos Épicos *era* simples.

— Reduza um pouco a velocidade — Thia disse, suavemente.

Megan obedeceu.

— Lá vem...

Um carro preto elegante emergiu na rua escura à nossa frente, indo na mesma direção que nós. Ele era flanqueado por duas motos — uma guarda decente, mas não ótima. Nós sabíamos, pelo plano original dos Executores para atacar Confluência, que essa escolta era provavelmente a dele. Mas usaríamos o detector para ter certeza.

Continuamos seguindo a limusine. Eu estava impressionado; embora não soubessem para onde o carro ia, Thia e Megan planejaram tudo de modo que a limusine entrasse na *nossa* rua e não o contrário. Pareceríamos menos suspeitos assim.

Meu trabalho era manter os olhos abertos e, se as coisas dessem errado, devolver fogo para Megan poder dirigir. Tirei um pequeno par de binóculos do bolso e me abaixei, observando por ele e inspecionando a limusine à frente.

— Bem? — Prof perguntou no meu ouvido.

— Parece bom — falei.

— Vou entrar do lado deles no próximo semáforo — Megan disse. — Vai parecer natural. Esteja pronto, Abraham.

Deslizei os binóculos para dentro do bolso e tentei parecer despreocupado. O próximo semáforo estava verde quando o atingimos, então Megan continuou seguindo a limusine a uma distância segura. O semáforo depois desse, no entanto, ficou vermelho antes de a limusine chegar a ele.

Nós nos aproximamos da limusine lentamente, pelo lado direito.

— Com certeza há um Épico por perto — Abraham informou da parte de trás da van. Ele assobiou baixinho. — Um poderoso. *Muito* poderoso. O detector está se focando nele. Vou saber mais num segundo.

Um dos pilotos de moto nos examinou. Ele usava um capacete da Patrulha e tinha uma SMG presa às costas. Tentei enxergar através das janelas da limusine e ter um vislumbre de Confluência. Sempre me perguntei como seria a cara dele.

Eu não conseguia ver através do vidro traseiro escurecido. Mas, conforme nos aproximamos, avistei alguém sentado no banco do passageiro. Uma mulher, que me era vagamente familiar. Ela encontrou o meu olhar, mas então desviou os olhos.

Terninho de negócios, cabelo negro cortado rente às orelhas. Era a assistente de Punho da Noite, que estivera com ele na loja de Diamante. Ela era provavelmente uma intermediária da Patrulha; fazia sentido estar na limusine.

Porém, alguma coisa ainda me deixou desconfiado. Ela havia encontrado meus olhos; devia ter me reconhecido. Talvez... Talvez *tivesse* me reconhecido, mas não se surpreendeu em me ver.

Nós aceleramos, o semáforo estava verde, e senti uma pontada de inquietação.

– Prof, acho que é uma armadilha.

Nesse instante, Punho da Noite em pessoa voou pelo topo da limusine, com os braços abertos e linhas de escuridão se estendendo dos seus dedos para a noite.

28

A maioria das pessoas nunca viu um Alto Épico em toda a sua glória. É assim que dizemos quando eles convocam os poderes pra valer – quando se levantam em toda a sua força, as emoções despertadas para a ira e a fúria.

Eles adquirem um *brilho*. O ar se torna cortante, como que repleto de eletricidade. Os corações param de bater. O vento segura a respiração. Com a ascensão de Punho da Noite, era a terceira vez que eu via algo parecido.

Ele estava vestido de noite, e a escuridão se retorcia e se contorcia ao seu redor. Seu rosto estava pálido, translúcido, mas os olhos reluziam, e os lábios estavam repuxados com ódio. Era a expressão de um deus, pouco tolerante até mesmo com os seus aliados. Ele viera para destruir.

Olhando para ele, percebi que estava aterrorizado.

– Calamidade! – Megan xingou, pisando fundo no pedal e desviando a van para o lado quando as sombras ao redor de Punho da Noite pularam na nossa direção. Elas se moviam como dedos fantasmagóricos.

– Abortar! – Thia gritou. – Saiam daí!

Não havia tempo. Punho da Noite se movia no ar, ignorando coisas como vento e gravidade. Ele voou como um espectro da frente do seu carro e na nossa direção. Mas ele não era o verdadeiro perigo – o verdadeiro perigo eram aquelas gavinhas de escuridão. A van não podia evitá-las; havia dúzias delas.

Ignorando o medo, ergui o meu fuzil. A van chacoalhava e sacolejava ao meu redor. Fios de escuridão se ergueram, envolvendo o veículo.

Idiota, pensei. Larguei o fuzil e enfiei a mão no bolso do casaco. A lanterna! Em pânico, eu a liguei e a apontei diretamente para o rosto de Punho da Noite quando ele surgiu flutuando ao lado da minha janela. Ele voava com o rosto à frente do corpo, como se nadasse no ar.

A reação foi imediata. Embora a lanterna não emitisse nenhuma luz visível, o rosto de Punho da Noite imediatamente perdeu a incorporeidade. Os seus olhos pararam de brilhar, e as sombras ao redor da sua cabeça desapareceram. O raio de luz invisível perfurou as gavinhas sombrias como um laser atravessando uma pilha de ovelhas.

Sob aquela luz UV, o rosto de Punho da Noite, em vez de divino, parecia frágil, humano e muito, muito surpreso. Tentei erguer a minha arma para atirar nele, mas o fuzil era desajeitado demais, e a pistola do meu pai estava presa sob o meu braço, então eu não podia alcançá-la enquanto segurava a lanterna.

Punho da Noite olhou para mim durante o tempo de uma batida do coração, com os olhos arregalados de terror. Então, ele fugiu num piscar de olhos, disparando para longe da van. Eu não tinha certeza, mas parecia que ele perdera altitude enquanto eu o iluminava com a lanterna, como se todos os seus poderes tivessem se enfraquecido.

Ele desapareceu por uma rua lateral, e as sombras que se moviam ao redor da van recuaram junto com ele. Eu tinha a sensação de que ele não voltaria tão cedo, não depois do susto que eu lhe dera.

Fogo de submetralhadora irrompeu ao nosso redor, as balas bombardeando o lado da van com tinidos metálicos. Eu xinguei, curvando-me quando a minha janela estourou. Os pilotos de moto tinham aberto fogo. Embora eu estivesse agachado, ainda tinha uma visão terrível: um helicóptero preto e reluzente da Patrulha se erguia por trás dos prédios comerciais à nossa frente.

– Calamidade, Thia! – Megan gritou, torcendo a direção. – Como você não viu *isso*?

– Não sei – Thia respondeu. – Eu...

Uma bola de luz impelida por um longo rastro de fumaça serpenteou pelo céu, explodindo na lateral do helicóptero. Ele se inclinou, devorado pelas chamas, enquanto escombros caíam pelo ar.

Os rotores foram parando, e o helicóptero começou a cair.

Lança-foguetes, percebi. *Prof.*

– Não entrem em pânico. – A voz de Prof estava firme. – Podemos sobreviver a isso. Cody, Abraham, preparem-se para a separação.

– Prof! – Abraham exclamou. – Acho que você...

– Mais quatro helicópteros chegando! – Thia interrompeu. – Parece que eles estavam escondidos em depósitos ao longo da rota da limusine. Eles não sabiam onde atacaríamos; aquele só estava mais próximo. Eu... Megan, o que você está *fazendo*?

O helicóptero estava fora de controle. Com fumaça erguendo-se de um lado, ele girava em uma espiral torta e descia em direção à rua bem na nossa frente. Megan não estava desviando; em vez disso, ela havia acelerado, inclinando-se sobre a direção e dirigindo a van para a frente numa investida desvairada e insana, bem rumo ao ponto onde o helicóptero cairia.

Fiquei tenso, encostei-me no assento e agarrei a porta ao meu lado, em pânico. Ela tinha perdido a cabeça!

Não havia tempo para protestar. Sob o bombardeio das balas e as ruas lá fora parecendo apenas um borrão, Megan fez a van passar bem debaixo do helicóptero enquanto ele caía na rua com força suficiente para fazer o chão abaixo de nós tremer.

Algo bateu no topo da van com um guincho horrível de metal sobre metal, e nós giramos para um lado, atingindo a parede de um prédio de tijolos e moendo o meu lado da van ao longo dela. Barulho, caos, faíscas. Minha porta foi arrancada. Tijolos rasparam contra o aço a meros centímetros de mim. Pareceu durar uma eternidade.

Então, um segundo depois, a van parou com um tranco. Tremendo, respirei fundo. Estava coberto por cacos de vidro de segurança; o para-brisas havia estourado.

Megan estava sentada no banco do motorista, tentando recuperar o fôlego – com um sorriso insano no rosto e os olhos arregalados. Ela olhou para mim.

– Calamidade! – exclamei, olhando o helicóptero em chamas pelo espelho retrovisor de Megan. Ele atingira a rua logo depois que havíamos passado sob ele, bloqueando as motos e a perseguição. – Calamidade, Megan! *Isso foi demais*!

O sorriso dela se alargou mais.

— Vocês dois estão bem aí atrás? — ela perguntou, olhando pela janelinha que dava para a parte de trás da van.

— Sinto como se estivesse numa centrífuga — Cody reclamou, gemendo. — Acho que o escocês foi drenado pros meus pés e o americano flutuou pros meus ouvidos.

— Prof — Abraham disse —, eu ainda estava com o detector ligado quando Punho da Noite fugiu, e o aparelho se focava na posição dos Épicos. As leituras estavam confusas, mas há *outro Épico* naquela limusine. Talvez um terceiro. Isso não faz sentido...

— Faz sim — Megan disse, rapidamente abrindo a porta e pulando para a rua. — Eles realmente *estavam* transportando Confluência; não sabiam se atacaríamos. Só queriam estar preparados caso atacássemos. Ele estava naquele carro. É isso que você está vendo, Abraham. Provavelmente há um terceiro Épico, menos poderoso, como outra medida de segurança.

No momento em que ia soltar o meu cinto de segurança, percebi que a metade direita dele fora arrancada quando tínhamos raspado contra a parede. Senti um arrepio, então saí da van pelo lado de Megan.

— Vocês quatro, se apressem — Prof disse. Ouvi um motor acelerando no lado dele da linha. — Os outros helicópteros estão quase aí, e aquelas motos vão dar a volta.

— Estou acompanhando tudo — Thia disse. — Vocês têm talvez um minuto.

— Onde está Punho da Noite? — Prof perguntou.

— David o assustou com uma lanterna — Megan respondeu, indo até a traseira da van e abrindo as portas.

— Bom trabalho — Prof disse.

Eu sorri, satisfeito, enquanto ia até a traseira da van. Cheguei bem a tempo de ver Cody e Abraham quebrando a parte de trás de um caixote enorme que havia lá dentro. Eu não os vira carregando a van — isso tinha sido feito no hangar.

Cody usava uma jaqueta verde-escura e óculos, o uniforme que havíamos concebido para Holofote. Meus olhos foram atraídos para os itens no caixote: três motos verdes brilhantes.

— As motos da loja de Diamante! — exclamei, apontando. — Vocês as compraram!

– Claro que compramos – Abraham disse, passando a mão pelo polimento verde-escuro lustroso de uma das motos. – Não ia perder máquinas como *essas*.

– Mas... mas você me disse não!

Abraham riu.

– Eu já ouvi sobre como você dirige, David.

Ele empurrou uma rampa da traseira da van e rolou uma das motos para Megan. Ela subiu e ligou o motor. Pequenos dispositivos ovais instalados de cada lado das motos se acenderam, assumindo um verde brilhante. Eu os notara na loja de Diamante.

Gravatônicos, pensei. *Para tornar as motos mais leves, talvez?* Gravatônicos não podiam fazer as coisas voarem; eram usados apenas para reduzir o coice em armas ou para tornar itens pesados mais fáceis de serem movidos.

Abraham rolou a próxima moto para baixo.

– Você *ia* dirigir, David – Cody disse, rapidamente recolhendo algumas coisas da traseira da van, incluindo o detector. – Mas alguém destruiu a van.

– Ela nunca seria mais rápida que os helicópteros, de qualquer jeito – Megan falou. – Dois de nós vamos ter que ir juntos.

– Eu levo o David na minha – Cody disse. – Pegue a sacola, rapaz. Onde estão os capacetes?

– Rápido! – Thia exclamou, em um tom urgente.

Pulei para pegar a sacola que Cody tinha apontado. Ela estava pesada.

– Eu posso dirigir! – argumentei.

Megan me olhou, enquanto colocava o capacete.

– Você derrubou duas placas tentando virar *uma* esquina.

– Elas eram pequenas! – justifiquei-me, jogando a sacola sobre o ombro e correndo até a moto de Cody. – E eu estava sob muita pressão!

– Sério? – Megan perguntou. – Tipo a pressão sob a qual estamos agora?

Eu hesitei. *Uau. Realmente caí bonitinho nessa, não?*

Cody e Abraham ligaram as motos. Só havia três capacetes. Eu não pedi um – com sorte, minha jaqueta de Executor seria suficiente.

Antes que eu chegasse a Cody, ouvi o som das pás de um helicóptero nos sobrevoando. Uma van blindada da Patrulha emergiu de uma rua lateral, com um homem na torre da metralhadora no teto. Ele abriu fogo.

– Calamidade! – Cody gritou, chutando a moto para a frente com um ímpeto de velocidade, conforme as balas atingiam o chão perto dele. Recuei para junto dos destroços da nossa van.

– Suba! – Megan gritou para mim; ela estava mais perto. – Agora!

Eu me abaixei e corri até a moto, jogando-me atrás dela e agarrando a sua cintura enquanto Megan acelerava o motor. Então, disparamos por um beco aos trancos, no momento em que motos da Patrulha chegavam rugindo de outra rua lateral.

Perdemos Cody e Abraham em um segundo. Eu me agarrei firmemente a Megan – algo que, admito, teria gostado de fazer sob circunstâncias menos insanas. A sacola de Cody batia contra as minhas costas.

Deixei o fuzil na van, percebi, com uma pontada de tristeza. No pânico para pegar a sacola de Cody e chegar até uma moto, não tinha me lembrado disso.

Eu me sentia péssimo, como se abandonasse um amigo.

Disparamos para fora do beco, e Megan virou em uma rua escura, aumentando a velocidade para o que achei ser um nível bastante ridículo. O vento fustigava o meu rosto com tanta força que precisei me encolher e me espremer contra as costas dela.

– Aonde estamos indo? – berrei.

Por sorte, ainda tínhamos os nossos celulares e fones. Embora eu não conseguisse ouvi-la naturalmente, a voz de Megan falou no meu ouvido.

– Há um plano! Vamos em direções diferentes e nos encontramos depois!

– Mas vocês estão indo para o lado errado – Thia disse, parecendo exasperada. – E Abraham também!

– Onde está a limusine? – Abraham perguntou; mesmo com sua voz no meu ouvido, era difícil ouvi-lo acima do vento.

– Esqueça a limusine – Prof ordenou.

– Ainda podemos alcançar Confluência – Abraham disse.

– Não importa – Prof respondeu.

– Mas...

– Acabou – Prof disse, com a voz ríspida. – Vamos fugir.

Nós fugimos.

Megan bateu em uma saliência e dei um pulo no assento, mas me segurei com força. Minha mente girou quando percebi o que Prof queria dizer. Um Épico que realmente quisesse derrotar Coração de Aço não fugiria da Patrulha; seria capaz de lidar com alguns esquadrões sozinho.

Ao fugir, tínhamos provado o que realmente éramos. Agora Coração de Aço nunca nos enfrentaria em pessoa.

– Então eu quero fazer algo – Abraham disse –, fazê-lo sofrer antes de abandonar a cidade. Metade da Patrulha estará nos perseguindo. Aquela limusine está desprotegida, e eu tenho algumas granadas.

– Jon, deixe-o tentar – Thia sugeriu. – Isso já é um desastre. Pelo menos podemos fazer custar a Coração de Aço.

As luzes das ruas eram um borrão. Eu podia ouvir motos atrás de nós e arrisquei um olhar por cima do ombro. *Calamidade!*, pensei. Eles estavam perto; os faróis iluminavam a rua.

– Você nunca vai conseguir – Prof disse a Abraham. – A Patrulha está te seguindo.

– Nós podemos despistá-los – falei.

– Espere – Megan disse. – Nós o *quê*?

– Obrigado – Abraham agradeceu. – Me encontrem na esquina da Quarta com a Nodell; vejam se conseguem tirar a pressão de mim.

Megan tentou se virar e me dar um olhar furioso através do visor do capacete.

– Continue dirigindo! – eu disse, com urgência.

– Slontze – ela falou, então virou na próxima esquina. *Sem reduzir a velocidade.*

Eu berrei, certo de que estávamos mortos. A moto ficou quase paralela ao chão, raspando na rua, mas os gravatônicos dos lados nos impediram de tombar. Nós meio derrapamos, meio dirigimos ao redor da esquina, quase como se amarrados a ela.

Então voltamos à vertical, e o meu grito morreu na garganta.

Houve uma explosão atrás de nós, e a rua de aço tremeu. Olhei por cima do ombro, enquanto meu cabelo agitava-se no vento. Uma das motos pretas da Patrulha não tinha conseguido virar a esquina em alta velocidade, sendo agora uma ruína fumegante amassada contra um prédio de aço. Os gravatônicos deles, se é que os tinham, não pareciam tão bons quanto os nossos.

– Quantas são? – Megan perguntou.

– Três agora. Não, espere, há mais duas. *Cinco*. Faíscas!

– Ótimo – Megan resmungou. – Como exatamente você espera que a gente as leve pra longe de Abraham?

– Sei lá. Improvise!

– Eles estão montando barricadas nas ruas ao redor – Thia avisou nos nossos ouvidos. – Jon, helicóptero na Décima Sétima.

– A caminho.

– O que você está fazendo? – perguntei.

– Tentando manter vocês vivos, crianças – Prof respondeu.

– Faíscas – Cody xingou. – Barricada na Oitava. Vou pegar uma travessa até a Marston.

– Não – Thia disse. – Eles estão tentando fazer você ir por esse caminho. Dê a volta. Você pode escapar para as sub-ruas na Moulton.

– Certo – Cody falou.

Megan e eu emergimos em uma rua larga e, um segundo depois, a moto de Abraham apareceu derrapando de uma rua lateral à nossa frente, quase rente ao chão, com os gravatônicos impedindo que ela tombasse por completo. Era impressionante; a moto estava virada quase de lado, as rodas girando e faíscas voando debaixo dela. Os mecanismos dos gravatônicos amorteceram o ímpeto para que as rodas aderissem à rua e a moto pudesse virar, mas só depois de uma derrapagem prolongada.

Aposto que eu conseguiria pilotar uma dessas coisas, disse a mim mesmo. *Não parece muito difícil.* Como escorregar numa casca de banana virando uma esquina a 130 km/h. Moleza.

Olhei por cima do ombro. Havia pelo menos uma dúzia de motos pretas atrás de nós agora, embora estivéssemos rápido demais para elas arriscarem atirar. Todos precisavam se concentrar em dirigir. Esse provavelmente era o motivo de estarmos tão rápido, pra começo de conversa.

– Armadura energizada! – Thia exclamou. – Logo à frente!

Mal tivemos tempo de reagir quando uma armadura monstruosa, com duas pernas e quase 5 metros de altura, entrou na rua com passos pesados e abriu fogo com ambas as armas rotativas. Balas atingiram a parede do prédio de aço ao nosso lado, criando uma chuva de faíscas. Mantive a cabeça abaixada e a mandíbula travada quando Megan chutou uma alavanca e nos enviou em uma derrapagem gravatônica longa, quase paralela ao chão, a fim de passarmos por baixo das balas.

O vento açoitava a minha jaqueta, e faíscas me cegavam. Eu mal consegui ver os dois enormes pés de aço, um de cada lado, quando deslizamos por entre as pernas da armadura. Megan endireitou a moto em um giro amplo enquanto virávamos uma esquina. Abraham escapou da armadura por um lado, mas sua moto deixava agora um rastro fumaça.

– Fui atingido – Abraham disse.

– Você está bem? – Thia perguntou, preocupada.

– A jaqueta me manteve inteiro – ele respondeu, com um grunhido.

– Megan – eu disse, suavemente –, ele não parece bem. – Abraham estava reduzindo a velocidade, com uma das mãos apertando o lado do corpo.

Ela olhou para ele, então se virou rapidamente para a estrada.

– Abraham, quando virarmos a próxima esquina, quero que você entre direto no primeiro beco. Eles estão longe o suficiente para talvez não verem você fazendo isso. Eu vou seguir reto e fazê-los nos seguir.

– Eles vão se perguntar para onde eu fui – Abraham disse. – Não vai...

– Só faça isso! – Megan ordenou, ríspida.

Ele não protestou mais. Nós viramos na próxima esquina, mas tivemos de reduzir a velocidade para não perdermos Abraham. Eu podia ver que ele deixava um rastro de sangue, e a sua moto estava cheia de buracos de bala. Era um milagre ela ainda se mover.

Quando viramos, Abraham desviou para a direita. Megan acelerou, e o vento uivou, enquanto corríamos por uma rua escura. Arrisquei um olhar para trás e quase perdi a sacola de Cody quando ela deslizou do meu ombro. Precisei soltar Megan por um momento com uma das mãos e segurá-la, o que me desequilibrou e quase me fez rolar para o chão.

– Tome cuidado – Megan disse, xingando.

– Certo – falei, atordoado. Naquele momento confuso, *pensei* ter visto outra moto verde como a nossa, seguindo-nos de perto.

Olhei de novo. As motos da Patrulha pareciam ter mordido a isca e estavam nos seguindo em vez de Abraham. Os faróis das motos eram uma onda de luz na rua, e os capacetes refletiam a luz dos postes. Não havia sinal da moto fantasma que pensei ter visto.

– Faíscas – Thia disse. – Megan, eles estão montando barricadas ao redor de vocês, particularmente em lugares que levam às sub-ruas. Parecem ter adivinhado que é para onde estamos tentando fugir.

Na distância, vi o lampejo de uma explosão no céu, e outro helicóptero começou a soltar fumaça. No entanto, havia ainda mais um vindo até nós, uma forma preta com luzes piscando contra o céu escuro.

Megan acelerou.

– Megan? – Thia perguntou, com um toque de urgência na voz. – *Você está indo direto para uma barricada.*

Megan não respondeu. Eu sentia o corpo dela se tornar cada vez mais rígido sob os meus braços. Ela se inclinou para a frente e parecia fluir intensidade dela.

– Megan! – chamei, notando as luzes piscando adiante, conforme a Patrulha montava a barricada. Carros, vans, caminhões. Cerca de uma dúzia de soldados e uma armadura energizada. – MEGAN! – berrei.

Ela pareceu tremer por um momento, então xingou e nos virou para o lado enquanto balas bombardeavam a rua ao nosso redor. Disparamos por um beco, a parede a um centímetro do meu cotovelo, então atingimos a rua seguinte e nos inclinamos numa longa virada, jogando faíscas quando contornamos a esquina.

– Estou fora – Abraham disse suavemente, com um grunhido. – Abandonando a moto. Consigo chegar a um dos buracos de fuga. Eles não me viram, mas alguns soldados desceram e começaram a se dispor na escada depois que eu passei.

– Faíscas – Cody murmurou. – Você está monitorando as linhas de áudio da Patrulha, Thia?

– Sim – Thia respondeu. – Eles estão confusos. Pensam que isso é um ataque generalizado em toda a cidade. Prof continua derrubando helicópteros do ar, e todos nós seguimos direções diferentes. A Patrulha parece achar que eles estão lutando com dúzias, talvez centenas de insurgentes.

– Bom – Prof disse. – Cody, conseguiu despistá-los?

– Ainda estou desviando de algumas motos. Acabei fazendo um retorno. – Ele hesitou. – Thia, onde está a limusine? Ainda nas ruas?

– Está indo para o palácio de Coração de Aço – ela respondeu.
– Estou indo para lá também – Cody disse. – Qual rua?
– Cody... – Prof começou.

Tiros atrás de nós me distraíram do resto da conversa. Peguei um relance de motos: os seus pilotos portavam SMGs e atiravam. Íamos mais devagar agora; Megan nos levara até um bairro do gueto onde as ruas eram menores, e estava ziguezagueando, fazendo várias voltas e desvios.

– Megan, isso é perigoso – Thia disse. – Há vários becos sem saída aí.
– O outro caminho é feito *apenas* de becos sem saída – Megan respondeu. Ela parecia recuperada de qualquer que tivesse sido o lapso que a fizera quase nos levar diretamente para uma barricada.

– Vou ter dificuldade em guiar vocês – Thia disse. – Tente virar à direita na próxima.

Megan começou a tomar essa direção, mas uma moto se aproximou e tentou nos cortar, enquanto o soldado atirava nela sem parar com a SMG em uma mão. Megan xingou e reduziu a velocidade, deixando o soldado seguir em frente, então virou à esquerda em um beco. Quase batemos em uma grande lata de lixo, mas ela conseguiu contorná-la. Imaginei que mal estávamos a 30 km/h.

Mal indo a 30 km/h, pensei. Trinta por hora por becos estreitos enquanto atiravam em nós. Ainda era insano, embora um tipo diferente de insanidade.

Eu conseguia me segurar relativamente bem com um braço nessa velocidade. A sacola de Cody batia contra as minhas costas. Talvez eu já devesse ter largado esse negócio a essa altura. Eu nem sabia o que havia den...

Apalpei a bolsa, percebendo algo. Cuidadosamente, passei a sacola para a frente, colocando-a entre Megan e mim. Segurei a moto entre os joelhos, soltei Megan e abri o zíper.

A arma de gauss estava lá dentro. Com o formato de um fuzil de assalto comum, talvez um pouco mais longa, tinha uma das células de energia que havíamos recuperado presa ao lado. Eu a retirei. A célula de energia era pesada, mas eu ainda conseguia manobrá-la.

– Megan! – Thia avisou. – Barricada à frente.

Viramos em outra esquina e eu quase perdi a arma quando agarrei Megan com um braço.

– Não! – Thia gritou. – Não à direita. É um...

Uma moto nos seguiu para dentro do beco. Balas atingiram a parede logo acima da minha cabeça. E, bem à nossa frente, o beco terminava em uma parede. Megan tentou frear.

Eu não pensei. Segurei a arma com ambas as mãos, inclinei-me para trás e ergui o cano acima do ombro de Megan.

Então, atirei na parede.

29

A parede à nossa frente explodiu com um lampejo de energia verde. Megan tentou virar a moto e parar, então derrapamos através da fumaça verde rodopiante, com pedrinhas rolando sob nossas rodas, e deslizamos até a rua do outro lado, onde enfim conseguimos frear. O corpo de Megan estava tenso, preparado para o impacto. Ela parecia atordoada.

O piloto da Patrulha emergiu da fumaça. Eu virei a arma de gauss e explodi a moto debaixo dele. O tiro transformou a moto inteira em um clarão de energia verde, vaporizando-a e também parte do policial sobre ela. O corpo dele rolou até o chão.

A arma era incrível: não tinha coice, e os tiros *vaporizavam* em vez de *explodirem* os alvos. Isso deixava poucos destroços, mas fazia um ótimo show de luzes e soltava muita fumaça.

Megan se virou para mim com um sorriso partindo os lábios.

– Já estava na hora de você fazer algo útil aí atrás.

– Vá! – eu disse. O som de mais motos estava vindo do beco.

Megan acelerou, então nos levou por uma corrida serpenteante, de revirar o estômago, pelas ruas estreitas do gueto. Eu não podia atirar para trás enquanto dirigíamos, então, em vez disso, segurei-me à cintura dela com uma mão e apoiei a arma no seu ombro para equilibrá-la, usando a mira de ferro, mantendo a mira óptica dobrada para baixo.

Nós emergimos de um beco com o motor rugindo, então derrapamos até uma barricada. Explodi um buraco no meio de um caminhão para passarmos, e, para completar, dei um tiro na perna da armadura energizada. Os soldados se dispersaram, gritando, alguns tentando atirar em nós enquanto disparávamos através da abertura que eu tinha criado. A armadura desabou, e Megan desviou, entrando num beco escuro. Gritos e xingamentos soaram atrás de nós quando algumas das motos que nos perseguiam se chocaram com a confusão.

– Bom trabalho – Thia disse nos nossos ouvidos, com a voz calma novamente. – Acho que consigo levar vocês às sub-ruas. Há um velho túnel em frente, no fundo de um fosso de drenagem. Mas vocês talvez precisem explodir algumas paredes.

– Acho que consigo acertar uma parede ou duas – falei. – Contanto que elas não sejam boas em desviar.

– Tome cuidado – Prof disse. – Essa arma bebe energia como Thia toma um engradado de refrigerante. Essa célula pode fornecer energia a uma cidade pequena, mas vai te dar só uns doze tiros. Abraham, ainda está com a gente?

– Estou aqui.

– Está no buraco de fuga?

– Sim. Atei o ferimento. Não está tão mal.

– *Eu* vou julgar isso. Estou quase aí. Cody, status?

– Estou vendo a limusine – Cody informou no meu ouvido, enquanto Megan virava outra esquina. – Quase despistei a perseguição. Tenho um tensor; vou atacar a limusine com a granada, daí usar o tensor para abrir um buraco até as sub-ruas.

– Não é uma opção – Prof disse. – Você vai demorar demais para cavar tão fundo.

– Parede! – Thia exclamou.

– Tô vendo – eu disse, explodindo um buraco através de uma parede no final de um beco. Saímos em um quintal, e abri um buraco em outra parede, criando um atalho para o próximo quintal. Megan nos virou para a direita, então nos levou através de um espaço estreitíssimo entre duas casas.

– Vire à esquerda – Thia instruiu quando atingimos a rua.

– Prof – Cody disse. – Estou *vendo* a limusine. Consigo acertá-la.

– Cody, eu não...

– Eu vou atirar, Prof – Cody disse. – Abraham está certo. Coração de Aço virá atrás de nós depois disso. Precisamos feri-lo o máximo possível, enquanto podemos.

– Tudo bem.

– Vire à direita – Thia disse.

Viramos.

– Estou mandando vocês através de um prédio grande – Thia informou. – Consegue lidar com ele?

Tiros choveram na parede ao nosso lado. Megan xingou, inclinando-se para a frente. Eu segurava a arma de gauss num aperto suado, sentindo-me terrivelmente exposto com as costas para o inimigo. Conseguia ouvir as motos lá atrás.

– Eles *realmente* parecem querer vocês dois – Thia comentou, em voz baixa. – Estão destinando muitos recursos para segui-los e… Calamidade!

– Que foi? – perguntei.

– Minha transmissão de vídeo caiu – Thia disse. – Algo está errado. Cody?

– Meio ocupado – ele grunhiu.

Mais tiros soaram atrás de nós. Alguma coisa acertou a moto, sacudindo-nos, e Megan xingou.

– O prédio, Thia! – gritei. – Como encontramos aquele prédio? Podemos despistá-los lá dentro.

– Virem à direita na segunda – Thia disse. – Então sigam reto até o fim da rua. É um shopping antigo, e o fosso fica logo atrás. Eu estava procurando outras rotas, mas…

– Essa vai servir – Megan disse, ríspida. – David, esteja pronto para abrir caminho pra nós.

– Pode deixar – afirmei, equilibrando a arma, embora fosse mais difícil agora que Megan aumentara a velocidade. Nós viramos uma esquina, então nos dirigimos a uma estrutura grande e plana no fim da rua. Eu vagamente me lembrava de shoppings dos dias antes de Calamidade. Eles eram como grandes mercados fechados.

Megan dirigia rápido, diretamente para o lugar. Eu mirei com cuidado e abri um buraco em um par de portas de aço na frente. Nós nos lançamos através da fumaça, entrando na escuridão pesada de um prédio abandonado. O farol da moto iluminava lojas dos dois lados.

O lugar havia sido pilhado há muito tempo, embora várias mercadorias permanecessem nas lojas. Roupas transformadas em aço não eram particularmente úteis.

Megan enveredou com facilidade pelos corredores abertos do shopping e subiu ao segundo andar por uma escada rolante congelada. Motores ecoaram no prédio quando as motos da Patrulha nos seguiram para dentro.

Thia aparentemente não era mais capaz de nos guiar, mas Megan parecia ter uma ideia do que fazia. Do balcão no andar superior, tive um vislumbre das motos nos seguindo. Atirei na frente delas, removendo um pedaço do chão e fazendo várias derraparem e outras dispersarem em busca de cobertura. Nenhuma das motos parecia ter pilotos tão habilidosos quanto Megan.

– Parede à frente – Megan avisou.

Eu a explodi, então olhei para o medidor de energia do lado da arma de gauss. Prof estava certo; eu a drenara bem rápido. Nós ainda tínhamos uns dois tiros.

Com o motor rugindo, emergimos em pleno ar e os gravatônicos da moto se acenderam, suavizando a nossa aterrissagem quando caímos da altura de um andar até a rua abaixo. Ainda assim, caímos com força; a moto não era feita para saltos tão altos. Grunhi, sentindo as costas e as pernas doloridas pelo impacto. Megan imediatamente acelerou o veículo, entrando num beco estreito atrás do shopping.

Eu podia ver o chão inclinando-se à frente. A vala. Só precisávamos...

Um helicóptero preto reluzente ergueu-se do fosso à nossa frente, e as armas rotativas de cada lado começaram a girar.

De jeito nenhum, pensei, erguendo a arma de gauss com as duas mãos e mirando. Megan inclinou-se mais para baixo e a moto atingiu a beira da vala. O helicóptero começou a atirar. Eu conseguia ver o capacete do piloto através do vidro da cabine.

Atirei.

Eu já sonhara muitas vezes em fazer coisas incríveis. Havia imaginado como seria trabalhar com os Executores, lutar contra os Épicos, *fazer* as coisas de fato em vez de apenas sentar pensando sobre elas. Com aquele tiro, finalmente tive a minha chance.

Eu estava parado em pleno ar, enfrentando uma máquina mortal de 100 toneladas, e apertei o gatilho. Acertei a frente do helicóptero em cheio, vaporizando a cabine e o piloto lá dentro. Por um momento me senti como os Épicos deviam se sentir. Como um deus.

Então caí da moto.

Eu devia ter esperado isso – se jogar de uma ravina de 6 metros com duas mãos na arma e nenhuma no veículo tornava a queda meio inevitável. Não vou dizer que me sentia feliz por estar despencando em direção a pernas quebradas, ou provavelmente a algo pior.

Mas aquele tiro... aquele tiro tinha valido a pena.

Eu não senti grande parte da queda; aconteceu muito rápido. Atingi o chão meros momentos depois de perceber que havia caído do assento, e ouvi o som de algo se quebrando. Isso foi seguido por um *boom* ensurdecedor, e *isso* foi seguido por uma onda de calor.

Fiquei lá deitado, atordoado, vendo estrelas. Encontrei-me encarando os destroços do helicóptero, que queimava ali perto. Eu me sentia entorpecido.

De repente, Megan estava me chacoalhando. Eu tossi, rolei e olhei para ela. Megan havia tirado o capacete, então eu podia ver o seu rosto. Seu lindo rosto. Ela parecia preocupada de verdade comigo. Isso me fez sorrir.

Ela dizia alguma coisa. Meus ouvidos zumbiam, e estreitei os olhos, tentando ler os lábios dela. Mal consegui distinguir as palavras.

– ... levanta, seu slontze! Levanta!

– Você não devia sacudir alguém que sofreu uma queda – murmurei. – Eu podia estar com a coluna quebrada.

– Você vai ter uma cabeça quebrada se não *se mover agora mesmo*.

– Mas...

– Idiota. A sua jaqueta absorveu o impacto. Lembra? A jaqueta que você usa pra não morrer? Ela serve para compensar quando você faz coisas estúpidas como me soltar em pleno ar.

– Não é minha intenção largar você – murmurei. – Nunca.

Ela congelou.

Espere. Eu disse isso em voz alta?

Jaqueta, pensei, movendo os dedos do pé e erguendo os dois braços. *O dispositivo de escudo da jaqueta me protegeu. E... e ainda estamos sendo perseguidos.*

Calamidade! Eu *era* um slontze. Rolei para ficar de joelhos e deixei Megan me ajudar a levantar. Tossi algumas vezes, mas comecei a me sentir mais estável. Soltei a mão de Megan e já estava bastante firme quando chegamos à moto, que ela tinha aterrissado sem bater.

– Espere – eu disse, olhando ao redor. – Onde está...

A arma de gauss jazia em pedaços onde havia caído e colidido com uma pedra de aço. Mesmo que eu soubesse que a arma não era tão útil para nós agora, meu estômago desabou. Eu não podia mais usá-la para fingir ser um Épico, não agora que a Patrulha tinha me visto atirando com ela.

Mesmo assim, era uma pena perder uma arma tão boa. Particularmente depois de ter deixado meu próprio fuzil na van. Eu estava criando um hábito desse tipo de coisa.

Subi na moto atrás de Megan, que colocou o capacete de novo. A pobre máquina estava bem arrebentada, toda arranhada e dentada, com o para-brisas rachado. Um dos gravatônicos – oval e do tamanho de uma palma, fixado no lado direito – não acendia mais como os outros. Porém, a moto ainda funcionava, e o motor rugiu quando Megan nos guiou ravina abaixo, em direção a um túnel largo à frente. Parecia que ele levava ao sistema de esgoto, mas muitas coisas como essa eram enganadoras em Nova Chicago, por causa da Grande Transfersão e da criação das sub-ruas.

– Ei, pessoal? – Cody perguntou nos nossos ouvidos. Por algum milagre, eu não havia perdido meu celular e o fone na queda. – Tem algo estranho acontecendo. Algo muito, muito estranho.

– Cody – Thia disse. – Onde você está?

– Acertei a limusine – ele disse. – Atirei em um dos pneus, e ela bateu numa parede. Precisei eliminar seis soldados antes de me aproximar.

Megan e eu entramos no túnel, e a escuridão se aprofundou. O chão se inclinava para baixo. Eu era um pouco familiarizado com essa área, e pensei que o túnel nos levaria para as sub-ruas perto da rua Gibbons, uma área relativamente pouco habitada.

– E quanto a Confluência? – Prof perguntou a Cody.

– Ele não estava dentro da limusine.

– Talvez um dos policiais da Patrulha em quem você atirou fosse Confluência – Thia sugeriu.

– Não – Cody disse. – Eu o encontrei. No porta-malas.

A linha ficou em silêncio por um momento.

– Tem certeza de que é ele? – Prof perguntou.

– Bem, não – Cody respondeu. – Talvez eles tivessem *outro* Épico amarrado no porta-malas. De qualquer modo, o detector diz que esse rapaz é *muito* poderoso. Mas ele está inconsciente.

– Atire nele – Prof disse.

– Não – Megan interveio. – Traga-o.

– Acho que ela tem razão, Prof – Cody disse. – Se ele está amarrado, não pode ser tão forte assim. Ou então usaram a fraqueza dele para deixá-lo impotente.

– Mas nós não conhecemos a fraqueza desse Épico – Prof disse. – Acabe com o sofrimento dele.

– Não vou atirar num sujeito inconsciente, Prof – Cody disse. – Mesmo que seja um Épico.

– Então deixe ele aí.

Eu me sentia dividido. Épicos mereciam morrer. Todos eles. Mas por que ele estava inconsciente? O que estavam fazendo com ele? Era mesmo Confluência?

– Jon – Thia disse. – Talvez precisemos disso. Se *é* Confluência, ele pode nos contar coisas. Podemos usá-lo contra Coração de Aço ou para negociar a nossa fuga.

– Supostamente ele não é muito perigoso – admiti, falando na linha. Meu lábio sangrava. Eu o mordera ao cair, e agora, mais consciente das coisas, percebi que a minha perna estava doendo e o meu torso latejava. As jaquetas ajudavam, mas estavam longe de serem perfeitas.

– Tudo bem – Prof disse. – Buraco de fuga sete, Cody. Não o leve até a base. Deixe-o amarrado, vendado e amordaçado. *Não* fale com ele. Precisamos lidar com esse Épico juntos.

– Certo – Cody concordou. – Vou fazer isso.

– Megan e David – Prof disse –, quero que vocês...

Eu perdi o resto quando tiros irromperam ao nosso redor. A moto – destruída como estava – derrapou e tombou.

Justamente do lado em que os gravatônicos estavam quebrados.

30

Sem os gravatônicos, a moto reagiu como qualquer motocicleta normal quando cai de lado a uma velocidade muito alta.

O que não é algo bom.

Fui imediatamente arrancado do assento, com a moto derrapando por baixo de mim enquanto a minha perna batia no chão e a fricção me puxava para trás. Megan não teve tanta sorte. Ela ficou presa embaixo da moto, e o peso da máquina arrastou-a contra o chão. A moto colidiu com a parede do corredor de aço tubular.

O túnel oscilou, e a minha perna queimou de dor. Enquanto rolava até parar e as coisas deixavam de girar, percebi ainda estar vivo. Realmente achei isso surpreendente.

Atrás de nós, de uma alcova pela qual tínhamos passado, dois homens com armadura completa da Patrulha saíram das sombras. Havia algumas luzes fracas contornando a beirada da alcova. Graças a elas eu conseguia ver que os soldados pareciam relaxados. Jurei que ouvi um deles rindo dentro do capacete enquanto dizia algo pelo comunicador ao companheiro. Eles presumiram que Megan e eu estaríamos ambos mortos – ou, pelo menos, sem condições de lutar – depois de uma queda dessas.

Pra Calamidade com isso, pensei, sentindo o rosto quente de raiva. Antes que tivesse tempo de pensar, saquei a pistola que tinha sob o braço – a mesma que havia matado o meu pai – e descarreguei quatro tiros quase à queima-roupa nos homens. Não mirei no peito deles, não com aquela armadura. O ponto vulnerável era o pescoço.

Ambos caíram. Inspirei profundamente, trêmulo, minha mão e a arma balançando à minha frente. Pisquei algumas vezes, chocado por conseguir acertá-los. Talvez Megan tivesse razão sobre pistolas.

Grunhindo, consegui me sentar. Minha jaqueta de Executor estava em frangalhos; muitos dos diodos na parte de dentro – os que geravam o campo protetor – estavam fumegantes ou tinham sido completamente arrancados. Minha perna apresentava um arranhão feio de um lado. Embora a dor fosse intensa, as lacerações não eram muito profundas. Com dificuldade, consegui me erguer e andar. Mais ou menos.

A dor era... bastante desagradável.

Megan! O pensamento atravessou o meu torpor, e – por mais estúpido que isso fosse – não fui verificar se os dois soldados estavam realmente mortos. Manquei até onde a moto caída tinha derrapado contra a parede. A única luz aqui era a do meu celular. Tirei os destroços do caminho e encontrei Megan esparramada embaixo deles, com a jaqueta num estado ainda pior que o da minha.

Ela não parecia bem. Não se movia, os seus olhos estavam fechados e o capacete, rachado – só restava metade dele. Sangue escorria pela sua bochecha; era da cor dos lábios dela. O braço fora torcido em um ângulo estranho, e um lado inteiro do seu corpo – da perna ao torso – estava ensanguentado. Eu me ajoelhei, e a luz fria e tranquila do meu celular revelava ferimentos horríveis para onde quer que eu a apontasse.

– David? – A voz de Thia veio do meu celular, dependurado do seu lugar habitual na minha jaqueta. Era um milagre ainda funcionar, embora eu tivesse perdido o fone. – David? Não consigo falar com Megan. O que aconteceu?

– Megan está fora de ação – falei, entorpecido. – O celular dela sumiu. Foi amassado, provavelmente. – Ele estivera conectado à jaqueta dela, que também estava destruída quase por completo.

Respirando. Preciso ver se ela está respirando. Eu me curvei, tentando usar a tela do celular para verificar se ela respirava. Então me lembrei de procurar o seu pulso. *Estou em choque. Não estou pensando direito. É possível pensar isso quando não se está pensando direito?*

Pus os dedos no pescoço de Megan. A pele dela estava úmida.

– David! – Thia disse, com urgência. – David, eles estão falando nos canais da Patrulha. Sabem onde vocês estão. Há múltiplas unidades indo na direção de vocês. Infantaria e armadura. Corra!

Senti o pulso dela. Fraco, leve, mas estava lá.

– Ela está viva – falei. – Thia, ela está viva!

– Você *tem* que sair daí, David!

Mover Megan poderia deixar as coisas piores, mas abandoná-la *definitivamente* deixaria as coisas piores. Se eles a capturassem, ela seria torturada e executada. Eu tirei a minha jaqueta esfarrapada e a usei para atar a minha perna. Enquanto fazia isso, senti algo no bolso. Puxei o objeto. Era a caneta detonadora e os explosivos.

Em um momento de lucidez, eu enfiei um dos explosivos na célula de energia da moto. Tinha ouvido que era possível desestabilizar e explodir essas células, se você soubesse o que estava fazendo – o que eu não sabia. Mas parecia uma boa ideia. Minha *única* ideia. Peguei o celular e o prendi no suporte de pulso. Então, respirando fundo, empurrei a moto quebrada para o lado – a roda da frente havia sido completamente arrancada – e ergui Megan.

O capacete quebrado se soltou, caindo e rachando no chão. Isso liberou o cabelo dela sobre o meu ombro. Megan era mais pesada do que parecia. As pessoas sempre são. Embora ela fosse pequena, era compacta, *densa*. Decidi que ela provavelmente não gostaria que eu a descrevesse desse modo.

Ergui Megan sobre o ombro, e então comecei uma caminhada instável pelo túnel. Havia luzinhas amarelas penduradas no teto em intervalos, mal fornecendo luz o bastante para iluminar o caminho, mesmo para alguém das sub-ruas como eu.

Logo os meus ombros e as minhas costas estavam reclamando. Continuei andando, um pé depois do outro. Não me movia muito rápido. Além disso, também não estava pensando muito bem.

– David. – A voz de Prof; baixa, intensa.

– Eu *não vou* deixá-la – falei, através de dentes cerrados.

– Eu não pediria a você que fizesse isso – Prof disse. – Eu preferiria que você lutasse e obrigasse a Patrulha a matar vocês dois.

Não era muito reconfortante.

– Não vai chegar a tanto, filho – Prof continuou. – A ajuda está a caminho.

– Acho que estou ouvindo eles – falei. Tinha finalmente chegado ao final do túnel, que dava para um cruzamento estreito nas sub-ruas. Não havia prédios aqui, apenas corredores de aço. Eu não conhecia essa parte da cidade muito bem.

O teto era sólido, sem aberturas para o ar da superfície como havia na área em que eu crescera. Eram definitivamente gritos que ouvi ecoando da direita. Ouvi tinidos pesados atrás de mim, pés de aço batendo no chão de aço. Mais gritos. Eles tinham encontrado a moto.

Encostei-me na parede, mudando Megan de posição, então apertei o botão da caneta detonadora. Fiquei aliviado por ouvir um *pop* atrás de mim quando a célula de energia da moto explodiu. Então houve gritos. Talvez eu tivesse pegado alguns deles na explosão; com muita sorte, eles pensariam que eu estava escondido em algum lugar perto dos destroços e que havia jogado uma granada ou algo assim.

Carregando Megan, virei à esquerda no cruzamento. O sangue dela tinha encharcado as minhas roupas. Ela provavelmente já estava morta a essa...

Não. Eu não pensaria sobre isso. Um pé na frente do outro. A ajuda estava a caminho. Prof *prometeu* que a ajuda estava a caminho. Ela viria. Prof não mentia. Jonathan Phaedrus, fundador dos Executores, um homem que de algum modo eu entendia. Se havia uma coisa nesse mundo em que eu sentia poder confiar, era nele.

Andei uns bons cinco minutos antes de ser forçado a parar. O túnel à minha frente acabava numa parede de aço plana. Um beco sem saída. Olhei por cima do ombro e vi lanternas e sombras movendo-se. Não havia por onde fugir.

O corredor à minha volta era largo, talvez vinte passos de um lado ao outro, e alto. Havia alguns equipamentos de construção antigos no chão, a maioria com cara de que fora coletado por oportunistas. Havia também algumas pilhas de tijolos e blocos de concreto quebrados. Alguém vinha construindo mais câmaras aqui embaixo recentemente. Bem, os tijolos poderiam fornecer alguma proteção.

Mancando, deitei Megan atrás da pilha maior, então mudei o celular para resposta manual. Embora Prof e os outros não conseguissem me ouvir a não ser que eu tocasse a tela para aceitar a ligação, também não poderiam revelar minha posição tentando me contatar.

Eu me agachei atrás dos tijolos. A pilha não me conferia uma cobertura completa, mas era melhor do que nada. Cercado, praticamente desarmado, sem nenhum jeito de...

De repente, me senti um idiota. Enfiei a mão no bolso da minha calça, procurando meu tensor. Eu o puxei triunfantemente. Talvez pudesse cavar um caminho até as catacumbas de aço, ou apenas cavar até outro corredor e encontrar um lugar mais seguro.

Coloquei a luva e só então percebi que o tensor estava retalhado. Eu o encarei, sentindo um desespero terrível. Ele estava no bolso do lado em que eu tinha caído, e o compartimento rasgara no fundo. O tensor estava sem dois dedos, e os eletrodos haviam se estilhaçado, com os pedaços agora dependurados como olhos das órbitas de zumbis num antigo filme de terror.

Quase ri quando me sentei de novo. Os soldados da Patrulha estavam vasculhando os corredores. Gritos. Passos. Lanternas. Eles se aproximavam.

Meu celular piscou suavemente. Abaixei o volume, então apertei a tela e me inclinei.

– David? – Thia perguntou, numa voz muito baixa. – David, onde você está?

– Cheguei no fundo do túnel – sussurrei de volta, erguendo o celular à boca. – Virei à esquerda.

– Esquerda? Não há saída desse lado. Você precisa...

– Eu sei – respondi. – Há soldados nas outras direções.

Olhei para Megan, que jazia no chão. Coloquei os dedos no pescoço dela outra vez.

Ainda havia um pulso. Fechei os olhos, em alívio. *Não que importe agora.*

– Calamidade – Thia xingou. Ouvi tiros e pulei, pensando que era da minha posição. Mas não; eles vinham do outro lado da linha.

– Thia? – perguntei, num sussurro.

– Eles estão aqui – ela respondeu. – Não se preocupe comigo. Consigo segurar esse lugar. David, você tem que...

– Ei, você! – uma voz chamou do cruzamento.

Eu me abaixei, mas a pilha de tijolos não era grande o bastante para me esconder por completo, a não ser que eu estivesse praticamente deitado.

– Tem alguém aqui! – a voz gritou. Lanternas potentes da Patrulha apontaram na minha direção. A maioria delas provavelmente estava na extremidade de fuzis de assalto.

Meu celular brilhou. Bati um dedo nele.

– David. – A voz de Prof. Ele parecia sem fôlego. – Use o tensor.

– Quebrado – sussurrei. – Foi destruído na batida.

Silêncio.

– Tente mesmo assim – Prof insistiu.

– Prof, está morto. – Espiei por sobre os tijolos. Um grande número de soldados se reunia no outro extremo do corredor. Vários estavam se ajoelhando, com armas apontadas na minha direção e os olhos nas miras. Eu me mantive abaixado.

– Tente mesmo assim – Prof ordenou.

Suspirei, então pressionei a mão contra o chão. Fechei os olhos, mas não era fácil me concentrar.

– Mãos ao alto e saia devagar! – uma voz gritou do corredor para mim. – Se não se revelar, seremos forçados a abrir fogo!

Eu tentei ignorá-los o melhor que pude. Foquei-me no tensor, nas vibrações. Por um momento, pensei ter sentido alguma coisa, um zumbido baixo, profundo e poderoso.

Ele desapareceu. Isso era estúpido. Era como tentar serrar um buraco em uma parede usando uma garrafa de refrigerante.

– Desculpe, Prof – falei. – Está destruído de vez. – Verifiquei o pente da arma do meu pai. Restavam cinco tiros. Cinco tiros preciosos, que poderiam ter ferido Coração de Aço. Eu jamais conseguiria descobrir.

– Você está ficando sem tempo, amigo! – o soldado gritou para mim.

– Você tem que aguentar firme – Prof disse, com urgência. Sua voz soava frágil com o volume tão baixo.

– Você devia ir ajudar Thia – eu disse, preparando-me.

– Ela vai ficar bem – Prof disse. – Abraham está indo ajudá-la, e o esconderijo foi projetado com um ataque em mente. Ela é capaz de selar a entrada e esperar eles irem embora. David, você precisa segurá-los tempo o bastante para que eu chegue.

– Eu não vou deixar que eles me peguem vivo, Prof – prometi. – A segurança dos Executores é mais importante que eu. – Apalpei o lado de Megan, tirando a pistola dela e removendo a trava de segurança. SIG Sauer P226, calibre .40. Uma boa arma.

– Estou chegando, filho – Prof disse baixinho. – *Aguente firme.*

Espiei por cima da pilha. Os soldados avançavam com as armas empunhadas. Eles provavelmente queriam me levar vivo. Bem, talvez isso me possibilitasse eliminar alguns antes de cair.

Ergui a arma de Megan e soltei uma rajada de tiros rápidos. Eles tiveram o efeito pretendido; os soldados se dispersaram, buscando proteção. Alguns atiraram de volta, e lascas choveram ao meu redor quando alguns tijolos explodiram sob o fogo de armas automáticas.

Bem, lá se foi a esperança de que eles me queriam vivo.

Eu suava.

– Que jeito de ir, hein? – eu me vi dizendo para Megan, enquanto me protegia dos tiros e disparava em um soldado que se aproximara demais. Acho que uma das balas chegou a atravessar a armadura dele; ele mancava quando pulou atrás de alguns barris enferrujados.

Eu me agachei de novo, o fogo de fuzis de assalto soando como bombinhas em uma lata. O que era, pensando bem, mais ou menos a situação. *Estou melhorando.* Abri um sorriso irônico enquanto jogava fora o pente da arma de Megan e colocava um novo dentro.

– Desculpe por falhar – eu disse ao corpo imóvel dela. A respiração de Megan se tornava mais rasa. – Você merecia sobreviver a isso, mesmo que eu não.

Tentei atirar mais algumas balas, mas os disparos deles me obrigaram a buscar proteção antes de conseguir dar um único tiro. Minha respiração estava pesada, e enxuguei um pouco de sangue do rosto. Alguns dos escombros explodidos haviam me atingido com força suficiente para me cortar.

– Sabe – falei –, acho que me apaixonei por você naquele primeiro dia. Estúpido, não é? Amor à primeira vista. Que clichê. – Consegui dar três tiros, mas os soldados pareciam menos assustados agora. Eles tinham percebido que eu estava só, e que a minha arma era apenas uma pistola. Provavelmente eu ainda estava vivo só porque havia explodido a moto, o que os deixara preocupados com explosivos. – Nem sei se posso chamar isso de amor – sussurrei, recarregando a arma. – Estou apaixonado? É só uma paixão? A gente se conhece há menos de um mês, e você me tratou como lixo por cerca de metade desse tempo. Mas naquele dia lutando contra Fortuidade e naquele dia na usina de energia, parecia que tínhamos algo. Um... Não sei. Alguma coisa juntos. Alguma coisa que eu queria.

Olhei para a sua figura pálida e imóvel.

– Eu acho – continuei – que, um mês atrás, eu te deixaria embaixo da moto. De tanto que queria me vingar *dele*.

Bam, bam, bam!

A pilha de tijolos balançou, como se os soldados tentassem derrubá-la para chegar até mim.

– Isso é algo em mim que me assusta – confessei baixinho, sem olhar para Megan. – Não sei se vale alguma coisa, mas obrigado por me fazer me importar com algo além de Coração de Aço. Não sei se amo você. Mas, qualquer que seja essa emoção, é a mais forte que sinto há anos. Obrigado. – Atirei em várias direções, mas recuei quando uma bala raspou no meu braço.

O pente estava vazio. Suspirei, soltando a arma de Megan e erguendo a do meu pai. Então apontei a pistola para ela.

Meu dedo hesitou no gatilho. Seria um ato de misericórdia. Melhor uma morte rápida do que sofrer tortura e execução. Tentei me forçar a puxar o gatilho.

Faíscas, ela é linda, eu pensei. O lado não ensanguentado dela estava voltado para mim; o cabelo loiro espalhado como um leque, a pele pálida e os olhos fechados como se estivesse adormecida.

Eu conseguiria mesmo fazer isso?

Os tiros tinham parado. Arrisquei olhar por cima da minha pilha de tijolos esmigalhada. Duas formas enormes andavam mecanicamente pelo corredor. Então eles *tinham* trazido as armaduras energizadas. Parte de mim sentiu orgulho por representar um problema tão grande para eles. O caos que os Executores tinham causado nesse dia, a destruição que havíamos trazido para os lacaios de Coração de Aço, tinha os levado a esse exagero. Um esquadrão de vinte homens e duas armaduras energizadas foram enviados para matar um cara com uma pistola.

– Hora de morrer – sussurrei. – Acho que farei isso enquanto atiro numa armadura energizada de quase 5 metros de altura com uma pistola. Pelo menos será dramático.

Respirei fundo, praticamente cercado por formas da Patrulha movendo-se lentamente pelo corredor escuro. Comecei a me erguer, apontando a arma com mais firmeza para Megan agora. Eu atiraria nela, então obrigaria os soldados a me matarem.

Notei que o meu celular piscava.

– Fogo! – um soldado gritou.

O teto derreteu.

Eu vi acontecer claramente. Estava olhando o túnel, não querendo ver Megan quando atirasse nela, então tive uma visão desimpedida de um círculo no teto tornando-se uma coluna de poeira preta e caindo em uma chuva de aço desintegrado. Como areia caindo de uma enorme torneira, as partículas atingiram o chão e se espalharam em uma nuvem.

A névoa se dissipou. Meu dedo tremeu, mas eu não havia apertado o gatilho. Uma figura agachada se ergueu em meio à poeira; ele tinha caído de cima. Usava um casaco preto – fino, como um jaleco de laboratório –, calça preta, botas pretas e um pequeno par de óculos de proteção cobrindo os olhos.

Prof tinha vindo, e usava um tensor em cada mão, a luz verde reluzindo com um brilho fantasmagórico.

Os soldados rapidamente abriram fogo, lançando uma tempestade de balas pelo corredor. Prof ergueu a mão e empurrou o tensor brilhante para a frente. Eu quase podia *sentir* o aparelho zumbir.

As balas explodiram em pleno ar, desintegrando-se. Elas acertaram Prof como finas lascas de aço esvoaçante, tão perigosas quanto poeira. Centenas delas o atingiram e também o chão ao seu redor; as que erraram o alvo voaram para longe, refletindo a luz. De repente entendi por que ele usava óculos de proteção.

Eu me ergui, boquiaberto, com a arma esquecida nos dedos. Havia pensado que *eu* estava ficando bom com o tensor, mas destruir aquelas balas… Isso estava além de qualquer coisa que eu era capaz de compreender.

Prof não deu tempo para que os soldados chocados se recuperassem. Ele não portava nenhuma arma que eu pudesse ver, mas saiu da poeira e correu diretamente até eles. As armaduras começaram a disparar, mas elas usaram as armas rotativas – como se não conseguissem crer no que tinham visto e pensassem que um calibre mais alto era a resposta.

Mais balas estouraram no ar, despedaçadas pelos tensores de Prof. Seus pés derraparam no chão sobre a poeira, e então ele chegou às tropas da Patrulha.

Prof atacou homens cobertos de armadura com os punhos.

Meus olhos se arregalaram quando o vi derrubar um soldado com um soco na cara, o capacete do homem virando pó diante do ataque. *Ele está vaporizando a armadura enquanto ataca.* Prof girou entre dois soldados, movendo-se graciosamente, socando um punho na barriga de um, então virando e batendo um braço na perna do outro. Poeira borrifou quando as armaduras sumiram, desintegrando-se logo antes dos socos de Prof.

Quando se ergueu depois do giro, ele bateu uma das mãos na lateral da câmara de aço. O metal pulverizado escorreu, e algo longo e fino caiu da parede para a mão dele. Uma espada, talhada do aço por uma rajada do tensor incrivelmente precisa.

O aço reluziu quando Prof atacou os soldados descoordenados. Alguns tentaram continuar atirando, e outros atacaram com bastões – que Prof destruiu com tanta facilidade quanto as balas. Ele empunhava a espada em uma das mãos, e a outra lançava rajadas quase invisíveis, que reduziam metal e kevlar a nada. Poeira escorria dos soldados que se aproximavam demais dele, fazendo-os derrapar e tropeçar, subitamente desequilibrados conforme os capacetes derretiam ao redor de suas cabeças e a armadura corporal se desintegrava.

Sangue voou diante de lanternas de alta potência, e homens tombaram. Meros segundos haviam passado desde que Prof descera na câmara, mas pelo menos uma dúzia de soldados estava caída.

As armaduras energizadas tinham puxado os seus canhões de energia montados sobre o ombro, mas Prof havia chegado perto demais. Ele correu até uma seção de poeira de aço, então deslizou para a frente agachando-se, movendo-se sobre a poeira com familiaridade óbvia. Então, virou-se para o lado e girou o antebraço, *esmagando* a perna da armadura. Poeira voou para trás da perna quando o braço de Prof a atravessou completamente.

Ele deslizou até parar, ainda apoiado em um joelho. A armadura desabou com um baque retumbante enquanto Prof pulava para a frente e enfiava o punho através da perna da segunda armadura. Ele puxou a mão para fora e a perna se dobrou, então quebrou, e a armadura tombou de lado. Ela atirou uma rajada amarelo-azul para baixo conforme caía, derretendo uma porção do chão.

Um membro imprudente da Patrulha tentou atacar Prof, que estava de pé sobre as armaduras caídas, mas o líder dos Executores nem se deu o trabalho de usar a espada. Desviou e socou o punho para a frente. Consegui ver a sua mão aproximando-se do rosto do soldado, e o visor do capacete vaporizando-se bem diante do soco de Prof.

O soldado caiu. O corredor ficou em silêncio. Lascas brilhantes de aço flutuavam em raios de luz como neve à meia-noite.

– Eu – Prof disse com uma voz poderosa e autoconfiante – sou conhecido como Holofote. Informem ao seu mestre que estou *muito* irritado por ser forçado a me incomodar com vermes como vocês. Infelizmente, os meus lacaios são tolos e incapazes de seguir as regras mais simples. Digam ao seu mestre que a hora de dançar e brincar acabou. Se ele não vier me enfrentar em pessoa, vou desmantelar esta cidade pedaço por pedaço, até encontrá-lo.

Prof caminhou pelos soldados restantes sem me olhar uma única vez.

Então andou na minha direção, dando as costas para os soldados. Fiquei tenso, esperando que eles fizessem alguma coisa. Mas não fizeram. Estavam amedrontados. Homens não lutavam contra Épicos. Isso fora ensinado a eles, martelado nas suas cabeças.

Prof chegou a mim, o rosto encoberto em sombras, luz brilhando atrás dele.

– Isso foi *genial* – falei baixinho.

– Pegue a garota.

– Não acredito que você...

Prof olhou para mim e eu finalmente pude distinguir as suas feições. A mandíbula estava tensa, os olhos parecendo arder com intensidade. Havia *desprezo* naqueles olhos, e a visão deles me fez dar um passo para trás em choque.

Prof parecia tremer, com as mãos fechadas em punhos, como se estivesse contendo alguma coisa terrível.

– Pegue. A. Garota.

Balancei a cabeça em silêncio, enfiando a arma de volta no bolso e apanhando Megan.

– Jon? – A voz de Thia veio do celular dele; o meu permanecia no modo silencioso. – Jon, os soldados recuaram da minha posição. O que está acontecendo?

Prof não respondeu. Ele acenou uma mão com tensor, e o chão à nossa frente derreteu. A poeira escoou, como areia em uma ampulheta, revelando um túnel improvisado para os níveis subterrâneos.

Eu o segui pelo túnel e nós fugimos.

PARTE 4

31

– Abraham, mais sangue – Thia pediu, trabalhando com uma urgência frenética. Abraham, com o braço numa tipoia manchada de vermelho pelo seu próprio sangue, se apressou até a cova refrigerada.

Megan jazia na mesa de conferência de aço na câmara principal do nosso esconderijo. Pilhas de papel e algumas das ferramentas de Abraham estavam no chão, onde eu as jogara. Agora, eu estava sentado à parte, sentindo-me impotente, exausto e aterrorizado. Prof tinha talhado um caminho até o esconderijo pelos fundos; a entrada da frente fora selada por Thia usando alguns tampões de metal e um tipo especial de granada incendiária.

Eu não entendia muito o que Thia estava fazendo enquanto trabalhava em Megan. Era algo que envolvia ataduras e tentativas de costurar ferimentos. Aparentemente, Megan apresentava lesões internas. Thia as considerava mais preocupantes até mesmo do que a enorme quantidade de sangue que Megan perdera.

Eu podia ver o rosto dela. Estava voltado para mim, com os olhos angelicais fechados suavemente. Thia havia cortado a maior parte da roupa de Megan, revelando a extensão dos seus ferimentos. Eram horríveis.

Parecia estranho o seu rosto estar tão sereno. Mas achei que eu entendia. Eu também me sentia entorpecido.

Um passo depois do outro... Eu a carregara até o esconderijo. Esse tempo era um borrão, um borrão de dor e medo, de músculos doloridos e tontura.

Prof não tinha oferecido ajuda em momento algum. Ele quase me deixara para trás em vários pontos.

– Aqui – Abraham disse para Thia, chegando com outra bolsa de sangue.

– Prenda – Thia ordenou, distraída, trabalhando no lado de Megan oposto a mim. Eu podia ver as luvas cirúrgicas ensanguentadas refletindo a luz. Ela não tivera tempo de se trocar, e as suas roupas usuais, um casaco sobre uma blusa e jeans, estavam agora manchadas com faixas vermelhas. Ela trabalhava com concentração intensa, mas sua voz denunciava o pânico que sentia.

O celular de Thia bipava num ritmo suave; ele continha um aplicativo médico, e ela o colocara sobre o peito de Megan a fim de detectar o batimento cardíaco. Thia ocasionalmente pegava o aparelho para fazer ultrassons rápidos do abdome de Megan. Com a parte do meu cérebro que ainda conseguia pensar, fiquei impressionado com os preparativos dos Executores. Eu nem sabia que Thia possuía treinamento médico, muito menos que havia sangue e equipamentos cirúrgicos estocados.

Ela não deveria estar assim, pensei, piscando lágrimas que eu não tinha percebido se formando. *Tão vulnerável. Nua sobre a mesa. Megan é mais forte que isso. Eles não deveriam cobri-la com um lençol ou alguma coisa enquanto trabalham?*

Sem perceber, levantei-me para pegar algo com que cobri-la, alguma coisa que parecesse decente, mas então percebi como estava sendo estúpido. Cada momento era crucial, e eu não podia me intrometer e distrair Thia.

Então, sentei-me. Estava coberto com o sangue de Megan. Não sentia mais o cheiro; acho que o meu nariz já se acostumara a ele.

Ela precisa ficar bem, pensei, atordoado. *Eu a salvei. Eu a trouxe de volta. Ela precisa ficar bem agora. É assim que funciona.*

– Isso não devia estar acontecendo – Abraham disse em voz baixa. – O por-um-fio...

– Não funciona com todo mundo – Thia falou. – Não sei por quê. Mas, inferno, gostaria *muito* de saber. Nunca deu muito certo com Megan, assim como ela sempre teve dificuldade para fazer os tensores funcionarem.

Parem de falar sobre as fraquezas dela!, gritei silenciosamente para eles.

O batimento cardíaco de Megan se tornava ainda mais fraco. Eu podia ouvi-lo, amplificado pelo celular de Thia – *bip, bip, bip*. Sem que me desse conta, comecei a me erguer. Fui procurar Prof em seu quarto de reflexão. Cody ainda não retornara ao esconderijo; ele continuava vigiando o Épico capturado em outro local, obedecendo a ordens. Mas Prof estava ali, na outra câmara. Ele fora direto para lá depois de chegar, sem olhar para mim ou Megan uma única vez.

– David! – Thia disse rispidamente. – O que está fazendo?

– Eu… eu… – balbuciei, tentando formar as palavras. – Vou chamar Prof. Ele vai fazer alguma coisa. Vai salvá-la. Ele sabe o que fazer.

– Jon não pode fazer nada aqui – Thia disse. – Sente-se.

A ordem ríspida atravessou a névoa de confusão em que me encontrava. Eu me sentei e observei os olhos fechados de Megan enquanto Thia trabalhava, xingando baixinho para si mesma. Os xingamentos quase acompanhavam o ritmo das batidas do coração de Megan. Abraham estava em pé, ao lado, parecendo impotente.

Observei os olhos dela. Observei aquele rosto sereno e calmo à medida que o ritmo dos bips diminuía. Então eles pararam. Nenhum som agudo vinha do celular. Só um silêncio cheio de significado. Um vazio carregado com dados.

– Isso… – eu falei, piscando lágrimas. – Quer dizer, eu a carreguei até aqui, Thia…

– Sinto muito – Thia disse. Ela levou a mão ao rosto, deixando uma marca de sangue na testa. Então, suspirou e se encostou na parede, parecendo exausta.

– Faça alguma coisa – falei. Não estava ordenando, e sim implorando.

– Eu fiz tudo o que pude – Thia disse. – Ela se foi, David.

Silêncio.

– Aqueles ferimentos eram graves – Thia continuou. – Você fez tudo o que era possível. Não foi culpa sua. Para ser sincera, mesmo se tivesse conseguido trazê-la aqui imediatamente, não sei se ela teria sobrevivido.

– Eu… – Eu não conseguia pensar.

Ouvi o farfalhar de tecido. Olhei para o lado. Prof estava na entrada do seu quarto. Ele havia tirado a poeira das roupas e parecia limpo e digno, fazendo um contraste nítido com o resto de nós. Seus olhos pousaram em Megan.

– Ela se foi? – ele perguntou. Sua voz suavizara um pouco em comparação a antes, embora ele ainda não soasse como eu achava que devesse.

Thia confirmou com a cabeça.

– Juntem o que puderem – Prof disse, jogando uma mochila sobre o ombro. – Precisamos abandonar este lugar. Foi comprometido.

Thia e Abraham assentiram, como se esperassem por essa ordem. Abraham parou para colocar a mão no ombro de Megan e curvar a cabeça, então moveu a outra mão até o pingente que tinha ao redor do pescoço e se afastou depressa para juntar as suas ferramentas.

Eu peguei um cobertor do saco de dormir de Megan – ela não tinha lençóis – e fui colocá-lo sobre ela. Prof olhou para mim e parecia prestes a protestar contra essa ação frívola, mas segurou a língua. Enfiei o cobertor ao redor dos ombros de Megan, mas deixei a cabeça exposta. Não sei por que as pessoas cobrem o rosto de alguém que morre. O rosto é a única coisa que sobrou que ainda está adequada. Eu o toquei com os dedos. A pele ainda estava quente.

Isso não está acontecendo, pensei, entorpecido. *Os Executores não fracassam desse jeito.*

Infelizmente, os fatos – os meus próprios fatos – inundaram a minha mente. Os Executores fracassavam, sim; membros dos Executores *morriam*. Eu os tinha pesquisado. Eu os tinha estudado. Acontecia.

Só não deveria acontecer com Megan.

Preciso cuidar do corpo dela, pensei, inclinando-me para carregá-la.

– Deixe o cadáver – Prof disse.

Eu o ignorei, então senti a sua mão apertar o meu ombro. Ergui os olhos marejados para ele e encontrei uma expressão dura, de olhos arregalados e furiosos. Eles se suavizaram quando viram os meus.

– O que aconteceu, aconteceu – Prof disse. – Vamos queimar este buraco, e isso será um enterro adequado para ela. De qualquer modo, tentar trazer o corpo só iria nos atrasar, talvez nos matar. Os soldados provavelmente estão vigiando a entrada da frente. Não sabemos quanto tempo eles levarão para encontrar o novo buraco que abri aqui. – Ele hesitou. – Ela se foi, filho.

– Eu devia ter corrido mais rápido – sussurrei, em contraste direto com o que Thia dissera. – Devia ter sido capaz de salvá-la.

– Está com raiva? – Prof perguntou.

– Eu...

– Abandone a culpa – Prof disse. – Abandone a negação. Coração de Aço fez isso com ela. Ele é a nossa meta. Isso deve ser o seu foco. Não temos tempo para luto; só temos tempo para vingança.

Eu me vi concordando com a cabeça. Muitos teriam dito que essas eram as palavras erradas, mas elas funcionaram para mim. Prof tinha razão. Se eu ficasse me lastimando e sofrendo, morreria. Eu precisava de algo para substituir essas emoções, algo forte.

Raiva de Coração de Aço. Isso funcionaria. Ele havia tirado o meu pai de mim, e agora tirara Megan também. No fundo, eu sabia que, enquanto ele vivesse, tiraria de mim tudo o que eu amava.

Odiar Coração de Aço. Usar isso para seguir em frente. Sim... Eu podia fazer isso. Balancei a cabeça, concordando.

– Reúna suas anotações – Prof disse –, então guarde o imager. Vamos sair em dez minutos, destruindo tudo o que deixarmos para trás.

Olhei para trás, para o novo túnel que Prof tinha aberto até o esconderijo. Uma luz vermelha violenta brilhava no fundo, uma pira funerária para Megan. A rajada que Abraham lançara era quente o bastante para derreter aço; eu podia sentir o seu calor daqui, mesmo à distância.

Se a Patrulha conseguisse invadir o esconderijo, só encontraria escombros carbonizados e poeira. Tínhamos carregado tudo o que podíamos, e Thia guardara mais um pouco em um compartimento secreto que fizera Abraham abrir num corredor próximo. Pela segunda vez em um mês, eu vi uma casa minha arder.

Essa levava algo muito querido consigo. Eu queria dizer adeus, sussurrá-lo ou pelo menos pensá-lo. Mas não conseguia formar a palavra. Eu só... acho que não estava pronto.

Então, me virei e segui os outros, afastando-me na escuridão.

Uma hora depois, ainda estava andando no corredor escuro, com a cabeça abaixada e a mochila nas costas. Sentia-me tão cansado que mal conseguia pensar.

Mas era estranho – por mais forte que o meu ódio tivesse ficado por um curto período, agora era só morno. Substituir Megan com ódio parecia uma troca fraca.

Houve movimento à frente e Thia ficou para trás. Ela havia trocado as roupas ensanguentadas rapidamente. Também me forçara a fazer o mesmo antes de abandonar o esconderijo. Eu tinha lavado as mãos também, mas ainda havia sangue seco sob as minhas unhas.

– Ei – Thia disse. – Você parece bem cansado.

Dei de ombros.

– Quer conversar?

– Não sobre ela. Só... não agora.

– Okay. Então outra coisa, talvez? – *Algo para te distrair*, o tom dela sugeria.

Bem, talvez isso fosse bom. Exceto pelo fato de que a única outra coisa sobre a qual eu queria falar era quase tão angustiante.

– Por que Prof está tão bravo comigo? – perguntei em voz baixa. – Ele parecia... *indignado* quando veio me resgatar.

Isso embrulhava o meu estômago. Quando falara comigo pelo celular, ele tinha parecido incentivador, determinado a ajudar. E então depois... pareceu outra pessoa. Ainda se via isso nele, enquanto andava sozinho à frente do grupo.

Thia seguiu o meu olhar.

– Prof tem algumas... lembranças ruins associadas aos tensores, David. Ele odeia usá-los.

– Mas...

– Ele não está bravo com você – Thia afirmou –, e *não está* incomodado por ter ido te resgatar, independentemente do que tenha parecido. Ele está bravo consigo mesmo. Só precisa de algum tempo sozinho.

– Mas ele é *tão bom* com eles, Thia.

– Eu sei – ela concordou suavemente. – Já o vi usá-los. Há questões aqui que você não pode entender, David. Às vezes fazer coisas que costumávamos fazer nos lembra de quem costumávamos ser, e nem sempre de um jeito bom.

Isso não fazia muito sentido para mim. Mas, é claro, a minha mente já tinha sido mais afiada.

Finalmente chegamos ao novo buraco de fuga, que era muito menor que o esconderijo – só duas câmaras. Cody nos encontrou, mas falou com um tom contido. Ele já tinha sido informado, obviamente, sobre o que havia acontecido. Ele nos ajudou a carregar o equipamento até a câmara principal do novo esconderijo.

Confluência, o chefe da Patrulha, estava preso ali em algum lugar. Éramos tolos de pensar que podíamos segurá-lo? Seria parte de outra armadilha? Só me restava presumir que Prof e Thia sabiam o que estavam fazendo.

Enquanto trabalhava, Abraham flexionava o braço, o que levara um tiro. Os pequenos diodos do por-um-fio brilharam no bíceps dele, e os buracos de bala já estavam cicatrizando. Uma noite dormindo com aqueles diodos e ele seria capaz de usar o braço sem problemas pela manhã. Mais alguns dias e o ferimento só seria uma cicatriz.

Mesmo assim, pensei, entregando a mochila a Cody e rastejando pelo túnel até a câmara superior, *isso não ajudou Megan. Nada que fizemos ajudou Megan.*

Eu havia perdido muitas pessoas nos últimos dez anos. A vida em Nova Chicago não era fácil, especialmente para órfãos. Mas nenhuma dessas perdas me afetara tão profundamente desde a morte do meu pai. Acho que era uma coisa boa – queria dizer que eu estava aprendendo a me importar de novo. Mesmo assim, eu me sentia bem infeliz no momento.

Quando emergi do túnel e entrei no novo esconderijo, Prof ordenava a todos que fossem dormir. Ele queria que descansássemos um pouco antes de lidarmos com o Épico capturado. Enquanto arrumava o meu saco de dormir, eu o ouvi falando com Cody e Thia. Algo sobre injetar um sedativo no Épico para que permanecesse inconsciente.

– David? – Thia chamou. – Você está ferido. Eu devia conectar o por-um-fio em você e...

– Vou sobreviver – falei. Eles podiam me curar amanhã. Eu não me importava com aquilo no momento. Em vez disso, deitei no meu saco de dormir e virei para encarar a parede. Então, finalmente deixei as lágrimas virem com força.

32

Cerca de dezesseis horas depois, eu estava sentado no chão do novo esconderijo, comendo uma tigela de mingau com passas, enquanto os diodos do por-um-fio piscavam na minha perna e ao lado do corpo. Fomos obrigados a deixar a maior parte da nossa comida boa para trás e agora dependíamos do estoque mantido no buraco de fuga.

Os outros Executores me deram espaço. Achei isso estranho, já que todos eles conheciam Megan há mais tempo que eu. Não era como se ela e eu realmente tivéssemos algo especial, mesmo que ela *estivesse* começando a gostar mais de mim.

Na verdade, agora que eu pensava nisso, a minha reação à morte dela parecia boba. Eu era apenas um garoto com uma paixonite. Mas ainda doía. Muito.

– Ei, Prof – Cody disse, sentado à frente de um laptop. – Você devia ver isso, *mate*.

– *Mate?* – Prof perguntou.

– Tenho um pouco de australiano em mim – Cody disse. – O avô do meu pai era um quarto *aussie*. Estou querendo testar essa há algum tempo.

– Você é um homenzinho bizarro, Cody – Prof disse. Ele tinha voltado ao normal, embora talvez estivesse um pouco mais solene hoje. O resto deles também, até Cody. Perder um membro da equipe não era uma experiência agradável, mas eu tive a sensação de que todos já haviam passado por isso antes.

Prof estudou a tela por um momento, então ergueu uma sobrancelha. Cody bateu um dedo na tela, batendo de novo em seguida.

– O que é? – Thia perguntou.

Cody virou o laptop. Como nenhum de nós tinha cadeiras, estávamos todos sentados nos nossos sacos de dormir. Mesmo que esse esconderijo fosse menor que o outro, parecia vazio para mim. Não havia Executores suficientes.

A tela estava azul, mostrando uma mensagem em letras maiúsculas simples, em preto. ESCOLHA UM LOCAL E HORÁRIO. ESTAREI LÁ.

– Isso – disse Cody – é tudo que se pode ver em qualquer um dos cem canais de entretenimento da rede de Coração de Aço. Está em todos os celulares conectados à rede, e em todas as telas de informação na cidade. Algo me faz pensar que ele recebeu a mensagem.

Prof sorriu.

– Isso é bom. Ele está nos deixando escolher o lugar da briga.

– Ele geralmente faz isso – falei, encarando meu mingau. – Ele deixou Falha Sísmica escolher. Ele acha que isso manda uma mensagem: esta cidade é dele, e ele não se importa se você tentar encontrar um lugar que te confira uma vantagem. Ele vai te matar de qualquer jeito.

– Só queria não me sentir cega – Thia disse. Ela estava sentada num canto com seu datapad. O celular estava conectado no verso, então a tela de um mostrava o que havia na tela do outro. – Eu não entendo. Como eles descobriram que eu havia hackeado o sistema de vigilância deles? Estou trancada pra fora por todos os lados, todos os buracos estão tampados. Não consigo ver nada do que acontece na cidade.

– Vamos escolher um local onde possamos instalar nossas próprias câmeras – Prof disse. – Você não estará cega quando o enfrentarmos, Thia. Vai...

O celular de Abraham bipou, e ele o ergueu.

– Os alarmes de proximidade informam que o nosso prisioneiro está acordando, Prof.

– Bom – Prof disse, erguendo-se e olhando para a entrada do quarto menor, onde o prisioneiro era mantido. – Esse mistério tem me incomodado o dia inteiro. – Quando ele se virou, seus olhos caíram sobre mim, e vi um lampejo de culpa neles.

Prof passou por mim rapidamente e começou a dar ordens. Iríamos interrogar o prisioneiro com uma luz brilhando diretamente sobre ele, e Cody ficaria de pé atrás do Épico com uma arma apontada para a sua cabeça. Todos usariam as jaquetas. Eles substituíram a minha com uma sobressalente. Era de couro preto, um tamanho ou dois maior do que o meu.

Os Executores começaram a se preparar, então Cody e Thia entraram no quarto do prisioneiro, seguidos por Prof. Eu enfiei uma colherada de mingau na boca e notei Abraham, que ficara para trás na sala principal.

Ele veio até mim e se abaixou em um dos joelhos.

– Viva, David – ele disse suavemente. – Viva a sua vida.

– Tô vivendo – resmunguei.

– Não. Você está deixando Coração de Aço viver a sua vida por você. Ele a controla, a cada passo. Viva a sua própria vida. – Ele deu um tapinha no meu ombro, como se isso consertasse tudo, então acenou para que eu entrasse com ele no quarto ao lado.

Suspirei, me erguendo, e o segui.

O prisioneiro era um homem espichado e mais velho – talvez com uns 60 anos –, calvo e de pele escura. Ele virava a cabeça de um lado para o outro, tentando descobrir onde estava, embora continuasse vendado e amordaçado. Certamente não parecia ameaçador, amarrado à cadeira daquele jeito. É claro que muitos Épicos "inofensivos" podiam matar com pouco mais que um pensamento.

Confluência supostamente não tinha poderes assim. Mas Fortuidade também não deveria ter destreza sobre-humana. Além disso, nem sabíamos se esse *era* Confluência. Eu me vi ponderando a situação, o que era bom. Pelo menos assim não ficava pensando *nela*.

Abraham apontou um grande refletor para o rosto do prisioneiro. Muitos Épicos precisavam de uma linha direta de visão para usar os poderes em alguém, então manter o homem desorientado servia a um propósito muito real e útil. Prof acenou com a cabeça para Cody, que cortou a venda e a mordaça do prisioneiro, então deu um passo para trás e apontou uma .357 irada para a cabeça dele.

O prisioneiro piscou sob a luz, então olhou ao redor. Ele se encolheu na cadeira.

– Quem é você? – Prof perguntou, em pé ao lado do refletor, onde o prisioneiro não seria capaz de distinguir as suas feições.

– Edmund Sense – o prisioneiro respondeu. Ele hesitou. – E você?

– Isso não é importante para você.

– Bem, considerando que você está me mantendo prisioneiro, suspeito que seja *extremamente* importante para mim. – Edmund tinha uma voz agradável, com um leve sotaque indiano. Parecia nervoso; os seus olhos ficavam se movendo de um lado para o outro.

– Você é um Épico – Prof afirmou.

– Sim – Edmund respondeu. – Eles me chamam de Confluência.

– Cabeça das tropas da Patrulha de Coração de Aço – Prof disse. O resto de nós continuou em silêncio, como Prof instruíra, para não dar ao homem uma indicação de quantos éramos na sala.

Edmund riu.

– Cabeça? Bem, suponho que você possa me chamar assim. – Ele se inclinou para trás, fechando os olhos. – Embora talvez seja mais apropriado dizer que sou o coração. Ou talvez só a bateria.

– Por que você estava no porta-malas daquele carro? – Prof perguntou.

– Porque estava sendo transportado.

– E, como suspeitava que a limusine poderia ser atacada, se esconderia no porta-malas?

– Meu jovem – Edmund disse, cordialmente –, se eu quisesse me esconder, teria feito isso amarrado, amordaçado e vendado?

Prof ficou em silêncio.

– Você quer uma prova de que sou quem digo ser – Edmund adivinhou, com um suspiro. – Bem, prefiro não obrigá-lo a me espancar pra isso. Você tem algum dispositivo mecânico que tenha sido drenado de energia? Que esteja com a bateria zerada?

Prof olhou para o lado. Thia enfiou a mão no bolso e lhe entregou uma caneta de luz. Prof a testou; não havia luz alguma. Então, ele hesitou. Finalmente, fez um gesto para sairmos da sala. Cody permaneceu, com a arma apontada para Edmund, mas o resto de nós – inclusive Prof – se reuniu na câmara principal.

— Ele pode ser capaz de sobrecarregá-la e fazê-la explodir — Prof disse, em voz baixa.

— Mas vamos precisar de provas da sua identidade — Thia disse. — Se ele for capaz de carregar isso com um toque, então ou é Confluência ou um Épico diferente, mas com um poder *muito* similar.

— Ou alguém a quem ele doou as suas habilidades — eu disse.

— Ele aparece como um Épico poderoso no detector — Abraham falou. — Nós testamos membros da Patrulha que tinham poderes dados por Confluência, e o detector não os registrou.

— E se ele for outro Épico? — Thia perguntou. — Com poderes dados por Confluência a fim de mostrar que ele pode recarregar coisas e nos fazer pensar que ele é o Épico? Ele pode agir como se fosse inofensivo e, então, quando não estivermos esperando, lançar os seus poderes completos sobre nós.

Prof balançou a cabeça lentamente.

— Acho que não. Isso é intrincado demais, e perigoso demais. Por que eles pensariam que iríamos decidir sequestrar Confluência? Podíamos facilmente tê-lo matado logo que o encontrássemos. Acho que esse homem é quem diz ser.

— Mas por que ele estava no porta-malas? — Abraham perguntou.

— Ele provavelmente vai responder se perguntarmos — comentei. — Quer dizer, ele não tem sido muito difícil até agora.

— É isso o que me preocupa — Thia disse. — Está fácil demais.

— Fácil? — perguntei. — Megan morreu pra capturarmos esse cara. Eu quero ouvir o que ele tem a dizer.

Prof olhou para mim, batendo a caneta de luz contra a palma da mão. Então, fez um aceno com a cabeça, e Abraham foi pegar um longo bastão de madeira, ao qual conectamos a caneta. Voltamos ao quarto, e Prof usou o bastão para encostá-la à bochecha de Edmund.

Imediatamente, a lâmpada da caneta começou a brilhar. Edmund bocejou, então tentou se acomodar nas suas amarras.

Prof puxou a caneta de volta; ela continuou brilhando.

— Eu recarreguei a bateria pra você — Edmund disse. — Seria suficiente para persuadi-lo a me dar uma bebida…?

— Dois anos atrás — comecei, dando um passo à frente, apesar das ordens de Prof –, em julho, você esteve envolvido em um projeto de larga escala para Coração de Aço. O que era?

– Realmente não tenho uma noção de tempo muito boa... – o homem respondeu.

– Não deve ser muito difícil de lembrar – falei. – As pessoas da cidade não sabem disso, mas algo estranho aconteceu com Confluência.

– No verão? Hmm... Foi quando fui tirado da cidade? – Edmund sorriu. – Sim, me lembro da luz do sol. Ele precisava que eu carregasse alguns dos seus tanques de guerra por algum motivo.

Tinha sido uma ofensiva contra Dialas, um Épico em Detroit que tinha enfurecido Coração de Aço ao cortar parte do seu fornecimento de alimentos. A parte de Confluência havia sido realizada muito secretamente. Poucos sabiam sobre isso.

Prof estava olhando para mim, com os lábios apertados numa linha tensa. Eu o ignorei.

– Edmund – perguntei –, você chegou à cidade em que data?

– Primavera de 04 DC – ele respondeu.

Quatro anos depois de Calamidade. Isso resolvia a questão para mim. A maioria das pessoas imaginava que Confluência se unira a Coração de Aço em 05 DC, quando a Patrulha tinha ganhado armaduras energizadas pela primeira vez e as quedas de energia de 04 DC haviam finalmente começado a se estabilizar. Porém, fontes internas que eu cuidadosamente reunira alegavam que Coração de Aço não tinha confiado em Confluência no início e não o usara para projetos importantes por quase um ano.

Enquanto eu olhava para esse homem, muitas das minhas anotações sobre Confluência começaram a fazer sentido. Por que ele nunca era visto? Por que era transportado desse jeito? Por que a ocultação, o mistério? Não era só por causa da fragilidade de Confluência.

– Você é um prisioneiro – afirmei.

– É claro que ele é – Prof disse, mas Confluência assentiu.

– Não – eu disse a Prof. – Ele sempre foi um prisioneiro. Coração de Aço não o está usando como um tenente, mas como uma fonte de energia. Confluência não está no comando da Patrulha, ele é só...

– Uma bateria – Edmund completou. – Um escravo. Tudo bem,

você pode falar a palavra. Estou acostumado. Sou um escravo valioso, o que é geralmente uma posição invejável. Suspeito que não vai demorar muito até que ele nos encontre e mate todos vocês por me capturarem. – Ele fez uma careta. – Eu sinto muito por isso, de verdade. Odeio terrivelmente quando as pessoas brigam por minha causa.

– Todo esse tempo... – eu disse. – Faíscas!

Coração de Aço *não* podia deixar que as pessoas descobrissem o que ele fazia com Confluência. Em Nova Chicago, os Épicos eram praticamente sagrados. Quanto mais poderosos, mais direitos tinham. Era a base do seu governo. Os Épicos aceitavam a hierarquia porque sabiam que, mesmo na base da pirâmide, ainda eram muito mais importantes que as pessoas comuns.

Aqui, porém, estava um Épico que era um escravo... Nada mais do que uma usina de energia. Isso tinha consequências enormes para todos em Nova Chicago. Coração de Aço era um mentiroso.

Acho que não deveria estar muito surpreso, pensei. *Quer dizer, depois de tudo o que ele fez, isso é uma questão menor.* Mesmo assim, parecia importante. Ou talvez eu só estivesse me agarrando à primeira coisa que desviara a minha atenção de Megan.

– Desligue – Prof disse.

– Perdão? – Edmund perguntou. – Desligar o quê?

– Você é um doador – Prof disse. – Um Épico de transferência. Retire a energia das pessoas a quem a forneceu. Remova-a das armaduras energizadas, dos helicópteros, das usinas de força. Quero que você tire o seu poder de todas as pessoas a quem o doou.

– Se eu fizer isso – Edmund disse, hesitante –, Coração de Aço *não vai* ficar contente comigo quando me recuperar.

– Você pode contar a verdade a ele – Prof disse, erguendo uma pistola que tinha em uma das mãos, de modo que ela aparecesse bem em frente à luz do refletor. – Se eu te matar, a energia vai cair. Não tenho medo de dar esse passo. Recupere o seu poder, Edmund. Então conversaremos mais.

– Muito bem – Edmund concordou.

E, com isso, ele praticamente desligou Nova Chicago.

33

– Eu não penso em mim mesmo como um Épico – Edmund disse, inclinando-se para a frente sobre a mesa improvisada. Ela tinha sido montada com uma caixa e uma tábua, e estávamos sentados no chão para comer. – Eu fui capturado e usado para gerar energia apenas um mês depois da minha transformação. O nome do meu primeiro dono era Bastião. E, deixe-me contar, ele ficou *bastante* desagradável depois que descobrimos que eu não podia transferir o meu poder a ele.

– Por que você acha que isso aconteceu? – perguntei, mastigando um pedaço de carne seca.

– Não sei – Edmund respondeu, erguendo as mãos na frente de si mesmo. Ele gostava de gesticular bastante quando falava; você precisava prestar atenção para não levar um soco no ombro durante uma exclamação particularmente enfática sobre o gosto de um *curry* decente.

Esse era o máximo de perigo que ele apresentava. Embora Cody permanecesse por perto, com o fuzil ao alcance da mão, Edmund não fora nem um pouco provocativo. Na verdade, até parecia simpático, pelo menos quando não mencionava que as nossas mortes seriam inevitáveis e medonhas nas mãos de Coração de Aço.

– Sempre foi assim comigo – Edmund continuou, apontando para mim com a colher. – Só posso doar meus poderes a humanos comuns, e preciso tocá-los pra fazer isso. Nunca fui capaz de doá-los a um Épico. Já tentei.

Ali por perto, Prof – que passava por nós levando alguns suprimentos – parou onde estava. Ele se virou para Edmund.

– O que foi que você disse?

– Não posso doar para outros Épicos – Edmund repetiu, dando de ombros. – É assim que os poderes funcionam.

– É o mesmo para os outros doadores? – Prof perguntou.

– Nunca conheci nenhum – Edmund disse. – Doadores são raros. Se há outros na cidade, Coração de Aço nunca me deixou conhecê-los. Ele não se incomodou em não ter os meus poderes para si mesmo; já ficou contente por me usar como uma bateria.

Prof parecia preocupado. Ele seguiu seu caminho, e Edmund olhou para mim com as sobrancelhas levantadas.

– O que foi isso?

– Não sei – respondi, igualmente confuso.

– Bem, enfim, continuando a minha história. Bastião não gostou de eu não conseguir doar meus poderes para ele, então me vendeu para um sujeito chamado Isolamento. Sempre achei um nome estúpido para um Épico.

– Não tão ruim quanto El Cara Corajoso de Latão – falei.

– Você tá brincando. Existe mesmo um Épico chamado assim?

Confirmei com a cabeça.

– Do interior de Los Angeles. Ele está morto agora, mas você ficaria surpreso com os nomes estúpidos que muitos deles inventam. Poderes cósmicos incríveis não equivalem a um QI alto... nem a uma noção do que é dramaticamente apropriado. Não me deixe esquecer de te contar sobre Capim Canela uma hora dessas.

– Esse nome não soa tão mal – Edmund disse, sorrindo. – É meio autoconsciente. Tem um sorriso. Gostaria de conhecer um Épico que gosta de sorrir.

Estou falando com um deles, pensei. Ainda não aceitara isso muito bem.

– Bem – eu disse –, ela não sorriu por muito tempo. Pensou que o nome era bonitinho, então...

– O quê?

– Tente dizê-lo rápido algumas vezes – sugeri.

Ele moveu a boca, então um enorme sorriso se estendeu nos seus lábios.

– Vejam só...

Balancei a cabeça, admirado, enquanto continuava comendo minha carne seca. O que pensar de Edmund? Ele não era o herói que pessoas como Abraham e o meu pai esperavam, muito pelo contrário. Edmund empalidecia quando falávamos de lutar contra Coração de Aço; ele era tão tímido que muitas vezes pedia permissão para falar antes de expressar uma opinião.

Não, ele não representava um Épico heroico, nascido para lutar pelos direitos dos homens, mas era quase tão importante quanto se fosse. Eu *nunca* tinha conhecido, lido ou mesmo ouvido falar da história de um Épico que quebrasse o estereótipo tão completamente. Edmund não exibia arrogância, nem ódio, nem desdém.

Era desconcertante. Parte de mim ficava pensando: *É isso que ganhamos? Finalmente encontro um Épico que não quer me matar ou escravizar, e é um velho indiano de fala suave que gosta de pôr açúcar no leite?*

– Você perdeu alguém, não perdeu? – Edmund perguntou.

Eu ergui os olhos, bruscamente.

– O que te faz pensar isso?

– Reações como essa, na verdade, e o fato de que todos na sua equipe parecem andar sobre papel-alumínio amassado, tentando não fazer barulho algum.

Faíscas, que metáfora boa. Andando sobre papel-alumínio amassado. Eu precisaria me lembrar dessa.

– Quem era ela? – Edmund perguntou.

– Quem disse que era uma mulher?

– A sua expressão, filho – Edmund disse, e então sorriu.

Eu não respondi, embora em parte fosse por estar tentando banir a torrente de lembranças inundando a minha mente. Megan me lançando um olhar furioso. Megan sorrindo. Megan rindo apenas horas antes de morrer. *Idiota. Você só a conheceu por algumas semanas.*

– Eu matei a minha esposa – Edmund disse distraidamente, inclinando-se para trás e encarando o teto. – Foi um acidente. Eletrifiquei a pia da cozinha enquanto tentava ligar o micro-ondas. Estúpido, não? Eu queria um burrito congelado. Sara morreu por causa disso. – Ele tamborilou os dedos na mesa. – Espero que a sua tenha morrido por algo maior.

Isso vai depender, eu pensei, *do que fizermos em seguida.*

Deixei Edmund na mesa e acenei para Cody, que estava de pé, encostado na parede, fazendo um bom trabalho em fingir que não estava de guarda. Entrei na outra sala, onde Prof, Thia e Abraham sentavam-se ao redor do datapad de Thia.

Quase fui procurar Megan, meus instintos me dizendo que ela estaria de guarda fora do esconderijo, já que todos os outros se encontravam aqui. Idiota. Juntei-me à equipe, olhando por cima do ombro de Thia para a tela do celular ampliada no datapad. Ela o ligara com uma das células de combustível que havíamos roubado da usina de energia. Depois que Edmund havia removido as suas habilidades, a energia da cidade tinha caído, incluindo a daqueles fios que às vezes corriam pelas catacumbas de aço.

O pad dela mostrava um antigo complexo de apartamentos de aço.

– Não serve – Prof disse, apontando alguns números do lado da tela. – O prédio ao lado ainda é habitado. Não vou preparar um confronto com um Alto Épico tendo espectadores tão perto.

– Que tal em frente ao palácio dele? – Abraham perguntou. – Ele não vai esperar por essa.

– Duvido que ele esteja esperando qualquer coisa em particular – Thia comentou. – Além disso, Cody fez um pouco de reconhecimento. As pilhagens começaram, por isso Coração de Aço chamou a Patrulha para perto do seu palácio. Ele só tem a infantaria agora, mas é suficiente. Nunca vamos conseguir entrar para fazer qualquer preparação. E nós vamos precisar preparar a área se formos atacá-lo.

– Campo do Soldado – falei suavemente.

Eles se viraram para mim.

– Vejam – eu disse, estendendo a mão para rolar o mapa que Thia tinha da cidade. Parecia incrivelmente primitivo comparado às transmissões de vídeo em tempo real que usávamos antes.

Parei a tela em uma antiga porção da cidade, essencialmente abandonada.

– O antigo estádio de futebol – comentei. – Ninguém mora pelos arredores e não há nada na área para pilhar, então não haverá pessoas por perto. Podemos usar os tensores para cavar um túnel de entrada a partir de um ponto próximo nas sub-ruas. Assim conseguiremos fazer os preparativos discretamente, sem nos preocuparmos com alguém nos vigiando.

— É tão aberto — Prof disse, esfregando o queixo. — Eu preferiria enfrentá-lo em um prédio antigo, onde podemos confundi-lo e atacá-lo de vários lados.

— Ainda podemos fazer isso aqui — argumentei. — É quase certeza que ele vai voar para o meio do campo. Podemos colocar atiradores nas arquibancadas superiores e cavar alguns túneis para nós, com cordas amarradas aos assentos até o interior do estádio. Podemos confundir Coração de Aço e os seus lacaios colocando túneis onde eles não esperam, e o terreno será desconhecido aos soldados dele. Bem mais do que em um simples complexo de apartamentos.

Prof assentiu, devagar.

— Ainda não tratamos do verdadeiro problema — Thia disse. — Estamos todos pensando nisso. É melhor falarmos logo.

— A fraqueza de Coração de Aço — Abraham falou, suavemente.

— Somos eficazes demais para o nosso próprio bem — Thia disse. — Ele está posicionado e podemos chamá-lo para uma briga. Conseguiremos emboscá-lo perfeitamente. Mas isso ao menos vai importar?

— Então chegamos a isso — Prof disse. — Ouçam bem, Executores. Estes são os riscos. Nós *podemos* desistir agora. Seria um desastre; todo mundo descobriria que tentamos matá-lo e fracassamos. Isso pode causar tanto mal quanto matá-lo causaria o bem. As pessoas pensariam que os Épicos realmente são invencíveis, que mesmo nós não podemos enfrentar alguém como Coração de Aço. Além disso, Coração de Aço assumiria pessoalmente a missão de nos caçar. Ele não é do tipo que desiste fácil. Não importaria para onde fôssemos, sempre precisaríamos estar alertas e nos preocupar com ele. Mas podemos desistir. Não sabemos qual é a fraqueza dele, não com certeza. Pode ser melhor desistir enquanto há a chance.

— E se não desistirmos? — Cody perguntou.

— Continuamos com o plano — Prof respondeu. — Fazemos tudo o que podemos para matá-lo, testamos todas as pistas possíveis da memória de David. Montamos uma armadilha nesse estádio que combine todas essas possibilidades e arriscamos. Será o ataque mais incerto de que já participei. Uma dessas coisas pode funcionar, mas provavelmente nenhuma delas vai, e teremos entrado numa luta com um dos Épicos mais poderosos do mundo. É quase certo que ele nos mate.

Todos ficamos sentados em silêncio. Não. Não podia acabar aqui, podia?

– Eu quero tentar – Cody disse. – David está certo. Ele esteve certo todo esse tempo. Ficar nos esgueirando, matando Épicos insignificantes... Isso não muda o mundo. Temos uma chance de matar Coração de Aço. Devemos pelo menos *tentar*.

Senti uma onda de alívio.

Abraham assentiu.

– Melhor morrer agora, com uma chance de derrotar essa criatura, do que fugir.

Thia e Prof se entreolharam.

– Você também quer tentar, não quer, Jon? – Thia perguntou.

– Ou lutamos com ele agora, ou os Executores estão acabados – Prof respondeu. – Passaríamos o resto das nossas vidas correndo. Além disso, duvido que eu pudesse viver comigo mesmo se fugisse depois de tudo pelo que passamos.

Concordei com a cabeça.

– Pelo menos temos que tentar. Por Megan.

– Aposto que ela acharia isso irônico – Abraham observou. Nós olhamos para ele, que deu de ombros. – Ela era a única que não queria tentar essa missão. Não sei o que pensaria de estarmos dedicando o fim dela à sua memória.

– Você pode ser meio deprimente, Abe – Prof disse.

– A verdade não é deprimente – Abraham falou, com o seu leve sotaque. – As mentiras que você finge aceitar é que são realmente deprimentes.

– Diz o homem que ainda acredita que os Épicos vão nos salvar – Prof retorquiu.

– Cavalheiros – Thia interrompeu –, basta. Acho que todos estamos de acordo. Vamos tentar, por mais ridículo que seja. Tentaremos matar Coração de Aço sem a mínima ideia real de qual é a fraqueza dele.

Um por um, nós concordamos. Tínhamos que tentar.

– Não estou fazendo isso por Megan – falei, finalmente. – Mas estou fazendo, em parte, *por causa* dela. Se devemos nos erguer e morrer para que as pessoas saibam que alguém ainda está lutando, que seja. Prof, você disse temer que o nosso fracasso deprima as pessoas. Mas não concordo. Elas vão ouvir a nossa história e perceber que há uma opção além de fazer o que os Épicos mandam. Talvez não sejamos nós a matar Coração de Aço. Porém, mesmo que fracassemos, podemos ser a causa da morte dele. Algum dia.

– Não tenha tanta certeza de que vamos fracassar – Prof disse. – Se eu achasse que isso seria um suicídio garantido, não continuaria com o plano. Como disse, eu não pretendo depositar todas as nossas esperanças de matá-lo em uma única ideia. Vamos tentar tudo. Thia, o que os seus instintos dizem que vai funcionar?

– Algo do cofre do banco – ela respondeu. – Um daqueles itens é especial. Eu só queria saber qual.

– Você os trouxe quando abandonamos o esconderijo?

– Trouxe os mais incomuns – ela falou. – Guardei o resto no compartimento que fizemos no túnel. Podemos pegá-los. Até onde eu sei, a Patrulha não os encontrou.

– Vamos pegar todos e espalhá-los pelo estádio – Prof disse, apontando para o chão de aço do campo, que já fora de terra. – David está certo; é onde Coração de Aço provavelmente aterrissará. Não precisamos saber especificamente o que o enfraqueceu; podemos só carregar todas as coisas pra lá e usá-las.

Abraham concordou com a cabeça.

– Um bom plano.

– O que você acha que é? – Prof perguntou a ele.

– Se eu tivesse que chutar, diria que foi a arma do pai de David ou as balas que ela atirou. Cada arma é levemente distinta do seu próprio jeito. Talvez essa tivesse a composição de metal perfeita.

– Isso é fácil de testar – falei. – Levo a arma e, quando tiver a chance, atiro nele. Não acho que vai funcionar, mas estou disposto a tentar.

– Bom – Prof disse.

– E você, Prof? – Thia perguntou.

— Acho que ocorreu porque o pai de David era um dos Fiéis — Prof disse, calmamente. Ele não olhou para Abraham. — Por mais que sejam tolos, são tolos sinceros. Pessoas como Abraham veem o mundo de um jeito diferente do resto de nós. Então, talvez tenha sido o jeito como o pai de David via os Épicos que lhe permitiu ferir Coração de Aço.

Eu me inclinei para trás, refletindo sobre a questão.

— Bem, atirar nele também não deve ser muito difícil para mim — Abraham disse. — Na verdade, provavelmente todos deveríamos tentar. E qualquer outra coisa em que conseguirmos pensar.

Todos olharam para mim.

— Ainda acho que é fogo cruzado — falei. — Acho que Coração de Aço só pode ser ferido por alguém que não pretenda acertá-lo.

— Isso é mais difícil de arranjar — Thia disse. — Se você está certo, provavelmente não funcionará se qualquer um de nós atingi-lo, já que de fato o queremos morto.

— Concordo — Prof disse. — Mas é uma boa teoria. Precisamos encontrar um jeito de fazer os próprios soldados dele o acertarem por acidente.

— Para isso, ele teria que trazer os soldados — Thia disse. — Agora que está convencido de que há um Épico rival na cidade, talvez só traga Punho da Noite e Tormenta de Fogo.

— Não — retruquei. — Ele virá com soldados. Holofote tem usado lacaios, e Coração de Aço desejará estar preparado. Ele vai querer ter seus próprios soldados para lidar com distrações como essa. Além disso, embora deseje enfrentar Holofote pessoalmente, também vai querer testemunhas.

— Concordo — Prof disse. — Os soldados dele provavelmente terão ordens de não se envolverem a não ser que sejam atacados. Podemos garantir que eles sintam a necessidade de se defenderem.

— Então vamos precisar manter Coração de Aço ocupado por tempo suficiente para criar um bom fogo cruzado — Abraham disse. Em seguida, hesitou. — Na verdade, vamos precisar mantê-lo ocupado *durante* o fogo cruzado. Se ele pensar que isso é só uma emboscada de soldados, voará para longe e deixará a Patrulha lidar com a situação. — Abraham olhou para Prof. — Holofote terá que aparecer.

Prof assentiu.

— Eu sei.

— Jon... — Thia começou, pondo a mão no braço dele.

— É o que tem de ser feito — ele disse. — Vamos precisar de um jeito de lidar com Punho da Noite e Tormenta de Fogo, também.

— Já disse pra vocês — insisti –, Tormenta de Fogo não será um problema. Ele...

— Eu sei que ele não é o que parece, filho — Prof disse. — Aceito isso. Mas você já lutou com um ilusionista?

— Claro — eu disse. — Cody e Megan também.

— Ela era fraca — Prof disse. — Mas suponho que te forneça uma ideia do que esperar. Tormenta de Fogo será mais forte. *Muito* mais forte. Quase gostaria que ele fosse só outro Épico de fogo.

Thia concordou com a cabeça.

— Ele deve ser uma prioridade. Vamos precisar de frases secretas, caso ele envie versões ilusórias de outros membros da equipe para nos enganar. E precisaremos atentar para paredes falsas, membros da Patrulha falsos enviados para nos confundir, coisas desse tipo.

— Vocês acham que Punho da Noite sequer vai aparecer? — Abraham perguntou. — Pelo que disseram, o showzinho de lanterna de David o fez sair correndo como um coelho diante de um gavião.

Prof olhou para mim e Thia.

Eu dei de ombros.

— É capaz que ele não venha — falei.

Thia acenou, concordando.

— Punho da Noite é difícil de prever.

— De qualquer jeito, vamos precisar estar prontos pra ele — eu disse. — Mas não vou reclamar se ele não aparecer.

— Abraham — Prof disse –, você acha que consegue montar um ou dois refletores de luz UV usando as células de energia extra? Vamos precisar armar todo mundo com algumas daquelas lanternas também.

Caímos em silêncio, e tive a sensação de que todos pensávamos a mesma coisa. Os Executores gostavam de operações extremamente bem planejadas, executadas apenas depois de semanas ou meses de preparação. E aqui estávamos, prestes a tentar derrotar um dos Épicos mais fortes do mundo com pouco mais do que algumas bugigangas e lanternas.

Era o que tínhamos de fazer.

– Eu acho – Thia disse – que deveríamos pensar num bom plano de extração para o caso de nenhuma dessas coisas funcionar.

Prof não parecia concordar. Sua expressão se tornara sombria; ele sabia que, se nenhuma dessas ideias nos permitisse matar Coração de Aço, as nossas chances de sobrevivência eram pequenas.

– Um helicóptero é a melhor opção – Abraham falou. – Sem Confluência, a Patrulha está presa no chão. Se pudermos usar uma célula de energia, ou mesmo fazê-lo energizar um helicóptero para nós...

– Isso seria bom – Thia disse. – Mas ainda precisaremos escapar da luta.

– Bem, ainda temos Diamante em custódia – Abraham disse. – Podemos pegar alguns dos explosivos dele e...

– Espere – interrompi, confuso. – Em *custódia*?

– Eu fiz Abraham e Cody capturarem Diamante na noite do seu encontro com Punho da Noite – Prof disse, distraído. – Não podia arriscar que ele dissesse o que tinha visto.

– Mas... você disse que ele nunca...

– Ele viu um buraco feito pelos tensores – Prof disse –, e, para Punho da Noite, você está ligado a ele. No momento em que te vissem em uma das nossas operações, pegariam Diamante. Foi tanto para a segurança dele quanto para a nossa.

– Então... o que você está fazendo com ele?

– Alimentando-o bastante – Prof respondeu –, e subornando-o para permanecer onde está. Aquele confronto o deixou bem agitado, e acho que ele ficou contente quando o levamos. – Prof hesitou. – Prometi a ele que mostraria como os tensores funcionam em troca de ele permanecer em um dos nossos buracos de fuga até que tudo isso termine.

Eu me encostei na parede da sala, perturbado. Prof não tinha dito, mas eu podia adivinhar a verdade pelo seu tom. A revelação dos tensores mudaria o jeito como os Executores trabalhavam. Mesmo se derrotássemos Coração de Aço, eles teriam perdido algo enorme: não poderiam mais invadir lugares inesperadamente. Seus inimigos poderiam planejar, vigiar, preparar-se.

Eu havia trazido o fim de uma era. Eles não pareciam me culpar, mas eu não podia evitar sentir um pouco de culpa. Eu era como o cara que tinha trazido o coquetel de camarão estragado para a festa, fazendo todo mundo vomitar por uma semana.

– Enfim – Abraham disse, batendo um dedo na tela do datapad de Thia –, podemos cavar uma seção embaixo do campo com os tensores, deixando alguns centímetros de aço, e depois encher o buraco de explosivos. Se precisarmos escapar, podemos explodir o estádio todo, talvez eliminando alguns soldados, e usar a confusão e a fumaça como forma de encobrir nossa fuga.

– Imaginando que Coração de Aço não vá simplesmente nos seguir e derrubar o helicóptero – Prof disse.

Caímos em silêncio.

– Acredito que você disse que *eu* era deprimente? – Abraham perguntou.

– Perdão – Prof retrucou. – Só finjam que eu disse algo moralista sobre a verdade em vez disso.

Abraham sorriu.

– É um plano factível – Prof falou. – Mas talvez devêssemos planejar algum tipo de explosão para distraí-lo, quem sabe no palácio dele, para atraí-lo para longe. Abraham, vou deixar você lidar com isso. Thia, consegue mandar uma mensagem para Coração de Aço através dessas redes sem ser rastreada?

– Devo conseguir – ela respondeu.

– Bem, mande a ele uma resposta de Holofote. Diga: "Esteja pronto na noite do terceiro dia. Você vai saber o lugar quando for a hora".

Ela assentiu.

– Três dias? – Abraham perguntou. – Não é muito tempo.

– Realmente não há muito o que preparar – Prof disse. – Pra não mencionar que mais que isso seria suspeito demais; ele provavelmente espera nos enfrentar esta noite. Mas três dias terão que servir.

Os Executores assentiram, e os preparativos para a nossa última batalha começaram. Eu me reclinei, sentindo a ansiedade aumentar. *Finalmente* eu teria uma chance de enfrentá-lo. Matá-lo com esse plano parecia quase mais improvável do que nunca.

Mas eu finalmente teria a minha chance.

34

As vibrações me estremeceram até a alma, que parecia vibrar de volta. Inspirei fundo, moldando o som com um pensamento, então empurrei a mão para a frente e enviei a música para fora. Música que só eu podia ouvir, música que só eu podia controlar.

Abri os olhos. Uma porção do túnel à minha frente se transformou em uma poeira fina. Eu usava uma máscara, embora Prof continuasse me garantindo que respirar a poeira não era tão ruim quanto eu pensava.

O meu celular estava preso à testa, brilhando forte. O pequeno túnel através do aço era estreito, mas eu me encontrava sozinho, então conseguia me mover o quanto precisava.

Como sempre, usar o tensor me lembrou de Megan e daquele dia em que infiltramos a usina de energia. Ele me fez lembrar o poço do elevador, onde ela compartilhara comigo coisas que aparentemente não tinha compartilhado com muitas pessoas. Quando perguntei a Abraham se ele sabia que ela era de Portland, ele pareceu surpreso. Disse que ela nunca falava sobre o seu passado.

Eu despejei a poeira de aço num balde, então o carreguei até o fim do túnel e joguei fora o seu conteúdo. Fiz isso mais algumas vezes, antes de voltar a cavar com o tensor. Os outros levavam a poeira para fora.

Acrescentei mais um metro ao túnel, então peguei o celular para ver o meu progresso. Abraham colocara mais três túneis acima de mim, a fim de criar um tipo de sistema de triangulação que me permitia cortar esse túnel com precisão. Eu precisava ir um pouco mais para a direita, então virar num ângulo para cima.

Da próxima vez que escolher um local para emboscar um Alto Épico, pensei, *vou escolher o que estiver mais perto das sub-ruas já existentes.*

O resto da equipe concordou com Abraham que devíamos instalar explosivos embaixo do campo, e também que seriam necessários alguns túneis escondidos levando para fora do estádio. Eu tinha certeza de que ficaríamos felizes em tê-los quando enfrentássemos Coração de Aço, mas construir tudo isso era *muito* cansativo.

Eu quase me arrependia de mostrar tanto talento com o tensor. Quase. Ainda era bem incrível cavar através de aço sólido só com as mãos. Eu não podia hackear como Thia, fazer reconhecimento tão bem quanto Cody ou consertar maquinário como Abraham. Desse jeito, pelo menos, eu tinha um lugar na equipe.

É claro, pensei, enquanto vaporizava outra seção da parede, *as habilidades de Prof fazem as minhas parecerem um punhado de arroz. E nem arroz cozido.* Essencialmente, eu só era útil nesse papel porque ele se recusava a assumi-lo, o que reduzia a minha satisfação.

Tive uma ideia. Ergui a mão, convocando as vibrações do tensor. Como Prof tinha feito aquela espada? Ele havia batido na parede, não? Tentei imitar o movimento, batendo o punho na parede do túnel e dirigindo uma rajada de energia da minha mente para o tensor.

Eu, entretanto, não ganhei uma espada. Fiz vários punhados de poeira escorrerem de um compartimento na parede, seguidos por uma massa alongada de aço que se parecia vagamente com uma cenoura bulbosa.

Bem, é um começo. Eu acho.

Abaixei-me para apanhar a cenoura, mas avistei uma luz aproximando-se no túnel estreito. Rapidamente chutei a cenoura para a pilha de poeira, então voltei ao trabalho.

Prof logo estava atrás de mim.

– Como está indo?

– Mais alguns metros – respondi. – Então posso talhar o compartimento para os explosivos.

– Bom – Prof disse. – Tente fazê-lo longo e fino. Queremos canalizar a explosão para cima, não de volta para o túnel aqui embaixo.

Concordei com a cabeça. O plano era enfraquecer o "teto" do compartimento, que estaria logo abaixo do centro do Campo do Soldado. Então Cody selaria os explosivos com uma solda cuidadosa, dirigindo a explosão na direção que queríamos que ela seguisse.

– Continue – Prof disse. – Por enquanto, eu carrego a poeira pra você.

Eu concordei, grato pela chance de passar mais tempo com o tensor. Era o de Cody. Ele o dera para mim, já que o meu não passava de um trapo rasgado, com os diodos parecendo os olhos caídos de um zumbi. Eu não perguntara a Prof sobre os dois que ele tinha. Não pareceu prudente.

Trabalhamos em silêncio por algum tempo – eu removendo pedaços de aço, Prof carregando a poeira. Ele encontrou a minha espada de cenoura e me lançou um olhar estranho. Torci pra que não visse o meu rosto corando na luz fraca.

Finalmente, o meu celular bipou, informando que eu estava chegando na profundidade certa. Com cuidado, entalhei um longo buraco no nível do ombro. Então, enfiei a mão e comecei a criar um "quartinho" onde enfiar os explosivos.

Prof voltou, carregando o balde, e viu o que eu tinha feito. Depois checou o seu celular, erguendo os olhos para o teto, e bateu cuidadosamente no metal com um martelinho. Balançou a cabeça para si mesmo, embora eu não pudesse sentir diferença no som.

– Sabe – falei –, tenho quase certeza de que esses tensores desafiam as leis da física.

– O quê? Você está dizendo que destruir metal sólido com os dedos não é normal?

– É mais do que isso – eu disse. – Acho que criamos menos poeira do que deveríamos. Ela sempre parece se acomodar e ocupar menos espaço que o aço ocupava... Mas não poderia fazer isso, a não ser que fosse mais densa que o aço, o que não pode ser.

Prof grunhiu, enchendo outro balde.

– Nada sobre os Épicos faz sentido – comentei, puxando algumas braçadas de poeira do buraco que eu fazia. – Nem seus poderes. – Hesitei. – Principalmente seus poderes.

– É verdade – Prof concordou. Ele continuou enchendo os baldes. – Eu te devo desculpas, filho. Pelo jeito como agi.

– Thia explicou – respondi rápido. – Ela disse que você tem umas coisas no passado. Alguma história com os tensores. Faz sentido. Não tem problema.

– Tem, sim. Mas *é* o que acontece quando eu uso os tensores. Eu... Bem, é como Thia disse. Coisas no meu passado. Sinto muito pelo modo como agi. Não há justificativa, especialmente considerando tudo pelo que você tinha acabado de passar.

– Não foi tão ruim – eu disse. – O que você fez, quero dizer. – *O resto foi horrível.* Tentei não pensar sobre aquela longa marcha com uma garota moribunda nos braços. Uma garota moribunda que eu não consegui salvar. Continuei trabalhando. – Prof, você foi incrível. Não deveria só usar os tensores quando enfrentarmos Coração de Aço. Deveria usá-los o tempo todo. Pense no que...

– PARE.

Congelei. O tom de voz dele enviou um arrepio pela minha espinha.

Prof inspirava e expirava profundamente, com as mãos enfiadas na poeira de aço. Ele fechou os olhos.

– Não fale essas coisas, filho. Não faz bem para mim. Por favor.

– Tudo bem – concordei, com cautela.

– Apenas... aceite minhas desculpas, se estiver disposto.

– É claro.

Prof assentiu, voltando ao trabalho.

– Posso perguntar uma coisa? – falei. – Eu não vou mencionar... você sabe. Pelo menos não diretamente.

– Pergunte, então.

– Bem, você inventou essas coisas. Coisas incríveis. O por-um-fio, as jaquetas. Pelo que Abraham me conta, você tinha esses dispositivos quando fundou os Executores.

– Sim, tinha.

– Então... por que não faz outra coisa pra nós? Outro tipo de arma, baseada nos Épicos? Quer dizer, você vende conhecimento para pessoas como Diamante, e ele o vende para cientistas que estão trabalhando para criar tecnologias como essas. Imagino que você seja tão bom quanto qualquer um deles. Por que vender o conhecimento em vez de usá-lo pessoalmente?

Prof trabalhou em silêncio por alguns minutos, então veio até mim para ajudar a tirar poeira do buraco que eu estava fazendo.

– É uma boa questão. Você já a perguntou a Abraham ou Cody?

Fiz uma careta.

– Cody fala sobre demônios ou fadas... que ele alega que os irlandeses totalmente roubaram dos seus ancestrais. Nunca sei dizer se ele está falando sério.

– Não está – Prof disse. – Ele só gosta de ver como as pessoas reagem quando ele diz coisas assim.

– Abraham acha que é porque você não tem um laboratório agora, como antes. Sem os equipamentos certos, não consegue criar novas tecnologias.

– Abraham é um homem muito ponderado. O que *você* acha?

– Acho que, se você consegue encontrar os recursos para comprar ou roubar explosivos, motos e até helicópteros quando precisa deles, então poderia arranjar um laboratório para si mesmo. Deve haver outro motivo.

Prof limpou a poeira das mãos e virou-se para me olhar.

– Tudo bem. Posso ver aonde isso está indo. Você pode fazer *uma* pergunta sobre o meu passado. – Ele disse isso como se fosse um presente, um tipo de... penitência. Ele me tratara mal, em parte por causa de algo no seu passado. A recompensa que me dava era uma parte dessa história.

Eu me vi completamente despreparado. O que eu queria saber? Deveria perguntar como ele havia criado os tensores? O que o fazia não querer usá-los? Ele parecia se preparar mentalmente.

Não quero fazê-lo passar por isso, pensei. *Não se o afeta tão profundamente.* Eu não queria fazer isso, do mesmo modo que não gostaria de alguém me obrigando a reviver as lembranças do que acontecera com Megan.

Decidi escolher algo mais benigno.

– O que você *era*? – perguntei. – Antes de Calamidade. Qual era o seu trabalho?

Prof pareceu surpreso.

– Essa é a sua pergunta?

– Sim.

– Tem certeza de que quer saber?

Concordei com a cabeça.

– Eu era um professor de ciências do quinto ano – Prof respondeu.

Abri a minha boca para rir da piada, mas o seu tom de voz me fez hesitar.

– Sério? – perguntei, finalmente.

– Sério. Um Épico destruiu a escola. Ela... ainda estava em aulas. – Ele encarou a parede, e as emoções desapareceram do seu rosto. Ele colocava uma máscara.

E eu que havia pensado que era uma questão inocente.

– Mas os tensores – falei. – O por-um-fio. Você trabalhou em um laboratório em algum momento, certo?

– Não – ele disse. – Os tensores e o por-um-fio não pertencem a mim. Os outros só pensam que eu os inventei, mas não inventei.

Essa revelação me deixou pasmo.

Prof se virou para pegar os baldes.

– As crianças na escola me chamavam de Prof também. O apelido pegou, embora eu nem tivesse a formação de um professor. Acabei ensinando ciências apenas por acidente. Era a parte de ensinar que eu amava. Pelo menos, amava quando eu pensava que seria o suficiente para mudar as coisas.

Ele se afastou pelo túnel, deixando-me para ponderar.

– Pronto. Você pode se virar agora.

Eu me virei, ajustando a mochila que levava nas costas. Cody, equilibrado em uma escada acima de mim, ergueu a máscara de solda do rosto e enxugou a testa com a mão que não segurava a tocha. Fazia algumas horas desde que eu entalhara o compartimento sob o campo. Cody e eu tínhamos passado essas horas abrindo túneis e buracos menores ao longo do estádio, com Cody soldando os pontos onde faltava suporte.

Nosso projeto mais recente era fazer o ninho do atirador, que seria o meu posto no começo da batalha. Ele ficava na frente do terceiro nível de assentos, no lado oeste do estádio, perto da linha dos 45 metros, acima da primeira arquibancada. Não queríamos que fosse visível de cima, então eu usara o tensor para abrir um espaço embaixo do chão, deixando apenas alguns centímetros de metal no topo, exceto por cerca de 60 centímetros bem na frente para a minha cabeça e os meus ombros saírem, de modo que eu conseguisse mirar um fuzil através de um buraco na parede baixa na frente do círculo de treino.

Cody ergueu a mão do seu posto na escada, balançando e sacudindo então a estrutura de metal que havia soldado no fundo da área que eu tinha aberto. Ele fez um aceno com a cabeça, aparentemente satisfeito de que me apoiaria quando eu esperasse ali no ninho do atirador. O chão dessa seção de assentos era fino demais para cavar um buraco profundo o suficiente para me esconder; a estrutura era a nossa solução para esse problema.

– Aonde vamos agora? – perguntei, enquanto Cody descia da escada. – Que tal abrirmos aquele buraco de fuga perto da terceira arquibancada?

Cody jogou o equipamento de solda sobre o ombro e se alongou, estalando as costas.

– Abraham ligou e disse que vai cuidar dos refletores UV agora – Cody falou. – Ele terminou de colocar os explosivos embaixo do campo há algum tempo, então é hora de a gente ir soldar lá embaixo. Você consegue fazer o próximo buraco sozinho, mas eu te ajudo a carregar a escada até lá. Bom trabalho nesses buracos até agora, rapaz.

– Então você voltou ao *rapaz*? – perguntei. – O que aconteceu com *mate*?

– Percebi uma coisa – Cody disse, desmontando a escada e inclinando o topo para um lado. – Sabe os meus ancestrais australianos?

– Sim? – Ergui uma das extremidades da escada e o segui, enquanto ele caminhava da primeira fileira de arquibancadas até o interior do estádio.

– Eles vieram da Escócia originalmente. Então, se quero ser *de fato* autêntico, preciso conseguir falar como um australiano com sotaque escocês.

Continuamos percorrendo o espaço sombrio embaixo das arquibancadas, que era um tipo de corredor curvo enorme – acho que se chamava saguão. A extremidade planejada para o próximo buraco de fuga ficava em um dos banheiros no final do corredor.

– Um sotaque australiano-escocês do Tennessee, hein? – falei. – Está praticando?

– De jeito nenhum – Cody respondeu. – Não sou louco, rapaz. Só um pouco excêntrico.

Eu sorri, então virei a cabeça para olhar na direção do campo.

– Vamos realmente tentar isso, não é?

– É bom que sim. Apostei vinte dólares com Abraham que vamos ganhar.

– É só que... É difícil acreditar. Eu passei dez anos planejando esse dia, Cody. Mais da metade da minha vida. Agora está aqui. Não é nada como o que eu tinha imaginado, mas está aqui.

– Você devia se orgulhar – Cody disse. – Os Executores têm feito o que fazem há mais de meia década. Sem mudanças, sem grandes surpresas, sem correr grandes riscos. – Ele coçou a orelha esquerda. – Muitas vezes eu me perguntei se estávamos ficando estagnados. Nunca conseguia reunir os argumentos para sugerir uma mudança. Foi preciso chegar alguém de fora para balançar as coisas um pouquinho.

– Atacar Coração de Aço é balançar as coisas "um pouquinho"?

– Bem, não é como se você tivesse nos convencido a fazer algo *realmente* louco, como roubar o refrigerante de Thia.

Fora do banheiro, montamos a escada, e Cody foi checar alguns explosivos na parede oposta. Pretendíamos usá-los como distrações; Abraham os explodiria quando fosse necessário. Eu hesitei, então puxei meus explosivos no formato de borracha.

– Talvez eu devesse colocar um desses aqui – falei. – Caso a gente precise de uma segunda pessoa para disparar os explosivos.

Cody olhou para os explosivos, esfregando o queixo. Ele sabia o que eu queria dizer. Só precisaríamos de uma segunda pessoa para isso caso Abraham estivesse morto. Eu não gostava de pensar nisso, mas depois de Megan... Bem, todos nós parecíamos bem mais frágeis para mim agora.

– Sabe – Cody disse, aceitando os explosivos –, onde eu *realmente* gostaria de ter um apoio é nos explosivos embaixo do campo. Esses são os mais importantes para detonar; eles vão encobrir a nossa fuga.

– Acho que você tem razão – concordei.

– Se importa se eu colocar isso lá antes de soldar o compartimento? – Cody perguntou.

– Não, se Prof concordar.

– Ele gosta de redundância – Cody disse, enfiando o explosivo no bolso. – Só mantenha essa sua canetinha a postos. E *não* a aperte por acidente.

Ele voltou para o túnel sob o campo, e eu levei a escada até o banheiro para começar o trabalho.

Dei um soco no ar, depois me abaixei enquanto a poeira de aço caía ao meu redor. *Então foi assim que ele fez*, pensei, flexionando os dedos. Eu não tinha descoberto o truque da espada, mas estava melhorando em socar e vaporizar coisas à minha frente com o punho. Tinha relação com moldar as ondas sonoras do tensor para que elas seguissem minha mão em movimento, criando um tipo de... envelope em volta dela.

Se eu a fizesse direito, a onda se moveria junto com o meu punho. Meio como fumaça pode seguir a sua mão se você der um soco através dela. Sorri, sacudindo a mão. Finalmente eu aprendera. E era bom mesmo. Os nós dos meus dedos estavam bem doloridos.

Terminei o buraco com uma rajada do tensor mais superficial, erguendo a mão do topo da escada para esculpir o buraco. Através dele, vi um céu puramente negro. *Algum dia eu gostaria de ver o sol de novo*, pensei. A única coisa lá em cima era a escuridão. Escuridão e Calamidade, ardendo na distância logo acima, como um terrível olho vermelho.

Subi a escada e emergi no terceiro nível de arquibancadas. Tive um lampejo súbito e surreal de memória. Eu estava perto de onde havia sentado na única vez que viera a esse estádio. O meu pai tinha economizado cada centavo até comprar os ingressos pra nós. Eu não lembrava quais times jogavam, mas conseguia me lembrar do gosto do cachorro-quente que o meu pai comprara. E a torcida dele, sua animação.

Agachei-me entre os assentos, mantendo-me abaixado só por garantia. Os drones de espionagem de Coração de Aço estavam provavelmente fora de serviço, agora que Nova Chicago não tinha energia, mas ele podia ter enviado pessoas pela cidade em busca de Holofote. Seria sábio permanecer fora de vista o máximo possível.

Tirei uma corda da mochila e a amarrei ao redor da perna de um dos assentos de aço, então voltei ao buraco e desci pelas escadas, retornando ao banheiro abaixo do segundo nível de arquibancadas. Deixando a corda pendurada para uma fuga mais rápida do que a escada permitiria, guardei a escada e minha mochila vazia em uma baia, voltando para as arquibancadas em seguida.

Abraham me esperava lá, apoiado na entrada para os assentos mais baixos com os braços musculosos cruzados e uma expressão pensativa.

– Então, as luzes UV estão montadas? – perguntei.

Abraham assentiu.

– Teria sido bonito usar os refletores do próprio estádio.

Eu ri.

– Gostaria de ver você fazer isso, fazer funcionar um monte de luzes que tiveram as lâmpadas transformadas em aço e fundidas aos bocais.

Permanecemos parados ali por algum tempo, encarando o nosso campo de batalha. Verifiquei o celular. Era o início da manhã; pretendíamos convocar Coração de Aço às 5h da manhã. Com sorte, os seus soldados estariam exaustos depois de prevenirem pilhagens a noite toda, sem qualquer veículo ou armadura energizada. Além disso, os Executores geralmente trabalhavam à noite.

– Quinze minutos até a hora programada – notei. – Cody terminou a soldagem? Prof e Thia já voltaram?

– Cody completou a soldagem e está se movendo para a sua posição – Abraham respondeu. – Prof vai chegar em breve. Eles conseguiram arranjar um helicóptero, e Edmund doou a Thia a habilidade de energizá-lo. Ela o pousou fora da cidade, para não revelar nossa posição.

Se as coisas dessem errado, ela programaria o voo de volta de modo que nos apanhasse durante a detonação dos explosivos. Além disso, ainda explodiríamos uma cortina de fumaça nas arquibancadas, para encobrir a fuga.

Mas eu concordava com Prof. Não era possível voar mais rápido que Coração de Aço nem superá-lo em armas em um helicóptero. Esse seria o confronto final. Ou o derrotaríamos aqui, ou morreríamos.

Meu celular se iluminou, e uma voz falou no meu ouvido.

– Estou de volta – Prof informou. – Thia está em posição também. – Ele hesitou por um instante. – Vamos começar.

35

Como o meu posto se localizava bem na frente do terceiro nível de arquibancadas, se eu ficasse de pé poderia olhar além da beirada em direção ao nível mais baixo de assentos. No entanto, agachado no meu buraco improvisado, não podia vê-los – embora tivesse uma boa visão do campo.

Isso me deixava alto o bastante para ver o que estava acontecendo no estádio, mas eu também tinha uma rota até o chão caso precisasse atirar em Coração de Aço com a arma do meu pai. O túnel e a corda mais para cima nesse nível me levariam para lá rapidamente.

Eu desceria, então tentaria surpreendê-lo, se chegasse a tanto. Seria como tentar surpreender um leão portando apenas uma pistola de água.

Fiquei encolhido no meu posto, esperando. Usava o tensor na mão esquerda; a mão direita segurava o cano da pistola. Cody me dera um fuzil novo, mas por enquanto ele estava ao meu lado.

Acima de mim, fogos de artifício irromperam no céu. Quatro postes ao redor do topo do estádio soltaram enormes jorros de faíscas. Não sei onde Abraham havia encontrado fogos de artifício puramente verdes, mas o sinal sem dúvida seria visto e reconhecido.

Era o momento. Será que ele realmente viria?

Os fogos começaram a sumir.

– Estou vendo algo – Abraham disse nos nossos ouvidos, o leve sotaque francês sutilmente enfatizando as sílabas erradas. Ele tinha a posição de atirador mais alta e Cody, a mais baixa. Embora Cody fosse um atirador melhor, Abraham precisava ficar mais afastado, onde pudesse se manter fora da briga. A função dele era ligar os refletores ou disparar os explosivos estratégicos à distância. – Sim, eles estão vindo. Uma escolta de caminhões da Patrulha. Não há sinal de Coração de Aço ainda.

Guardei a arma do meu pai no coldre, então peguei o fuzil ao meu lado. Ele parecia novo para mim. Um fuzil deveria ser uma coisa usada e amada. Familiar. Só assim você saberia que é confiável. Saberia como ele atira, quando pode emperrar, quão precisa é a mira. Armas, como sapatos, são piores quando novas em folha.

Mesmo assim, eu não podia depender da pistola. Tinha dificuldade em acertar qualquer coisa menor que um trem de carga com elas. Precisaria me aproximar de Coração de Aço se quisesse tentar acertá-lo. Havíamos decidido deixar que Abraham e Cody testassem as outras teorias primeiro, antes de arriscarmos me mandar para perto.

– Eles estão se aproximando do estádio – Abraham disse no meu ouvido. – Não consigo mais vê-los.

– Eu consigo, Abraham – Thia disse. – Câmera seis. – Embora estivesse fora da cidade no helicóptero, que funcionava com as habilidades doadas de Edmund, ela monitorava as câmeras que tínhamos montado para espiar e gravar a batalha.

– Estou vendo – Abraham disse. – Sim, eles estão se espalhando. Achei que entrariam direto, mas não estão fazendo isso.

– Bom – Cody disse. – Assim será mais fácil começar um fogo cruzado.

Se é que Coração de Aço virá, pensei. Esse era tanto o meu medo como a minha esperança. Se não viesse, significaria não acreditar que Holofote constituía uma ameaça – o que tornaria muito mais fácil para os Executores escaparem da cidade. A operação seria um fracasso, mas não por falta de tentativa. Eu quase queria que isso acontecesse.

Se Coração de Aço viesse e matasse todos nós, o sangue dos Executores estaria nas minhas mãos por tê-los levado por esse caminho. Algum tempo atrás, isso não me incomodaria, mas agora me corroía por dentro. Olhei para o campo, mas não consegui ver nada. Então, dei uma olhada para trás, na direção das arquibancadas superiores.

Tive um relance de movimento na escuridão – algo que pareceu um lampejo de ouro.

– Pessoal – sussurrei. – Acho que vi alguém aqui em cima.

– Impossível – Thia disse. – Estou observando todas as entradas.

– Tô dizendo pra vocês, eu *vi* alguma coisa.

– Câmera catorze... quinze... David, não há ninguém aí em cima.

– Fique calmo, filho – Prof falou. Ele estava escondido no túnel que tínhamos feito embaixo do campo e se revelaria apenas quando Coração de Aço aparecesse. Decidimos que só iríamos disparar os explosivos lá embaixo depois de tentarmos todos os outros jeitos de matá-lo.

Prof estava com os tensores. Eu podia ver que ele esperava não ser obrigado a usá-los.

Nós esperamos. Em voz baixa, Thia e Abraham faziam uma descrição constante dos movimentos da Patrulha. As tropas terrestres cercaram o estádio, postando soldados em todas as entradas que conheciam, e então lentamente começaram a infiltrar o campo. Eles estabeleceram posições de artilharia em vários pontos nas arquibancadas, mas não encontraram nenhum de nós. O estádio era grande demais, e nós estávamos muito bem escondidos. Era possível construir vários esconderijos interessantes quando se criavam túneis no que todo mundo imaginava ser in-tune-ável.

– Coloque-me nos alto-falantes – Prof pediu suavemente.

– Feito – Abraham respondeu.

– Não estou aqui para lutar com vermes! – Prof exclamou. Sua voz ecoou pelo estádio, explodindo dos alto-falantes que havíamos espalhado. – É essa a coragem do poderoso Coração de Aço? Mandar homenzinhos com armas de brinquedo, só para me irritar? Onde está você, Imperador de Nova Chicago? Sou tão temido assim?

O estádio caiu em silêncio.

– Está vendo o padrão em que os soldados se espalharam nas arquibancadas? – Abraham perguntou na nossa linha. – Eles fizeram isso deliberadamente. É para garantir que não atirem uns nos outros com fogo amigo. Teremos dificuldade pra pegar Coração de Aço num fogo cruzado.

Eu continuava olhando por cima do ombro. Não vi nenhum outro movimento nos assentos atrás de mim.

– Ah – Abraham disse, suavemente. – Funcionou. Ele está vindo. Posso vê-lo no céu.

Thia assobiou baixinho.

– É agora, crianças. A festa de verdade vai começar.

Eu esperei, erguendo o fuzil e usando a mira para examinar o céu. Finalmente, avistei um ponto de luz na escuridão, aproximando-se. Aos poucos, ele se definiu em três figuras voando em direção ao centro do estádio. Punho da Noite flutuava, amorfo. Tormenta de Fogo pousou ao lado dele, como uma forma humanoide ardente, brilhante a ponto de gravar uma imagem nos meus olhos.

Coração de Aço pousou entre eles. Minha respiração entalou na garganta, e eu fiquei inteiramente imóvel.

Ele mudara pouco nesses dez anos desde que destruíra o banco. Tinha aquela mesma expressão arrogante, aquele mesmo cabelo perfeitamente penteado. O corpo inumanamente tonificado e musculoso, envolvido por uma capa preta e prateada. Seus punhos brilhavam com um amarelo suave, com nuvens de fumaça erguendo-se deles, e havia um toque de prata no seu cabelo. Os Épicos envelheciam bem mais devagar que as pessoas comuns, mas também envelheciam.

O vento formava redemoinhos ao redor de Coração de Aço, espalhando poeira que se juntara no chão prateado. Eu não conseguia desviar os olhos. O assassino do meu pai. Ele estava aqui, *finalmente*. O Épico não pareceu notar as tranqueiras do cofre do banco. Nós as tínhamos espalhado no centro do campo, misturadas com lixo que trouxéramos para disfarçar.

Os itens agora estavam tão perto dele quanto tinham estado no banco. Meu dedo tremeu no gatilho do fuzil – eu nem havia percebido que me movera. Cuidadosamente, o removi. Eu veria Coração de Aço morto, mas não *precisava* ser pela minha mão. Eu precisava permanecer escondido; a minha função era acertá-lo com a pistola, e ele estava longe demais para isso no momento. Se eu atirasse agora e o tiro falhasse, eu revelaria a minha posição.

– Acho que devo começar essa festa – Cody disse, em voz baixa. Ele atiraria primeiro para testar a teoria sobre o conteúdo do cofre, já que a sua posição era a mais fácil da qual recuar.

– Afirmativo – Prof disse. – Dê o tiro, Cody.

– Certo, seu slontze – Cody disse baixinho para Coração de Aço. – Vamos ver se valeu a pena carregar essas tranqueiras até aqui...

Um tiro soou no ar.

36

Dei um zoom no rosto de Coração de Aço com a mira do fuzil. Podia jurar ver, bem claramente, a bala acertá-lo ao lado da cabeça, bagunçando-lhe o cabelo. Cody acertou o alvo, mas a bala nem rasgou a pele.

Coração de Aço sequer estremeceu.

A Patrulha reagiu de imediato: homens gritaram, tentando determinar a origem do tiro. Eu os ignorei, permanecendo focado em Coração de Aço. Ele era tudo que importava.

Mais tiros; Cody se certificava de que tinha atingido o alvo.

– Faíscas! – Cody exclamou. – Não vi nenhum dos tiros. Mas um deles deve ter acertado.

– Alguém pode confirmar? – Prof perguntou, com urgência.

– Confirmado – eu disse, com o olho ainda na mira. – Não funcionou.

Ouvi xingamentos murmurados, vindos de Thia.

– Cody, mova-se – Abraham ordenou. – Eles sabem a sua localização.

– Fase dois – Prof disse. Sua voz estava firme; ansiosa, mas sob controle.

Coração de Aço virou de um lado para o outro com um ar relaxado – as mãos brilhando – e esquadrinhou o estádio. Ele era um rei inspecionando o seu domínio. Na fase dois, Abraham explodiria algumas distrações e tentaria criar um fogo cruzado. Meu papel era me esgueirar para a frente com a pistola e entrar em posição. Queríamos manter a localização de Abraham secreta o máximo possível, a fim de que ele usasse as explosões para mover os soldados da Patrulha.

— Abraham — Prof chamou. — Comece a...

— Punho da Noite está se movendo! — Thia interrompeu. — Tormenta de Fogo também!

Eu me obriguei a afastar o olho da mira. Tormenta de Fogo se tornara uma faixa de luz ardente, dirigindo-se a uma das entradas do saguão sob as arquibancadas. Punho da Noite se movia no ar.

Ele voava diretamente para onde eu estava escondido.

Impossível, pensei. *Ele não pode...*

A Patrulha começou a atirar das suas posições, mas não atiravam na direção de Cody. Atiravam para outras áreas nas arquibancadas. Fiquei confuso por um momento, até que o primeiro refletor UV escondido explodiu.

— Eles sabem! — gritei, recuando. — Estão atirando nos refletores!

— Faíscas! — Thia exclamou, enquanto os refletores explodiam um após o outro, atingidos por membros diversos da Patrulha. — Não é possível eles terem acertado todos!

— Algo está errado aqui — Abraham disse. — Vou explodir a primeira distração. — O estádio balançou enquanto eu jogava o fuzil sobre o ombro e subia para fora do meu buraco. Desci correndo um lance de degraus nas arquibancadas.

O tiroteio abaixo parecia suave, comparado ao que eu experimentara alguns dias antes, nos corredores.

— Punho da Noite está atrás de você, David! — Thia disse. — Ele *sabia* onde você estava se escondendo. Eles provavelmente vigiavam este lugar.

— Isso não faz sentido — Prof disse. — Eles teriam nos impedido antes, não teriam?

— O que Coração de Aço está fazendo? — Cody perguntou, sem fôlego, enquanto corria.

Eu mal ouvia. Corri até o buraco de fuga no chão das arquibancadas, sem olhar por cima do ombro. As sombras dos assentos ao meu redor começaram a se estender. Gavinhas cresceram como dedos alongados. Em meio a elas, alguma coisa borrifou faíscas nos degraus à minha frente.

— Atirador da Patrulha! — Thia exclamou. — Mirando em você, David.

— Estou vendo — Abraham disse. Não consegui distinguir o tiro dele no meio do tiroteio, mas nenhuma outra bala me alcançou. No entanto, Abraham podia ter revelado a sua posição.

Faíscas!, pensei. Isso estava tudo indo para Calamidade bem rápido. Cheguei à corda e desajeitadamente peguei a lanterna. Aquelas sombras estavam vivas, e se aproximando. Liguei a lanterna, apontando a luz para destruir as sombras ao redor do buraco, então agarrei a corda com uma mão e deslizei para baixo. Felizmente, a luz UV afetava as sombras de Punho da Noite tanto quanto o afetavam pessoalmente.

— Ele continua atrás de você — Thia disse. — Ele...

— O quê? — perguntei com urgência, segurando a corda com a luva do tensor e os pés enrolados nela para reduzir a velocidade da queda. Atravessei ao ar livre sob o terceiro nível de arquibancadas, acima do segundo. A minha mão esquentou com a fricção, mas Prof dissera que o tensor conseguia lidar com o calor sem rasgar.

Caí pelo buraco no segundo nível e passei através do teto do banheiro, emergindo na escuridão completa do saguão. Era aqui que ficavam coisas como as barracas de comida. Antigamente, as paredes do lugar tinham sido todas de vidro — mas eram aço agora, é claro, e por isso o estádio parecia fechado. Como um depósito.

Eu ainda ouvia tiros, fracos, ecoando de leve nos espaços ocos do estádio. Minha lanterna brilhava principalmente com luz UV através do seu filtro, mas emitia também um fraco brilho azul.

— Punho da Noite afundou nas arquibancadas — Thia sussurrou para mim. — Eu o perdi de vista. Acho que fez isso para se esconder das câmeras.

Então nós não somos os únicos com esse truque, pensei, sentindo o coração martelar no peito. Ele viera atrás de mim. Queria vingança, sabia que eu que tinha descoberto sua fraqueza.

Eu virava a lanterna de um lado para o outro, nervosamente. Punho da Noite me alcançaria em um segundo, mas saberia que eu estava armado com uma luz UV. Com sorte, isso o manteria cauteloso. Tirei a pistola do meu pai do coldre, empunhando a lanterna com uma das mãos e a arma com a outra, mantendo o meu novo fuzil jogado sobre o ombro.

Preciso continuar me movendo, pensei. *Se conseguir ficar à frente dele, posso despertá-lo.* Tínhamos túneis entrando e saindo de lugares como os banheiros, os escritórios, os vestiários e as barracas de comida.

A luz UV fornecia pouquíssima iluminação visível, mas eu era um morador das sub-ruas. Isso bastava. A luz tinha o efeito estranho de fazer coisas brancas brilharem com uma luz fantasma, e eu temi que isso revelasse a minha posição. Será que deveria desligar a lanterna e seguir apenas por toque?

Não. Ela era também a minha única arma contra Punho da Noite. Eu não estava prestes a correr por aí cego enquanto enfrentava um Épico capaz de me estrangular com sombras. Eu me esgueirei pelo corredor sepulcral. Precisava...

Congelei. O que era aquilo em frente, nas sombras? Virei a lanterna na sua direção. A luz brilhou através de pedaços descartados de lixo que tinham se fundido ao chão na Grande Transfersão, além de algumas barreiras antigamente retráteis para controle de filas e pôsteres congelados na parede. Lixo mais recente, brilhando branco e fantasmagórico. O que eu tinha...

A luz pousou em uma mulher parada silenciosamente à minha frente. Um belo cabelo que, eu sabia, seria dourado se o visse sob uma luz normal. Um rosto que parecia perfeito demais, azulado sob o raio UV, como se esculpido em gelo por um mestre. Curvas e lábios grossos, olhos grandes. Olhos que eu conhecia.

Megan.

37

Antes que eu tivesse a chance de fazer alguma coisa além de encará-la boquiaberto, as sombras ao meu redor começaram a se contorcer. Desviei quando várias delas apunhalaram o ar no ponto onde eu estivera. Embora aparentemente Punho da Noite fosse capaz de animar as sombras, na verdade o que ele fazia era exalar uma névoa negra, que se acumulava na escuridão. Era isso que ele conseguia manipular.

Ele podia ter um controle muito preciso sobre algumas gavinhas dessa névoa, mas geralmente optava por um grande número delas, provavelmente por ser mais intimidador. Controlar muitas era mais difícil, e ele podia basicamente só agarrar, apertar ou apunhalar. Cada pedaço de escuridão ao meu redor começou a formar lanças, que buscavam o meu sangue.

Desviei entre elas, até ser obrigado a rolar no chão para passar por baixo de uma série de ataques. Rolar num chão de aço *não é* uma experiência confortável. Quando me ergui, meu quadril doía.

Pulei por cima de várias das barreiras de aço para o controle de multidão, suando e virando a lanterna na direção de qualquer sombra suspeita. Porém, eu não podia apontá-la para todas as direções ao mesmo tempo e tive de me manter girando para evitar as que estavam às minhas costas. Ouvi vagamente as vozes dos outros Executores no meu ouvido, embora estivesse ocupado demais tentando não ser morto para digerir a maior parte do que diziam. Parecia que as coisas estavam caóticas. Prof se revelara para atrair a atenção de Coração de Aço; Abraham fora localizado por causa do tiro que dera para me salvar. Tanto ele como Cody estavam fugindo e lutando contra soldados da Patrulha.

Uma explosão balançou o estádio, e o som percorreu o corredor e passou sobre mim como refrigerante sem gás através de um canudo. Eu me joguei por cima da última das barreiras de aço e comecei a virar a lanterna freneticamente ao meu redor, afugentando lança após lança de escuridão.

Megan não estava mais onde eu a vira. Eu quase consegui acreditar que ela tenha sido um truque da minha mente. Quase.

Não posso continuar assim, pensei, quando uma lança negra golpeou minha jaqueta e foi repelida pelo escudo. Senti o ataque através da manga, e os diodos na jaqueta começaram a piscar. Essa jaqueta parecia *muito* mais fraca do que a que eu usara antes. Talvez fosse um protótipo.

Dito e feito: a próxima lança que me pegou rasgou a jaqueta e chegou à minha pele. Xinguei, virando a luz na direção de outro pedaço de escuridão oleosa. Punho da Noite me derrotaria em breve, se eu não mudasse de tática.

Eu precisava ser mais esperto. *Punho da Noite tem que ser capaz de me ver para usar as lanças em mim*, pensei. Então ele estava próximo – mas o corredor parecia vazio.

Eu tropecei, e isso me salvou de uma lança que quase arrancou a minha cabeça fora. *Idiota*, pensei. Ele podia atravessar paredes. Não ficaria simplesmente parado, à mostra; mal estaria com a cabeça para fora. Tudo que eu precisava fazer era...

Ali!, pensei, vislumbrando uma testa e olhos espiando para fora da parede mais distante. Ele parecia bem estúpido, na verdade, como um garoto no lado fundo da piscina, achando ser invisível por estar quase inteiramente submerso.

Apontei a luz para ele e tentei atirar ao mesmo tempo. Infelizmente, tinha mudado a arma de mão para segurar a lanterna com a mão direita – o que significava que estava atirando com a esquerda. Já mencionei a minha opinião sobre pistolas e sua precisão?

O tiro passou longe. Tipo, *muito* longe. Tipo, eu tinha mais chances de acertar um pássaro voando acima do estádio do que Punho da Noite. Mas a lanterna funcionou. Eu não tinha certeza do que aconteceria se os poderes dele desaparecessem enquanto ele atravessava um objeto. Infelizmente, não pareceu matá-lo – seu rosto foi puxado para trás através da parede quando ele se tornou corpóreo de novo.

Eu não sabia o que havia do outro lado daquela parede. Era o lado oposto do campo. Ele estava lá fora, então? Eu não podia parar e olhar o mapa no celular. Em vez disso, corri até uma barraca de comida próxima. Tínhamos cavado um túnel ali, espiralando através do chão. Com sorte, se eu continuasse me movendo enquanto Punho da Noite estava lá fora, ele teria dificuldade para me achar depois que espiasse para dentro de novo.

Entrei na barraca e rastejei para dentro do túnel.

– Pessoal – sussurrei no celular enquanto me movia –, eu vi Megan.

– Você *o quê*? – Thia perguntou.

– Eu vi *Megan*. Ela está viva.

– David – Abraham disse –, ela está morta. Todos sabemos disso.

– Estou dizendo que a vi!

– Tormenta de Fogo – Thia disse. – Ele está tentando te perturbar.

Enquanto rastejava, senti uma pontada de decepção. É claro, uma ilusão. Mas... algo parecia errado.

– Não sei – insisti. – Os olhos eram *certos*. Não acho que uma ilusão seja tão detalhada... tão real.

– Ilusionistas não valeriam grande coisa se não conseguissem criar bonecos realistas – Thia disse. – Eles precisam... Abraham, esquerda não! Outro lado. Na verdade, jogue uma granada lá embaixo se puder.

– Obrigado – ele agradeceu, ofegando. Ouvi uma explosão duas vezes, sendo uma pelo microfone de Abraham. Uma parte distante do estádio estremeceu. – A fase três fracassou, aliás. Consegui dar um tiro em Coração de Aço logo depois de me revelar. Não aconteceu nada.

A fase três era a teoria de Prof, a de que um dos Fiéis poderia ferir Coração de Aço. Se as balas de Abraham tinham ricocheteado, então não era viável. Só tínhamos mais duas ideias. A primeira era a minha teoria do fogo cruzado; a outra, a de que a arma do meu pai, ou as balas nela, eram de algum modo especiais.

– Como está Prof? – Abraham perguntou.

– Está aguentando – Thia disse.

– Ele está *lutando* com Coração de Aço – Cody disse. – Só pude ver um pouco, mas… faíscas! Vou ficar off-line um momento. Eles estão quase me alcançando.

Eu me agachei no túnel estreito, tentando entender o que acontecia. Ainda podia ouvir muitos tiros e explosões ocasionais.

– Prof está mantendo Coração de Aço distraído – Thia disse. – Mas ainda não temos confirmação de nenhum tiro de fogo cruzado.

– Estamos tentando – Abraham falou. – Vou fazer esse próximo grupo de soldados me seguir pelo corredor, então deixarei Cody incitá-los a atirar nele pelo campo. Talvez funcione. David, onde você está? Talvez eu precise de uma explosão ou duas para obrigar os soldados escondidos do seu lado a se mostrarem.

– Estou entrando no segundo túnel das barracas – respondi. – Vou sair no térreo, perto do urso. Sigo para oeste depois disso. – O "urso" significava um urso de pelúcia gigante que tinha sido parte de alguma ação promocional durante a temporada de jogos, mas que agora estava congelado no lugar como todo o resto do estádio.

– Certo – Abraham disse.

– David – Thia chamou. – Se você viu uma ilusão, quer dizer que tanto Tormenta de Fogo como Punho da Noite estão atrás de você. Por um lado, isso é bom; estávamos nos perguntando para onde Tormenta de Fogo tinha ido. Mas é ruim pra você, pois terá de lidar com dois Épicos poderosos.

– Eu disse pra vocês, não foi uma ilusão – insisti, xingando enquanto tentava correr com a arma *e* a lanterna. Procurei no bolso da calça e peguei meu rolo de fita adesiva industrial. O meu pai me dissera que sempre mantivesse aquela fita à mão; eu havia me surpreendido, conforme me tornava mais velho, com o quão bom tinha sido aquele conselho. – Ela era real, Thia.

– David, pense sobre isso por um momento. Como Megan poderia ter chegado aqui?

– Não sei – respondi. – Talvez eles… tenham feito algo para ressuscitá-la…

– Nós queimamos tudo no esconderijo. Ela teria sido cremada.

– Haveria DNA, talvez – insisti. – Talvez eles tenham um Épico capaz de trazer alguém de volta desse jeito.

— Paradoxo de Durkon, David. Você está procurando demais.

Terminei de colar a lanterna ao lado do cano do meu fuzil – não no topo, já que queria usar a mira. Isso deixava a arma desequilibrada e desajeitada, mas eu achava que ainda me daria melhor com ela do que com a pistola, que enfiei no coldre embaixo do braço.

O paradoxo de Durkon se referia a um cientista que tinha estudado e ponderado os Épicos nos primeiros tempos. Ele apontara que, como os Épicos quebravam as leis da física conhecidas, literalmente qualquer coisa era possível, mas alertara contra a prática de teorizar que toda pequena irregularidade era causada pelos poderes de um Épico. Muitas vezes esse tipo de pensamento não levava a respostas reais.

— Você por acaso já *ouviu falar* de um Épico capaz de trazer alguém de volta à vida? – Thia perguntou.

— Não – admiti. Alguns podiam curar pessoas, mas nenhum era capaz de ressuscitar alguém.

— E não foi você quem disse que estávamos provavelmente enfrentando um ilusionista?

— Sim. Mas como eles saberiam como é o rosto de Megan? Por que não usariam Cody ou Abraham para me distrair, alguém que sabem estar aqui?

— Eles poderiam conseguir imagens dela no vídeo do ataque a Confluência – Thia comentou. – E estão usando-a para te confundir, te perturbar.

Punho da Noite *tinha* quase me matado enquanto eu encarava a Megan fantasma.

— Você estava certo sobre Tormenta de Fogo – Thia continuou. – Assim que aquele Épico de fogo saiu da vista dos soldados da Patrulha, ele desapareceu das minhas transmissões. Era só uma ilusão, criada para distrair. O verdadeiro Tormenta de Fogo é outra pessoa. David, eles estão tentando te enganar para que Punho da Noite te mate. Você *precisa* aceitar isso. Está deixando suas esperanças atrapalharem seu juízo.

Ela estava certa. Faíscas, ela estava certa. Eu parei no meio do túnel, inspirando e exalando deliberadamente, forçando-me a confrontar os fatos. Megan estava morta. Agora os lacaios de Coração de Aço brincavam comigo. Isso me deixou bravo. Não, isso me deixou *furioso*.

Também criava outro problema. Por que eles arriscariam revelar Tormenta de Fogo desse jeito? Deixando-o desaparecer depois de sair de vista, mesmo sendo provável que tivéssemos o lugar sob vigilância? Usando uma ilusão de Megan? Essas coisas expunham Tormenta de Fogo pelo que era.

Senti um arrepio. Eles sabiam. *Sabiam* que nós sabíamos a verdade, então não precisavam fingir. *Eles também sabiam onde tínhamos colocado os refletores UV*, pensei, *e onde alguns de nós estavam escondidos*.

Algo estranho acontecia.

– Thia, eu acho que...

– Vocês podem calar a boca? – Prof perguntou, com a voz rouca e ríspida. – Preciso me concentrar.

– Está tudo bem, Jon – Thia disse, reconfortante. – Você está indo bem.

– Bah! Idiotas. Todos vocês.

Ele está usando os tensores, pensei. *É quase como se eles o transformassem em outra pessoa.*

Não havia tempo para pensar sobre isso. Apenas torci para todos vivermos tempo suficiente para Prof se desculpar. Saí do túnel atrás de alguns caixotes altos de aço guardando equipamentos e empunhei meu fuzil com a lanterna acoplada enquanto virava num corredor.

Fui salvo do ataque pelo acaso. Achei que tinha visto algo a distância e me lancei na direção do que quer que fosse, tentando iluminá-lo com a lanterna. Quando o fiz, três lanças de escuridão me atacaram. Uma rasgou as costas da minha jaqueta e deixou uma linha pela minha pele. Mais uma fração de centímetro e teria cortado a minha coluna.

Ofegando, girei para trás. Punho da Noite parara em pé na câmara cavernosa, perto de mim. Atirei nele, mas nada aconteceu. Xingando, comecei a me aproximar, com o fuzil no ombro e a luz UV brilhando à minha frente.

Punho da Noite sorriu perversamente enquanto eu mandava uma bala através do seu rosto. Nada. A luz UV não funcionava. Congelei, em pânico. Eu poderia estar errado sobre a fraqueza dele? Mas tinha funcionado antes. Por que...?

Eu girei, mal conseguindo impedir um grupo de lanças. A luz as dispersou assim que as tocou, e vi que aquilo ainda funcionava. Então, o que estava acontecendo?

Ilusão, pensei, sentindo-me estúpido. *Slontze. Quantas vezes vou cair nessa?* Examinei as paredes. Dito e feito: avistei Punho da Noite me encarando de uma delas. Ele recuou antes que eu pudesse atirar, e a escuridão se tornou imóvel outra vez.

Eu esperei, suando, focado naquele ponto. Talvez ele espiasse de novo. O Punho da Noite falso estava à minha direita, impassível. Tormenta de Fogo encontrava-se em algum lugar daquele corredor. Invisível. Ele podia atirar em mim. Por que não fazia isso?

Punho da Noite espiou de novo e eu atirei, mas ele sumiu em um instante e o tiro ricocheteou na parede. Como decidi que ele provavelmente me atacaria de outra direção, saí correndo. Enquanto corria, passei a coronha da minha arma através do falso Punho da Noite. Como eu esperava, ela o atravessou completamente, a aparição oscilando de modo suave como uma imagem projetada.

Explosões soaram. Abraham xingou no meu ouvido.

– Que foi? – Thia perguntou.

– Fogo cruzado não funcionou – Cody informou. – Fizemos um grupo grande de soldados atirar uns nos outros através da fumaça, sem perceberem que Coração de Aço estava no meio.

– Pelo menos *uma dúzia* de balas o acertou – Abraham disse. – Essa teoria está morta. Repito, fogo acidental *não* o fere.

Calamidade!, pensei. E eu estivera tão certo sobre essa teoria. Cerrei os dentes, ainda correndo. *Não vamos conseguir matá-lo*, pensei. *Tudo isso não vai servir pra nada.*

– Infelizmente, posso confirmar – Cody disse. – Vi as balas atingindo o Épico também, e Coração de Aço nem percebeu. – Ele hesitou. – Prof, você é uma máquina. Só queria dizer isso.

A única resposta de Prof foi um grunhido.

– David, como você está lidando com Punho da Noite? – Thia perguntou. – Precisamos que você ative a fase quatro e atire em Coração de Aço com a arma do seu pai. É tudo que resta agora.

– Como estou lidando com Punho da Noite? – perguntei. – *Mal*. Vou para o campo quando puder. – Continuei correndo pelo saguão grande e aberto abaixo das arquibancadas. Talvez, se conseguisse sair, tivesse mais sorte. Havia lugares demais aqui nos quais o Épico poderia se esconder.

Ele estava esperando por mim quando eu saí daquele túnel, pensei. *Eles só podem estar ouvindo as nossas conversas. É assim que descobriram tanto sobre as nossas armadilhas iniciais.*

Isso, é claro, era impraticável. Não era possível hackear sinais de celular. A Fundição do Falcão Paladino garantia isso. Além do mais, os Executores usavam sua própria rede.

Porém...

O celular de Megan. Ele continuava conectado à nossa rede. Eu havia mencionado a Prof e aos outros que ela o perdera na queda? Eu achava que ele tinha quebrado, mas, se não tivesse...

Eles ouviram os nossos preparativos, pensei. *Nós mencionamos nas linhas que Holofote não era real?* Fiz um esforço para tentar me lembrar das nossas conversas pelos últimos três dias. Não cheguei à conclusão alguma. Talvez tivéssemos falado sobre isso, talvez não. Os Executores tendiam a ser circunspectos nas suas conversas pela rede, como um cuidado extra.

Minhas especulações foram interrompidas quando avistei uma figura à minha frente no corredor. Reduzi o passo, apoiando o fuzil no ombro e mirando nela. O que Tormenta de Fogo tentaria agora?

Outra imagem de Megan, simplesmente parada ali. Ela usava jeans e uma camisa vermelha apertada – mas não a sua jaqueta de Executor –, e o cabelo dourado dela estava preso num rabo de cavalo à altura do ombro. Com cuidado, para o caso de Punho da Noite me atacar por trás, passei pela ilusão. Ela me observou sem qualquer emoção, mas não fez movimento algum.

Como eu poderia encontrar Tormenta de Fogo? Ele estaria, provavelmente, invisível. Eu não tinha certeza de que ele possuía esse poder, mas fazia sentido.

Modos de fazer um Épico invisível se revelar passaram pela minha mente. Eu teria de ouvi-lo ou enevoar o ar com alguma coisa. Farinha, poeira, pó... Talvez pudesse usar o tensor de algum modo? Suor escorria pela minha testa. Eu *odiava* saber que alguém me observava, alguém que eu não podia ver.

O que fazer? O meu plano inicial para lidar com Tormenta de Fogo tinha sido revelar que eu conhecia o seu segredo, assustá-lo do mesmo modo que ocorrera com Punho da Noite durante o ataque a Confluência. Isso não funcionaria agora. Ele sabia que nós já sabíamos; precisava matar os Executores para esconder esse segredo. *Calamidade, Calamidade, Calamidade!*

A ilusão de Megan virou a cabeça, seguindo-me enquanto eu tentava observar todos os cantos da sala e ouvir qualquer movimento.

A ilusão franziu a testa.

– Eu conheço você – ela disse.

Era a voz dela. Estremeci. *Um Épico ilusionista forte seria capaz de criar sons com as suas imagens*, afirmei a mim mesmo. *Eu sei que isso é verdade. Não tenho motivos para ficar surpreso.*

Mas era a voz dela. Como Tormenta de Fogo conhecia a voz dela?

– Sim... – ela disse, andando na minha direção. – Eu conheço você. Tem alguma relação com... joelhos. – Ela estreitou os olhos para mim. – Eu deveria matá-lo agora.

Joelhos. Tormenta de Fogo não podia saber sobre isso, podia? Megan me chamara assim pelo celular alguma vez? Não era possível eles estarem nos ouvindo há tanto tempo, era?

Hesitei, com a mira do fuzil focada nela. Na ilusão. Ou seria Megan? Punho da Noite provavelmente estava vindo. Eu não podia ficar parado ali, mas não podia fugir também.

Ela andava na minha direção. Sua expressão arrogante sugeria que ela era a dona o mundo. Megan agira assim antes, mas havia algo a mais aqui. Sua postura era mais confiante, embora ela tivesse crispado os lábios, perplexa.

Eu tinha que saber. *Tinha* que saber.

Abaixei a arma e pulei para a frente. Ela reagiu, mas não rápido o bastante, e eu agarrei o seu braço.

Era real.

Um segundo depois, o corredor explodiu.

38

Eu tossi, rolando no chão. Estava caído, e os meus ouvidos zumbiam. Pedaços de lixo queimavam ao meu redor. Pisquei para apagar as imagens gravadas na retina, balançando a cabeça.

– O que foi isso? – perguntei, rouco.

– David? – Abraham chamou no meu ouvido.

– Uma explosão – falei, grunhindo e erguendo-me. Olhei ao redor do corredor. Megan. Onde ela estava? Eu não podia vê-la em lugar algum.

Ela era real. Eu a sentira. Isso significava que não era uma ilusão, certo? Ou eu estava enlouquecendo?

– Calamidade! – Abraham exclamou. – Achei que você estava do outro lado do saguão. Você disse que ia para o oeste!

– Eu corri pra fugir de Punho da Noite – falei. – Fui pro lado errado. Sou um slontze, Abraham. Desculpe.

Meu fuzil. Eu vi o apoio frontal enfiado em uma pilha de lixo próxima e o puxei. O resto da arma não estava ligado a ele. *Faíscas!*, pensei. *Não está fácil conservar essas armas ultimamente.*

Encontrei o resto do fuzil por perto. *Talvez* ainda funcionasse, mas, sem o apoio frontal, eu precisaria atirar da altura do quadril. No entanto, a lanterna continuava colada a ele, e ainda brilhava, então eu o peguei.

– Qual é a sua condição? – Thia perguntou, com a voz tensa.

– Um pouco chocado – respondi –, mas estou bem. Não foi perto o bastante para me ferir com qualquer coisa além do impacto.

— Ele seria amplificado nesses corredores — Abraham disse. — Calamidade, Thia. Estamos perdendo o controle da situação.

— Malditos sejam vocês! — a voz de Prof gritou, parecendo selvagem. — Quero David aqui fora *agora mesmo*. Me traga essa arma!

— Estou indo te ajudar, rapaz — Cody disse. — Fique onde está.

Um pensamento súbito me ocorreu. Se Coração de Aço e seus lacaios realmente ouviam nossa linha privada, eu podia tirar proveito disso.

A ideia lutou com o meu desejo de caçar Megan. E se ela estivesse ferida? Ela devia estar por aqui em algum lugar, e parecia haver muito mais escombros no corredor agora. Eu precisava ver se...

Não. Eu *não podia* ser enganado de novo. Talvez aquele fosse Tormenta de Fogo, usando o rosto de Megan para me distrair.

— Okay — falei para Cody. — Sabe os banheiros perto da quarta bomba? Vou me esconder ali até você chegar.

— *Entendido* — Cody respondeu.

Saí correndo, esperando que Punho da Noite, independentemente da sua localização, estivesse desorientado pela explosão. Cheguei perto dos banheiros que havia mencionado para Cody, mas não entrei, como disse que faria. Em vez disso, encontrei um ponto por perto e usei meu tensor para abrir um buraco no chão. Esse era um lugar onde eu estaria relativamente bem escondido, mas que também me forneceria uma boa visão do resto do corredor — inclusive dos banheiros.

Cavei um buraco fundo, enfiando-me nele como Prof me ensinara, usando a poeira para me cobrir. Logo estava como um soldado em uma trincheira, cuidadosamente escondido. Coloquei o celular no modo silencioso e enterrei a minha metade de fuzil sob a superfície da poeira, de modo que a luz da lanterna ficasse encoberta.

Então, vigiei a porta do banheiro. O corredor caiu em silêncio. Estava aceso apenas por pedaços de lixo em chamas.

— Tem alguém aqui? — uma voz chamou no corredor. — Eu... eu estou ferida.

Eu fiquei tenso. Era Megan.

É um truque. Tem que ser.

Examinei o corredor escuro. Ali, no outro extremo, vi um braço saindo de uma montanha de escombros da explosão. Pedaços de aço, algumas vigas caídas de cima. O braço estremeceu e sangue escorreu-lhe pelo pulso. Quando olhei com mais cuidado, vi o rosto e o torso dela nas sombras. Parecia que ela só estava começando a se mover agora, como se tivesse ficado brevemente inconsciente pela explosão.

Ela estava presa. Estava ferida. Eu precisava me mover, ajudá-la! Comecei a me mexer, mas depois me forcei a ficar imóvel.

– Por favor – ela disse. – Por favor, alguém. Me ajude.

Eu não me mexi.

– Oh, Calamidade. Isso é sangue? – Ela lutou para se libertar. – Não consigo mexer as minhas pernas.

Apertei os olhos. Como eles estavam fazendo isso? Eu não sabia em que confiar.

Tormenta de Fogo está fazendo isso de algum modo, falei a mim mesmo. *Ela não é real*.

Abri os olhos. Punho da Noite emergia do chão em frente ao banheiro. Ele parecia confuso, como se acabasse de me procurar lá dentro. Balançou a cabeça e percorreu o corredor, olhando ao redor.

Era realmente ele ou só uma ilusão? Alguma parte disso era real? O estádio estremeceu com outra explosão, mas o tiroteio lá fora começava a morrer. Eu precisava fazer alguma coisa, rápido, ou Cody iria se deparar com Punho da Noite.

O Épico parou no meio do corredor e cruzou os braços. Sua calma usual se estilhaçara, e ele parecia irritado. Finalmente, disse:

– Você está aqui em algum lugar, não está?

Será que eu deveria arriscar o tiro? E se ele fosse a ilusão? Eu podia ser morto pelo Punho da Noite real se me expusesse. Virei-me cuidadosamente, examinando as paredes e o chão. Não vi nada além de um pouco de escuridão rastejando das sombras perto de mim, as gavinhas movendo-se como animais hesitantes em busca de comida. Testando o ar.

Se Tormenta de Fogo realmente fingia ser Megan, então atirar nela poria fim às ilusões. Restaria apenas o Punho da Noite real, onde quer que ele estivesse. Mas havia uma boa chance de que a Megan caída fosse uma ilusão completa. Faíscas, *as vigas* podiam ser uma ilusão. Uma explosão distante realmente as teria derrubado?

Mas e se aquele fosse Tormenta de Fogo, usando o rosto de Megan para que, se eu a tocasse, sentisse algo real? Ergui a arma do meu pai e mirei no rosto ensanguentado dela. Hesitei, sentindo o meu coração martelar nos ouvidos. Certamente Punho da Noite poderia ouvir essas batidas. Era tudo que eu conseguia ouvir. O que eu faria para matar Coração de Aço? Atiraria em Megan?

Ela não é real. Não pode ser real.
Mas e se for?
Batidas do coração, como trovões.
Minha respiração, contida.
Suor escorrendo pelo rosto.
Tomei a minha decisão e pulei da trincheira, erguendo o fuzil na mão esquerda – a luz brilhando à frente – e a pistola na direita. Atirei com ambos.
Em Punho da Noite, não em Megan.
Ele se virou na minha direção quando a luz o atingiu, com os olhos arregalados, e as balas o rasgaram. O Épico abriu a boca em horror e sangue espirrou por trás das suas costas. Das suas costas *sólidas*. Depois, ele caiu, tornando-se translúcido de novo no momento em que saiu da linha direta da minha lanterna. Caiu no chão e começou a afundar nele.
Porém, apenas metade do corpo afundou. Ele ficou congelado lá, com a boca aberta, o peito sangrando; solidificou-se lentamente – era quase como a imagem de uma câmera entrando em foco –, meio submerso no chão de aço.
Ouvi um clique e me virei. Megan estava lá de pé, com uma arma na mão. Uma pistola, uma P226, como ela preferia carregar. A outra versão dela, a que estivera presa nos escombros, desapareceu num piscar de olhos. As vigas também.
– Eu nunca gostei dele – Megan disse, indiferente, olhando para o cadáver de Punho da Noite. – Você me fez um favor. Negação plausível e tudo o mais.
Olhei nos olhos dela. Eu conhecia aqueles olhos. *Conhecia*. Não entendia como isso estava acontecendo, mas era ela.
Eu nunca gostei dele...
– Calamidade – sussurrei. – *Você* é Tormenta de Fogo, não é? Sempre foi.

Ela não disse nada, mas seu olhar pousou nas minhas armas – o fuzil, que eu ainda mantinha na altura do quadril, e a pistola, na minha outra mão. Seu olho teve um espasmo.

– Tormenta de Fogo não era um homem – eu disse. – Ele... ela era uma mulher. – Senti meus olhos se arregalarem. – Aquele dia no poço do elevador, quando os guardas quase nos pegaram... eles não viram nada no buraco. Você criou uma ilusão.

Ela ainda encarava as minhas armas.

– E depois, quando estávamos nas motos – continuei. – Você criou uma ilusão de Abraham correndo com a gente para distrair as pessoas que nos seguiam, e impedi-las de vê-lo realmente fugir para um lugar seguro. Foi isso que eu vi atrás de nós depois que nos separamos.

Por que ela estava olhando para as minhas armas?

– Mas o detector – falei. – Ele testou você e disse que não era um Épico. Não... espere. *Ilusões.* Você podia ter feito o detector mostrar qualquer coisa que quisesse. Coração de Aço devia saber que os Executores estavam chegando à cidade. Ele te enviou para se infiltrar no grupo. Você era o membro mais novo dos Executores, antes de mim. Nunca quis atacar Coração de Aço. Disse que acreditava no governo dele.

Ela umedeceu os lábios, então sussurrou alguma coisa. Não parecia ouvir nada do que eu falava.

– Faíscas – ela murmurou. – Não acredito que isso realmente funcionou...

Quê?

– Você deu um xeque-mate nele... – ela sussurrou. – Isso foi incrível...

Dei um xeque-mate? Em Punho da Noite? Era disso que ela estava falando? Ela ergueu os olhos para mim, e eu lembrei. Ela estava repetindo uma das nossas primeiras conversas, depois que atirara em Fortuidade. Ela tinha segurado um fuzil na altura do quadril e uma pistola à sua frente. Exatamente como eu havia feito para matar Punho da Noite. A visão parecia ter despertado alguma coisa nela.

– *David* – ela disse. – *Esse* é o seu nome. E eu acho você muito irritante. – Ela parecia se lembrar só agora de quem eu era. O que tinha acontecido com a memória dela?

– Obrigado? – perguntei.

Uma explosão balançou o estádio e ela olhou por cima do ombro. Ainda tinha a arma apontada para mim.

– De que lado você está, Megan? – perguntei.

– Do meu – ela respondeu imediatamente, mas então ergueu a outra mão à cabeça, parecendo confusa.

– Alguém nos entregou para Coração de Aço – eu disse. – Alguém avisou a ele que atacaríamos Confluência, e alguém avisou que íamos hackear as câmeras da cidade. Hoje alguém tem ouvindo a nossa linha, relatando a ele o que estamos fazendo. Foi você.

Ela olhou para mim e não negou.

– Mas você também usou suas ilusões para salvar Abraham – eu disse. – E matou Fortuidade. Consigo imaginar que Coração de Aço queria que confiássemos em você, então te deixou matar um dos Épicos menores dele. De qualquer jeito, Fortuidade já tinha caído das graças dele. Mas por que você nos trairia e *daí* ajudaria Abraham a escapar?

– Não sei – ela sussurrou. – Eu...

– Você vai atirar em mim? – perguntei, encarando o cano da arma dela.

Ela hesitou.

– Idiota. Você realmente não sabe como falar com mulheres, sabe, Joelhos? – Megan inclinou a cabeça como se estivesse surpresa que as palavras tivessem saído da sua boca.

Ela abaixou a arma, então se virou e correu.

Tenho que segui-la, pensei, dando um passo à frente. Outra explosão soou lá fora.

Não. Desviei à força os olhos da figura em fuga. *Tenho que ir lá fora e ajudar.*

Passei correndo pelo corpo de Punho da Noite – ainda meio submergido no aço, congelado, com o sangue escorrendo do peito – e me dirigi para a saída mais próxima para o campo de futebol.

Ou, nesse caso, para o campo de batalha.

39

— ... encontre aquele garoto idiota e atire nele por mim, Cody! — Prof gritava no meu ouvido quando tirei o celular do silencioso.

— Estamos nos retirando, Jon — Thia disse, falando por cima dele. — Estou a caminho no helicóptero. Três minutos até eu chegar. Abraham vai disparar a explosão para encobrir a nossa fuga.

— Abraham pode ir para o inferno — Prof cuspiu. — Vou até o final com isso.

— Você *não pode* lutar contra um Alto Épico, Jon — Thia afirmou.

— Eu faço o que quiser! Eu... — A voz dele foi cortada.

— Eu o removi da transmissão — Thia informou ao resto de nós. — Isso é ruim. Eu nunca o vi ir tão longe. Precisamos tirá-lo daí ou vamos perdê-lo.

— Perdê-lo? — Cody perguntou, parecendo confuso. Eu ouvia tiros perto dele através da linha, e ouvia os mesmos tiros ecoando à frente no corredor largo. Continuei correndo.

— Explico depois — Thia disse, com o tipo de voz que na verdade significava: "Eu vou encontrar um jeito melhor de evitar essa pergunta depois".

Ali, pensei, avistando um pouco de luz adiante. Estava sombrio lá fora, mas não tão completamente escuro quanto nos túneis estreitos das entranhas do estádio. O tiroteio se tornou mais alto.

— Eu vou nos tirar aqui — Thia continuou. — Abraham, preciso que dispare aquela explosão no chão quando eu disser. Cody... você já encontrou David? Tome cuidado, Punho da Noite pode estar atrás de você.

Ela acha que eu morri, pensei, *porque não estou respondendo*.

— Estou aqui — falei.

— David — Thia disse, soando aliviada. — Qual é o seu status?

— Punho da Noite está morto — informei, chegando ao túnel que dava para o campo, um dos que os times costumavam usar quando saíam para a partida. — A luz UV funcionou. Acho que Tormenta de Fogo está fora de ação, também. Eu... o assustei.

— Quê? Como?

— Eu... explico depois.

— Justo — Thia disse. — Temos cerca de dois minutos até a retirada. Vá até Cody.

Não respondi — estava absorvendo a visão do campo. *Campo de batalha de fato*, pensei, chocado. Corpos de soldados da Patrulha jaziam espalhados, como lixo descartado. Fogueiras queimavam em diversos pontos, enviando colunas de fumaça até o céu escuro. Sinalizadores vermelhos brilhavam pelo campo, lançados por soldados que tentavam ver melhor. Trechos das arquibancadas e do campo tinham sido explodidos, e cicatrizes escurecidas marcavam o aço que já fora prateado.

— Vocês estavam lutando uma guerra — sussurrei. Então, avistei Coração de Aço.

Ele atravessava o campo a passos largos, com os lábios abertos e os dentes cerrados num rosnado. A sua mão brilhante estava estendida, e ela atirava rajada após rajada na direção de algo à sua frente: Prof, correndo atrás de um dos bancos de reservas. Explosões seguidas quase o atingiram, mas ele se abaixava e desviava delas, incrivelmente ágil. Então, atravessou uma parede da lateral do estádio, usando os seus tensores para vaporizar uma abertura.

Coração de Aço gritou de raiva, atirando rajadas no buraco. Prof apareceu um instante depois, emergindo de outra parede, com poeira de aço escorrendo ao seu redor. Ele estendeu uma das mãos, jogando uma série de adagas rudimentares na direção de Coração de Aço; elas provavelmente foram talhadas do próprio aço; apenas ricocheteavam no Alto Épico.

Prof parecia frustrado, como se estivesse irritado por não conseguir ferir Coração de Aço. Da minha parte, eu estava abismado.

— Ele tem feito isso esse tempo todo? — perguntei.

– É – Cody respondeu. – Como eu disse, o homem é uma máquina.

Examinei o campo à minha direita e avistei Cody atrás de alguns escombros. Ele estava inclinado para a frente, com o olho encostado no fuzil, e rastreava um grupo de soldados da Patrulha nos assentos do primeiro nível. Eles haviam montado uma metralhadora grande atrás de alguns escudos protetores, e Cody parecia preso no lugar, o que explicava não ter conseguido me encontrar. Enfiei minha pistola no coldre e desenrolei a lanterna do apoio frontal do meu fuzil.

– Estou quase aí, cavalheiros – Thia disse. – Sem mais tentativas de matar Coração de Aço. Todas as fases estão abortadas. Precisamos aproveitar essa chance e ir embora enquanto podemos.

– Acho que Prof não vai querer ir embora – Abraham disse.

– Eu lido com Prof – Thia falou.

– Tudo bem – Abraham respondeu. – Onde você vai...

– Pessoal – interrompi. – Cuidado com o que dizem na conexão geral. Acho que as nossas linhas podem estar hackeadas.

– Impossível – Thia disse. – Redes de celular são seguras.

– Não se você tem acesso a um celular não autorizado – respondi. – E Coração de Aço pode ter recuperado o de Megan.

Houve silêncio na linha.

– Faíscas – Thia resmungou. – Sou uma idiota.

– Ah, finalmente algo que faz sentido – Cody disse, atirando nos soldados. – Aquele celular...

Algo se moveu na abertura do prédio atrás de Cody. Eu xinguei, erguendo o fuzil – mas, sem o apoio frontal, era *muito* difícil mirar com precisão. Puxei o gatilho quando um soldado da Patrulha pulou para fora. Errei. Ele soltou uma rajada de tiros.

Não houve nenhum som vindo de Cody, mas pude ver o sangue espirrar. *Não, não, NÃO!*, pensei, e saí correndo. Atirei de novo, dessa vez pegando o soldado no ombro. O tiro não penetrou a armadura dele, mas ele desviou a sua atenção de Cody, mirando em mim.

Então, atirou. Eu ergui a mão esquerda, a que estava com o tensor, quase que por instinto. Foi mais difícil fazer a canção dessa vez, e eu não soube por quê.

Mas eu consegui fazê-lo funcionar. Deixei a canção fluir para fora.

Senti algo bater contra a minha palma, e uma lufada de poeira de aço borrifou para fora da minha mão. Doeu incrivelmente, e o tensor começou a brilhar. Um instante depois, ouvi uma série de tiros, e o soldado desabou. Abraham surgiu de um canto, por trás do homem.

Tiros vinham de cima. Corri e deslizei no chão, indo para atrás da cobertura de Cody. Ele estava lá, ofegante, com os olhos arregalados. Tinha sido atingido várias vezes, três na perna e uma no estômago.

– Nos cubra – Abraham comandou, na sua voz calma, pegando uma atadura e amarrando-a ao redor da perna de Cody. – Thia, Cody está ferido. Muito ferido.

– Estou aqui – Thia informou. No caos, eu sequer notara os sons do helicóptero. – Criei novos canais de celular usando uma transmissão direta para cada um de vocês; é o que devíamos ter feito no momento em que Megan perdeu o celular dela. Abraham, nós *precisamos* bater em retirada. Agora.

Espiei por cima dos escombros. Soldados desciam das arquibancadas e vinham na nossa direção. Abraham casualmente removeu uma granada do cinto e a jogou no corredor atrás de nós, caso alguém tentasse nos surpreender de novo. Ela explodiu, e eu ouvi gritos.

Troquei meu fuzil pelo de Cody, então abri fogo contra os soldados que se aproximavam. Alguns fugiram, procurando proteção, mas outros, ousados, continuaram se movendo. Eles sabiam que estávamos no fim dos nossos recursos. Continuei atirando, mas fui recompensado com uma série de cliques. Cody já estava quase sem munição, antes.

– Aqui – Abraham disse, jogando seu grande fuzil de assalto ao meu lado. – Thia, onde você está?

– Perto da sua posição – ela respondeu. – Logo fora do estádio. Saia por trás e siga reto.

– Estou levando Cody – Abraham disse.

Cody continuava consciente, embora no momento estivesse principalmente só xingando, os olhos fechados com força. Acenei para Abraham com a cabeça; cobriria a retirada deles. Peguei o fuzil de assalto de Abraham. Para ser sincero, sempre quis atirar com aquele negócio.

Era uma arma muito satisfatória de se usar. O coice era suave, e a arma parecia mais leve do que deveria ser. Eu a montei no pequeno tripé da frente e disparei no modo automático completo, e dezenas de balas rasgaram os soldados que tentavam nos alcançar. Abraham carregou Cody pela saída dos fundos.

Prof e Coração de Aço ainda lutavam. Atirei em outro soldado, e as balas de alto calibre de Abraham ignoraram a maior parte da armadura dele. Enquanto atirava, sentia a pistola embaixo do meu braço, pressionando meu torso.

Não havíamos tentado atirar com ela, o último dos nossos palpites sobre como derrotar Coração de Aço. Mas não existia a menor chance de eu acertar Coração de Aço dessa distância. E Thia havia decidido nos retirar antes que tentássemos, cancelando a operação.

Atirei em outro soldado. O estádio tremeu quando Coração de Aço lançou uma série de rajadas em Prof. *Não posso bater em retirada agora*, pensei, *apesar do que Thia disse. Preciso tentar a pistola.*

— Estamos no helicóptero — Abraham disse no meu ouvido. — David, é hora de se mover.

— Ainda não tentei a fase quatro — falei, assumindo uma posição ajoelhada e atirando nos soldados de novo. Um deles lançou uma granada na minha direção, mas eu já recuava para o corredor. — E Prof ainda está lá.

— Vamos abortar a operação — Thia ordenou. — Recue. Prof vai escapar usando os tensores.

— Ele nunca vai conseguir se safar de Coração de Aço — eu disse. — Além disso, você realmente quer fugir sem tentar isso? — Passei o dedo ao longo da arma no coldre.

Thia ficou em silêncio.

— Eu vou tentar — declarei. — Se vocês forem atacados, fujam. — Saí correndo do campo e entrei novamente nos corredores abaixo das arquibancadas, segurando o fuzil de assalto de Abraham e ouvindo os soldados gritarem atrás de mim. *Coração de Aço e Prof estão se movendo nessa direção*, pensei. *Só preciso dar a volta e chegar perto o bastante para atirar nele. Posso fazer isso por trás dele.*

Funcionaria. *Tinha* que funcionar.

Aqueles soldados estavam me seguindo. A arma de Abraham tinha um lançador de granadas na parte de baixo. E munição? Elas deveriam ser lançadas antes de explodir, mas eu poderia usar a minha caneta detonadora e uma borracha para disparar uma delas.

Eu estava sem sorte – não havia mais granadas na arma. Xinguei, mas então vi o interruptor de disparo remoto da arma. Sorrindo, girei e apoiei a arma no chão, sobre um pedaço de aço. Liguei o interruptor e corri.

Ela começou a atirar loucamente, inundando o corredor atrás de mim com balas. Não deveria fazer muito estrago, mas eu só precisava de uma pequena vantagem. Ouvi soldados gritando uns para os outros, afim de que procurassem proteção.

Seria o bastante. Alcancei outra abertura e saí do corredor, correndo para o campo de jogo.

Fumaça ondulava em trechos do estádio. As rajadas de Coração de Aço pareciam arder depois que atingiam o chão, incendiando coisas que não deveriam queimar. Ergui a pistola, e por um breve instante me perguntei o que Abraham diria quando descobrisse que eu havia perdido a sua arma. De novo.

Vi Coração de Aço, de costas para mim, distraído por Prof. Corri com todas as minhas forças, passando por colunas de fumaça e pulando por cima de escombros.

Coração de Aço começou a se virar conforme eu me aproximava. Pude ver os olhos dele, imperiosos e arrogantes. Suas mãos pareciam queimar com energia. Parei de repente em meio aos redemoinhos de fumaça, com os braços tremendo enquanto erguia a arma. A arma que matara o meu pai. A única arma que já tinha ferido esse monstro à minha frente.

Dei três tiros.

40

Cada um dos tiros o atingiu… e cada um ricocheteou em Coração de Aço, como pedras jogadas contra um tanque.

Abaixei a arma. Coração de Aço ergueu uma das mãos na minha direção, energia brilhando ao redor da sua palma, mas eu não me importava.

É isso, pensei. *Tentamos tudo.* Eu não sabia o segredo dele. Nunca soubera.

Eu tinha fracassado.

Ele liberou uma rajada de energia, e alguma parte primitiva de mim não podia simplesmente ficar lá parada. Então, joguei-me para desviar, e a rajada atingiu o chão ao meu lado, criando uma chuva de metal derretido. O chão tremeu, e o jato me fez rolar sem controle. Caí com força no chão duro.

Rolei até parar e fiquei deitado lá, atordoado. Coração de Aço deu um passo à frente. Sua capa estava rasgada em alguns lugares pelos ataques de Prof, mas ele não parecia mais do que incomodado. Parou, ameaçador, diante de mim, com a mão erguida.

Ele era majestoso. Eu reconhecia isso, mesmo enquanto me preparava para morrer nas suas mãos. A capa prata e preta esvoaçante, os rasgos fazendo-a parecer mais *real* de algum modo. O rosto classicamente quadrado, uma mandíbula que qualquer atleta invejaria, um corpo tonificado e musculoso – mas não como o de um halterofilista. Não era um exagero; era a perfeição.

Ele me examinou com a mão brilhando.

– Ah, sim – ele disse. – O garoto do banco.

Eu pisquei, chocado.

– Eu me lembro de tudo e de todos – ele falou para mim. – Você não precisa ficar surpreso. Eu sou divino, criança. Eu não me esqueço. Pensei que você estava morto há muito tempo. Uma ponta solta. *Odeio* pontas soltas.

– Você matou o meu pai – sussurrei. Uma coisa estúpida de se dizer, mas foi o que saiu.

– Eu matei muitos pais – Coração de Aço respondeu. – E mães, filhos, filhas. É o meu direito.

O brilho da sua mão se tornou mais forte. Eu me preparei para o que viria.

Prof saltou sobre Coração de Aço por trás.

Rolei para o lado por reflexo, quando os dois caíram no chão perto de mim. Prof se ergueu por cima. Suas roupas estavam queimadas, rasgadas e ensanguentadas. Ele carregava a espada, e começou a apunhalar o rosto de Coração de Aço com ela.

Coração de Aço riu enquanto a arma o atingia; seu rosto, na verdade, *amassava* a espada.

Ele estava falando comigo para atrair Prof, percebi, assustado. *Ele...*

Coração de Aço ergueu a mão e empurrou Prof, jogando-o para trás. O que pareceu um pequeno esforço da parte de Coração de Aço lançou Prof a uns bons 3 metros. Ele aterrissou no chão, com um grunhido.

O vento se tornou mais forte, e Coração de Aço flutuou até se levantar. Então, pulou, ascendendo no ar. Desceu em um joelho, socando um punho no rosto de Prof.

Sangue vermelho espirrou ao redor dele.

Eu gritei, erguendo-me às pressas e correndo até Prof. Porém, como o meu tornozelo não estava funcionando direito, caí com tudo no chão. Entre lágrimas de dor, vi Coração de Aço dar outro soco.

Vermelho. Tanto vermelho.

O Alto Épico se ergueu, sacudindo a mão ensanguentada.

– Você tem uma distinção, Epicozinho – ele disse a Prof, que jazia no chão. – Acredito que me agitou mais do que qualquer um antes de você.

Eu rastejei para a frente, chegando ao lado de Prof. Seu crânio estava amassado do lado esquerdo, e os olhos saíam das órbitas pela frente, encarando o vazio. Morto.

– David! – Thia gritou no meu ouvido. Havia um tiroteio do lado dela da linha. A Patrulha encontrara o helicóptero.

– Vá – sussurrei.

– Mas...

– Prof está morto – falei. – Eu estou também. Vá.

Silêncio.

Do bolso, tirei o denotador de caneta. Estávamos no meio do campo. Cody colocara o meu explosivo de borracha na pilha com os outros, que estavam logo abaixo de nós. Bem, eu explodiria Coração de Aço aos céus, por mais inútil que isso fosse.

Vários soldados da Patrulha correram até Coração de Aço, relatando sobre o perímetro. Ouvi as pás do helicóptero movendo-se enquanto ele ascendia. Também ouvi Thia chorando na linha.

Ajoelhei-me ao lado do corpo de Prof.

Meu pai morrendo na minha frente. Eu ajoelhado ao lado dele. Vá... corra...

Pelo menos dessa vez eu não havia sido um covarde. Ergui a caneta, passando o dedo pelo botão no topo. A explosão me mataria, mas não machucaria Coração de Aço. Ele sobrevivera a explosões antes. Mas eu podia levar alguns soldados comigo. Valia a pena.

– Não – Coração de Aço disse às suas tropas. – Eu lido com ele. Esse aqui é... especial.

Olhei para ele, piscando, em choque. Ele tinha erguido o braço para afastar os soldados da Patrulha.

Havia algo estranho à distância atrás dele, sobre a beirada do estádio, acima dos camarotes de luxo. Franzi o cenho. Luz? Mas... não vinha da direção certa. Não estava virada para a cidade. Além disso, a cidade nunca produzira uma luz tão grande. Vermelhos, laranjas, amarelos. O próprio céu parecia pegar fogo.

Eu pisquei através da fumaça. A luz do sol. Punho da Noite estava morto. O *sol* nascia.

Coração de Aço girou. Então, tropeçou para trás, erguendo um braço contra a luz. Sua boca se abriu em uma careta; então ele a fechou, rangendo os dentes.

Virou-se para mim, com os olhos arregalados de raiva.

– Será difícil substituir Punho da Noite – ele rosnou.

Ajoelhado no meio do campo, encarei a luz. Aquele brilho maravilhoso, aquele poderoso *algo* além.

Há coisas maiores que os Épicos, pensei. *Há vida, e amor, e a própria natureza.*

Coração de Aço veio na minha direção.

Onde existirem vilões, existirão heróis. A voz do meu pai. *Aguarde. Eles virão.*

Coração de Aço ergueu a mão flamejante.

Às vezes, filho, você tem que dar uma ajuda aos heróis...

E, de repente, eu entendi.

Uma consciência abriu a minha mente, como o brilho ardente do próprio sol. Eu soube. Eu compreendi.

Sem olhar para baixo, peguei a arma do meu pai. Mexi nela por um momento, então a apontei diretamente para Coração de Aço.

Coração de Aço fungou e me encarou.

– Bem?

Minha mão oscilou, hesitante, e meu braço tremia. O sol iluminava Coração de Aço por trás.

– Idiota – Coração de Aço disse, agarrando a minha mão e amassando-a até o osso. Eu mal senti a dor. A arma caiu no chão, com um tinido. Coração de Aço estendeu a mão e o ar rodopiou ao seu redor, formando um pequeno redemoinho embaixo da arma, o qual a ergueu até os dedos dele. Ele a apontou para mim.

Ergui os olhos para ele. Um assassino delineado em uma luz brilhante. Visto desse jeito, ele era apenas uma sombra. Escuridão. Um nada diante de um poder *real*.

Os homens neste mundo, Épicos inclusos, sumiriam no tempo. Eu podia ser um verme para ele, mas ele mesmo era um verme no esquema maior do universo.

Sua bochecha exibia uma cicatriz fina. A única imperfeição no seu corpo. Um presente de um homem que acreditara nele. Um presente de um homem melhor do que Coração de Aço jamais seria, ou mesmo compreenderia.

– Eu devia ter sido mais cuidadoso naquele dia – Coração de Aço disse.

– Meu pai não temia você – sussurrei.

Coração de Aço enrijeceu, com a arma apontada para a minha cabeça enquanto eu me ajoelhava, ensanguentado, à sua frente. Ele sempre gostou de usar a arma dos seus inimigos contra eles. Fazia parte do padrão. O vento revolvia a fumaça erguendo-se ao nosso redor.

– É esse o segredo – eu disse. – Você nos mantém na escuridão. Demonstra os seus terríveis poderes. Você mata, permite que os Épicos matem, vira as armas dos próprios homens contra eles. Você até espalha rumores falsos sobre como é terrível, como se não pudesse se dar o trabalho de ser tão mal quanto deseja. Você quer que tenhamos medo...

Os olhos de Coração de Aço se arregalaram.

– ... porque só pode ser ferido por alguém que não o teme – eu disse. – Mas essa pessoa não existe de verdade, existe? Você se certificou disso. Mesmo os Executores, mesmo Prof em pessoa. Mesmo eu. Todos nós temos medo de você. Felizmente, conheço alguém que não tem medo de você e nunca teve.

– Você não sabe de nada – ele rosnou.

– Eu sei de tudo – sussurrei. Então sorri.

Coração de Aço apertou o gatilho.

Dentro da arma, o percussor atingiu a parte de trás do revestimento da bala. A pólvora explodiu, e a bala foi propulsionada para a frente, convocada para matar.

No cano, ela atingiu a coisa que eu enfiara lá. Uma caneta fina, com um botão que você podia clicar no topo. Era pequena o suficiente para caber na arma. Um detonador. Conectado a explosivos abaixo de nós.

A bala atingiu a caneta e apertou o botão.

Jurei que pude ver a explosão se desdobrar. Cada batida do meu coração pareceu levar uma eternidade. O fogo foi canalizado para cima, e o chão de aço rasgou-se como papel. Um vermelho terrível, para combinar com a beleza pacífica do sol nascente.

O fogo consumiu Coração de Aço e tudo ao redor dele; dilacerou--lhe o corpo quando ele abriu a boca para gritar. Pele foi arrancada, músculos queimaram, órgãos se rasgaram. Ele virou os olhos para os céus, consumido por um vulcão de fogo e fúria que se abriu aos seus pés. Naquela fração de um segundo de momento, Coração de Aço – o maior de todos os Épicos – morreu.

Ele só podia ser morto por alguém que não o temia.

Ele mesmo apertara o gatilho.

Ele mesmo causara a detonação.

E, como aquela expressão arrogante e autoconfiante sugeria, Coração de Aço não tinha medo de si mesmo. Ele era, talvez, a única pessoa viva que não o temia.

Eu não tive tempo de sorrir naquele momento congelado, mas sentia o sorriso de qualquer jeito quando o fogo veio para mim.

41

Assisti ao padrão oscilante de vermelho, laranja e preto; uma parede de fogo e destruição. Assisti até ela desaparecer. Ela deixou uma cicatriz preta no chão à minha frente, cercando um buraco de 4 metros de diâmetro – a cratera no centro da explosão.

Eu assisti a tudo, e continuei vivo. Admito, foi o momento mais desconcertante da minha vida.

Alguém gemeu atrás de mim. Virei e vi Prof sentando-se. Suas roupas estavam cobertas de sangue e ele tinha alguns arranhões na pele, mas seu crânio estava intacto. Eu havia exagerado na seriedade dos seus ferimentos?

Prof estava com a mão estendida, a palma para a frente. O tensor que ele usava ficara em frangalhos.

– Faíscas – ele resmungou. – Mais um centímetro ou dois e eu não teria conseguido pará-la. – Ele tossiu dentro do punho. – Você é um slontzinho de sorte.

Mesmo enquanto ele falava, os arranhões na sua pele se fechavam, curando-se. *Prof é um Épico*, pensei. *Prof é* um Épico. *Isso foi um escudo de energia que ele criou para bloquear a explosão!*

Ele se ergueu, instável, e olhou ao redor do estádio. Alguns soldados da Patrulha fugiram quando o viram se levantar. Eles pareciam não querer se envolver em nada do que quer que estivesse acontecendo no centro do campo.

– Como... – comecei. – Há quanto tempo?

– Desde Calamidade – Prof disse, estalando o pescoço. – Você acha que uma pessoa comum poderia ter resistido a Coração de Aço por tanto tempo quanto o fiz hoje?

É claro que não.

– As invenções são falsas, não são? – perguntei, começando a entender. – Você é um doador! Você nos *deu* as suas habilidades. Habilidades de escudo na forma de jaquetas, habilidade de cura na forma do por-um-fio e poderes destrutivos na forma dos tensores.

– Não sei por que fiz isso – Prof disse. – Seu slontze patético... – Ele gemeu, erguendo a mão à cabeça, então cerrou os dentes e rugiu.

Eu dei um passo para trás, assustado.

– É tão difícil resistir – ele falou, através de dentes cerrados. – Quanto mais os uso, eles... *Arrrr!* – Prof se ajoelhou, segurando a cabeça. Ficou quieto por alguns minutos, e eu o deixei em paz, sem saber o que dizer. Quando ele ergueu a cabeça, parecia mais sob controle. – Eu forneço os meus poderes – ele disse –, porque, se os uso, eles... fazem isso comigo.

– Você pode resistir a eles, Prof – eu disse. Parecia a coisa certa. – Já vi você fazer isso. Você é uma boa pessoa. Não deixe isso te consumir.

Ele assentiu com a cabeça, inspirando e exalando profundamente.

– Pegue. – Ele estendeu a mão.

Hesitantemente peguei a mão dele com a minha que ainda estava boa – a outra estava esmagada. Eu devia sentir dor, mas o choque me impedia de sentir qualquer coisa.

Eu não notei diferença em mim, mas Prof pareceu ficar mais controlado. Minha mão ferida começou a se recuperar, os ossos colando-se. Em segundos, eu podia flexioná-la de novo, e ela funcionava perfeitamente.

– Eu preciso dividi-los entre vocês – ele disse. – Não parece... infiltrar em vocês tão rápido quanto em mim. Mas, se eu der tudo a apenas uma pessoa, ela mudará.

– É por isso que Megan não podia usar os tensores – falei. – Ou o por-um-fio.

– Quê?

– Ah, desculpe. Você não sabe. Megan é um Épico também.

— *Quê?*

— Ela é Tormenta de Fogo — informei, recuando um pouco. — Usou os seus poderes de ilusão para enganar o detector. Espere, o detector...

— Thia e eu o programamos para dar um falso negativo para mim.

— Ah. Bem, acho que Coração de Aço deve ter enviado Megan para se infiltrar entre os Executores. Mas Edmund disse que não podia doar os seus poderes a outros Épicos, então... é. É por isso que ela não podia nem usar os tensores.

Prof balançou a cabeça.

— Quando ele disse isso, no esconderijo, fiquei pensando. Nunca tentei dar os meus poderes para outro Épico. Eu devia ter percebido... Megan...

— Você não tinha como saber — afirmei.

Prof inspirou e exalou, então assentiu. Ele olhou para mim.

— Está tudo bem, filho. Não precisa ter medo. Está passando mais rápido dessa vez. — Ele hesitou. — Eu acho.

— Bom o bastante para mim — eu disse, erguendo-me.

O ar cheirava a explosivos — a pólvora, fumaça e carne queimada. A luz do sol nascente refletia nas superfícies de aço ao nosso redor. Elas quase me cegaram, e o sol, nem se erguera inteiramente.

Prof olhou para a luz do sol como se não a tivesse notado antes. Ele chegou a sorrir, e pareceu cada vez mais com o seu antigo eu. Atravessou o campo, andando na direção de algo nos escombros.

A personalidade de Megan mudava quando ela usava os seus poderes também, pensei. *No poço do elevador, na moto... Ela mudava. Tornava-se mais intrépida, mais arrogante, até odiosa.* Passara rápido todas as vezes, mas ela mal usara os poderes, então talvez os efeitos nela fossem mais fracos.

Se isso era verdade, então passar um tempo com Executores — quando ela precisava tomar cuidado para não usar suas habilidades e não se revelar — evitou que ela fosse afetada. As pessoas que ela devia delatar tinham, em vez disso, tornado Megan mais humana.

Prof voltou com algo na mão. Um crânio, enegrecido e carbonizado. O metal reluzia através da fuligem. Um crânio de aço. Ele o virou para mim. Havia um sulco na bochecha direita, como o rastro deixado por uma bala.

– Hã – falei, pegando o crânio. – Se a bala foi capaz de ferir os ossos dele, por que a explosão não?

– Eu não ficaria surpreso se a morte dele tivesse disparado as suas habilidades de transfersão – Prof disse. – Tornando o que restava dele, enquanto morria, os seus ossos ou alguns deles, em aço.

Parecia improvável para mim. Mas, é claro, coisas estranhas aconteciam ao redor dos Épicos. Havia excentricidades, especialmente quando eles morriam.

Enquanto eu encarava o crânio, Prof ligou para Thia. Distraído, ouvi o som de choro, exclamações de alegria e uma conversa que terminou com ela virando o helicóptero para nos pegar. Olhei para cima, então me vi andando na direção do túnel que dava para as entranhas do estádio.

– David? – Prof chamou.

– Já volto – respondi. – Preciso pegar uma coisa.

– O helicóptero vai chegar em alguns minutos. Sugiro que não estejamos aqui quando a Patrulha vier em peso ver o que aconteceu.

Comecei a correr, mas ele não protestou mais. Quando entrei na escuridão, acendi a luz do celular no máximo, iluminando os corredores altos e cavernosos. Passei pelo corpo de Punho da Noite, pendurado no aço. Passei pelo ponto onde Abraham detonara a explosão.

Reduzi o passo, espiando dentro de barracas e banheiros. Não tinha muito tempo para procurar, e logo me senti um tolo. O que eu esperava encontrar? Ela havia ido embora. Ela era...

Vozes.

Congelei, então me virei no corredor escuro. Ali. Fui em frente, encontrando por fim uma porta de aço congelada aberta que levava ao que parecia o quartinho de um zelador. Quase podia reconhecer a voz. Era familiar. Não era a voz de Megan, mas...

– ... merecia sobreviver a isso, mesmo que eu não – a voz disse. Tiros soaram, parecendo distantes. – Sabe, acho que me apaixonei por você naquele primeiro dia. Estúpido, não é? Amor à primeira vista. Que clichê.

Sim, eu conhecia essa voz. Era a minha. Parei na porta, sentindo como se estivesse num sonho enquanto ouvia as minhas próprias palavras. Palavras ditas no momento em que eu defendia o corpo moribundo de Megan. Continuei escutando enquanto toda a cena se desenrolava. Até o final.

– Não sei se amo você – minha voz disse. – Mas, qualquer que seja essa emoção, é a mais forte que sinto há anos.

A gravação parou. Então começou a tocar de novo, do começo.

Entrei no quartinho. Megan estava sentada no chão em um canto, encarando o celular nas suas mãos. Ela reduziu o volume quando entrei, mas não parou de olhar a tela.

– Eu mantenho uma transmissão de vídeo e áudio secreta – ela sussurrou. – A câmera está embutida na minha pele, acima do olho. Ela começa a gravar se fecho os olhos por muito tempo, ou se minha frequência cardíaca se torna muito alta ou baixa. Então, envia os dados para um dos meus computadores na cidade. Comecei a fazer isso depois que morri das primeiras vezes. É sempre desorientador reencarnar. Ajuda se eu posso assistir ao que aconteceu nos últimos momentos antes da minha morte.

– Megan, eu... – O que eu poderia dizer?

– Megan é o meu nome verdadeiro – ela disse. – Não é engraçado? Senti que podia dá-lo aos Executores porque essa pessoa, a pessoa que eu era, está morta. Megan Tarash. Ela nunca teve conexão alguma com Tormenta de Fogo. Ela era apenas outro ser humano comum.

Ela ergueu os olhos para mim, e, na luz da tela do seu celular, eu via lágrimas nos seus olhos.

– Você me carregou por todo aquele caminho – ela sussurrou. – Eu assisti ao vídeo, quando renasci dessa vez. As suas ações não fizeram sentido para mim. Achei que você devia precisar de algo que eu tivesse. Agora vejo uma coisa diferente no que você fez.

– Temos que ir, Megan – eu disse, dando um passo à frente. – Prof pode explicar melhor que eu. Mas, por enquanto, só venha comigo.

– Minha mente *muda* – ela sussurrou. – Quando eu morro, sou renascida da luz um dia depois. Em algum lugar aleatório, não onde meu corpo estava, não onde eu morri, mas por perto. Diferente toda vez. Eu... eu não me sinto como eu mesma, agora que isso aconteceu. Não como o "eu" que quero ser. Não faz sentido. Em que você pode confiar, David? Em que você pode confiar quando os seus próprios pensamentos e as suas emoções parecem te odiar?

– Prof pode...

– Pare – ela disse, erguendo uma mão. – Não... Não se aproxime. Só me deixe. Preciso pensar.

Eu dei um passo à frente.

– *Pare!* – As paredes desapareceram, e fogueiras começaram a queimar ao nosso redor. O chão entortou embaixo de mim, deixando-me enjoado. Eu tropecei.

– Você *tem* que vir comigo, Megan.

– Dê mais um passo e atiro em mim mesma – ela disse, pegando a arma no chão ao seu lado. – Farei isso, David. A morte não significa nada para mim. Não mais.

Recuei, com as mãos levantadas.

– Eu preciso pensar sobre isso – ela sussurrou de novo, olhando para o celular.

– David. – Uma voz no meu ouvido: a voz de Prof. – David, estamos indo *agora*.

– Não use os seus poderes, Megan – eu disse a ela. – Por favor. Você *precisa* entender. São eles que te mudam. Não os use por alguns dias. Esconda-se, e a sua mente ficará mais clara.

Ela continuou encarando a tela. A gravação começou de novo.

– Megan...

Ela ergueu a arma e a apontou na minha direção, sem desviar os olhos. Lágrimas escorriam pelo seu rosto.

– *David!* – Prof berrou.

Eu me virei e corri até o helicóptero. Não sabia mais o que fazer.

EPÍLOGO

Eu já vi Coração de Aço sangrar.

Eu o vi gritar. Eu o vi arder. Eu o vi morrer em um inferno, e fui eu quem o matou. Sim, a mão que apertou o detonador foi a dele mesmo, mas eu não me importo – nunca me importei – com quem realmente tirasse a sua vida. Eu fiz isso acontecer. Tenho o crânio dele para provar.

Eu estava sentado, amarrado à cadeira do helicóptero, olhando pela porta aberta ao meu lado, com o cabelo esvoaçando enquanto subíamos. Para a surpresa de Abraham, Cody se estabilizava rapidamente no banco de trás. Eu sabia que Prof havia dado ao homem uma grande porção do seu poder de cura. Pelo que eu sabia das habilidades de regeneração dos Épicos, isso seria suficiente para curar Cody de praticamente qualquer coisa, contanto que ele ainda respirasse quando o poder fosse transferido.

Nós nos erguemos no ar diante de um sol amarelo abrasador, deixando o estádio chamuscado, queimado, explodido, mas com o odor do triunfo. Meu pai me contou que o Campo do Soldado recebera esse nome em homenagem aos homens e às mulheres do exército que haviam caído em batalha. Agora, ele tinha sido o cenário da batalha mais importante desde Calamidade. O nome do campo nunca pareceu mais apropriado para mim.

Sobrevoamos uma cidade que via luz de verdade pela primeira vez em uma década. As pessoas estavam nas ruas, olhando para cima.

Thia pilotava o helicóptero, com uma das mãos segurando o braço de Prof, como se não conseguisse acreditar que ele estava realmente lá conosco. Ele olhava para fora da janela, e eu me perguntei se via o que eu via. Nós não tínhamos salvado a cidade. Ainda não. Havíamos matado Coração de Aço, mas outros Épicos viriam.

Eu não aceitava que devêssemos simplesmente abandonar as pessoas agora. Havíamos removido a fonte de autoridade de Nova Chicago; teríamos de assumir responsabilidade por isso. Eu não abandonaria meu lar para o caos, não agora, nem pelos Executores.

Resistir tinha que ser mais do que apenas matar Épicos. Tinha que ser algo maior. Algo, talvez, que tinha a ver com Prof e Megan.

É possível destruir os Épicos. Alguns, talvez, podem até ser salvos. Não sei como fazer isso exatamente. Mas pretendo continuar tentando até encontrarmos a resposta ou até morrer.

Sorri quando nos afastamos da cidade. *Os heróis virão... mas talvez tenhamos que dar uma ajuda a eles.*

Eu sempre pensara que a morte do meu pai seria o evento mais transformador da minha vida. Mas só agora, com o crânio de Coração de Aço nas mãos, percebia que eu não estivera lutando por vingança, e também não estivera lutando por redenção. Não estivera lutando por causa da morte do meu pai.

Eu lutava pelos seus sonhos.

AGRADECIMENTOS

Este livro passou um bom tempo fermentando. Eu tive a ideia de escrevê-lo pela primeira vez enquanto estava numa turnê de livros em... ah, 2007? Com um caminho longo como esse, envolvendo o processo de terminar o livro, *muitas* pessoas me deram feedback ao longo dos anos. Espero não esquecer nenhum de vocês!

Notavelmente, meus agradecimentos à minha editora encantadora, Krista Marino, por sua direção extremamente capaz neste projeto. Ela tem sido um recurso maravilhoso, e sua edição foi exemplar, transformando este livro de um arrivista ousado em um produto final polido. Também devemos nos lembrar daquele malandro James Dashner, que foi gentil o bastante para ligar para ela e me apresentar.

Outros que merecem uma menção: Michael Trudeau (que fez uma preparação esplêndida); e, na Random House, Paul Samuelson, Rachel Weinick, Beverly Horowitz, Judith Haut, Dominique Cimina e Barbara Marcus. Também Christopher Paolini, pelo feedback e pela ajuda com esta obra.

Como sempre, gostaria de agradecer enormemente aos meus agentes Joshua Bilmes, que não riu muito quando eu disse a ele que desejava escrever um livro em vez de trabalhar nos vinte outros projetos que precisava fazer à época, e Eddie Schneider, cujas funções envolvem se vestir melhor do que o resto de nós e ter um nome que eu preciso procurar toda vez que quero colocá-lo nos agradecimentos. Na frente do filme de *Coração de Aço* (estamos tentando bastante), agradeço a Joel Gotler, Brian Lipson, Navid McIlhargey e o sobre-humano Donald Mustard.

Um joinha para o incandescente Peter Ahlstrom, meu assistente editorial, que foi parte da torcida deste livro desde o início. Ele foi, editorialmente, o primeiro que pegou o projeto nas mãos – e grande parte de seu sucesso se deve a ele.

Também não quero esquecer minha equipe editorial do Reino Unido/Irlanda/Austrália, incluindo John Berlyne e John Parker, da Zeno Agency, e Simon Spanton e meu assessor de imprensa/mãe-no- -UK, Jonathan Weir, da Gollancz.

Outros com poderes Épicos em ler e dar feedbacks (ou só grande apoio) incluem: Dominique Nolan (o super-homem oficial das referências de armas do Dragonsteel), Brian McGinley, David West, Peter (de novo) e Karen Ahlstrom, Benjamin Rodriguez e Danielle Olsen, Alan Layton, Kaylynn ZoBell, Dan "Eu Escrevi Pós-Apocalíptico Antes De Você" Wells, Kathleen Sanderson Dorsey, Brian Hill, Brian "A Essa Altura Você Me Deve Direitos Autorais, Brandon" Delambre, Jason Denzel, Kalyani Poluri, Kyle Mills, Adam Hussey, Austin Hussey, Paul Christopher, Mi'chelle Walker e Josh Walker. Vocês são todos incríveis.

Finalmente, como sempre, gostaria de agradecer à minha adorável esposa, Emily, e a meus três garotinhos destrutivos, que são uma inspiração constante para como um Épico pode explodir uma cidade (ou a sala de estar).

BRANDON SANDERSON

TIPOGRAFIA:
Caslon [texto]
Orkney [entretítulos]

PAPEL:
Ivory Slim 65 g/m² [miolo]
Supremo 250 g/m² [capa]

IMPRESSÃO:
Rettec Artes Gráficas e Editora Ltda. [agosto de 2024]
1ª edição: outubro de 2016 [4 reimpressões]